谷崎潤一郎を知っていますか

愛と美の巨人を読む

阿刀田 高

新潮社

谷崎潤一郎を知っていますか　＊　目次

谷崎潤一郎を知っていますか

――愛と美の巨人を読む

1 妖艶なデビュー

〈刺青〉〈お艶殺し〉

明治四十三年創刊

大正四年・石川千代と結婚

刺青、と書く。

白い肌に青の色を刺してあやかしを描く。赤の色も滲ませるだろう。入れ墨のことだが、ここでは妖しく、美しい。

谷崎潤一郎のデビュー作は〈刺青(しせい)〉であった。鮮かな短編小説である。この前後に発表した作品ともども永井荷風(ながいかふう)の目に止まり、高い評価を受けた。デビュー作にはその作家の一生を暗示するものがある。一読して、

——やっぱり——

と思うところがあった。もちろん少しユニーク。なべてこの巨匠の作品は、

——なんだ、これ、ヘンテコだな——

常識で眺めれば、ちょっと奇妙なところも散見されるのだが、深く捉えれば常に小説家の想像力をユニークな方角へ広げたことに……それゆえに小説の可能性をあらたに提示するところにおいて優れた特徴がある。

〈刺青〉は二十四歳の作だが、その冒頭の数行からして、

〝それはまだ人々が「愚(おろか)」という貴い徳を持っていて、世の中が今のように激しく軋(きし)み合わない時分であった。殿様や若旦那の長閑(のどか)な顔が曇らぬように、御殿女中や華魁(おいらん)の笑いの種が尽きぬようにと、饒舌を売るお茶坊主だの幇間(ほうかん)だのという職業が、立派に存在して行けたほど、世間がのんびり

していた時分であった。女定九郎、女自雷也、女鳴神——当時の芝居でも草双紙でも、すべて美しい者は強者であり、醜い者は弱者であった。誰も彼もこぞって美しからんと努めた揚句は、天稟の体へ絵の具を注ぎ込むまでになった。芳烈な、あるいは絢爛な、線と色とがその頃の人々の肌に躍った〟

と、老筆の気配がある。韜晦が漂い、俗っぽいペダンティズムが匂う。女定九郎も女自雷也も女鳴神もみんな芝居小屋のいなせで怪しいヒロインたちである。

小説の主人公は清吉という名の若い彫り師だ。人の肌に華麗な絵を刺し描いて、すでに名手とうたわれていた。だれの肌でもいいわけではない。浮世絵師の経験を持つ清吉は、特上の肌と骨組とを求めた。刺青のうちでもとりわけ痛いといわれる朱刺、ぼかしぼりを得意とし、彫られる側は半死半生の苦痛に苛まれ、彫る清吉はそこに快楽と宿願を隠していた。芸術の達成感といえばよいのだろうか。苦しむ姿を見て、

「さぞお痛みでしょうなあ」

と喜び、笑っているのだった。清吉の年来の願いは、

〝光輝ある美女の肌をえて、それへおのれの魂を刺り込むことであった。その女の素質と容貌とについては、いろいろの注文があった。ただに美しい顔、美しい肌とのみでは、彼は中々満足することが出来なかった。江戸中の色町に名を響かせた女という女を調べても、彼の気分に適った味わいと調子とは容易に見つからなかった。まだ見ぬ人の姿かたちを心に描いて、三年四年は空しく憧れながらも、彼はなおその願いを捨てずにいた〟

が、もちろん清吉は理想の女に出会うのである。しかし簡単ではない。ところは深川の平清という料理屋の前。門口で駕籠からおりる女の素足……。足だけであった。足だけではあったけれど、

〝鋭い彼の眼には、人間の足はその顔と同じように複雑な表情を持って映った。その女の足は、彼にとっては貴き肉の宝玉であった。親指から起って小指に終る繊細な五本の指の整い方、江の島の海辺で獲れるうすべに色の貝にも劣らぬ爪の色合い、珠のような踵のまるみ、清冽な岩間の水が絶えず足下を洗うかと疑われる皮膚の潤沢。この足こそは、やがて男の生血に肥え太り、男のむくろを踏みつける足であった。この足を持つ女こそは、彼が永年たずねあぐんだ、女の中の女であろうと思われた。清吉は躍りたつ胸をおさえて、その人の顔が見たさに駕籠の後を追いかけたが、二、三町行くと、もうその影は見えなかった〟

　といった塩梅。このくだりを読んで、たやすく、

　――足フェティシズムなんて言っちゃあいけないよ――

芸術家のすごい審美眼なのだ。足を見ればすべてがわかるのだ。

　このときは見失ってしまったが、なんと、なんと、その一年後、清吉の馴染みの芸妓の使いでやって来たのが、この娘。清吉は娘の足を見つめながら、

〝「お前は去年の六月ごろ、平清から駕籠で帰ったことがあろうがな」

「ええ、あの時分なら、まだお父さんが生きていたから、平清へもたびたびまいりましたのさ」

「ちょうどこれで足かけ五年、おれはお前を待っていた。顔を見るのは始めてだが、お前の足にはおぼえがある。お前に見せてやりたいものがあるから、上ってゆっくり遊んで行くがいい」

と、清吉は暇を告げて帰ろうとする娘の手を取って、大川の水に臨む二階座敷へ案内した後、巻物を二本取り出して、まずその一つを娘の前に繰り広げた〟

　一つは中国の紂王の妃・末喜がいけにえにされた男を冷酷に見つめている絵。もう一つは〝肥料〟というタイトルで、若い娘が桜の幹に身をよせ足元に広がる男たちの死骸をうれしそうに見つ

めている絵。どちらも絢爛優美だが、女の残酷さがみごとに描かれている。

「どうしてこんな恐ろしいものを、私にお見せなさるのです」

「これはお前の未来を絵に現わしたのだ。ここに斃(たお)れている人達は、皆これからお前のために命を捨てるのだ」

　娘は初めのうちこそ図柄の恐ろしさに眼をそむけていたが、やがて、

〝「親方、白状します。私はお前さんのお察し通り、その絵の女のような性分を持っていますのさ。だからもう堪忍(かんにん)して、それを引っ込めておくんなさい」

「そんな卑怯(ひきょう)なことを言わずと、もっとよくこの絵を見るがいい。それを恐ろしがるのも、まあ今のうちだろうよ」

「親方、どうか私を帰しておくれ。お前さんのそばにいるのは恐ろしいから」

「まあ待ちなさい。おれがお前を立派な器量の女にしてやるから」

　と言いながら、清吉は何気なく娘のそばに近寄った。彼の懐(ふところ)にはかつて和蘭(オランダ)医からもらった麻睡剤の壜(びん)が忍ばせてあった〟

　とあって、娘は麻酔にかけられ、ストーリーは清吉の技の披露となる。娘が帰らないのを案じて訪ねて来た者を巧みに追い帰し、清吉は夜を日についで針と筆とを操る。麻酔が解ければ、痛い、苦しい、呻(うめ)きが漏れる。絵柄は背中いっぱいに蠢(うごめ)く女郎蜘蛛のすさまじさ。いつしか娘は息も絶え絶えのまま、

「親方、早く私に背中の刺青(いれずみ)を見せておくれ、お前さんの命をもらった代りに、私はさぞ美しくなったろうねえ」

「まあ、これから湯殿へ行って色上げをするのだ。苦しかろうがちッと我慢をしな」

「美しくさえなるのなら、どんなにでも辛抱して見せましょうよ」
そして湯から上った女は洗い髪を両肩へすべらせ、晴れやかな眉を張って清吉の前に立つ。作品の最後を引用して示せば、

〝「親方、私はもう今までのような臆病な心を、さらりと捨ててしまいました。お前さんは真先に私の肥料(こやし)になったんだねえ」

と、女は剣(つるぎ)のような瞳を輝かした。その耳には凱歌の声がひびいていた。

「帰る前にもう一遍、その刺青を見せてくれ」

清吉はこう言った。

女は黙って頷いて肌を脱いだ。折から朝日が刺青の面(おもて)にさして、女の背中は燦爛(さんらん)とした〟

小娘であったものが、ついに妖しい刺青の力で清吉を……男たちを肥料としていくことが暗示されている。どのように男たちが女の肥料となるのか、したり顔で先を示せば、

――それが谷崎の文学なのよ――

デビュー作がみごとに将来を指さしている、と言えなくもない。

話は飛躍するが、渡辺淳一の話題作の一つ〈化身〉を読んだとき、わけもなく私はこの〈刺青〉を思い出してしまった。

〈化身〉の舞台は銀座のクラブ。主人公・秋葉はそこでうぶなホステス・霧子(きりこ)と出会う。彼女は〝鯖(さば)の味噌煮が好き〟と呟く垢抜けない、田舎じみた人柄なのだが、秋葉は、

――この女をすてきなレディにしてやろう――

と考えて贔屓(ひいき)にする。女は彼の情人となり隠されていた美貌はどんどん表われ才覚も備わって、

文字通り〝すてきなレディ〟に変身するが、そのときには彼女は秋葉を離れ、自立を願い、男を支配するタイプへと育っている。

珍しいことではあるまい。谷崎潤一郎の〈刺青〉は、こうした女性の変転を妖しい女郎蜘蛛の図柄に託し……古い風俗にからめて、短く、鮮かに描いている。芝居を見るような気配は、このデビュー作からすでに垣間見えている。明治四十三年（一九一〇）作であった。

この気配をなぞるように五年後の大正四年（一九一五）〈お艶殺し〉が発表された。

――おもしろい――

私は高校生のころに読み、充分に楽しんだ。

文学作品としては、少しあざといかもしれない。俗っぽ過ぎるかもしれない。しかし芝居にしたら、

――きっといい――

谷崎作品の上位グループに連ねたいが、これには異論もあるだろう。ともあれ二十八歳の作者はしなやかに江戸の社会を描いている。

まず書き出し。商家の夜更けのくさぐさが、さりげなく、だがいきいきと描かれている。

〝宵の五つの刻限に横町の魚屋の春五郎が酔っ払って跳び込んで来て、丼の底をちゃらちゃらさせながら、この間銀座の役人にもらったばかりだという、出来たてのほやほやの二朱銀を摑み出して、三月あまりも入れ質しておいた半纏やら羽織やら春着の衣裳を出して行った後では、いつも忙しい駿河屋の店も、天気の悪いせいか一人として暖簾をくぐる客は見えない。帳場格子に頬杖をついてしきりに草双紙を読みふけっていた新助は、消えかかったしかみ火鉢の灰を掻きながら、「ほんと

に寒い晩だなあ」と独り言のように言ったが、やがて片手を二、三尺伸ばして、余念もなく居眠りをしている丁稚(でっち)の耳を引っ張った。

「庄どん、ちょいと起きねえか。霙(みぞれ)の降るのにご苦労だが村松町の翁庵(おきなあん)まで一っ走り行って来てくれ、天ぷらそばを二つに、それからお前にも好きなものを奢ってやるぜ」

「そりゃありがたい。眼がさめてみたらおいらも大分腹が減って寒気がしている。旦那のお帰りにならないうちに、一番お前のご馳走になろうか」〟

宵の五つ、これは夜の八時。遠い日の時間は暮れ六つ、明け六つ、ふたつの〝六つ〟が六時で、ここだけが時計の数と一致している。古いほうはそこから五つ、四つ、と数を下げながら二時間ずつ進む。四つまで行くと次は九つで、八つ、七つ、そして〝六つ〟になる。覚えてしまえば、むつかしいことはなにもなく、これを使うと一気に小説は昔の舞台となる。

原稿用紙なら百八十枚ほどの中編小説〈お艶殺し〉は駿河屋という質屋の店先から始まっている。質屋は客がなにか品物を預けて金を借り（利子を払い）次に金を返すと預けておいた品物が戻ってくるシステムだ。暖かい時期に冬の衣類を預け、寒くなってようやく取り戻しに来るのが一般的なパターン。ここでは春五郎という魚屋が三ヵ月前に預けた品物を取りに来て、店のほうは新助が店番をしていて、そばで一番身分の低い（丁稚の）庄どんが居眠りをしている。この後、新助は番頭で、店の主人夫婦は親戚に不幸があって外出、多分朝まで帰らない、二人いる女中もそれぞれの部屋で眠っている、という事情が記されている。庄どんをそば屋へ走らせ新助は独り戸締りをチェックして……と、なにげない商家の夜のようだが、これからが、さあ大変。店にはもう一人、この家の独り娘お艶がいて、起きていて……新助とお艶はよい仲なのだ。だが番頭と主人家の娘の恋なんて簡単に許されるはずもなく、二人はのっぴきならない立場に、心境に追い込まれている。

しかし〝追い込まれている〟といっても二人の事情はそれぞれ違っている。新助がそっとお艶の部屋へ近づくと、中から、

「寒いから締めてこっちへお入りよ」

と声がして新助が中へ入れば、

〝「外の者はみんな寝てしまったんだろう……」

「いいえ、もうじき庄どんが使いに行って帰って参ります。帰って来れば直ぐに寝かせてしまいますから、どうぞそれまでお待ちなすって……」

「ああじれったい、じれったい、……今夜のような都合のいい晩はめったにありはしないのにさ。ねえ新どん、今夜こそお前覚悟をしているだろうね」

お艶は水のように柔かな緋鹿子(ひがのこ)の長襦袢を着て、蒲団の外へ真っ白な両の素足を揃えたまま手を合わせて拝む真似をした。

「覚悟とは一体なんでございます」

男は魂の消え入るような美しさに襲われながら、二十(はたち)とはいえまだ子供らしい無邪気な瞳をぱっちりと見張って、今更のように胸を轟(とど)ろかせた。

「今夜一緒に深川へ逃げておくれ。あたしゃもうなにも言わない。この通り拝んでいる」

「とんでもない」

と口でこそ言え、新助はどうしたらこの妖艶な誘惑の力に、自分の鉄石心(てっせきしん)を動かさずにいられようかと案じ煩(わずら)った。十四の歳にこの駿河屋へ奉公に来てから、彼は今まで格別の瑕瑾(かきん)もなく勤めあげて、主人にはまたとない若者のように信用されている。あと一、二年も辛抱したら、かわいい、かわいいお艶様(つうさま)と添(そ)い遂げることは出来ずとも、立派に暖簾を分けてもらって、それからの立身出

世は望みのまま、そうしたならば浅草の清島町に時節を待ってながらえている両親の喜びはどんなであろう。お主の娘を唆かして駆落ちするなんぞ、もったいないもったいないと彼は心で繰り返した。

「新どん、お前それじゃこの間の約束を忘れたのかい。あたしはお前の料簡がわかっている。主人の娘を慰み者にして、いざとなったら捨ててしまおうという、お前の料簡は見え透いている」

「そういう訳じゃございませんが、……」〃

お艶は駆落ちを主張し、二つの武器で攻めてくる。一つはとてつもない美しさ、これだけでも充分なのに〃主人の娘を遊び相手にして逃げる気かい〃は、きつい。絶体絶命なのだ。あからさまには書いてないけれど、このときの二人の立場はまるでちがう。お艶は、どこまで彼女自身が意識しているかはともかく、この先、様子が悪くなったら「お父っつあん、おっかさん、ご免なさい。つい馬鹿なことをやっちゃって」と謝まれば、なんでもきっと許されるのだ。しかし新助はちがう。これまでの長い辛抱は水の泡、親にも不孝、生きてきたほとんどすべてを失ってしまう。だから新助の決断は苦しい。心身のつらさが雪の寒夜にひしひしと迫ってくる。いったんは、

「いずれ後ほど。庄どんが寝てしまってからご相談にまいります」

と引きさがるが、結果は見えている。お艶のわがままは止まらない。やがて、

「新どん、支度はいいのかい。お金は私が持っているから、当座のことなら困りはしない」

ぽんと十両くらいの重みを投げわたすのだ。新吉としては、

「あなたを連れて逃げ出すばかりか、お金まで盗んだとあっちゃあ……もったいなくて罰があたります」

と、どこまでも律儀な商人なのだ。

　お艶には計画があった。深川の船宿に清次という船頭がいて、これが駿河屋に出入りしていた。お艶と新助の仲を見抜き、

「若い者同士が苦労しているのを見ると、ひとはだ脱いでやりたくなる性分で……」

　逃げてくれれば「なんとかしましょう」と言っていたのである。

　お艶と新助はこの清次のもとを目ざす。雪の降る夜、大川端を行くこの道行きはそれ自体相当に厳しいものであったが、それとはべつに折から響く八つ時の鐘……。深夜の二時ですね。川面に響いて恐ろしい。

　――お芝居だねえ――

　と感嘆してしまう。

　近松門左衛門の〈曽根崎心中〉では〝あれ数(かぞ)ふれば暁の七つの時が六つ鳴りて残る一つが今生の鐘の響きの聞きおさめ〟と心中(しんじゅう)の臨場感を訴えているが、こちらの二人は……お艶は、まことに、まことに、

「あの鐘の音がうれしい」

　と喜び、新助は、

「お艶ちゃんの呑気にもあきれたもんだ」

　と、ため息まじりだった。


　先を急ごう。

　清次の家に着くと、清次は、

「きっぱりと話をつけてしまうのには、そうせっかちにも行かねえから、十日ばかりお待ちなさせえ。

まあその間はなるたけ人目にかからねえように、うちの二階でたんとふざけていなさるがいい」

と言い、二人は船宿の二階にかかり人となってすごす。しかしいつまで待っても進展はない。新助は気もそぞろだが、お艶のほうは人が変わったように剽軽で、大胆になる。周囲は芸者たちの出入りするところだ。

〝お艶はいつしか見よう見真似にその風俗を覚え込んで、家を出る時結っていたかわいらしい高島田を、四日目からは洗い髪の兵庫結びに結い直して、黄楊の横櫛をゆたかな小鬢へ伊達に挿し込み、宿のかみさんが寒さ凌ぎに貸してくれた紬のやたら縞のどてらを男のように引っ掛けて、のめぬ煙草を無闇とのんだ。洲崎の芸者が女郎の言葉に感染して「わたし」のことを「わちき」と言うのを、お艶もうっかり聞き覚えて二、三度それを使った時、新助は不機嫌そうに眉をひそめて、

「なんであなたは女郎の真似をなさるんです。わっしなんぞは生れてから未だ一遍も女郎買いをしたことがない」

　このお艶さえいなかったら、彼は全く堅儀な人間で通せたのかもしれないのである。

しかし女は男の意見にあまり頓着しなかった。現在の境遇に対する満足が彼女の心をほとんど有頂天にして、嬉しまぎれに朝から晩まで笑いさざめき、三度の食事にも鰻がほしいの軍鶏が食べたいのとしたい三昧の贅をならべて、三日に一度は家中の若い者まで奢ってやった。夜は清次が気を利かせて必ず膳に載せて来る剣菱の熱燗の銚子を、不慣れな手つきで杯に受けながら、男に負けずぐびりぐびりと飲み干した。悪酔いをした晩などには気が狂ったかと怪しまれるほどお艶の顔は情熱に燃え、炎のように体を悶えて夜中男を眠らせなかった。二人は自分の生命が終りに近づいたかと思われるくらいの歓楽の前へ、否応なしに突きつけられた〟

　清次はいかがわしい男だった。

こんな場合、清次のような立場は二人を隠したまま駿河屋に交渉して礼金をせしめるケースが多かったろう。その礼金が穏当な金額であったり、ゆすりに近いものであったり、いろいろな情況が考えられるが、なにはともあれ、それならばお艶新助の行く末に大禍はなかったろうが、清次はそれではすまさない。加えて、お艶も尋常ではない。実家へ戻る考えなどさらさらなく、放逸な生活を楽しむところがおおいにあったのである。

――どうしたら、いいのか――

新助の不安は募るばかりだ。清次はなにかしら手を打ってくれているらしいが、いっこうに埒(らち)があかない。

すると、ある晩、清次の子分の三太があわただしく二人の部屋へ来て、

「お前さん方に喜ばせたいことがある。今親分が柳橋の川長(かわちょう)で新助さんの親御さんと話の最中だが、話がうまく進みそうだから私とともども船へ乗って、早速お前に来てもらいてえ。二人(ふたあり)一緒じゃあ少し工合が悪いから、かわいそうだがお艶ちゃんだけ留守番をしてもらいてえと言ってるんだ。ねえお艶ちゃん、日がな一日くっ付いていちゃあ新助さんもたまらねえから、たまに一晩ぐれえ突っ放しても大した罰(ばち)はあたりませんぜ」

「だけどなんだか案じられる」

と、お艶は急に顔色を変えて打ち萎れた。もちろん嬉しいことは嬉しいけれど、ひょっとしてこのまま新助が実父のもとへ引き取られるのではあるまいか……。いっしょに行くことを訴えるが、結局、新助一人で出て行くこととなる。

が、新助が着いてみると一歩ちがいで父親は帰ったあと、清次は慰めごとを言って立ち去り、新助は三太と二人で酒を飲んだあと帰路につくのだが……このくだり、清次がどんなふうに事態を治

めたか、まことしやかに語られたりして、つまり駆落ちは許しがたいが、こうなってしまった以上、一人息子の新助を婿として駿河屋に入れるよう弥縫策がまとまりかけていることが伝えられるが、これはまったくのでっちあげ。

三太と連れだって雨の中、人けのない大川端まで来ると提灯の火が消えて、

「大丈夫かい」

「この酔いどれめ、なにを言いやがる」

いきなり刃物の先が新助の肩先を切った。

「手前はいったい何者だ」

「馬鹿野郎。親分に頼まれてお前を殺しに連れて来たんだ」

と三太の声。乱闘となり、新助は三太の刃物を奪って脳天に突き立ててしまう。思いのほか新助は体力、腕力に優れていたのである。

人を殺してしまい、

——逃げようか、自首しようか——

と迷ったが、すぐさま、

——お艶ちゃんが危い——

清次たちの悪企みは明らかだ。お艶が無事であるはずがない。清次への恨みと怒りが爆発して、

——このままではすまされない——

恋しいお艶に会うまでは生きていたい。三太の死体を川に流し、お艶がいるはずの船宿へそっと帰った。家の中は静かで、異変の起きた様子はない。万一の用心のため台所の出刃包丁を懐へ入れ、梯子段の下まで忍び込むと、

「だれだい、三太かい」

と、これは清次の女房の声だ。宿にはほかにだれもいないようだ。お艶はどこかに連れ去られたらしい。

「ご安心なせえやし。器用にかたづけてまいりやした」

と三太の声をまねて言い、踏み込んで、

「お艶ちゃんはどこにいます」

「お前は新どん」

と女房は驚いて、新助の様子を見れば、着物はずたずたに切れ、体のあちこちに血と泥とが散っている。顔つきもすさまじい。

「新どん、お前さん、どうしなすった」

「どうしたもねえもんだ。三太を殺して来たんだ。お艶ちゃんの居所さえ教えてくれりゃお前の命は助けてやる」

この女房もそれなりの男勝りで、新助を甘く見ていたから、

「おおかた二階にいるでしょうよ」

と白っぱくれている。新助はとりあえずこの女房を逃げられないよう縛りつけ、猿ぐつわまでかませた。二階へ上ってもお艶はいない。下へ戻って、

「さあ、どこへ隠したか白状しろ」

猿ぐつわを解いて出刃包丁で頬を打ったが、

「お前のような青二才に馬鹿にされてたまるもんか。殺すなら殺してごらんな」

と、にらむ。

「清次さんはどこへ行った」

「親分かい。どこへ行ったか知らんね。お艶ちゃんなら、夕方寄席へ行くと言って、女中と出かけたよ。帰りの遅いところを見ると、まちがいでもあったんだろ」

と、ふてぶてしい。

新助の頭の中を思案が走る。これからお艶の行方を捜すにしても、

——こいつを逃がしたら、こっちが無事ではいられない——

女房の図太さにも腹がたち、結局、これを麻縄で締め殺してしまう。それから自分の体を洗い清次の衣裳に着換え、さらに用簞笥の引出しを開けて、そこにある三両ばかりの銭をつかみ取る。周囲を荒らし、自分の衣類は石をつけて近くの川底に沈め、

——盗賊のしわざだ——

と紛らわせた。

外に出れば、いつしか雨がやみ、月が冴えている。

——これでよし——

不安を抱えながらも強いて安心を装い、浅黄色の頭巾をかぶって大通りへ出る角の自身番の前を通り抜けた。

ストーリーはもっと丁寧に綴られているが省略をお許しあれ。

ここに金蔵なる年配者がいて、この男は若いころこそ浅草界隈の博徒としてずいぶん乱暴も働いたが、五十の坂を越えてからは財産もできれば分別もついて、義俠心に富んだ人物に変わっていた。新助は実家にあったときから父の縁でこの男を知っていた。

二人を殺してしまい新助は途方にくれて、この男のもとを訪ね、しばらくかくまってくれるよう願った。お艶に会ったあと、きっと自首するから、と訴えて……。初めは三太殺しだけを告白したが（これは正当防衛と言えないこともない）金蔵に見破られ、すなおに全てを打ちあけた。金蔵は諭すのである。

〝「大方そんなことだろうと思った。それまで話がわかってみりゃあ、おれが立派に引き受けて、一緒にお艶さんとやらを捜してやらねえもんでもねえ。しかし前もって断っておくが、その娘御に会い次第必ず自首して出なせえよ。おれにしたって一度や二度は人を殺した時代もあるが、一ぺん味を覚えるとなかなかそれぎりじゃあすませねえものさ。お前ももとは気の小せえ性分だったけれど、もうそうなっちゃあおしめえだ。世の中に恐いものがねえとなりゃあ、面白いこたあいくらでも出来る。なあ新助さん、お前は今が肝腎な時だぜ。ようく落ち着いて考えねえと、このままずるずる悪い方へ引き落とされてとんでもねえ人間になっちまうぜ。否でも応でも自首しろと言ったら無慈悲なようにも聞えるだろうが、お前の命を助けたところで、お前のためにも世間のためにも、損にこそなれ、なんにも得はありゃしねえ。また人死にが出来るばかりだ」〟

新助はお艶にひとめ会い次第自首するつもりでいたから、金蔵の真意を深く理解できなかったが、とにかく金蔵の世話になることとなった。

金蔵は手際よく情報を集める。清次の周辺では三太が新助を殺め、兇行のついでに清次の女房を殺し金をさらって逃亡した、となっているらしい。とりあえず新助の立場は安泰だ。新助は金蔵の好意で顔にほくろを入れて人相を変え、昼は草履（ぞうり）売り、夜はそば屋になってお艶の行方を探した。つらい噂も耳にする。駿河屋の主人は娘の家出を苦にして重い病気にかかっているとか。店もひっそりとして、もとよりお艶の帰った気配など少しもない。

月日が流れた。正月を越し、春が来て、ひたすらお艶に会いたがっている新助のもとに金蔵からの知らせが届いた。

「新助さん、お前が尋ねる女というなあ、もしや仲町で芸者をしている染吉というのがそれじゃあるめえか」

たぐいまれな美貌で、愛嬌がある。年かっこうも容姿の特徴もお艶に近い。徳兵衛という博徒が親元になり、ひと月ほど前に仲町に出て、またたくうちに売れっ子になったらしい。日本橋の商家の若旦那や麹町の旗本や、そのほか遊び人たちが夢中になって彼女を追いまわし、大金を絞られているが、うまく翻弄されてだれ一人として望みが叶えられない。徳兵衛自身が惚れ込み、それであまりお客を取らせないらしい。芸者屋の女将は徳兵衛の女だから、この件でいざこざが生じ、十日ほど前、女将は追い出され、染吉がそれに替って姐さん株にすえられる。周辺では染吉について、

——年に似合わず、すご腕だ——

と、もっぱらの噂なのだ。去年の暮まで商家の娘だったとは、とても信じられないとも。恋しい男を偲んでいる様子もなく、始終華やかに笑いさざめいて、女だてらに大酒をあおっている、とか。

金蔵は言う。

「なんにしても明日早速会ってみなせえ。あんた一人で行ってもわかるよう徳兵衛には話しておいたから」

新助は喜んだが、驚きもした。徳兵衛のもとでお艶がどんな生活を送っているか、気がかりではあったが、自分に対する真心は変わりあるまい。金蔵は自分のもとに来てからの新助の真面目な様子に信を置いていた。新助はお艶さえいなければ、律儀な商人なのだ。金蔵の助言を受け、新助は支度を整えて、

「それでは行ってまいります。お世話になりました」

ひとめお艶に会ったら自首する覚悟だった。

「りっぱに自首してくれさえすりゃ、あとはおれが引き受ける。親父さんたちのことも心配するにゃ及ばない。お艶さんにはなにを言う？」

「私が意見してご両親のもとへ帰らせます」

「よく言った。それでこそ昔の新助さんだ」

金蔵はいくらかの金包を用意したが、新助は受け取らなかった。

そしてお艶と新助はめぐりあう。

すなわち芸者として現れた女は紛れもなくお艶であった。その折の様子を原文で示そう。

〝伊予染めの縞縮緬の袷（あわせ）の上に金糸で重ね菊の繡（ぬいとり）をした黒繻子（くろじゅす）の丸帯を締め、石垣形の絞りの長襦袢の裾も露（あら）わにわざとお白粉（しろい）をうすく引いて、辰巳（たつみ）きっての売れッ妓（こ）と言われるだけに見違えるほどいなせな風俗と変っていた〟

と半端な知識では理解のむつかしいところもあるけれど、まことに、まことに美しく妖しい姿だった。

「おや」と叫んで、いきなり新助の膝頭へぶつかるようにべったりとしりもちをつき、

「よく無事でいておくんなすった。私ゃお前に会いたかった、会いたかった」

新助の歓喜はどれほどだったろう。そして心の中に、

――おれはこれだけの女を捨てて、明日自首するのか――

迷いが湧いてくる。

お艶は、新助と別れてからの出来事を語った。

清次が子分を連れて現われ、お艶を縛りあげて徳兵衛のところへ。そして清次は言うのである。

「おれは前からお前に惚れてたのさ。お前たちに駆落ちをさせたのも、そのためのはかりごとよ。おれの女になってくれ。願いを叶えてくれさえすりゃあ、楽をさせてやる」

お艶は、

――新さんは殺されたな――

と思いながら、あきらめきれず、もとより清次の口説には耳を貸すはずもない。ずいぶんと恐い目にもあったが、

――男たちはみんな私に惚れている。命を奪ったり、ひどく傷つけたりはしない。せいぜいどこかに売り飛ばされるくらい――

と図太く構えて、怯まなかった。

結局、お艶は清次から徳兵衛へと譲りわたされ、この徳兵衛は清次よりもっと悪賢いらしい。が、徳兵衛もお艶に惚れているので女の手練手管が役に立つ。徳兵衛はとりあえずお艶を芸者として養うこととし、お艶にしてみれば、

――もう親元へ帰るつもりはない――

芸者稼業は性に合っている。のろい男を欺してお金を絞るほど楽しいことはない。どんどんと深みにはまり、たちまち辣腕の芸者となった、という事情である。新助は、

「おれは明日にも自首しなきゃならない。お前に会ったら死のうと覚悟してたんだ」

「お前は気が小さいのさ。だれもお前を密告しないさ。だから、ここで二人で暮らそうよ」

新助が人の道を説いてもお艶は肯んじない。

「そりゃ、いくらなんでも……」

「せめて二、三日……。せっかく会えたんだから」

ずるずる、ずるずる、新助がお艶の魅力に背を向けられるはずもなく、そのまま二人で暮らすようになる。稼ぎは、お艶が……染吉がたっぷりともたらす。徳兵衛が楽をさせてくれる。そのあたりに徳兵衛の野心がちらつき、新助は気が気でない。

ある日、徳兵衛が二人の前に顔を出し「お艶を一晩だけ貸してくれ」という相談を切り出す。旗本を相手に荒稼ぎをするつもりらしい。お艶は乗り気になっている。旗本の向島の寮へ呼ばれているのだ。すったもんだの末、お艶は出かけ、心配顔の新助は箱屋（芸者のつき人）に化けて様子を見に行く手はずとなった。

深夜の闇をくぐり抜け、新助が向島の寮の裏口を開け、

「染吉の迎えにまいりました」

「染吉の迎えだと。ふざけるな」

屋敷の中では今しも争いが始まっていた。徳兵衛と染吉のゆすり、かたりが露見して芹沢なる旗本が抜刀して怒っている。徳兵衛が逆うと、一閃が走って徳兵衛の顔が血だらけに染まる。お艶も芹沢に襟首をつかまれ、刃が迫っている。新助は飛び込み、

「この女に罪はねえ」

「お前はなんだ」

「姐さんを迎えに来た箱屋です」

「じゃあ、とっとと帰れ」

芹沢はお艶を突き放し、

「手切れ金のつもりで金はくれてやる。今後いっさい足を踏み入れるな」

「ふん。まぬけめ。来いと言っても来やしねえよ」

とお艶も負けていなかった。

徳兵衛、お艶、新助はほうほうの体で逃げ出したが、徳兵衛の傷は深い。なんとか救おうと努めたが、ついにはお艶が、

「親分、このぶんじゃとてもいけねえ。いっそ私が……」

と帯の間からかみそりを取り出す。徳兵衛も必死で刃物を振る。お艶が危い。

「新さん、どうにかして」

徳兵衛は恨み言を吐きながら死ぬ。新助が、

「これで三人目だ。おれは仕様がねえ。お艶、おれといっしょに死んでくれ」

しかしお艶は開き直って、

「このまま知らん顔してりゃ、だれにもわかりゃしない。いっそ図太く世間をわたろうよ」

新助が戸惑っていると、

「承知しておくれか。うれしい、うれしい」

死体を始末して二人は家路を踏み、もとの生活に戻った。


金蔵が二人の家に訪ねて来た。新助は二階へ馳(か)けて逃げ、お艶は、

「そんな人、知りませんよ」

空とぼけて、けんもほろろの挨拶をする。金蔵のせりふは、ささやかながらこの作品の白眉(はくび)だからそのまま引用して示そう。

〃「いないと言うなら仕方がごわせん。当人にその気がなけりゃあ、家捜(やさが)しをして尋ね出しても無

駄な話だから、私あ素直に帰りやしょう。だが染吉さん、もしもこの後新助という男に会いなすったらよくそう言ってくだせえよ。私も男だからいったん誓約したことは、お前の方で破ってもこっちは必ず守ってやる。めったに喋舌りゃあしねえから安心してもいい代りに、それほど命が惜しければ、どうぞ以来は身を慎んで、私の顔を潰さねえよう、自分の寿命も縮めねえよう、生れ変わった人間になってもらいてえ。私の家を出てからも、大方ろくなこたあしちゃいめえが、せめてこれから考え直して、違った道を踏まねえようにしてくれろと、くれぐれも言伝をしてくだせえよ。それじゃあ大きにお邪魔をしやした」

と金蔵が立ち去ったあと、すっかりふさぎ込んでいる新助に、

「そんなにお前が申しわけないなら、いっそあいつもかたづけてしまおうか」

「おれもそれを考えたが、なんぼなんでもひどい。死んだあとまで天罰が恐ろしい」

と首を振った。

船頭の清次が……そもそもお艶たちに駆落ちを勧めたあの男が、また周辺に姿を見せるようになり、新しい女房がいるのにお艶をかき口説く。お艶は、

「本気で惚れるなら、お前の悪事を知っている女房を殺してからにしておくれ。罪のない新さんを殺したお前にそのくらいの度胸はあるだろ」

「あれは三太がしたことで、おれの知ったことじゃない」

折しも清次は今までの悪事が露見し始め、身辺を整理してどこかへ逐電する必要に迫られていた。女房を殺し作れるだけ金を持ってお艶といっしょに逃げよう、と企みを明かすとお艶は一も二もなく承知した。

清次は女房を殺し、五百両を持って、夜の四つ、舟を出して江戸を逃がれようとする。お艶はい

っしょに来たが、そこへ新助が顔を出し（もちろんこれがお艶の計画だ）

「清次さん、しばらく。いろいろお艶が世話になったなあ」

「なんだ、お前は新助さんか」

格闘となったが、清次は刃物を用意していない。たちまち新助に切りまくられ、お艶は清次のうしろから手をまわして叫び声を消す。

五百両を手にした二人は、おもしろおかしい日々を送ったが、お艶は仕事と言いながら外泊が多くなる。新助が咎めると、

「芸者の座敷というのは裏の裏がある。お客を操るには酔い潰れたまねをして泊まるくらいはよくあること」

と説明するが、なんだか変だ。いつか大喧嘩をした芹沢という旗本ともよりを戻して、よい仲らしい。嫉妬にかられた新助が調べるとますます怪しい。激しく問いつめると、

「お前もちっとは利口になったね。お前を楽にさせたいばかりに金を絞り取ってるんだ。好きで浮気をするんじゃない。こうなりゃ言ってしまうが、私ゃ清次にだって徳兵衛にだって体をまかせたよ」

新助がかっとなって衣紋竹でぴしぴし叩くと、

「ぶつならぶちやがれ。私ゃ芹沢さんに惚れているんだ」

この一言に新助は手をゆるめ、

――もう取り返しがつかない――

激しい悲しみが胸に溢れ、

「おれがわるかった。許してくれ」

とお艶の前に崩れて頭を下げた。

お艶の心はすでにいくじのない新助を離れていた。かくてそれから数日後、お艶殺しが決行される。お艶はそっと逃げようとしたが、新助に油断はなかった。お艶の乗った駕籠に追いつき、中から引出す。

〃お艶は新助の手元を支えながら、

「新さん後生だ、芹沢さんにひとめ会わせてから殺しておくれ」

と拝んで言った。彼女は斬りかけられつつ逃げまわって、「人殺し人殺し」と叫んだ。息の根の止まるまで新しい恋人の芹沢の名を呼び続けた〃

と作品は終わっている。このあと新助はきっと自害しただろう。

やたらに人の死ぬ小説である。しかし、これは遠い時代の大衆劇によくあること。歌舞伎や浄瑠璃にも多い。〈お艶殺し〉はその気配を踏んでいる、と見て深くはこだわるまい。

が、それとはべつにフランス語にファム・ファタル（運命の女）という言葉があって、これは運命的に男と出会い、男を破滅させる女性のこと。お艶はまさしく典型的なファム・ファタルであった。

谷崎の小説は、かつてはよく映画化されており、昭和四十一年、〈刺青〉と〈お艶殺し〉は（なぜか）一つにまとめられ〈刺青〉のタイトルで上映されている。監督は増村保造、脚本は新藤兼人、主演の若尾文子は充分に妖艶で、つきづきしい。芸者姿は息をのむほど優美である。衣裳を着るとき脱ぐときにさえ味がある。ストーリーは小説〈お艶殺し〉を中軸に進行し、新助が三太を殺しお艶が幽閉され、別れ別れになったところで彫りもの師がお艶の白い肌に惚れ込み、背一面に女郎蜘蛛を彫り……このあたりは小説〈刺青〉である。背中のあやかしがお艶を唆して悪事を働かせるような気配が見え隠れし、最後はその魔力のせいかお艶が新助を殺す。彫りもの師がおのれの業の恐ろしさにおののき、お艶を殺し、みずからも死ぬ。旗本の影は薄く、ファム・ファタルの印象も〈刺青の魔力が強調されるので〉濃いとは言えない。二作を絡み合わせたら、

——こんなところかな——

制作者の努力は認めても、やはり作品としては深さが足りないように思う。

〈刺青〉は新人の小手調べのような佳作であり、〈お艶殺し〉はファム・ファタルを強調するストーリーとして、典型的だ。気まじめな新助が妖女の魅力にどう蝕まれていくか、人間のどうしようもない性を映したフィクション……男性ならだれしもが多く、少なく持っている傾向を訴えて鮮やかだ。そこにこそ小説としての凄さがある。日本版の〈カルメン〉なのだ。モチーフはとてもよく似ている。読み応えのある名作だ。

最後に大胆で、不遜な六角評価図をそえておこう。AからFの特徴を五段階法で評価して図形化したものだ。あくまでも私見である。円満な形が必ずしもよい小説を表わすとは限らない。

A　ストーリーのよしあし。
B　含まれている思想・情緒の深さ。
C　含まれている知識の豊かさ。
D　文章のみごとさ。
E　現実性の有無。絵空事でも小説としての現実性は大切であり、むしろ谷崎的リアリティを考えるべきだろう。
F　読む人の好み。作者への敬愛・えこひいきも入る。

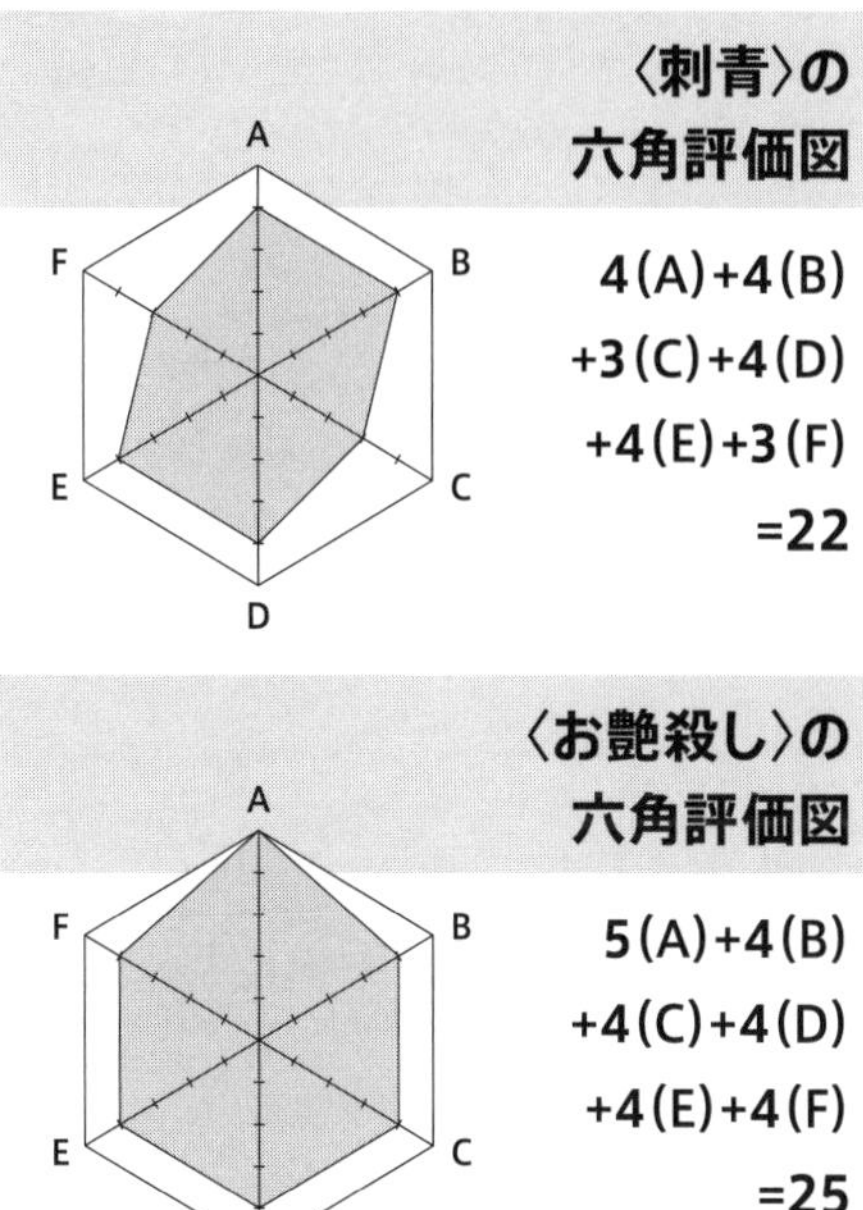
〈刺青〉の
六角評価図
A
B
C
D
E
F
4(A)+4(B)
+3(C)+4(D)
+4(E)+3(F)
=22
〈お艶殺し〉の
六角評価図
A
B
C
D
E
F
5(A)+4(B)
+4(C)+4(D)
+4(E)+4(F)
=25

2

母性への憧れ

〈母を恋うる記〉〈少将滋幹の母〉〈夢の浮橋〉

愛(エロス)について言えば、母の子に対する愛がなによりも貴く、深い。無私にして永く続く。恋の情熱は、熱さこそ激しいが、そう永くは続かない。無私とは言えないケースも多い。

　母の愛を受ける側、つまり子のほうは母に対してどう思うか。これも相当に深い。因みに言えば、戦場で戦士が死ぬとき「万歳」と叫ぶのは嘘っぱち、嘘ではないまでも作為がありそうだ。多くは「母ちゃん！」アンド・アザーズ、今生の訴えとして母を呼ぶケースが本物だろう。

〈母を恋(こ)うる記〉は大正八年（一九一九）に発表された。デビューの気配が残るところである。その書き出しは、

〃……空はどんよりと曇っているけれど、月は深い雲の奥にのまれているけれど、それでもどこからか光が洩れて来るのであろう、外(と)の面(も)は白々と明るくなっているのである。その明るさは、明るいと思えばかなり明るいようで、路ばたの小石までがはっきりと見えるほどでありながら、なんだか眼の前がもやもやと霞んでいて、遠くをじっと見詰めると、瞳がくすぐったいように感ぜられる、一種不思議な、幻のような明るさである。なにか、人間の世を離れた、はるかなはるかな無窮の国を想わせるような明るさである。その時の気持次第で、闇夜とも月夜ともどっちとも考えられるような晩である。しろじろとした中にも際立って白いひとすじの街道が、私の行く手をまっすぐに走っていた。街道の両側には長い長い松並木が眼のとどく限り続いて、それが折々左の方から吹いて来る風のためにざわざわと枝葉を鳴らしていた。風は妙に湿り気を含んだ、潮の香の高い風であっ

た。きっと海が近いんだなと、私は思った。私は七つか八つの子供であったし、おまけに幼い時分からきわめて臆病な少年であったから、こんな夜更けにこんなさびしい田舎路を独りで歩くのはずいぶん心細かった。なぜ乳母（ばあや）が一緒に来てくれなかったんだろう。乳母はあんまり私がいじめるので、怒って家（うち）を出てしまったのじゃないかしら。そう思いながらも、私はいつもほど恐がらないで、その街道をひたすらたどって行った。私の小さな胸の中は、夜路の恐ろしさよりももっと辛いやるせない悲しみのために一杯になっていた。私の家が、あの賑やかな日本橋の真ん中にあった私の家が、こういう辺鄙（へんぴ）な片田舎へ引っ越さなければならなくなってしまったこと、昨日に変る急激な我が家の悲運、それが子供心にも私の胸に言いようのない悲しみをもたらしていたのであった〟

谷崎の文章は長い。一つ一つのセンテンスも長いが、それよりもなによりも一つの情況を（もちろん少しずつ変っていくのだが）丁寧に、ゆっくりと描く。この〈母を恋うる記〉は、その典型で、〝私〟はよくわからない暗い道を歩いているらしいのだが、周囲の気配が……見えるもの、聞こえるもの、感ずるものなどなどが延々と綴られていく。

——これが谷崎なんだ——

と味わっていただきたい。凡手（ぼんしゅ）にはなかなかできない技だろう。

少しはしょって述べれば……ついこの間まで贅沢な生活をしていた〝私〟が、まだ子どものままの私が暗い松原と畑の街道をとぼとぼと行くと、いつしか海辺に出て道には電信柱だけが並んで立っている。それを一本、二本、三本と数え、七十本目を数えたころ遠くにポツンと灯が見え、近づけば電信柱の上に取りつけられたアーク灯。その光を受けて白いものがヒラヒラと蠢いている。気がつくと沼があって蓮（はす）が広がり、その葉裏が白く揺れているのだ、と、わかる。沼の向こうに人家の灯が見え、そこにはきっと父母がいるのではないかしら。

味噌汁の匂いがして粗末な家の中へ入ると老婆が火吹竹でかまどの下を吹いている。

「お母さん、お母さん、私ですよ、潤一が帰って来たんですよ」

「お前はだれだったかね。お前は私の息子じゃないよ」

　確かにちがうらしい。ひもじい腹を満たしてもらおうと食べ物を願うが邪険に追い出されてしまう。仕方なしにもとの暗い道へ戻ると丘が伸びて黒々と広がる松林……。松風が恐ろしく、海の響きも聞こえる。足元は砂地なのだろうか。すると海の上に月が出て、これが滅法美しい。

〃ああ、何という絶景だろう。街道と波打ち際との間には、雪のように真っ白な砂地が、多分凸凹に起伏しているのであろうけれど、月の光があんまり隈なく照っているために、その凸凹が少しもわからないでただ平べったくなだらかに見える。その向こうは、大空にかかった一輪の明月と地平線の果てまで展開している海とのほかに、一点の眼を遮るものもない。先刻松林の奥から見えたのは、ちょうどその月の真下にあたって、最も強く光っている部分なのである。その海の部分は、単に光るばかりでなく、光りつつ針金を捩じるように動いているのがわかる。あるいは動いているために、一層光が強いのだと言ってもよい。そこが海の中心であって、そこから潮が渦巻き上るために、海が一面に膨れ出すのかもしれない。なにしろその部分を真ん中にして、海が中高に盛り上って見えるのは事実である。盛り上ったところから四方へ拡がるにしたがって、反射の光は魚鱗のごとく細々と打ち砕かれ、さざれ波のうねりの間にちらちらと交り込みながら、汀の砂浜までしめやかに寄せて来る。どうかすると、汀で崩れてひたひたと砂地へ這い上る水の中にまでも、交り込んで来るのである。

　その時風はぴったりと止んで、あれほどざわざわと鳴っていた松の枝も響きを立てない。渚に寄せて来る波までがこの月夜の静寂を破ってはならないと努めるかのごとく、かすかな、遠慮がちな、囁（ささや）くような音を聞かせているばかりである。それは例えば女の忍び泣きのような、蟹が甲羅の隙間からぶつぶつと吹く泡のような、消え入るようにかすかではあるが、綿々として尽きることを知らない、長い悲しい声に聞える。その声は「声」というよりも、むしろ一層深い「沈黙」であって、今宵のこの静けさをさらに神秘にする情緒的な音楽である。

だれでもこんな月を見れば、永遠ということを考えない者はない。私は子供であったから、永遠というはっきりした観念はなかったけれども、しかしなにかしら、それに近い感情が胸に満ち満ちて来るのを覚えた。――私は前にもこんな景色をどこかで見た記憶がある。しかもそれは一度ではなく、何度も何度も見たのである。あるいは、自分がこの世に生れる以前のことだったかもしれない。前世の記憶が、今の私に蘇（よみが）えって来るのかもしれない。それともまた、実際の世界でではなく、夢の中で見たのだろうか。夢の中で、これとそっくりの景色を、私は再三見たような心地がする。そうだ、確かに夢に見たことがあるのだ。二、三年前にも、ついこの間も見たことがあった。そうして実際の世界にも、その夢と同じ景色が、どこかに存在しているにちがいないと思っていた。この世の中で、いつか一度はその景色に出会うことがある。夢は私にそれを暗示していたのだ。その暗示が今や事実となって私の眼の前に現れて来たのだ〟

と、くどいほど綿密である。

死のように静かな風景の中で自分だけが生きているように感じ、やがて蠢く影法師とたわむれ、松の影を数えながら進むうちに三味線の音が聞こえてくる。「天ぷら食いたい、天ぷら食いたい」と聞こえてくる。昔、日本橋にいたころ、乳母の懐（ふところ）に抱えられて布団の中にいると、よくこの音を聞いたものだった。乳母はいつも音にあわせてくちずさんでいた。

〝「ほら、ね、あの三味線の音を聞いていると、天ぷら食いたい、天ぷら食いたい、と言っているように聞えるでしょ、ねえ、聞えるでございましょ」

そう言って乳母は、彼女の胸に手をあてて乳首をいじくっている私の顔を覗き込むのが常であった。気のせいか知らぬが、なるほど乳母の言うように「天ぷら食いたい、天ぷら食いたい」と悲しい節で唄っている。私と乳母とは、長い間眼と眼を見合わせて、なおも静かにその三味線の音に耳を澄ましている。人通りの絶えた、寒い冬の夜の凍った往来に、カラリ、コロリと下駄の歯を鳴らしながら、新内語りは人形町の方から私の家の前を通り過ぎて、米屋町の方へ流して行く。三味線の音が次第次第に遠のいてかすかに消えてしまいそうになる。「天ぷら食いたい、天ぷら食いたい」と、ハッキリ聞えていたものが、だんだん薄くかすれて行って、風の具合で時々ちらりと聞えたり全く聞えなくなったりする。

「天ぷら……天ぷら食いたい。……食いたい。天ぷら……天ぷら……天……食い……ぷら食い……」〃

そして私は、途切れていく音を聞きながら、

——空耳かな——

と疑ううち、どのくらい時間がたったのか、一、二町先に三味線を弾く人影を認める。少しずつ近づくと、

〃三味線を弾いている人は、疑いもなくうら若い女である。昔の鳥追いが被っているような編笠を被って、少しうつむいて歩いているその女の襟足が月明りのせいもあろうけれど、驚くほど真っ白である。若い女でなければあんなに白いはずがない。時々右の袂の先からこぼれて出る手首も同じように白い。まだ私とは一町以上も離れているので、着ている着物の縞柄などはわからないのに、その襟足と手首の白さだけが、沖の波頭が光るように際立っている。

「あ、わかった。あれはことによると人間ではない。きっと狐だ。狐が化けているのだ」〃

しかし、狐ではないらしい。女の容姿が、まず笠の下の横顔から明らかになる。

〃私はその鼻が、高い、立派な、上品な鼻であってくれればいいと思った。こんな月夜にこんな風流な姿をして歩いている女を、醜い女だとは思いたくなかった。そう思っているうちに、鼻の頭はだんだん余計に頰の向こうから姿を現わして来る。尖った部分の下につづく小鼻の線のなだらかなのが窺われる。もうそれだけでも、鼻の形の大体は想像することが出来る。たしかにそれは高い鼻にちがいない。高い、しかも立派な鼻にちがいない。もう大丈夫だ。

私はほんとうにうれしかった。ことにその鼻が、私の想像したよりもはるかに見事な、絵に画いたように完全な美しさを持っていることが明らかになった時、私のうれしさはどんなであったろう。今や彼女の横顔は、その端厳な鼻梁の線を始めとして、包むところなく現れ出でつつ、私の顔とぴったり並んでいるのである。それでも女は、やっぱり私の方を振り向かない。横顔以上のものを私に見せようとしない。鼻の線を境にした向こう側の半面は、山陰に咲く花のように隠れているのである。女の顔は絵のように美しいと共に、「絵のように」表ばかりで裏がないかのごとく感ぜられる。

「おばさん、おばさん、おばさんはどこまで歩いて行くのですか」

私はこう言って女に尋ねたが、そのおずおずした声は、冴えた撥音に掻き消されて彼女の耳へは入らなかった〃

と、まことに、まことに描写は念入りである。

〃私〃の本心は〃おばさん〃ではなく〃お姉さん〃と呼びたいのだが、それでは少しなれなれしいだろう。ついには、月の光の中、女の顔を正面から見ることになり、これはやっぱり原文で知っていただこう。

〝顔は暗い編笠の蔭になっているのだけれど、それだけに一層色の白さが際だって感ぜられる。蔭は彼女の下唇のあたりまでを蔽っていて、笠の緒の食い入っている顎の先だけが、わずかにちょんびりと月の光に曝されている。その顎は花びらのように小さく愛らしい。そうして、唇には紅がこってりとさされている。その時まで私は気がつかなかったが、女はたしかに厚化粧をしているのである。あんまり色が白すぎると思ったのも道理、顔にも襟にも濃いお白粉がくっきりと毒々しいまでに塗られている。――けれど、そのために彼女の美貌が少しでも割引されるというのではない。どぎつい電燈の明かりや太陽の光線の下でこそ、お白粉の濃いのは賤しく見えることもあろうが、今夜のような青白い月光の下に、あくまで妖艶な美女の厚化粧をした顔は、かえって神秘な、魔者のようなもの凄さを覚えさせずにはおかないのであった。まことにそのお白粉は、美しいというよりも、もしくは花やかというよりも、寒いという感じの方が一層強かったのである〟

女は立ち止まり〝私〟は、

「おばさん、おばさん、おばさんは泣いているんですね。おばさんの頬ぺたに光っているのは涙ではありませんか」

「涙にはちがいないけれど、私が泣いているのではない」

「そんならだれが泣いているのですか。その涙はだれの涙なのですか」

「これは月の涙だよ。お月様が泣いていて、その涙が私の頬の上に落ちるのだよ。あれご覧、あの通りお月様は泣いていらっしゃる」

と、少しヘンテコだが、この夜の気配にふさわしい問答があり、二人で頬をすり合わせてさめざ

めと泣く。おばさんの顔はさらに美しい。あげく〝私〟は、

「おばさんのことを姉さんと呼んでいいですか」

「なぜそんなこと言うのだい。お前に姉さんなんかないだろ。弟と妹だけで」

「それじゃ、なんと言ったらいいんです」

「なんと言うって、お前は私を忘れたのかい？　私はお前のお母様（つかさん）じゃないか」

こう言いながら女は顔をできるだけ〝私〟に近づける。一気にクライマックス……。

〝その瞬間に私ははっと思った。言われて見ればなるほど母にちがいない。母がこんなに若く美しいはずはないのだが、それでもたしかに母にちがいない。どういう訳か私はそれを疑うことが出来なかった。私はまだ小さな子供だ。だから母がこのくらい若くて美しいのは当たり前かもしれない、と思った。

「ああお母さん、お母さんでしたか。私は先からお母さんを捜していたんです」

「おお潤一や、やっとお母さんがわかったかい。わかってくれたかい。――」

母は喜びに震える声でこう言った。そうして私をしっかりと抱きしめたまま立ちすくんだ。私も一生懸命に抱きついて離れなかった。母の懐には甘い乳房の匂いが暖かく籠っていた。

が、依然として月の光と波の音とが身に沁み渡る。新内の流しが聞える。二人の頬にはいまだに涙が止めどなく流れている。

私はふと眼を覚ました。夢の中でほんとうに泣いていたと見えて、私の枕には涙が湿っていた。自分は今年三十四歳になる。そうして母は一昨年の夏以来この世の人ではなくなっている。――この考えが浮かんだ時、さらに新しい涙がぽたりと枕の上に落ちた。

「天ぷら食いたい、天ぷら食いたい。……」

あの三味線の音が、まだ私の耳の底に、あの世からのおとずれのごとく遠くはるけく響いていた〃

と終わっている。

文中にある通りこの作品を発表したとき谷崎は三十四歳（数え年）で、二年前に母を亡くしている。母親の〃関〃は裕福な商家の出で、なかなかの器量よし、わがままに育てられ、家事などは不得意だったらしい。谷崎が乳母の手に委ねられたところもおおいにあったのだ。姉がなく弟と妹のあったことも記述の通りである。

こんな事情を勘案すると〈母を恋うる記〉は谷崎の心情を相当に色濃く反映したものと考えてよさそうだ……が、まっすぐではない。母への憧憬が（子どもじみたものではなく、あえて言えば文学者のそれとして）名状しにくい不安となって夢のように、夢想のように描かれている。基本はひたすら暗い道を行くようなストーリーなのだ。母にめぐりあってもことさらにドラマチックということもなく、幼時の些細な記憶が響いているだけ……。むしろとても恋しいはずなのに、劇的に熱しきれないもどかしさや戸惑いまでもが感じられてしまう。亡くなった母を慕う心はこんなところなのかもしれない。

もしこの作品のタイトルが〈母を恋うる記〉ではなく、たとえば〈暗い道〉などであったらどうだろう。読み始めてしばらくは……いや、作品の最後に到るまで読者は〃母〃の存在を感じないのではあるまいか。読み終えても痛烈に母を恋うているようには思えないのではあるまいか。タイトルに〃母〃を据えながら茫漠たる人の世の不安を訴えたこと、それが〃母〃なるものの存在であると示したところに作者の企みを感じてしまう。読者もまた不安を覚えてしまう。私はそう味わった。

〈母を恋うる記〉からほぼ三十年をおいて書かれた〈少将滋幹の母〉を覗いてみよう。この小説の舞台は平安の世、登場人物のほとんどが実在しており、語られているエピソードもおおむね〈今昔物語〉や〈十訓抄〉など往時の史書にあるものだ。そこに滋幹なるフィクションを交えてみごとな一編としたわけである。

まず〝この物語はあの名高い色好みの平中のことから始まる〟とある。平中は正しくは〝兵衛佐平定文〟といい、生まれもよし、歌もうまいし、美男であった。しかし官位はさほどのこともなく、とにかく好色で、この女からあの女へ、MMKじるし、つまり〝もてて、もてて、困る〟くちだったらしい。エピソードにはむしろ滑稽なものが多く、芥川龍之介は〈好色〉でこの人物を扱っている。そこでは平中が、ある女（侍従）への思いを断ち切るため、その女の汚物の入った容器を奪って覗き見るが、中には（もちろんその女が仕かけたのである）香細工が香り高く入っていて「侍従！　お前は平中を殺したぞ」と卒倒してしまう。谷崎の、この〈少将滋幹の母〉でも焦れる女に平中がいくら手紙を届けても返事がない、せめて〝見た〟とだけ返してほしいと願うと、相手は平中の手紙を切り抜き〝見た〟という二文字だけ返してよこしたとか、あるいは女の屋敷の遣戸の奥まで忍び込み、闇の中、女の髪にも顔にも触れたのに、

「障子のかけ金をかけてくるのを忘れましたわ」

だれかが来たらまずい。女がかけ金をかけに立ち、そのまま帰らず、閉じ込められてしまったとか、あれこれユーモラスに記されている。しかし実際に平中には〝たいていの女がなびいた〟という噂もある。深くはこだわるまい。

谷崎の小説に戻って……もう一人の主要人物は藤原時平である。この時代、藤原の姓を冠する貴

人は大勢いるけれど百科事典の項目に名のあるのが要人で〈ジャポニカ〉によれば、

〝藤原時平（八七一―九〇九）平安初期の公卿。基経の長子。母は人康親王の娘。忠平の兄。醍醐天皇に仕え左大臣となったが、右大臣菅原道真の進出を恐れ、九〇一年（延喜一）讒言をもってこれを失脚させた。しかし、彼は律令政治の維持には熱心で、荘園整理・班田励行その他いわゆる延喜の治の出現にはかなりの功績があった〟

とあり、毀誉褒貶のある人柄らしいが〈少将滋幹の母〉のころは富貴と権勢と美貌と若さ、すべてに恵まれていた。平中とは官位にこそ差異があったが、気性に馬が合うところがあって、ときどき顔を合わせていたらしい。

ある日あるとき、藤原国経なる大納言が次の登場人物として二人の話題にのぼり、この人は（残念ながら百科事典にはその名はなく）時平の伯父に当たり、大納言だからそこそこの身分ではあったが、まことの好々爺、時平は見下していたようだ。七十歳を越えているのに二十代の妻を持ち、この女がすこぶるつきの美形、平中はいっとき親しくなったことがあるらしいが、時平が関心を持ち、

「で、あなたの見たところ、夫婦仲はどんなぐあいです。やはり老人との間はうまくいっていないのでしょうね」

「さあ、身の不幸せを歎くようなことを申されて、涙ぐんでおられたこともございましたが、大納言殿は世にも親切なお人で、非常に大切にしてくれる、などともおっしゃっておられました。されればどういうお心持ちでおられますか、実際のところはわかりかねます、何しろかわいい若君もおいでになりますし、……」

「子たちは何人おられるのです」

「お一人らしゅうございます。四つか五つぐらいになられる若君ですが……」

「ほほう、では七十を越されてからのお子なのですね」

「えらいものでございますよ」

平中から情報をえて時平は触手を伸ばす。手始めに大納言に高価な贈り物をしてことさらに好意を示した。伯父・甥の関係なのだから、さほど不自然ではないし、老爺にしてみれば今をときめく左大臣から示される好意に大喜び……。感謝の念がどんどん膨れあがる。

——なにかお返しをしなくては——

そんな気持が伏在するようになる。

大納言と若い北の方との夫婦仲はけっしてわるくはない。大納言は心底惚れ込み、大切にいとおしんでいるのだが、そして北の方はそれで満足しているように見えるのだが、大納言の心中は〝自分がこれほどの宝物を独り占めにしていること、世にこれほどの美女がいることを知っているのは自分だけで、当人さえもそれをはっきりとは知っていないらしいことを思うと、何となく得意の念の禁じがたいものがあり、どうかすると、このような妻を持っているのを誰かに見せて、自慢してやりたい衝動をさえ感じ〟たり、あるいは〝自分はこの後、ただこの顔を眺めるだけで満足しつつ死んで行きもしようけれども、この若い人の肉体を、自分とともに朽ち果てさせてしまうのはあまりにも不憫(ふびん)であり惜しくもある。で、両手の間にその宝物をしっかりと挟んで見つめていると、いっそ自分のようなものは一日も早く消えてなくなって、この人を自由にさせてやりたいという怪しい気持に〟なったりするのである。

かくてストーリーは着々と進行し、明けて正月の三日、左大臣時平が華やかな伴連れで大納言の屋敷へ訪れた。酒が入り、余興で乱れ、猥雑（わいざつ）な気配さえ漂う。北の方は御簾（みす）のうち、屏風をへだてながめていたが、宴会が進むにつれ、故意か偶然か少しずつ屏風がたたまれ、姿がかいま見えるようになった。大納言は喜びのあまりすっかり酩酊してしまい、左大臣も酔ったが、こちらは北の方のほうへ視線を送ったりして戯れている。大納言は今夜の引出物として箏と馬二匹を用意していたが、左大臣は、それでは不足……もっとほしいものがあると言い出し、それは、

「ご老体が一番大切にしているもの。もの惜しみしなさんな」

「もの惜しみとは心外な。どんなものでもさしあげましょう」

酔った言葉を交わすうちに、

「では、もの惜しみしない証拠に……」

と大納言が御簾の中に手を入れ、北の方を引き出すと、

「大納言殿、この引出物、たしかにいただきましたぞ」

すかさず左大臣は戸惑う北の方を、みずからの車の中に押し入れ、立ち去ってしまう。もう少し細かく、入念に人々の動きや様子が綴られているが、要は〝あれよ、あれよ〟と思うまに、このトンデモナイことが敢行されてしまった。

そして翌朝、目ざめた大納言は昨夜の出来事が夢のようだが、夢ではないらしい。みずからが大切な宝物を左大臣へ譲ってしまったのだ。大納言は屈折した心理を冷静に分析して……すごい宝物を持っていることを人に見せたかったこと、自分がこんなすてきな女の夫にふさわしくないこと、もっとりっぱな男に添わせたほうが彼女にとって幸福かもしれないと思ったこと、縷々（るる）述べられているが、その後の大納言の人生が恋慕と絶望に苛まれることのみを告げて先を急ごう。

平中も左大臣のおともをして大納言の屋敷へ赴いたが、その心中は複雑だった。北の方については、いっときは親しんだ女（ひと）であり、未練はなお残っている。そもそも自分が軽率な言葉を吐いたために左大臣の暴挙が生じたのである。平中は連れ去られていく北の方の袖の下へすばやく愛のありかを示す歌を忍び込ませたり、その後も左大臣のもとにある北の方に接近を試みたり、策を弄したが、はかばかしい結果はえられなかったようだ。

ストーリーは平中が相変わらず左大臣家にある侍従に思いを寄せ（先に芥川龍之介の小説で触れたような）ひどいめに遭ったり、あるいは左大臣・時平が（なにしろこの人は菅原道真を落し入れた張本人とされているから）その恨みを受けたらしいことが綴られている。道真の怨霊はあれこれ、いろいろ世間に害禍をもたらしたらしい。左大臣は奪った北の方との間に一子・敦忠（あつただ）をもうけ、その後まもなく三十九歳で没してしまう。

北の方を奪われた大納言のその後は、これはもう悲嘆のどん底、このあたりの生活ぶりは、北の方がそこに残した一子、すなわち滋幹との関わりでページを多く満たしている。老爺はますます憔悴し、なき女の衣裳を周囲に広げ置いて懐かしんだり、漢詩や仏典に救いを求めたり、あるいは、なぜか深夜、さまよい出て女の屍体を見つめたり……滋幹は幼い眼で見ているのだ。屍体を観察したのは仏教の不浄観に由来すること、その由来・伝承が記されているが、ややこしいので省略しよう。

このあたりからテーマはむしろ母に去られた滋幹のこと。乳人（めのと）などの手によりまれには生母に会うこともあったが、総じて滋幹にとって母というものは〝五つの時にちらりと見かけた涙を湛（たた）えた顔の記憶と、あのかぐわしい薫物（たきもの）の匂いの感覚とに過ぎなかった。しかもその記憶と感覚とは、四十年の間彼の頭の中で大切に育まれつつ、次第に理想的なものに美化され、浄化されて、実物とははるかにちがったものになって行ったのであった〟

というころらしい。少しくわしく述べれば、

〝滋幹は母というものに憧れつづけながら、どうして彼女に近寄ろうとしなかったのであろうか。左大臣の存生中はともかくも、大臣が卒去してからは、逢うのに格別の支障もないように思えるけれども、敦忠をさえ避けるようにしていたとすれば、まして母を訪うことなどは、彼の地位として差控えなければならなかったのであろうか。それについて滋幹の日記は言う、――自分は十一、二歳の頃、幾度か母に逢いたいという望みを洩らしたことがあったが、世間のことはそう簡単に行くものではありませぬ、お母さまはもうよそのお家の人なのですと、そのつど乳人に戒められた。お母さまはもうあなた様のお母さまではなくて、われわれよりは身分の高いお方のお母さまなのですと、乳人はそうも言って聞かした。――と。滋幹はまた言う、――やがて自分は成人し、乳人の膝下を離れて一人立ちするようになり、なにごとも自分で判断して処理する年齢に達したが、そうなってからはいよいよ乳人の言った言葉が本当であったことがわかって、なかなか母に逢う機会などは得られなかった。自分は年が行けば行くほど、母と自分との距離が遠くなるのを感じた。たとい夫の左大臣は亡くなられても、やはり母は自分などの手の届かない雲の上の人、高貴の家の後室として多くの人にかしずかれつつ、立派な館の玉簾の奥に朝夕を過ごしているものと想像された。そう考えると、まことに乳人の言った通り、もうその人は自分などが「母」と呼ぶべき人ではなかった。悲しいことだが、自分の「母」はすでにこの世にいないものと思わなければいけないのであった。――と。

そうこうするうち、天慶六年三月に敦忠が死に、それから程なく母は出家したのであったが、そ

の噂は滋幹の耳にも入らないはずはなかった。今まで滋幹と母との仲を隔てていた障壁の一つは、敦忠というものの存在であったと察しられるが、今やその人が逝去したとすれば、図らずもここに機会は廻って来たわけで、もし滋幹が欲するならば、母に逢う道は容易に見出されたであろう。かつてその道を阻んでいた浮世の義理や掟などは、今となっては全く除かれていたであろうし、まして尼となった母は、西坂本の敦忠の山荘のほとりに庵を結んで暮らしていたので、そういう消息も滋幹は、風のたよりに聞いていたにちがいなかった。もはや母の身の周りには監視の眼もなく、草の庵の柴の戸ぼそは近づく者を拒まないで、誰に向かっても開放されているはずであった。とすれば、定めて滋幹も心が動いたことであろうが、それでもなおしばらくは決心しかねて、ためらっていたらしい様子が見える。四十年来その人と隔絶しながら、おぼろげな記憶の中にある面影を理想的なものに作り上げて、それを胸奥に秘めてきた滋幹は、いつまでも母を幼い折に見た姿のままで、思慕していたかったであろう。しかるに、それから四十年の星霜をへて、さまざまな移り変りの末に世捨て人となって仏に仕えている現在の母は、どんなふうになっているであろうか。滋幹の記憶する母は、すでに六十歳を越した老媼であることを思う時、滋幹の心は自然冷たい現実の前に出ることを尻込みしなかったであろうか。彼にしてみれば、永久に昔の面影を抱きしめて、あの時に聞いたやさしい声音や、甘い薫物の香や、腕の上を撫でて行った筆の穂先の感触や、そういうさまざまな回想をなつかしみつつ生きて行く方が、なまじ幻滅の苦杯を嘗めさせられるより、はるかに望ましいことのように思えたでもあろうか。滋幹自身は格別そういう告白をしている訳ではないが、母が尼となってから後、なお数年の歳月が空しく過ぎたのには、たぶん以上のような事情があったのではなかろうかと、筆者は推測するのである〟

が、しかし、当然のことながらストーリーは……滋幹は西坂本の山里に老母を訪ねていくのである。そこにこそ、この作品の真髄が綴られている。

黄昏から夕闇にかけて滋幹の行く道は、音羽川が流れ、比叡に続く丘がそびえ、深い木立に囲まれた館は住む人もない廃屋である。滝川の上流を目ざし、崖の上に大きな桜が爛漫と白く闇に咲いている。雪あかりかと思うほどだが、空にはいつしか月がかかり、光を増していた。みごとな風景描写が四ページほど続き、桜の下になにか大きく白く、ふわふわしたものを認めると、それは人影であり、白い帽子を被った尼僧らしいとわかった。尼僧は山吹の枝を手折（たお）り、崖下の道を帰ろうとしている。その向こうに小さな門があって、奥に庵室があるらしい。滋幹は人影のうしろにそっと近づいた。

〃「もし、……」

身近に人のけはいがするのに驚いた尼の、はっとこちらを振り返った時に、滋幹はなにかの力で背後から突かれたように尼のほうへのめり出ていた。

「もし、……ひょっとしたらあなた様は、故中納言・敦忠殿の母君ではいらっしゃいませんか」

と、滋幹はどもりながら言った。

「世にある時はおっしゃる通りの者でございましたが、……あなた様は」

「わたくしは、……わたくしは、……故大納言の忘れ形見、滋幹でございます」

そして彼は、一度に堰（せき）が切れたように、

「お母さま！」

と、突然言った。尼は大きな体の男がいきなり馳せ寄ってしがみ着いたのに、よろよろとしながらかろうじて路ばたの岩に腰をおろした。

「お母さま」

と、滋幹はもう一度言った。彼は地上にひざまずいて、下から母を見上げ、彼女の膝にもたれかかるような姿勢を取った。白い帽子の奥にある母の顔は、花を透かして来る月あかりにぼかされて、かわいく、小さく、円光を背負っているように見えた。四十年前の春の日に、几帳のかげで抱かれた時の記憶が、今歴々と蘇えってきて、一瞬にして彼は自分が六、七歳の幼童になった気がした。彼は夢中で母の手にある山吹の枝を払いのけながら、もっともっと自分の顔を母の顔に近寄せた。そして、その墨染の袖に沁みている香の匂いに、遠い昔の移り香を再び想い起しながら、まるで甘えているように、母の袂で涙をあまたたび押し拭った〟

と、ここでエンド・マークである。平中の失敗談や左大臣の北の方略奪、あるいは大納言の悲嘆と奇行、あわただしさを散らした小説は静かに、あえかに、優美に文を閉じて終わったのである。古資料を充分に駆使して多彩な内容であったが、『滋幹の日記』だけはまっ赤なフィクションである。となると、この典雅な終局も当然文豪のみごとな想像と筆さばきなのだ、と感嘆してよいだろう。全貌をながめれば最後の十数ページのために前半プラス・アルファがある作品、と見て取ることもあながちそっぽうではあるまい。名作にはちがいないが、バランスを欠いた不思議な小説でもある。

それから九年がたって昭和三十四年（一九五九）に書かれた〈夢の浮橋〉は、文豪の晩年の佳作と称してよいだろう。作品のタイトルは〈源氏物語〉の最終帖を模している。内容に共通するところはないが、言辞として美しく、なにかしらイメージとして通うものがあったのかもしれない。作品の冒頭には、

〝五十四帖を読み終りはべりて、
ほとゝぎす五位の庵に来啼く今日
渡りをへたる夢のうきはし
この詞書をともなう一首は私の母の詠である。ただし私には生みの母と、まま母とあって、これは生みの母の詠であるらしく想像されるけれども、ほんとうのところは確かでない〟
とあって、これがストーリーの骨子である。
そのころの住まいを、五位鷺がよく飛んで来るので五位庵と呼び、生母の名は茅渟、主人公〝私〟の幼い記憶がこまごまと描かれているが、そこには第二の母の印象が交っているのかもしれない。父は前の母をこよなく愛していたが〝私〟が数え年六つの秋にこの母は病死し、次に迎えた女にも父は同じ茅渟という呼び名をつけて親しんでいた。〝私〟にとって生母の思い出は……特徴的なものを一つ挙げれば、
〝母も寝間着姿ではなく、普段着のまま帯も解かずに横になって、顎の下へ私の顔をもぐり込ませるようにしてふせる。部屋には明かりがついているけれども、私は母の襟の間に顔を埋めているので、あたりが暗くぼんやりと見えるだけである。髷に結っている母の髪の匂いがほんのりと鼻を打つ。私は口で母の乳首のありかを探り、それを含んで舌の間で弄ぶ。母は黙っていつまでもしゃぶらせている。その頃は離乳期ということをやかましく言わなかったからか、私はかなり大きくなるまで乳を吸っていたように思う。一生懸命舌の先でいじくりながらねぶっていると、うまいぐあいに乳が出て来る。髪の匂いと乳の匂いの入り混じったものが、私の顔の周囲、母の懐の中にただよう。懐の中は真っ暗だけれども、それでも乳房のあたりがぼんやりとほのじろく見える。
「ねんねんよ、ねんねんよ」

と、母は私の頭を撫で、背中をさすりながら、いつも聞かせる子守唄を歌い出す〃

といった塩梅で、次にこの母の死後の記憶は（水の流れと池や橋のある家に住んでいたが）

〃私は勾欄にもたれて鯉や鮒の泳ぐのを見ては母を恋い、添水の水の音を聞いては母を慕った。わけても夜、乳母に抱かれて寝床に入ってからの母恋しさはたとえようがなかった。あの、髪の匂いと乳の匂いの入り混った、生暖かい懐の中の甘いほの白い夢の世界、あの世界はどうして戻って来ないのであろうか、母が亡くなったということは、あの世界がなくなることであったのか、母は一体あの世界をどこへ持ち去ってしまったのであろうか。乳母は私を慰めようとして「寝たか寝なんだか枕に問えば」を歌って聞かせるのであった〃

であり、小学二年の春、新しい母となる女を見たときは、

〃私は八畳の間へ入って、境の襖を細目に開けて中を覗くと、父が早くも目をとめて手招きをした。その女は琴に気を取られていて、私がそばへ寄って行っても振り向きもせず弾きつづけていた。その女は亡き母と同じ姿勢で同じ位置に坐り、同じ角度に琴を横たえて、左の手を同じように伸ばして絃を押えていた。琴は母が遺愛の品ではなく、なんの模様もない無地の琴であったが、それに聞き惚れてかしこまって坐っている父の位置や態度も、母がありし日と変りはなかった。その女は一曲を奏で終って琴爪を抜くと、初めて私の方を向いて笑ってみせた〃

　そして父は言うのである。

〃「あの女が来たら、お前は二度目のお母さんが来たと思たらいかん。お前を生んだお母さんが今も生きてて、しばらくどこぞへ行てたんが帰って来やはったと思たらええ。わしがこんなこと言わいでも、今に自然そう思うようになる。前のお母さんと今度のお母さんが一つにつながって、区別がつかんようになる。前のお母さんの名あは茅渟、今度のお母さんの名あも茅渟。そのほか、する

ことかて、言うことかて、今度の人は前のお母さんとおんなしやのやぜ」〃

〃私〃は今度のお母さんが前のお母さんに似ているかどうか、幼いころの記憶は曖昧だし、写真もぼやけた一枚が残っているだけだし、よくわからなかったが、父がそう言うならそうなのだろう。確かに新しい母の生活ぶりなど（父が示唆したのだろうが）思い出に連なるものが多いし、この母を自然に「お母ちゃん」と呼び、いつしか区別も薄くなってしまう。

こうして父と新しい母と〃私〃との生活がつつがなく続いていく。父はひたすら新しい母を昔の母と同化させようと努める。屋敷は広く、池のほとりで、

〃（新しい）母は床から足を垂らして池の水に浸した。池の中で透き通っているその足を見ると、私ははからずも昔の母の足を思い出し、あの足もこの足と同じであったように感じた。いや、もっと正確な表現をするなら、昔の母の足の記憶はすでに薄れて消え去っていたのであるが、たまたまこの足を見て、正しくこれと同じ形であったことを思い起した、と言ったほうがいいであろう〃

と〃私〃も同化させていく。そして、ついには、

「あんた五つぐらいになるまでお母ちゃんのお乳吸うておいたの覚えといるか」

「ふん、覚えてる」

「そして、いつでもいつでもお母ちゃんに子守唄歌てもろたことも覚えといるか」

「ふん、覚えてる」

「あんた、今でもお母ちゃんにそないしてほしとお思いやへんか」

「してほしことはしてほしけど」

と乳首をねぶりながら遠い日の子守唄を聞いたりするようになる。歳月が流れ〃私〃が第三高校へ入るとき戸籍抄本を取って母の本名が〃経子〃であることを知り、また、育ててくれた乳母から

母の過去を教えられる。

それによれば母は祇園の舞妓を務め、良家に引き取られてりっぱな奥様修業を果たし、その後独りになって若い娘たちに茶の湯や生け花を教えていたらしい。なにかの縁で父が〝昔の母に似ている〟と見出し結婚したのは、その女が二十一歳、父が十三歳上の三十四歳、〝私〟は九歳……と新しい家族のあらましが紹介され、これは今後ストーリーを理解するのにつきづきしい。母は結婚して十一年目に懐妊、

「今になってこんな大きいお腹して恥ずかしことやわ」

だが男子が生まれ、武と名づけられたが、間もなく遠い田舎へ預けられ、実際的に縁を切られてしまう。

――なぜなんだ――

〝私〟は弟なる武を探しに行くが、見つけられない。それとはべつに〝私〟は乳の張った母から母乳を飲まされ、さらに、

「あんた、今でも乳吸うたりできるやろか。吸えるのやったら吸わしたげるえ」

と誘われ、

「お母ちゃん」

と甘ったれた声を出したりする始末。このとき〝私〟は二十歳になっているはずだから、これはいささか異常だろう。後に親類筋から〝私〟と母とが男女の仲ではないかと疑われた、とあるが、それも頷ける。

父の健康が著しく悪化し〝私〟は主治医から死の近いことをほのめかされる。父は死を前にして、さながら遺言のように〝私〟に結婚を促す。相手は古くから家に出入りしている植木屋の娘・沢子

であり、父は言うのである。
「お母さんを幸せにするためには、お前が嫁をもらう必要があるが、それはお前のための嫁ではのうて、夫婦でお母さんに仕えるための嫁でないといかん」
なのだ。沢子が家に来るようになり、母の体を揉んでいたわれば、やがて〃私〃も揉み始め〃母の肉体を衣の上から揉みほごすことが唯一の楽しみ〃となる始末。父が死に、沢子との結婚が成り、しかしこの夫婦は〃どんな場合にも子をもうけない用意〃をし、一度もそれを怠らなかった。三年たったある日、沢子が大声で呼ぶ。母が百足（むかで）に胸を噛まれて治療のかいもなく他界する。
〃私は今さら、私のこの時の驚愕、悲歎、失望、落胆等々の諸感情を詳しく書き留めようとは思わない。私はまた、みだりに人を疑うことは自らを辱める所以（ゆえん）であると考えるのであるが、それでもときどき二、三の疑問が湧いて来るのをいかんともしがたいことがある〃
百足に襲われたとき母のそばにいたのは沢子だけだった……。母は心臓をわるくしていたが……百足の毒で人は死ぬものだろうか。
そのまた三年の後、〃私〃は考えるところがあって沢子と離婚、遠くに追いやられていた弟・武を探し出し、さらに昔の乳母を呼び戻して武の世話を頼んだ。あれこれ入念に綴られているが、あらましはこんなところだ。そして作品の最後は、
〃武は来年小学校の一年生になる。私にとってなによりも嬉しいのは、武の顔が母にそっくりなことである。のみならず、母のあの鷹揚な、物にこせつかない性分を、どうやらこの児も受け継いでいるらしいことである。私は二度と妻を娶（めと）る意志はなく、母の形見の武とともにこの先長く暮らして行きたいと考えている。私は幼にして生母に死なれ、やや長じては父と継母にさえ死なれて、淋しい思いをさせられたので、せめて武が一人前になるまでは生きながらえて、この弟にだけはあの

ような思いをさせたくないと願うのである。

昭和六年六月二十七日（母命日）　乙訓糺記之（おとくにただすこれをしるす）〟

〝私〟の生活を綴った手記風の作品と読めばよいのだろうが、最後にフル・ネームをそえ、記述の日付まであるのは特上の念入りだ。いささか珍妙な内容をあえて真実化する手法と見てよいだろう。

確かに〝乙訓〟さんの人間関係は尋常ではない。父がヘンテコだ。その父により不思議な母を持つ〝私〟もヘンテコだ。二度目の母も沢子も普通ではない。が、そこにこそ谷崎がこの作品に託したモチーフがあるのだろう。

本章の三作品、すなわち〈母を恋うる記〉〈少将滋幹の母〉〈夢の浮橋〉は、創作の時が離れており大ざっぱに言えば初期、中期、終期の作品である。母を主要なテーマとしているが、それは生身の、実際に生きていた現実の母のイメージとは遠く、むしろ主人公の頭に宿って創られた想念、母というより母性とでも言うべき思案のように感じられてならない。〈母を恋うる記〉の母はすぐにはそれとはわからない存在であり、三味線の音のほうが強く響く。少将滋幹がめぐり会った母は、現実としてはけっして美しくはなかったろう。〈夢の浮橋〉では〝私〟にとって実際の生母のイメージは薄い。文豪は現実を超えた深く、不可思議な母性をいろいろな形であのとき、このときと五十年の創作活動を貫いて描き続けたように思う。母を抽象化して巧みである。

小ざかしい私の六角評価図をそえておこう。大きな正六角がよい作品を示すとは限らない。谷崎文学はことさらにそうだ。

A　ストーリーのよしあし。

B　含まれている思想・情緒の深さ。

C　含まれている知識の豊かさ。

D　文章のみごとさ。

E　現実性の有無。絵空事でも小説としての現実性は大切であり、むしろ谷崎的リアリティを考えるべきだろう。

F　読む人の好み。作者への敬愛・えこひいきも入る。

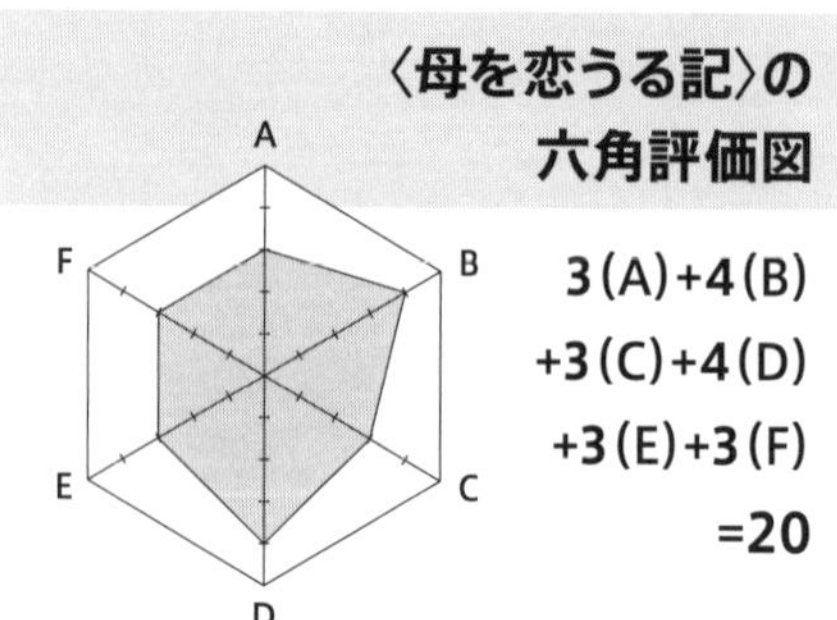

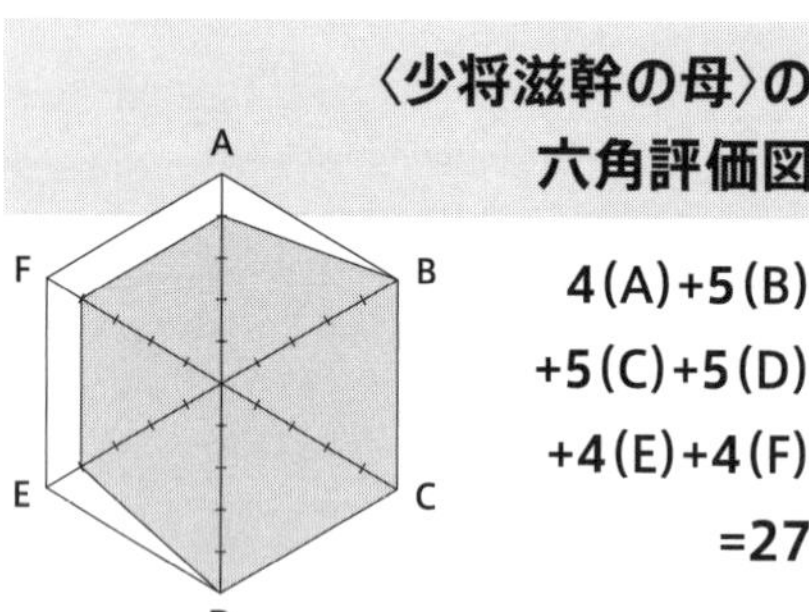

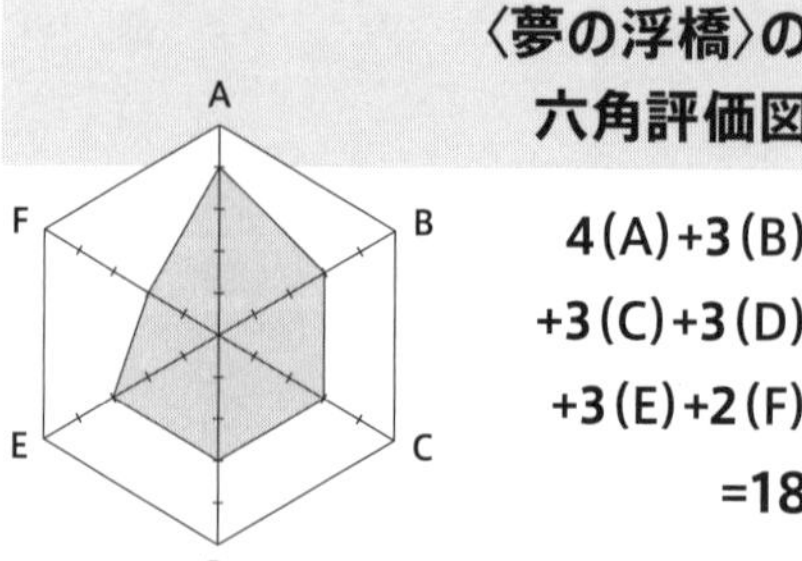

3 女性は主張する

〈痴人の愛〉

大正期の谷崎潤一郎は、二十代のなかばから四十歳にかけて、年譜はまことにあわただしい。仕事は〈お艶殺し〉や〈母を恋うる記〉など次々に発表して右肩上がり、好評をえることが多かったが、私生活に波乱が絶えない。大正四年（一九一五）に石川千代と結婚、翌年長女・鮎子が生まれ、慶事と見るべきだが、夫婦の折合いはよくなかった。千代は柔順で、貞淑な世話女房タイプだったが、谷崎の求める性は少しちがっていた。もっと奔放な女を……。間もなく千代の妹のせい子が同居するようになり、この娘（当時十五歳）がスタイル抜群の、ちょっとバタ臭い容姿の美形、谷崎とよい仲になってしまう。谷崎と親しい詩人・佐藤春夫は千代夫人をいとおしみ、

「私に千代さんを譲ってくれよ」

「いいよ」

と、谷崎はいったん承知を装っておきながら反故にしてしまう。友情は崩れ、佐藤春夫は（後に人口に膾炙する）詩〈秋刀魚の歌〉を詠み、広く話題となった。美少女・せい子は谷崎の世話で女優となり、映画にデビューする。二人の仲はしばらくは続いていく。

こんな出来事とはべつに大正六年（一九一七）に母が他界し、大正八年（一九一九）に父が没する。大正十二年（一九二三）、関東大震災に遭い、谷崎は関西へ移住、これは古き、よき東京との決別へとつながっていく。

私生活のトラブルは背景に置いて、ここではまず話題を作品に移そう。大正十三年（一九二四）

から十四年（一九二五）にかけて代表作の一つ〈痴人（ちじん）の愛〉が執筆され、発表されている。先走って言えば、この長編のヒロイン・ナオミには、少なからず今述べた美少女・せい子の存在が影響しているだろう。しばらくストーリーを追って記せば……主人公の河合譲治は宇都宮の裕福な農家の出身で、歴（れき）とした電気技師、そつのないサラリーマンとして暮らしていたが、八年ほど前、浅草のカフェで働く数え年十五歳のナオミと知り合う。西洋人のような容姿で、美しい。〝私〟こと河合譲治は、むしろ常識的なタイプであったが、結婚についてはユニークな希望を持っていた。旧弊な習慣にとらわれることなく、もっと自由に考えてもよいではないか。つまり、

〝一人の少女を友達にして、朝夕彼女の発育のさまを眺めながら、明るく晴れやかに、言わば遊びのような気分で、一軒の家に住むということは、正式の家庭を作るのとは違った、また格別な興味があるように思えました。つまり私とナオミでたわいのないままごとをする。「世帯を持つ」というようなシチ面倒臭い意味でなしに、呑気なシンプル・ライフを送る。これが私の望みでした〟

なのである。彼女の公休日に映画を見に行ったり、洋食屋やそば屋へ立ち寄ったり、だが彼女は男というものをどう考えているのか、ほんの子どもで、とてもすなおな性格のように感じられた。

――本を読むのが好きらしい――

好学心があるのだろう。〝私〟としてはナオミをりっぱなレディに育てたい。

「学問をしたい気があるかね。あるなら僕が習わせてあげてもいいけど」

「あたし、英語が習いたい」

「それだけ？」

「それから音楽もやってみたいの」

本格的にやるとなると、彼女の今の勤めと両立はできない。譲治が、

「僕がお前を引取って世話をしてみてもいいんだけれど」

「ええ。いいわ、そうしてくれれば」

そうなると彼女の家の、家族の承諾をえねばなるまい。しかし、この点は、

「家の都合なんか、聞かなくて大丈夫だわ。だれもなんとも言う者はありゃしないの」

ナオミには父はすでになく、母や兄姉はあるらしいが、譲治が、

「どうせ私も充分なことはできないけれど、女手がほしいと思っていたところですし、台所や拭き掃除ぐらいしてもらって、そのあいまに一通りの教育はさせてあげますから」

と、みずからが独身であることも告げて訴えると、すべてが円満に進んだ。ナオミにあれこれと配慮するような家族ではなかったのである。二人で暮らす家を探し出し、さながら鳥籠のようなユニークな住まいで同棲するようになる。屋根裏の小部屋に分かれて眠り、朝が来ると、

「ナオミちゃん、もう起きたかい」

「ええ、起きてるわ、今もう何時？」

「六時半だよ。今朝は僕がおまんまを炊いてあげようか」

「そう？　昨日あたしが炊いたんだから、今日は譲治さんが炊いてもいいわ」

「じゃ仕方がない、炊いてやろうか。面倒だからそれともパンで済ましとこうか」

「ええ、いいわ」

朝飯を済ませると、〝私〟はナオミを独り残して会社へ出かけ、ナオミは午前中は花壇の草花をいじくったりして、午後になるとからっぽの家に錠をおろして、英語と音楽の稽古に行く。

ナオミの服装について、カフェで働いていたときと次第に変わっていくさまが細かく綴られているが、それは省略、仲睦じい生活は子どものように戯れて、譲治が馬になり、その背中でナオミが

「ハイ、ハイ、ドウ、ドウ！」と楽しむ始末。譲治としてはこんな日々を送りながら（この作品はナオミと知り合ってから八年後の回想なので多少の修正を加えて整理されていることに留意していただきたい）

〝私はすでにその頃ナオミを恋していたかどうか、それは自分にはよくわかりません。そう、たしかに恋してはいたのでしょうが、自分自身のつもりではむしろ彼女を育ててやり、立派な婦人に仕込んでやるのが楽しみなので、ただそれだけでも満足出来るように思っていたのです〟

であった。夏が来るとナオミは「鎌倉へ行きたい」と言いだし「泳ぎを覚えたいわ」と願う。海辺の日々も無邪気で、ほほえましく、特筆しておきたいのはナオミのスタイルのすばらしさ。

〝彼女の骨組の著しい特長として、胴が短く、脚のほうが長かったので、少し離れて眺めると、実際よりは大変高く思えました。そして、その短い胴体はSの字のように非常に深くくびれていて、くびれた最底部のところに、もう十分に女らしい円みを帯びた臀の隆起がありました。それからもう一つナオミの体の特長は、頸から肩へかけての線でした。ナオミのように撫で肩で、頸が長いものは、着物を脱ぐと痩せているのが普通ですけれど、彼女はそれと反対で、思いのほかに厚みのある、たっぷりとした立派な肩と、いかにも呼吸の強そうな胸を持っていました。彼女が深く息を吸ったり、腕を動かして背中の肉にもくもく波を打たせたりすると、それでなくてもハチ切れそうな海水服は、丘のように盛り上った肩のところに一杯に伸びて、ぴんと弾けてしまいそうになるのです。ひと口に言えばそれは実に力の籠った、「若さ」と「美しさ」の感じの溢れた肩でした。私は内々そのあたりにいる多くの少女と比較してみましたが、彼女のように健康な肩と優雅な頸とを兼ね備えているものはほかにないような気がしました〟

と譲治はまことにうれしそう。海水を浴びた体を洗ってやり、これが東京の家へ帰ってからも習慣となって睦じい。

話は横道にそれるが小説家の技法として〝読者の呼吸を読む〟という大切な仕事がある。ストーリーが進展していくと、読者は、

――ここはどうなるのかな――

と要所に思いを馳せ、

――きっとこうなる――

と先を読む。そんな心理に対して作者はあまりもったいぶってじらすのはよくないし、わかりきったことを遅れて示したりしてはいけない。このあたり読者の呼吸を正確に見抜いて対応することが肝要なのだ。

そこで……譲治はナオミを裸にして体を洗ってやっているのだ。毎晩いっしょに過ごしているのだ。読者としてはとても気がかりなことがあるはずだ。名人・谷崎はきっかりと応えている。

〝察しのいい読者のうちには、すでに前回の話の間に、私とナオミが友達以上の関係を結んだかのように想像する人があるでしょう。が、事実そうではなかったのです。それはなるほど月日の経つに従って、お互いの胸の中に一種の「了解」というようなものが出来ていたことはありましょう。けれども一方はまだ十五歳の少女であり、私は女にかけて経験のない謹直な「君子(くんし)」であったばかりでなく、彼女の貞操に関しては責任を感じていたのですから、めったに一時の衝動に駆られてその「了解」の範囲を越えるようなことはしなかったのです。もちろん私の心の中には、ナオミをおいて自分の妻にするような女はいない、あったところでいまさら情として彼女を捨てるわけには行かないという考えが、次第にしっかりと根を張って来ていました。で、それだけになお、彼女を汚

すような仕方で、あるいは弄ぶような態度で、最初にその事に触れたくないと思っていました。私とナオミが初めてそういう関係になったのはその明くる年、ナオミが取って十六歳の年の春、四月の二十六日でした〟

と綴り、それがすこぶるしなやかに、さりげなく実行されたことを示している。〝謹直な〟紳士である譲治は、このあとナオミとの結婚を約し、さらに自分の母やナオミの家族にも伝えて了解をえている。これで順風満帆、すてきな新婚生活が待っている……と思いきや、それでは〝痴人〟の〝愛〟にはなりえない。

まずは英語の勉強あたりからナオミに支障が生じてくる。アメリカ人に習わせたのだが、基礎的なところがまるで覚えられない。譲治としてはりっぱなレディに育てようと願っているから「お前はなんという馬鹿なんだ」などと叱声が飛ぶ。あまりのひどさに「身のまわりのものをまとめて実家へ帰れ」と言えば、ナオミは表情を変えながらも結局は謝っていたけれど、それも次第に抵抗が激しくなっていく。勝負ごとも、トランプや兵隊将棋などを二人で楽しんでいたのだが、これも譲治が負けてやっているのに、いつのまにかナオミはいい気になり、色仕掛けに出たりする。ファッションには熱心で、贅沢になり、時には珍妙になり（不思議とそれが似合ったりして）譲治は、

――これもいいか――

看過するうちに、どんどんと日常がナオミのペースへと変わっていく。二人の関係にかすかに怪しい気配が漂い始める。譲治の、ちょっとペダンチックな思案が綴られているので紹介しておこう。ナオミが英語を勉強しているのがきっかけだったろう。彼は学生のころ、クレオパトラとアントニーの（シーザーも含めて）故事を習い、

――どうして優れた英雄たちがコロリと女に騙されるのか――

教師ともども嘲笑ったものだったが〝もう今日では笑う資格がないことをつくづくと感じます。なぜなら私は、どういうわけでローマの英雄が馬鹿になったか、アントニーとも言われる者がなぜいいたわいなく妖婦の手管に巻き込まれてしまったか、その心持が現在となってはハッキリ頷けるばかりでなく、それに対して同情をさえ禁じ得ないくらいですから。

よく世間では「女が男を欺す」と言います。しかし私の経験によると、これは決して最初から「欺す」のではありません。最初は男が自ら進んで「欺される」のを喜ぶのです、惚れた女が出来てみると、彼女の言うことが嘘であろうと真実であろうと、男の耳にはすべてかわいい。たまたま彼女が空涙を流しながらもたれかかって来たりすると「ははあ、こいつ、この手で俺を欺そうとしているな。でもお前はおかしな奴だ、かわいい奴だ、俺にはちゃんとお前の腹はわかってるんだが、せっかくだから欺されてやるよ。まあまあたんと俺をお欺し……」

と、そんな風に男は大きく構えて、言わば子供を嬉しがらせるような気持で、わざとその手に乗ってやります。ですから男は女に欺されるつもりはない。かえって女を欺してやっているのだと、そう考えて心の中で笑っています。（中略）日本の女の第一の短所は確固たる自信のない点にある。だから彼女等は西洋の女に比べていじけて見える。近代的の美人の資格は、顔だちよりも才気煥発な表情と態度とにあるのだ。よしや自信というほどでなく、単なる己惚れであってもいいから、「自分は賢い」「自分は美人だ」と思い込むことが、結局その女を美人にさせる。私はそういう考えでしたから、ナオミの利巧がる癖を戒しめなかったばかりでなく、かえって大いに焚きつけてやりました。常に快く彼女に欺され、彼女の自信をいよいよ強くするように仕向けてやりました〟

と二一世紀の男性ならおおよそ気づいていることだが、これこそが〈痴人の愛〉のポイントであり、もしかしたらこの作品が広く人口に膾炙したことで、この真理が私たちの知識として普及したのかもしれない。少なくとも一つの端緒になったのではあるまいか。

が、それはともかく、ストーリーの展開へ戻れば、

〝ナオミが十八歳の秋、残暑のきびしい夕方〟のこと、譲治がいつもより早く家に帰るとナオミが見知らない少年と話しあっている。〝少年の歳はナオミと同じくらい、上だとしてもせいぜい十九を超えてはいまいと思えました。白地絣（しろじがすり）の単衣（ひとえ）を着て、ヤンキー好みの、派手なリボンの付いている麦藁（むぎわら）帽子を被（かぶ）って、ステッキで自分の下駄の先を叩きながらしゃべっている、赤ら顔の、眉毛の濃い、目鼻立ちは悪くないが満面ににきびのある男〟である。

「じゃあ、また」

「じゃあ、さよなら」

「さよなら」

と去って行ったが、譲治としては、

「だれだね、あの男は？」

「あれ？　私のお友だちよ。浜田さんていう」

「いつ友だちになったんだい？」

「もう先からよ。あの人も伊皿子（いさらご）へ声楽を習いに行っているの。顔はあんなににきびだらけで汚いけれど、歌を唄わせるとほんとに素敵よ。いいバリトンよ。この間の音楽会にも私と一緒にクヮルテットをやったの」

「ちょいちょい遊びにやって来るのかい」

「いいえ、今日が初めてよ、近所へ来たから寄ったんだって。今度ソシアル・ダンスのクラブをこしらえるから、ぜひあたしにも入ってくれって言いに来たのよ」

「それでお前は、ダンスをやるって言ったのかい」

「考えておくって言っといたんだけれど……」

譲治が会社へ行っているあいだナオミがひまをもて余しているのは頷ける。そうそう自由を束縛するわけにはいかない。ナオミの表情になんの曇りもないと譲治は見たが、すでにこのころからナオミの嘘は巧みに始まっていたのである。ダンスの先生はロシアの伯爵夫人（多分亡命者）らしく譲治も入会して習うことになる。

参加してみると、ロシア人の厳しい先生に接したり、ハイソサイアティらしき人と交わったり、譲治にとって心のときめくこともあったが、ナオミを取り囲む連中には慶応ボーイを始めモダンではあるけれどどことなく不良っぽいやつがいる。ダンスばかりではなく、マンドリンクラブってなんなんだ。譲治は気おくれを覚えずにはいられない。微妙な不安も募ってくる。

一方、ナオミのほうは、水をえた魚のように馴染んで、まともな生活感覚はどこへやら勝手なことをやる。だらしない生活が日常となり、見さかいなくお金を使う。譲治の述懐を聞けば、

〝元来私は金銭上の事にかけてはなかなか几帳面な方で、独身時代にはちゃんと毎月の小遣いを定め、残りはたといわずかでも貯金するようにしていましたから、ナオミと家を持った当座は、かなりの余裕があったものです。そして私はナオミの愛に溺れてはいましたけれど、会社の仕事は決しておろそかにしたことはなく、依然として精励恪勤（せいれいかっきん）な模範的社員だったので、重役の信用も次第に厚くなり、月給の額も上って来て、半期半期のボーナスを加えれば、平均月に四百円になりました。だから普通に暮らすのなら二人で楽なわけであるのに、それがどうしても足りませんでした。細かいことを言うようですが、まず月々の生活費が、いくら内輪に見積っても二百五十円以上、場合によっては三百円もかかります。残りを何に使ってしまうかというと、その大部分は食い物で

した〟

ナオミは口がおごって「あーあ、なにかうまい物が食べたいなア」と言い、料理屋へ注文する。炊事をやらないし、掃除、洗濯もやらない。そして言いぐさは、

「あたし女中じゃないことよ。そんな、洗濯なんかすりゃあ、指が太くなっちゃって、ピアノが弾けなくなるじゃないの、譲治さんはあたしの事をなんと言って？　自分の宝物だって言ったじゃないの？　だのにこの手が太くなったらどうするのよ」

女中を雇っても、あきれてすぐにやめてしまう。仕方なく譲治が家事をこなしたり、口論をくり返したり……。ナオミは泣いたり、すねたり、怒ったり、結局は譲治が負けて、和解のため、いちゃつく始末。

銀座の高級カフェ・エルドラドオのダンスパーティに出席することになり、ナオミは自分の衣裳はもちろんのこと、見えを張って譲治にも出費を求める。仕方なしに譲治も身を整えて参加すれば、やっぱり場ちがいで落ち着けない。いつか見た男、浜田も来ているし、〝まアちゃん〟という新しい〝友人〟もいる。譲治はうまく踊れないし、ナオミも譲治とは踊りたがらない。次々に慣れない人たちを紹介され、会話に耳を傾けていると違和感ばかりが募ってくる。ナオミについても帰りの電車の中で〝私はわざと反対の側に腰かけて、自分の前にいるナオミというものを、も一度つくづくと眺める気になりました。全体俺はこの女のどこがよくって、こうまで惚れているのだろう？あの鼻かしら？　あの眼かしら？　と、そういうふうに数え立てると、不思議なことに、いつもあんなに私に対して魅力のある顔が、今夜は実につまらなく、下らないものに思えるのでした。すると私の記憶の底には、自分が初めてこの女に会った時分、あのダイヤモンド・カフエエの頃のナオミの姿がぼんやり浮かんで来るのでした。が、今に比べるとあの時分はずっとよかった。無邪気で、

あどけなくて、内気な、陰鬱なところがあって、こんなガサツな、生意気な女とは似ても似つかないものだった。俺はあの頃のナオミに惚れたので、それの惰勢が今日まで続いて来たのだけれど、考えてみれば知らない間に、この女は随分たまらないイヤな奴になっているのだ。あの「利巧な女は私でございい」と言わんばかりに、チンとすまして腰かけている恰好はどうだ、「天下の美人は私です」というような、「私ほどハイカラな、西洋人臭い女はいなかろう」と言いたげな、あの傲然とした面つきはどうだ。あれで英語の「え」の字もしゃべれず、パッシヴ・ヴォイスとアクティヴ・ヴォイスの区別さえもわからないとは、誰も知るまいが俺だけはちゃんと知っているのだ。私はこっそり頭の中で、こんな悪罵を浴びせてみました〟

さらに譲治はナオミの魅力であるはずの鼻についても冷静な（意地のわるい）考察をめぐらしている。が、しかし、

〝これで私がすっかりナオミに飽きが来たのだと、推測されては困るのです。いや、私自身も今までこんな覚えはないので、一時はそうかと思ったくらいでしたけれど、さて大森の家へ帰って、二人きりになってみると、電車の中の思案はどこかへすっ飛んでしまって、再びナオミのあらゆる部分が、眼でも鼻でも手でも足でも、蠱惑に充ちて来るようになり、そしてそれらの一つ一つが、私にとって味わい尽せぬ無上の物になるのでした。

私はその後、始終ナオミとダンスに行くようになりましたが、その度ごとに彼女の欠点が鼻につくので、帰り道にはきっと厭な気持になる。が、いつでもそれが長続きしたことはなく、彼女に対する愛憎の念はひと晩のうちに幾回でも、猫の眼のように変りました〟

なのであり、みずから進んで運命の女の虜となった男の身と心はどうしようもないのである。

いつのまにかナオミのボーイ・フレンドは増えていた。いちいち説明することなくストーリーを進めよう。

〃閑散であった大森の家には、浜田や、彼の友達や、主として舞踏会で近づきになった男たちが、おいおい頻繁に出入りするようになりました。

やって来るのは大概夕方、私が会社から戻る時分で、それからみんなで蓄音機をかけてダンスをやります。ナオミが客好きであるところへ、気兼ねをするような奉公人や年寄りはいず、おまけにここのアトリエはダンスに持って来いでしたから、彼等は時の移るのを忘れて遊んで行きます。初めのうちはいくらか遠慮して、飯時になれば帰ると言ったものですが、

「ちょいと！　どうして帰るのよ！　ご飯を食べていらっしゃいよ」

と、ナオミが無理に引き止めるので、しまいにはもう、来れば必ず「大森亭」の洋食を取って、晩飯を馳走するのが例のようになりました〃

さらに夜が更ければ泊っていく者もあるし一つ蚊帳の中でざこ寝になったりする。勤勉なサラリーマンであった譲治の生活も心身ともに乱れ始め、会社内でも噂が流れだす。ストーリーを少し急いで語れば……譲治のささやかな抵抗があったり、ナオミの気まぐれなのか反省なのか無邪気な親しさが甦り、譲治の背に馬乗りになって「ハイハイ、ドウドウ」を取り戻したり、昔日の楽しみを思い返し、

「鎌倉へ行こう」

譲治は十日間の休暇を取り、ナオミは大賛成、植木屋の離れ座敷を見つけてきて、ここを借りることとなった。

二人っきりの楽しみと思いきや浜田とか、まアちゃんとか、よからぬボーイ・フレンドたちも近

くに来ていて、関という男の叔父さんの別荘をアジトにしているらしい。しばらくは譲治とナオミ、二人でなんとか楽しめる日々を送ったが、譲治は休暇を終えたあとも鎌倉から会社へと通う。たいていは七時までに帰れたが、緊急な仕事が入り、夜遅くの帰宅が続いた。留守のあいだナオミはなにをしているのだろうか。

たまたま早く帰れる夕べがあって、

「ナオミちゃん」

声をかけたがナオミはいない。なんだか様子がおかしい。植木屋のおかみさんに尋ねてみると、このところナオミの夜遊びはとりわけ激しいようだ。どこかの別荘で戯れているらしい。そっと探して訪ねて行ってみると大勢で乱痴気騒ぎのまっ最中……。譲治を見ても悪びれることもなく、

〝「パパさん？　パパさんじゃないの？　何しているのよそんな所で？　みんなの仲間へお入んなさいよ」

ナオミはいきなりツカツカと私の前へやって来て、ぱっとマントを開くやいなや、腕を伸ばして私の肩へ載せました。見ると彼女は、マントの下に一糸をも纏っていませんでした。

「何だお前は！　俺に恥をかかせたな！　ばいた！　淫売！　じごく！」

「おほほほほ」

その笑い声には、酒の匂いがぷんぷんしました。私は今まで、彼女がこんなに酒を飲んだところを一度も見たことはなかったのです〟

というありさま。ただごとではない。今まで〝まさか、まさか〟と疑っていた重大な疑念があからさまになり始めた。すなわち、

〝ナオミが私を欺いていたからくりの一端は、その晩とその明くる日と二日がかりで、やっと強情

な彼女の口から聞き出すことが出来ました〃

ということだが、ナオミの告白は「ただ若い連中と淫らな大騒ぎをしていた」だけとのこと。

――本当かな――

怪しいのは浜田と熊谷（これがまアちゃんだ）の二人……。譲治はなにか真相がわかるのではないかと思い、会社へ行く道を変えて、しばらく行っていない大森のわが家へ赴くと、なんと！　浜田がひとりで寝転がっているではないか。

「浜田君、君はどうしてここに？」

合鍵まで持っていて……それはナオミから渡され、ここで何度も会っていたのだとか。

しかし浜田の告白を聞いて、びっくり仰天。浜田は思いのほか正直な青年で、ナオミを心から好いていて、

〃「僕はあなたに二人の恋を打ち明けて、ナオミさんを自分の妻に貰い受けるつもりでした。あなたはわけのわかった方だから、僕等の苦しい心持をお話しすれば、きっと承知してくださるだろうって、ナオミさんは言っていました。事実はどうか知りませんが、ナオミさんの話だと、あなたはナオミさんに学問を仕込むつもりで養育なすっただけなので、同棲はしているけれど、夫婦にならなけりゃいけないという約束があるわけでもない。それにあなたとナオミさんとは歳も大変違っているから、結婚しても幸福に暮せるかどうかわからないというような……」

「そんな事を……そんな事をナオミが言ったんですね？」

「ええ、言いました。近いうちにあなたに話して、僕と夫婦になれるようにするから、もう少し時期を待ってくれろと、何度も何度も僕に堅い約束をしました。そして熊谷とも手を切ると言いました。けれどもみんな出鱈目（でたらめ）だったんです。ナオミさんは初めッから、僕と夫婦になるつもりなんか

まるッきりなかったんです」
「ナオミはそれじゃ、熊谷君ともそんな約束をしているんでしょうか？」
「さあ、それはどうだかわかりませんが、おそらくそうじゃなかろうと思います。ナオミさんは飽きッぽいたちですし、熊谷の方だってどうせ真面目じゃないんです。あの男は僕なんかよりずっと狡猾（こうかつ）なんですから」〃

と、これが本当のところだった。譲治は場所を変えて酒を飲みながら、さらにくわしい事情を聞く。浜田は譲治とナオミが結婚をしていることを本当に知らなかったらしい。二人の結婚生活が世間のそれとは少しちがっていたし、これは譲治にも責任のあることだったろう。浜田は言うのである。

〃「自分のことを棚に上げてこんなことを言うのもおかしいですが、熊谷は悪い奴ですから、注意なさらないといけませんよ。僕は決して恨みがあると言うんじゃないんです。熊谷でも関でも中村でも、あの連中はみんな良くない奴等なんです。ナオミさんはそんなに悪い人じゃありません。みんな彼奴等（きゃつら）が悪くさせてしまったんです。どうかナオミさんを捨てないであげてください。もしもあなたに捨てられちまえば、きっとナオミさんは堕落します」〃

浜田は苦しいけれどナオミを忘れるつもりなのだ。

譲治が複雑な思いを胸にして鎌倉へ帰るとナオミはいぎたなく眠り込んでいる。叩き起こして、
「浜田がみんな話してくれた。だからお前に聞くまでもない。強情を張らず、悪かったら悪かったと、そう言ってくれさえすればいいんだ。どうだい、お前、悪かったかね？」

と優しく問いかけた。譲治としては、ことを荒立て喧嘩になったら取り返しがつかないことを知っていたし、それは避けたかった。

「悪かったことさえ認めてくれれば、僕はなんにも過ぎ去ったことを咎めやしないよ。なにもお前に両手をついて謝れという訳じゃない。この後こういう間違いがないように、それを誓ってくれたらいいんだ。え？　わかったろうね？　悪かったと言うんだろうね？」

「うん」

この「うん」でもってとりあえず和解が成り、鎌倉の仮住まいをやめて大森へ帰り、いっときは親しい生活が戻った、ように見えた。

もちろん譲治の心はすっきりとしない。留守のあいだ、ナオミがなにをしているのか、熊谷とは本当に切れたのか。ナオミあてに来る手紙をそっと調べたり、会社へ行かずに尾行をしてみたり、疑いが隠せない。日時がたってみればナオミの態度もけっしてよくはない。改っていない。それを詰ると、

「証拠もないのに、なに疑ってんのよ」

「しかし……」

穏やかな時が過ごせない。譲治の本心は……引用して示そう。

〝私はここで、男というもののあさましさを白状しなければなりませんが、昼間はとにかく、夜の場合になって来ると私はいつも彼女に負けました。私が負けたというよりは、私の中にある獣性が彼女に征服されました。事実を言えば私は彼女をまだまだ信じる気にはなれない、にもかかわらず私の獣性は盲目的に彼女に降伏することを強い、すべてを捨てて妥協するようにさせてしまいます。つまりナオミは私にとって、もはや貴い宝でもなく、ありがたい偶像でもなくなったかわり、一箇の娼婦となったわけです。そこには恋人としての清さも、夫婦としての情愛もない。そう、そんなものは昔の夢と消えてしまった！　それならどうしてこんな不貞な、汚れた女に未練を残している

のかと言うと、全く彼女の肉体の魅力、ただそれだけに引きずられつつあったのです。これはナオミの堕落であって、同時に私の堕落でもありました。なぜなら私は、男子としての節操、潔癖、純情を捨て、過去の誇りをなげうってしまって、娼婦の前に身を屈しながら、それを恥とも思わないようになったのですから。いや時としてはその卑しむべき娼婦の姿を、さながら女神をうち仰ぐように崇拝さえもしたのですから。

ナオミは私のこの弱点を面（つら）の憎いほど知り抜いていました。自分の肉体が男にとっては抵抗しがたい蠱惑であること、夜にさえなれば男を打ち負かしてしまえること、こういう意識を持ち始めた彼女は、昼間は不思議なくらい不愛想な態度を示しました。自分はここにいる一人の男に自分の「女」を売っているのだ、それ以外には何もこの男に興味もなければ因縁もない、と、そんな様子をありありと見せて、あたかも路傍の人のようにむうッとそっけなくすまし込んで、たまに私が話しかけてもろくすッぽう返事もしません。ぜひ必要な場合にだけ「はい」とか「いいえ」とか答えるだけです。こういう彼女のやり方は、私に対して消極的に反抗している心を現わし、私を極度に侮蔑（ぶべつ）する意を示そうとするものであるとしか、私には思えませんでした〟

こじれた関係が眼に見えるようである。それを改善しようと譲治は「子どもを生んでくれないか」と訴えるが、ナオミは承知しない。気分一新のため〝おとぎ話のような〟住まいを捨て、もっとまともな日本風に変えることを譲治は考え……すでに金銭にゆとりがないので故郷の母に無心すると、高額の為替が送られて来る。しかしナオミはそれを見つけて「着物がほしいわ」と言い、さらに「家を変えるなら西洋館にしてちょうだい」と、まっこうから譲治のアイデアに反対する。さらに、さらに熊谷との関係がなおも続いているのを知って……動かぬ証拠を見つけて、

「出て行け！」

「堪忍して。もう今度っから」

「畜生！　犬！　人非人、もう貴様には用はないんだ！　出て行けったら出て行け」

怒声を重ねるうちにナオミの態度が急変して、

「じゃあ出て行くわ」

「よし。すぐに出て行け！」

「ええ。すぐ行くわ。二階へ行って、着換えを持って」

「勝手にしろ。早くしないと承知しないぞ」

ナオミは背負いきれないほどの荷物を作り俥を呼んで、

「ではご機嫌よう。長々ご厄介になりました」

あっさりと行ってしまった。

残された譲治は「重荷がおりた」と、ホッとしたところもあるけれど、これまでの愛のくさぐさを思い返すと途方もない懐しさが込みあげてきて、

――俺は本当に大変な女を逃がしてしまった――

後悔が強く襲ってくる。ナオミはまだまだ必要な身のまわり品をここに残しているし、気軽に泊まる家なんか、

――どこにあるのか――

心配してもいっこうに帰って来ない。翌日になって実家を訪ねてみたが、そこにはいない。困り果てて浜田に連絡をとってみると、

「僕は昨日、会いましたよ」

「そう、どこで」

「ダンス・ホールで。熊谷や、ほかの男と、西洋人もいっしょでした」

ますます不安が大きくなる。かくて譲治は浜田にナオミの様子を調べるように依頼するよりほかにない。


ナオミの生活は乱れきっていた。あちこちへ、そこそこに親しい男のところへ行って戯れ、泊り歩いているらしい。怪しい西洋人もいる。こんな生活ぶりだから、ひどい渾名（あだな）で呼ばれているらしい。


とこうするうちに、譲治のもとに故郷の母の急死の報が届く。この悲しみをなんとしよう。

――故郷へ帰って農業をやろうか――

会社での評判は……仕事に集中できず、欠勤も多くなっていたので評判はガタ落ち、つくづく厭になっていた。

しかし叔父や妹や親類の人に「辞職なんてとんでもない」と説得され、真相を話すわけにもいかず、結局、母が亡くなって三週間後に退職を決意した。そして家でブラブラしていると、

「今日はア」

ナオミが現われた。まるで西洋人みたいに様子が変わっている。荷物を取りに来たと言うが、そのまま居座りが多くなり、

「友だちになりましょ」

同居しながらチラチラと魅力を、譲治には抵抗しにくい女の妖しさをちらつかせるのである。くわしいことは省略しよう。作者はここでも読者の心を読んで、

〃読者諸君、諸君はすでにこれまでのいきさつのうちに、私とナオミとが間もなくよりを戻すよう

になることを、それが不思議でも何でもない、当然の成り行きであることを、予想されたでありましょう。そうして事実、結果は諸君の予想通りになったのですが、しかしそうなってしまうまでには思いのほかに手数がかかって、私はいろいろ馬鹿な目を見たり、無駄な骨折りをしたりしました〟

と綴っている。

やがてその通り友だち関係は解消され……つまり肉体関係が復活し、ただしそれを条件に二人の生活はナオミの気まま放題、数年後にはナオミが見つけた洋館に移り、とことん放恣（ほうし）な日々を送るようになる。譲治はと言えば、退職の後、故郷の財産を整理し、学校時代の二〜三の友人と電気関係の合資会社を設立。一番の出資者であるかわりに実際の仕事は友人たちがやる。毎日出社する必要はないのだが、ナオミが在宅を好まないので日に一ぺんは会社を覗く、と、まったく堕落した生活を営むようになる。こうしてえた収入をナオミが気ままに使うわけだ。ナオミは相変らず怪しげな連中とつきあっている……。そして譲治は、

〝人間というものは一ぺん恐ろしい目に会うと、それが強迫観念になって、いつまでも頭に残っていると見え、私はいまだに、かつてナオミに逃げられた時の、あの恐ろしい経験を忘れることが出来ないのです。「あたしの恐ろしいことがわかったか」と、そう言った彼女の言葉が、今でも耳にこびり着いているのです。彼女の浮気とわがままとは昔からわかっていたことで、その欠点を取ってしまえば彼女の値打ちもなくなってしまう。浮気な奴だ、わがままな奴だと思えば思うほど、一層かわいさが増して来て、彼女の罠に陥ってしまう。ですから私は、怒ればなおさら自分の負けになることを悟っているのです。

自信がなくなると仕方がないもので、目下の私は、英語などでも到底彼女には及びません。実地

につき合っているうちに自然と上達したのでしょうが、夜会の席で婦人や紳士に愛嬌を振りまきながら、彼女がぺらぺらまくし立てるのを聞いていると、なにしろ発音は昔からうまかったのですから、変に西洋人臭くって、私には聞きとれないことがよくあります。そうして彼女は、ときどき私を西洋流に「ジョージ」と呼びます。

これで私たち夫婦の記録は終りとします。これを読んで、馬鹿馬鹿しいと思う人は笑ってください。教訓になると思う人は、いい見せしめにしてください。私自身は、ナオミに惚れているのですから、どう思われても仕方がありません。

ナオミは今年二十三で私は三十六になります〟

ここで作品は終わっている。この二人はこの先どうなるのだろうか。

すでに触れたように〈痴人の愛〉は関東大震災の直後、関西に移住してからの作品である。谷崎が古き東京の崩壊を嘆き、探して見出した関西の良所に拠点を定めるのは、この後からであり、〈痴人の愛〉にはまだ、この思案はほとんど見えていない。谷崎の作品に関西が匂うのは、これ以後のことである。またナオミについて言えば、女優にもなった恋人・せい子がこの〈痴人の愛〉に反映されているが、それはせい子のバタ臭い、均整のとれた容姿の影響が大きく、この女性との関係が（作家の内奥のイマジネーションはともかく）ナオミそのものであったわけではない。谷崎の女性美への傾向は、ひとことで言えば日本風で、西洋風ではなかったが、そうでありながらも西洋女性が持つ本源的な美しさ……均整美などについては否定できず、充分に認めていただろう。美しいものは、やっぱり美しい。谷崎の若い好奇心とエキゾチシズムがナオミを登場させたと見るべきだろう。肌の白さについて言えば、谷崎はつねにこれを好んだが、これは断じて西洋女性の白さそのものではなく、白さに薄絹をかけたような日本風の（東洋風の）白さだった。谷崎の作品にナオミのような容姿が登場するケースは少ないが、

——これもあるんだ——

美学の法則にのっとったものさしは当然持っていただろう。

〈痴人の愛〉は少しアブノーマルな恋愛感情が話題となり、譲治が抱いたアントニー・シーザー的な心理や男を翻弄するナオミのビヘイビア（ナオミズムという言葉も生まれた）などもセンセーショナルで、これが代表作の一つとなった事情も充分に頷ける。

が、それとはべつに、もう一つ、その背景に、時は大正の終わり、フェミニズムの萌芽も見え隠れしていると、私は見たい。譲治が〝りっぱな女性を育てたい〟と、必ずしも女性尊重の正しい方向ではないとしてもそう考えたこと（男性の上から目線ですがね）、そして、なによりもナオミ自身が〝男性に負けない女性〟を、まことに、まことに歪ながらも望んだこと、谷崎がどれほど意図したかはともかく、

——時代だよなあ、やっぱり——

ナオミをただのわがままだけと見ない視点が、今、この作品を読んで〝文学として〟伏在している、と見てよいだろう。私はそう思う。女性が男性同様の勝手気ままを男性相手に演じたのだ。と同時に谷崎は〝この小説を書くことで自らの西洋崇拝の夢にけりをつけた〟という評価もおもしろく、一考に値するだろう。わがままな女に翻弄された男の告白（もちろんそれが主眼だが）だけではない、少し余まるものを含む、と読みたい。

最後に私の勝手気ままの六角評価図をそえておこう。

A　ストーリーのよしあし。

B　含まれている思想・情緒の深さ。

C　含まれている知識の豊かさ。

D　文章のみごとさ。

E　現実性の有無。絵空事でも小説としての現実性は大切であり、むしろ谷崎的リアリティを考えるべきだろう。

F　読む人の好み。作者への敬愛・えこひいきも入る。

〈痴人の愛〉の六角評価図

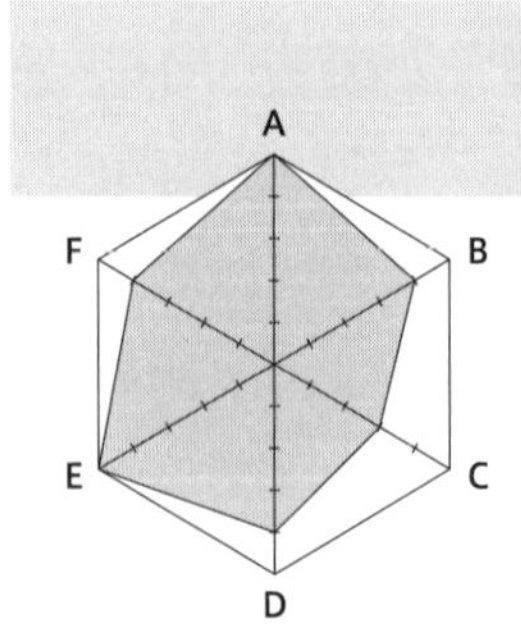

5(A)+4(B)
+3(C)+4(D)
+5(E)+4(F)
=25

4 モチーフはなんだろう

〈卍〉〈蓼喰う虫〉

昭和三年、自宅にて

卍は部首で言えば十の部・四画の漢字である。仏の胸にある吉祥のしるし、胸毛という説もある。次々にあとを追いかけるようになにごとかが起きて入り乱れる様子を言い、四つの先端が左へまわるのが左まんじ、時計まわりで右へ行くのが右まんじ。漢字は多く左まんじを採用しているが、右まんじもあって、これはナチスの党章ハーケンクロイツ（鉤十字）と一致している。ナチスはともかく、漢字としては、ほとんど用いられることがなく、谷崎潤一郎の小説がなければ、死語に近かったのではあるまいか。

小説のタイトルとしては特殊過ぎて、表紙に記してあっても、

「これ、なーに？　本のデザインなの」

と言われそうだが、あえてこれを選んだあたりにこそ谷崎のユニークさがあり、学識があった、ということだろう。小説の内容と対比すれば……そう、これは次から次へと登場人物の心理やビヘイビアが乱れていくストーリーを創っている。タイトルとしてつきづきしい。

主人公は大阪の良家の若奥様。この女の異常な愛のくさぐさが、

「先生、わたし今日はすっかり聞いてもらうつもりでうかがいましたのんですけど、折角お仕事中のとこかまいませんですやろか？」

と谷崎その人のような〝先生〟を相手に（もちろん中身はすべてフィクションだろうが）みずからの体験を告白するスタイル……。一気に語っているわけではなく、数年の経過が記されている。

すべてがみごとな、谷崎が好んだ大阪の女言葉、この作品のよき特徴でもある。

ヒロインは柿内園子といい、弁護士の夫と二人暮らし。夫との仲は良好とは言えない。夫は優秀な学徒であり、学者の道を志したこともあったが、今は人づきあいも下手くそで、梲が上がらない。園子の実家が裕福なので、若夫人は夫を棚に上げ、気ままな生活ができる立場なのである。つれづれなるままに園子は天王寺の技芸学校に通い始める。そこは絵画、音楽、裁縫などいろいろ学べるようになっていて、ヒロインは絵画のコースを選んだ。美人モデルに楊柳観音の姿をさせ、ほとんど裸体に近い写生を課せられたが、校長から、

「柿内さん、あんたの絵エはちょっともモデルに似ておらんようですな。あんたはだれぞほかにモデルあるのんではありませんか」

と、おかしな難くせをつけられる。口論が激しくなり、校長は園子の絵が、ほかの教室に通っている徳光光子に似ていて、

「そういうことからとかく誤解が起るのんです」

と、しつこい。光子は文句なしの美形で、園子と光子の同性愛が疑われてしまう。わるい噂が流れ、やがては新聞にまで書かれてしまう。

当初は、園子としては光子について、

――家柄のよろしい、本当にきれいな女やなあ――

と見ていたが、光子と口をきいたことさえなかった。おかしな噂を立てられ、なんだか申しわけないような気がして、ある日、すれちがいざま光子がにっこり笑ったので、園子もお時儀をしてしまう。光子は、

「こないだから大変失礼してました。どうぞ悪うに思わんといてちょうだい」

「いえ、わたしこそあやまらないかなんだのんですが」

「あんたあやまりなさることあれしませんわ。あんたはなんも知りなされへんのんです。わたしたち陥れよとしている者いますから。気イつけなさいや」

校長たちが企んでいるらしい。結局二人は近所のレストランに行くこととなり、これが縁で本当に親しい仲となってしまう。映画へ行ったり、若草山へ遠出したり……。校長は（その奥方も）俗っぽい低俗な人柄で、生徒の家から金を借りたり、頼まれれば縁談の妨害を企んだり、園子たちには厄介な存在だが、かえってそれが二人を本物の同性愛へと駆り立てる。

一方、園子と夫の仲は冷えきっていた。園子が光子と親しくなっても、あまり強い関心があるようには思えない。園子の描く楊柳観音の絵が完成し、夫が、

「表具屋に仕立てさせたらいい」

と言うので、その旨を光子に伝えると、

「あれはあれでようできてるけど、表具屋へ頼むなら、もう一ぺん描き直して見えへん」

と、光子が園子の家へ来て神々しいほど美しい裸形を見せることとなる。もちろん夫が留守のとき、まばゆい五月の光の中、海に面したすてきな西洋間だ。

〝五月いうても眼エ痛うになるほどキラキラするお天気でしたから窓はところどころ開け放してありましたが、それすっかり締め切ってしもうたのんで、部屋のなかは汗がたらたら流れるぐらいの暑さでした。光子さんは観音さんのポーズするのに、なんぞ白衣の代りになるような白い布がほしい言うのんで、ベッドのシーツ剝がしました。そして洋服簞笥のかげに行て、帯ほどいて、髪ばらばらにして、きれいに梳いて、はだかの上にそのシーツをちょうど観音さんのように頭からゆるやかにまといました。

「ちょっと見てごらん、こないしてみたら、あんたの絵エと大分違うやろ」そう言うて光子さんは、箪笥の扉についている姿見の前に立って、自分で自分の美しさにぼうっとしておられるのんでした。「まあ、あんた、きれいな体してんなあ」わたしはなんや、こんな見事な宝持ちながら今までそれなんで隠してなさったのんかと、批難するような気持で言いました。わたしの絵エは顔こそ似せてありますけど、体はモデル女うつしたのんですから、似ていないのはあたりまえです。モデル女は体よりも顔のきれいなのんが多いのんで、体はそんなに立派ではのうて、肌なんかも荒れてまして、黒く濁ったような感じでしたから、それ見馴れた眼エには、ほんまに雪と墨ほどの違いのように思われました。「あんた、こんなきれいな体やのんに、なんで今まで隠してたん？」と、わたしはとうとう口に出して恨みごと言うてしまいました。そして「あんまりやわ、あんまりやわ」言うてるうちに、どういうわけや涙が一杯たまって来まして、うしろから光子さんに抱きついて、涙の顔を白衣の肩の上に載せて、二人して姿見のなかを覗き込んでいました。「まあ、あんた、どうかしてるなあ」と光子さんは鏡に映ってる涙見ながらあきれたように言われるのんです。「うち、あんまりきれいなもん見たりしたら、感激して涙が出て来るねん」私はそう言うたなり、とめどのう涙流れるのん拭こうともせんと、いつまでもじっと抱きついてました〟

　園子は感きわまって体に巻きついてるものをだんだんに解いていきながら、

〝「ああ、憎たらしい、こんなきれいな体してて！　うちあんた殺してやりたい」わたしはそう言うて光子さんのふるてる手首しっかり握りしめたまま、一方の手エで顔引き寄せて、唇持って行きました。すると突然光子さんのほうからも「殺して、殺して、うちあんたに殺されたい」と、物狂おしい声聞えて、それが熱い息と一緒に私の顔にかかりました。見ると光子さんの頬にも涙流れてるのんです。二人は腕と腕とを互いの背中で組み合うて、どっちの涙やらわからん涙飲み込みました〟

となって同性愛はいよいよ深みにはまり込んでいく。

ストーリーは角度を変え、園子が、

〝ここにその時分やりとりしました手紙持って来ましたから、お読みになって下さいませ。まだこの外にもたんとたんとありますけど、とてもみんなは持って来られしませなんだのんで、これはほんの一部分、その中の面白そうなのん選って来ましたのんです〟

と訴え、告白される相手の〝先生〟がさながら〝作者註〟として、その手紙の束が大げさで、けばけばしく〝東京の女はもっとさっぱりしたのを使う〟と評し、封筒に竹久夢二風の美人画があるやら、ハート型の模様があるやら、入念に解説し、もちろん手紙の本文も、

〝しとしとしとしと……今夜は五月雨が降っている。あたしは今窓の外の桐の花にふりそそぐ雨の音をききながら、あの、あなたが編んで下さった紅いシェードの垂れているスタンドのかげでじっと机にむかっています。なんだかうっとうしい晩だけれど、軒端をつたう雨の雫に静かに耳を傾けていると、思いなしかそれがやさしい囁きのように聞えて来る。しとしとしとしと……何をささやいているのかしらん？　しとしとしとしと……ああそうだ、光子光子光子、……恋しい人の名を呼んでいるのだ。徳光徳光、……光子光子、……徳、徳、徳、……光、光、光、……あたしはいつの間にかペンを取って、左の手の指の先へ「徳光」という字や「光子」という字を数限りもなく書いていた、親指から小指まで順々に。

堪忍してちょうだい、こんなつまらないことを書いて〟

と、女学生趣味と言えばよいのだろうか、ご関心があれば本文をご覧あれ。光子は園子を〝姉ち

ゃん〃と呼んで慕い、園子はそれを喜び、淫らな愛を深めていく。

それとはべつに、園子夫婦の毎日は他人行儀で性生活もうまくいってない。夫は生真面目だが、人間味の薄い男で、しばらくは妻の異常な同性愛に気づかず、不自然を感じてからもただの友人同士のように見ていたが、さすがに過度になるにつれ危惧を抱き、苦情を言い、園子の行動に干渉し、喧嘩となり、灰皿を投げつけたりするようになる。園子は抗い、ごま化し、嘘をつき、本心はそのかげでひたすら光子を求める。女二人は、なにかと言えば会って睦みあっていたが、ある夜のこと園子の家の女中が、

「大阪から奥様に電話です」

園子が出ると、光子のあわてた声……。風呂に入っているあいだに着物を盗まれてしまったから大阪の南地の料理屋まで一式届けてほしい、とのこと。男の衣類も……。さらにお金も必要らしい。

――なんで今ごろ大阪の料理屋で裸になったままなんのん――

園子はなにがなんだかわからない。夫には適当なことを言い、とにかく頼まれたものを用意して、車を呼び光子の留守宅へ寄ってみたが、女中のお梅が出て来て、らちがあかない。どうやら光子はしばしば男と密会しているらしい。南地の料理屋へ駆けつけると、りっぱな男が現われた。

「財布を取られてしもたのんで名刺はありませんけれど、僕は船場の徳光さんの店の近所におります綿貫栄次郎いうもんです」

トンデモナイ出来事のいきさつは、宿屋の別座敷に博奕の手入れが入り、刑事が踏み込む。光子は長襦袢のまま、男は寝間着のままなんとか隣の家へ逃げて隠れおおせたが、逃げ迷ったほかの夫婦が光子たちの部屋へ入って、そこにある着物を着て、そのまま勾引されてしまった。宿屋の主人は捕らえられるし、取り込みの中、相談する人もない。ぐずぐずしていると警察沙汰になりかねな

いし、どんな噂を流されるかわからない。とりあえずの緊急避難、園子を頼った、という事情だった。

綿貫栄次郎は、光子が船場の方に住んでいた時分、去年の暮ごろから愛し合うようになり、深い約束までした仲なんだとか。光子の親たちのほうで進んでいた縁談が園子との同性愛の噂のせいで破談になると、綿貫にとっては（光子にも）かえっていいあんばい、そのまま親交を続けていたのだ。そんな事情を綿貫は園子に対して理路整然と告げるのである。引用して示せば、

〝しかし決して自分たちは奥様（園子のこと）を利用したんと違う、初めは利用したような形になったけど、光子さんはだんだん奥様の情熱に動かされて、自分（綿貫のこと）を愛するよりももっと熱烈に奥様を愛するようになったよって、自分の方がどれぐらい嫉妬感じたかわかれへん、利用されたとしたら自分の方がされてるぐらいやいうのんです。そんで自分はお目にかかるのんは初めてですが、奥様のことはしょっちゅう光子さんから聞いてた。同じ恋愛でも同性の愛と異性の愛とはまるきり性質違うよって、奥様との仲は許してもらわんと、自分との仲も続けて行くわけにいかん、そう光子さん言いますのんで、自分も近頃は諒解してた。「あての姉ちゃんかって夫あるねんもん、あてもあんたと結婚することはするけど、夫婦の愛は夫婦の愛、同性の愛は同性の愛やよって、姉ちゃんのことは一生よう思い切らんさかいそのつもりでいててちょうだい。それがイヤやったら結婚せえへん」と、いつでも光子さんはそない言うてる言いまして、「そら光子さんの奥様に対する気持言うたら、全く真剣でしてなあ」〟

なのである。園子自身、結婚して夫のいる身なのだから、この理屈も一理あるだろう。

園子としては、トンデモナイ情況の中で、こんな説明をされ、

——人を馬鹿にしてる——

と思ったが、とにかく急場をしのがねばならない。綿貫は、

「光子さんとの関係をいつまでも奥様に隠しとくのんはええことない思て〝折があったら折があったら〟と考えているうちに今夜のようなことになってしもた」

「はあ」

急場をしのぎ、光子を家まで送り届けることが先であった。


このあとも珍妙なやりとりが続くのだが、ややこしいことは省略して……当然のことながら園子はおもしろくない。怒り心頭に発してしまう。だが、夫が優しく対応してくれたせいもあって反省も生じ、少しくまともな生活に戻ったところ、半月ほどたったある日、今度は大阪のＳＫ病院から電話が入り、

「突然はなはだ失礼ですが、あんたさんは英語の避妊法の本を中川さんの奥さんにお貸しになったことありますか」

と、けったいなことを聞く。まったく失礼な電話だが、

「その本はある人に貸しましたけど、中川さんの奥様はよう知りません。私から借った人がまた貸したんやろ思います」

堕胎が厳しく禁じられていたころの話である。園子としては少し前、光子から「中川さんの奥様いう人が子ども生むのんイヤや言うて」と頼まれ、その本を貸したことがあった。その本には〝薬剤による方法やら、器具による方法やら、法律に触れるようなことまでたあんと書いてあるのんでして〟中川の奥様いう人がなんぞへまをやって病院に担ぎ込まれ、一騒動が起きているらしい。

園子が病院からの呼び出しに応じようとしていると急に光子が現われる。園子は二階の寝室にあがり、息を整え気付けの白ワインを飲んで、光子を迎えると、光子は、

「なあ、姉ちゃん、あんた、今でも怒ってなはんの？」

「今日は……そんな話してないでしょ」

「そうかて姉ちゃんがあの時のこと、堪忍したげる言うてくれへなんだら、あてかて話できへん」

ややこしい糸玉を少しずつ解くように話が進み……実は中川の奥様なんて関係ない。光子は、急に身を捩り、

「ああ痛……また痛なって来た」

妊娠中絶に悩んでいるのは光子自身らしく、

「苦しい、もう死ぬ、死ぬ」

トイレットへ入って血の塊まで流す始末。

すわ大変……と思いきや、これは仲なおりを企む光子の狂言で（病院からの電話も光子自身だったのか）園子も途中から狂言と気づいたが、騙されたふりをして翌日には仲よく二人で若草山の散策へ。

「光ちゃん」

「姉ちゃん」

「もう一生仲ようしようなあ」

よりを戻し、いや、今までより一層巧妙に周囲を欺いて愛しあうようになる。園子の心境を引用して示せば、

〝そないして、だんだん私は抜き差しならん深みにはまって行きましてんけど「こいではいかん」

思たところで、もうそうなったらどないすることも出来しません。私は自分が光子さんに利用しられてることも「姉ちゃん姉ちゃん」言われながらその実馬鹿にしられてることも、感づいてましてん。はあ、そら、いつや光子さんが言うてなさったのんに「異性の人に崇拝しられるより同性の人に崇拝しられる時が、自分は一番誇り感じる。何でや言うたら、男の人が女の姿見てきれい思うのん当り前や、女で女を迷わすこと出来る思うと、自分がそないまできれいのんかいなあいう気イして、嬉してたまらん」言うのんで、たしかにそういう虚栄心から、夫に対する私の愛を自分の方に奪いなさることに興味持ってなさったのんでしょうが、それにしたかって、光子さん自身の心は綿貫の方に吸い取られてたことは、ようわかってましてん。けどもう私は、どんな事あっても二度と別れるいうこと出来へん気持になってましたよって、わかってながらわからん風して、お腹の中ではなんぼ焼餅焼いてたかて、「綿貫」の「わ」の字も口に出さんと、そ知らん顔してました〟

が、光子から「綿貫に会うてくれる気イないか」と言われ、綿貫にあらためて面会する。

明るい昼の光の中で見てみれば、なかなかの美男子、だが表情が乏しくて、古くさい。光子の提案で三人で食事へ行ったり、映画を見に行ったり……おかしな関係となった。

そのうちに綿貫が内証で会いたいと言うので会ってみれば、どっちが深く光子に愛されているか、二人にとっては重要だが、らちもない話のすえ綿貫の言うには、

〝「同性の愛と異性の愛とはまるきりたちが違う思たらなんにも嫉妬することとあれへん。ぜんたいあんなきれいな人たった一人で愛そいうのんが間違うてる。五人も十人も崇拝する人あったかて当り前やのんに、二人で占領するいうのんもったいない。それも男やったら自分一人や、女やったら私だけやいう具合に考えたら、世の中に自分等ほど幸福なもんあれへんやないか。二人ともそない

思て、その幸福いつまでも自分等だけが握っててほかの人に取られんようにしたらええのんや。どないです、お姉さん」

「あんたさいその気イなら、私かて約束守ります」

「僕、お姉さん味方になってくれなんだら、ぱっと世間に知れ渡るようにして、自分もあかんようになる代り、お姉さんかてあかんようにしたげよ思てたのんですけど、それ聞いてほんまに安心しました。光ちゃんのお姉さんやったら僕にとってもお姉さんです。僕、女きょうだい一人もないのんで、お姉さん親身の姉や思て大事にしますさかい、お姉さんもどうぞほんまの弟(おとと)や思て、何でも思い余ることあったら遠慮のう打ち明けて下さいませんか。僕ちゅう人間は、敵になったらどんな恐いことでもする代り、味方になったら命投げ出してもお姉さんのために尽します。お姉さんのおかげで光ちゃん嫁に持つこと出来たら、夫婦のことやかい後廻しにしてもお姉さんのため謀(はか)ります」

「きっと、きっと、そないしてくれはる?」

「きっとですとも、僕かて男です。一生お姉さんの御恩忘れるようなことせえへん」〟

約束が成り、綿貫は後日、法律の文書さながらの誓約書を作って来て二人で血判を押す。これ自体常識に適ったビヘイビアではないが、次第にどこからどこまでが本当なのか、いろいろな噂が園子のもとに聞こえて来て……綿貫は子どもの時分にお多福風にかかったせいで性的に不能になっている。恋愛の仮面を被って女を玩具にしているけれど結婚はできない男なのだとか。綿貫の奇妙な行動はこうした屈折した事情から生まれたものらしく、誓約書も狡猾な企みの一つらしい。

――光子はどこまで知っていて、なにを望んでいるのんやろ――

この女も一筋縄で扱える女ではなく、なにをやりだすかわからない。困惑した園子は夫に事情を適当に伝えて助力を求めるが、夫は綿貫から誓約書を見せられ、園子と綿貫が姉弟の約束をしていたり、いろいろな義務が課せられていたり……びっくり仰天。夫としては誓約書の真偽を疑ったり、世間ていを考えて廃棄を願ったり、結論としては、とにかく女二人が綿貫と縁を切ること。しかし園子と光子の仲をどうするか、別れさせるのは簡単ではない。綿貫もいろんな理屈を述べながら執拗で、無気味ですらある。まず夫婦仲をよくすることが先決とこの男なりの努力をするが、どこかそっぽうみたい……問題の解決に結びつかない。ところうするうちに園子と光子は逃避行、いや、心中かな。光子の枕もとに薬やら水やらが用意されていて、

「もしまちごうてあて死んだら光ちゃん死んでくれるなあ？」

「姉ちゃんかてそうやわなあ？」

たがいに抱きあって涙を流す。光子は両親あてと、それから園子の夫あての書置きを作り、そこには〝あんたの大事な奥様一緒に連れて行くのん何とも申訳ありません。これも運命や思てあきらめてください〟とある。

薬を飲み、二人とも意識朦朧……しばらくたつと園子の夫が馳けつけ介抱にかかるうちに、さあ、わからない。夫は光子を介抱するうちに光子と抱きあってしまう。夫がわるいのか、光子が仕掛けたのか。引用して示せば、

〝まあ、そんなこと、どっちが先や詮議立てしたとこで無駄ですねんけど、一ぺん間違いあってからは（夫は）私にすまん思いながら同じ過ち繰り返してたらしいのんで、それ考えたら全然夫に責任ないとも言われしませんのんですが、私としたらその点に同情出来るいうのんは、前にもたびたび言いました通り、夫と私とは肌合エへんのんで、私がいつも愛の相手外に求めてたように、夫にしたかて無意識のうちにそれ求めてたのんに違いあれしません。おまけに外の男みたいに芸者遊び

するやとかお酒飲むやとかして、物足らなさ充たすちゅうこと知らん人だけに、なおのこと誘惑に陥りやすい状態にあったのんで、一旦そないなってしもたら、堰切った水みたいに、盲目的な情熱が意志や理性の力踏みにじくって燃え上って来て、光子さんより夫の方が十倍も二十倍も夢中になってしもたのんです。そんなわけで、夫の心持の変化は大概諒解出来ますねんけど、いったい光子さんどういうつもりでいなさったのんか、そらまあ、ほんまに半分は寝惚けてなさって、ほんその時の出来心やったのんか、それともあるハッキリした目的持ってなさったのんか、つまり綿貫放る代りに夫とそういうふうになって、私との間に嫉妬起さして、思うままに操ってやろ、どうで自分の崇拝者一人でも仰山寄せ着けときたい性分ですさかい、またしてもその悪い癖出しなさったのんか、そやなかったら「気イついてみたらすまんことした思てんけど、そいでもこないなったほうが味方につけるのんに都合がええのんで」言うてなさったように、夫引き入れる手段やったのんか、なんせえらい複雑で裏には裏ある人の気持中々わかれしません〟

なのである。

女二人の体調は回復したが、今度は、このややこしい出来事が綿貫によってスッパ抜かれ、スキャンダルとして新聞に書かれる。くわしくはこれも省略しよう。文字通り難題が、次々にあとを追いかけるように起きて入り乱れる卍の世界。疑心暗鬼に疲れ、世間ていもなくした光子、園子、夫は服毒心中を計り、今度は園子だけを残して二人は死ぬ。そこで園子は途方に暮れ、作品の冒頭に戻って涙ながらに〝先生〟に〝相談した〟という次第である。長い、長い告白だ。

しこうして、この作品の評価はむつかしい。

――ヘンテコな愛のストーリーだなあ――

これが良識だろうが、谷崎潤一郎は関西に移り住んで五年ほど、大阪の女性の言葉の妖しさを発見し、それを作品に託し、その点においては〝わけのわからない情念の発露〟を示した、と、この指摘は頷ける。あえて本質を問うならば、人の世の愛なんて倫理を越え良識を無視し、少しく世間ていを気にしながらも入り乱れて暴走するものと、異能の作家が無意識のうちに、いや、したたかに意識しながら作品化したのかもしれない。人の世の愛はこのように多様であり……仕方がない。

読み終えて、

――けったいな小説やなあ――

楽しむか、投げ捨てるか、当然のことながら読者諸賢の自由であろう。

蓼もあまり見ない漢字である。イヌタデ・ハナタデ・ヤナギタデなど〝たで〟の名を持つ植物の通称、と言われても要領をえないが、辛くて香辛料に用いられるらしい。辛いけれど〝蓼食う虫も好き好き〟の諺があるように（用例はほとんどこれ一つ、かな）人にはそれぞれ好みがあるものだ、それをとやかく言っても仕方ない。

谷崎潤一郎の小説〈蓼喰う虫〉は〈卍〉に次いで発表された作品で、中身はもちろんタイトルにふさわしい。この小説がなかったら、日本人はこの諺を広く知らずにいるのではあるまいか。

作品は、冒頭から斯波要と美佐子の夫婦がぐずぐずしている。なるべく視線を合わせないようにしている。大阪の豊中あたりに住んで、三十代くらいか。

〝出かけるとか出かけないとか、なかなか話がつかないのは今日に限ったことではないのだが、そういう時に夫も妻も進んで決定しようとはせず、相手の心の動きようで自分の心をきめようという受け身な態度を守るので、ちょうど夫婦が両方から水盤の縁をささえて、平らな水が自然とどっちかへ傾くのを待っているようなものであった。そんなふうにしてとうとうなにもきまらない内に日が暮れてしまうこともあり、ある時間が来ると急に夫婦の心持がぴったり合うこともあるのだけれど、要には今日は予覚があって、結局二人で出かけるようになるだろうことはわかっていた〃

という日常。二人には小学四年の男子・弘がいて、そこそこに豊かな生活だ。夫婦は表面的には荒々しく争うことは少なかったが、その実折合いがわるく、性的にもなじめない。美佐子はしばしば愛人に会いに行くし、要はそれを容認している。離婚を考えながら決断をためらっているのだ。まさにたったいま引用した、どっちつかずの心理が夫婦のあいだに見え隠れして、これがストーリーとなっている。

京都に住む美佐子の父から道頓堀で「文楽を見よう」と電話で誘われ、要は（美佐子が留守だったので）「行きましょう」と答えたが、

――あいつは老父に会うより恋人の阿曾のところへ行きたいにきまっている――

要も特に文楽が好きなわけではない。義父の心をおもんぱかって、つい、つい承諾してしまったのだ。風流好みの老父の誘いであり要と美佐子は老人に結局つきあうことになったが、支度をして家を出るまでの（たとえば服装など）こまごましたやりとりが巧みに綴られ、心理の妥協と齟齬が二人の立場を現わしてつきづきしい。こんな生活だから子どもの弘も両親の不和をうすうす気づいているらしい。つまり、

〃子供は子供の方で、二人が馴れ合いで芝居をしていることまでも感づいていて、なかなか気を許してはいないらしい。うわべはいかにも嬉しそうにして見せるけれども、それも事によると親たちの苦慮を察して、子供の方があべこべに二人を安心させようと努めているのかもしれない。子供の本能というものはそういう時に案外深い洞察力を働かすもののように思える。だから要は親子三人

で散策に出ると、父は父、母は母、子は子というふうに、三人が三人ながらバラバラな気持を隠しつつ心にもない笑顔を作っている状態に、我から慄然とすることがあった。つまり三人はもうお互いに欺かれない、夫婦の馴れ合いが今では親子の馴れ合いになり、三人で世間を欺いている。なんで子供にまでそんな真似をさせなければならないのか、それが彼（要のこと）にはひとしお罪深く、不憫（ふびん）に感ぜられるのであった〟

そう思いながらも要には社会的な立場もあり、親戚の思惑などにも気を使わねばならず、離婚という決断ができないのである。とりわけ妻の老父が、このあたりの実情を知ったら、どう思うか。こんな思案を抱えながら夫婦二人は豊中から梅田行きの電車に乗り、タクシーを劇場へと走らせる。

「あたし一と幕だけ見たら帰るわよ」

老父はお久という京都の若い女と暮らしていて、この日もこの女を連れて来ている。老父は人形浄瑠璃に充分な知識と趣味を備えているが、この点においても一同ちぐはぐだ。要は東京の人であり、

〝要が義太夫を好まないのは、何をおいてもその語り口の下品なのがいやなのであった。義太夫を通じて現れる大阪人の、へんにずうずうしい、臆面のない、目的のためには思う存分な事をする流儀が、妻と同じく東京の生れである彼には、鼻持ちがならない気がしていた〟

なのであり、美佐子も東京生まれで（老父は後年からの関西かぶれなのだ）関西への愛着は薄く、とりわけ（娘として当然かもしれないが）

〝父もうっとうしいけれども、それよりお久がいやであった。京都生れの、おっとりとした、何を言われても「へいへい」言っている魂のないような女であるのが、東京ッ児（こ）の彼女と肌が合わないせいもあるであろう。お久というものをそばへ置くとき、父がなんだか父らしくなく、浅ましい爺（じじい）

のように見えて来るのがこの上もなく不愉快なのである〟なのである。しかし、要は文楽の人形に日本的な女性の面影を感じ、お久にも関心を抱く。こういう人間模様の中で文楽の舞台が進み、芸談が交わされ、お久の用意した重箱が開き……読者が好むか好まないかはともかく、まことに臨場感充分に入念な筆致が示されていく。親しいはずの人たちが、親しく会話を交わしながら本心はさほど親しくはない。多かれ少なかれ、

——日常にあることだよなあ——

小説はそれを綴る営みでもある。

一転、片仮名混りの手紙が入り、

〝弘サン

学校ハイツカラ休ミデスカ、モウ試験ハスミマシタカ、僕ハチョウド君ノ学校ガ休ミノ時分ニソチラヘ行キマス。

御土産ハ何ニシヨウ。御注文ノ広東(カントン)犬ハコノ間カラ捜シテイマスガナカナカ見ツカラナイ。同ジ支那(しな)デモ上海(シャンハイ)ト広東トハマルデ国ガ違ウヨウニ離レテイマス、目下当地デハ「グレイハウンド」ガ流行デス、ソレデヨケレバ持ッテ行キマス、ドウイウ犬カ君ハ多分知ッテイルデショウガ、参考ノタメ「グレイハウンド」ノ写真ヲココニ入レテオキマス〟

差出人は高夏秀夫といい、要の従弟(いとこ)で、要と、その家族とも親しい。弘少年のために上海から飼い犬を連れて帰国しよう、というわけだ。高夏はさばけた男で世情に通じ、離婚経験もあって要のよい相談相手である。弘少年に対して示す大人の配慮は暖かく、この作品の中の心地のよい清涼剤だ。だが、それは小説の本筋ではなく、問題は要たち夫婦の仲である。要と高夏の会話を引用すれ

ば、

〃「じゃ、まだ子供には何も話してないんだね？」

「うむ」

「そういう点が君と僕とは考えが違うな、いつも言うことなんだけれど」

「もしも子供に尋ねられたら、僕は正直に言うだろう」

「だって、親の方から言わなかったら、子供がそんなことを切り出せるわけがないじゃないか」

「だからつまり話さないという結果になるのさ」

「よくないがなあ、ほんとうに。いよいよという時に突然打ち明けるよりも、前からぽつぽつ因果をふくめておく方が、かえってその間に覚悟が出来ていいんだがなあ」

「しかし、もううすうすは気がついているんだよ。僕等も話こそしないが、気がつかれるだけのことは子供の前で見せているんだから、こういう事があるかもしれないぐらいな覚悟は案外ついているかとも思う」

「それならなおさら話すのに楽じゃないか。黙っていられるといろいろなふうに気を廻して、最悪な場合を想像したりするもんだから、それで神経質になるんだ。もしも君、もうお母さんに会えなくなるんじゃないかというような余計な心配をしていたとしたら、話をするとかえって安心するかもしれんぜ」

「僕もそう考えなくもないんだがね。ただどうも、親の身になると子供に打撃を与えるのがいやだもんだから、ついぐずぐずに延ばしてしまって」

「君が恐れるほど打撃を受けはしないんだがなあ。子供というものは強いもんだぜ。大人の心で子供を推し測るもんだからかわいそうに思えるんだが、子供自身はこれから成長するのだから、そのくらいな打撃に堪える力は持っているんだぜ。ようくわかるように言って聞かしたらあきらめるところはちゃんとあきらめて、理解するに違いないんだが」

「それは僕にもわかっているんだよ。君の考える通りのことを僕も一と通りは考えたんだ」

ありていに言うと、要はこの従弟が上海から来てくれる日を、なかばは心待ちにもし、なかばは荷厄介にもしていた。不愉快なことは一日延ばしに先へ延ばして土壇場へ追い詰められるまでは言い出しえない自分の弱い性質を思うと、従弟が早く来てくれたら自然いやいやながらでも前のめり押し出されてカタがつきそうな気がしていたのだが、面と向ってその問題を持ち出されてみると、遠い所に置いてあったものが急に眼の前へ迫った感じで、励まされるよりは怯気がついて、尻込みするようになるのであった〟

と、こういう主人公だから小説はしばらく堂々めぐりをしながら続いていく。要としては、

〝「(離婚に)都合のいい時という中には季候のことも考慮しているんだよ。つまりその時の季候の具合で悲しみの程度がよほど違う。なんと言っても秋に別れるのは一番いけない、一番悲しみの度が強い。いよいよ別れるという時に『これからだんだん寒くもなりますし……』と、泣きながら女房がそう言ったんで急に別れるのをやめてしまった男があるんだが、実際そんなことはありえると思う」

「は、は、君はいろいろそういう例を方々で聞いて来ると見えるね」

「こういう時に人はどうするかと思うもんだから、聞くつもりはなくっても耳に入るようになるんだよ。もっとも僕等のような場合はあまり世間に例がないんで、参考になるのは少ないんだけれど」

「で、別れるのには今頃の暖かい陽気が一番いいと言うのかい?」

「うん、まあそうなんだ。まだこの頃はうすら寒いことは寒いけれども、しかしだんだん暖かくなる一方だし、そのうちには桜が咲き始めるし、じきに新緑の季節にもなるし、そういうコンディションがあったら、比較的悲しみが軽いだろうと思うんだ」

「というのは、君の意見なのか？」

「美佐子も僕と同意見なんだよ、『別れるのなら春がいいわね』って」

「そりゃ大変だ、すると来年の春まで待たなきゃならないのか」

「夏だってそりゃあ悪くはないがね。ただ僕の母親が亡くなったのが、あれが七月だったろう？僕はあの時に覚えがあるんだが、夏の景色というものはすべてが明るく生き生きとしていて、眼に触れるものがみんな晴れやかなはずなんだけれど、あの年ぐらい夏を悲しいと思ったことはなかった。僕は青葉の蒸し蒸しと繁っているのを眺めただけでも涙ぐまれて仕方がなかった」

「それ見たまえ。だから春だって同じことなんだ。悲しい時には桜の花の咲くのを見たって涙が出るんだ」

「おそらく僕もそうなんだろうとは思ってるんだが、そう考えるといよいよ時機がなくなってしまって、結局こいつは、別れないですむことになるんじゃないかな」

「結局こいつは、身動きが出来なくなるもんだから」

「君はそういう気がするかね？」

「僕より君はどうなんだ？」

「僕にはどうなるか全くわからない。わかっているのは、別れなければならない理由はあまりに明らかに備わっている、これまででさえうまく行かなかったものが、阿曾との関係が出来てしまった今となって、それも僕からむしろすすめてそれを許した今となって、夫婦でいられるわけはないし、すでに夫婦ではなくなっている、という事実だ。僕も美佐子もこの事実を前に置いて、一時の悲しみを忍ぶか永久の苦痛に耐えるか、どっちとも決断がつかずにいる。決断はついているんだが、それを実行する勇気がないんで迷っているんだ」〟

こういうインテリの、小市民的心理をこまやかに、みごとに綴ることにかけては谷崎はユーモラスと言ってよいほどユニークで、多彩である。

〝阿曾〟というのは美佐子の恋人で、充分に深い仲になっているのだが、要と美佐子の間には「お前に相談があるんだ」「あたしもあなたに相談したいことがあるのよ」と交わされた約束があって、

〝一、美佐子は当分世間的には要の妻であるべきこと。

一、同様に阿曾は、当分世間的には彼女の友人であるべきこと。

一、世間的に疑いを招かない範囲で、彼女が阿曾を愛することは精神的にも肉体的にも自由であること。

一、かくして一、二年の経過を見、愛し合う二人が夫婦になってうまく行きそうな見込みがつけば、要が主となって彼女の実家の諒解を得るようにし、世間的にも彼女を阿曾に譲ること。

一、それゆえここ一、二年の間を彼女と阿曾の愛の試験時代とする。もしその試験が失敗し、両者のあいだに性格の齟齬が発見され、結婚しても到底円満に行かないことが認められたら、彼女はやはり従来の通り要の家にとどまること。

一、幸いにして試験の結果が成功し、二人が結婚した場合には、要は二人の友人として長く交際を続けること。

彼はそれを言い終ったとき、妻の顔色がちょうどその朝の空のようにかがやきに充ちて来るのを見た。彼女は一と言「ありがとう」と言った。そのまぶたからはぽたりと嬉し涙が落ちた。ほんと

うにそれは何年ぶりかで心の底からわだかまりが取れ、初めてほっと天日を仰いだというふうであった。妻のよろこびを知った夫も同じように胸のつかえが下った気がした。連れ添うてから長のとしつき奥歯に物の挟まったような心地でばかり過して来た夫婦は、皮肉にも別れ話の段になってようよう互いにこだわりがなく打ち解けることが出来たのである〃

という夫婦なのである。

二人の不和を高夏が弘に教えてくれたり、奇妙な家族団欒があったり、ストーリーは進展して、やっぱり夫婦は別れようと、その方向へ傾くが、そうなると、このことはなによりも美佐子の父に語らねばなるまい。美佐子は「私は厭よ」と、その役割に難色を示すので、義父がお久ともども淡路に人形浄瑠璃を見に行くのに要は同行して……しかし、ここではっきりと夫婦の不和を語りえず、後に手紙で伝えることとなる。老父の古典芸能や骨董への見識が（というよりこれは谷崎自身の見識だろうが）くわしく、みごとに綴られているが、それは省略。特筆すべきは……要が老父の趣味・心情にそれなりに感動し、それに人形のようにつき従うお久にも引かれてしまう。淡路の人形芝居をやる町の古い情緒を感じ取り、

〃ふと要は、ああいう暗い家の奥の暖簾のかげで日を暮らしていた昔の人の面(おも)ざしを偲んだ。そういえばああいう所にこそ、文楽の人形のような顔立ちを持った人たちが住み、あの人形芝居のような生活をしていたのであろう。どんどろの芝居に出て来るお弓、阿波(あわ)の十郎兵衛(じゅうろべえ)、順礼のお鶴、などというのが生きていた世界はきっとこういう町だったであろう。現に今ここを歩いているお久なんかもその一人ではないか。今から五十年も百年も前に、ちょうどお久のような女が、あの着物であの帯で、春の日なかを弁当包みを提げながら、やはりこの路を河原の芝居へ通ったかもしれない。それともまたあの格子の中で三味線を弾いていたかもしれない。まことにお久こそは封建の世から

抜け出して来た幻影であった〟

と思いをめぐらし、老父の生活に安楽境のあることをうらやむ。そして老父とお久の親しみに刺激されたのか要は馴染みの娼婦ルイズを訪ねる。「パリへ行ったら相当に踏めるぜ。こんな女が神戸あたりにうろついていようとは思わなかった」とフランス帰りの友人に称されるようなすてきな女(ひと)なのだが、この日の要は慰められない。

義父は要の（離婚をほのめかす）手紙を受け、二人を、とりわけ娘・美佐子を説得しようとして京都へ呼び寄せるが、そう簡単に説得される情況ではあるまい。とにかく父と娘が二人で会食へ出かけ、要はお久と家に残り、微妙な親しさが漂う。お久が世話する風呂に入り、

〝どういうものか二人（義父と美佐子）を送り出してしまってからはなんとなく気が軽くなって、こうして風呂につかっているここの家が、すでに第二の妻を迎えた自分の新居であるような愚かしい空想が湧くのであった。思えばこの春からしきりに機会を求めては老人に接近したがったのは、自分では意識しなかったところのほかの理由があったのかもしれない。そういう途方もない夢を頭の奥に人知れず包んでいながら、それでも己れを責めようとも戒しめようともしなかったのは、多分お久というものがある特定な一人の女でなく、むしろ一つのタイプであるように考えられていたからであった。事実、要は老人に仕えているお久でなくとも「お久」でさえあればいいであろう。彼のひそかに思いをよせている「お久」は、あるいはここにいるお久よりも一層お久らしい「お久」でもあろう。ことによったらそういう「お久」は人形よりほかにはないかもしれない。彼女は文楽座の二重舞台の、瓦燈口(がとうぐち)の奥の暗い納戸にいるのかもしれない。もしそうならば彼は人形でも満足であろう〟

なのであり、このまま作品は（多少の暗示はあるにせよ）明確な結末を示すこともなく、さりげ

なく終わっている。古典芸能など教養の深い小説である。理性的な主人公がいじいじと悩む小説である。

小説にはモチーフがある。作者が読者に訴えたいサムシングだ。読者の側から言えば「この小説、なにが言いたいんだ」の〝なにが〟に該当するものだ。谷崎潤一郎はモチーフの明瞭な作品を多く書いたが、時にはそれがわかりにくいものもある。〈卍〉も〈蓼喰う虫〉もわかりにくいほうだろう。

――こんな人もいるんですよ――

と、みごとな日本語（大阪弁や芸論など）をちりばめて展開し、それが作品のモチーフなのかもしれない。あるいは、ただおもしろいストーリーをおもしろく書いたのかもしれない。文豪の懐の深さだろうか。私の独りよがりの六角評価図は……描くのもむつかしい。

A　ストーリーのよしあし。
B　含まれている思想・情緒の深さ。
C　含まれている知識の豊かさ。
D　文章のみごとさ。
E　現実性の有無。絵空事でも小説としての現実性は大切であり、むしろ谷崎的リアリティを考えるべきだろう。
F　読む人の好み。作者への敬愛・えこひいきも入る。

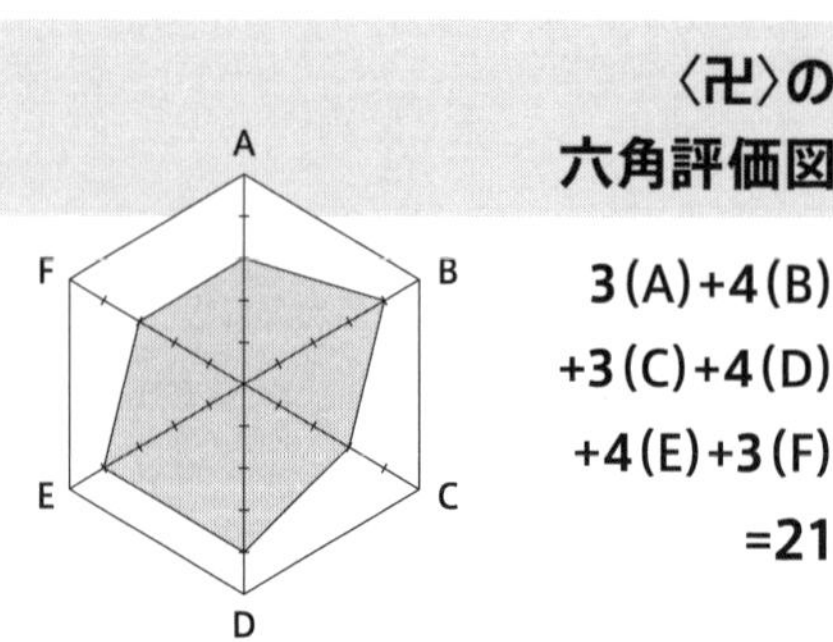

〈卍〉の
六角評価図

3(A)+4(B)
+3(C)+4(D)
+4(E)+3(F)
=21

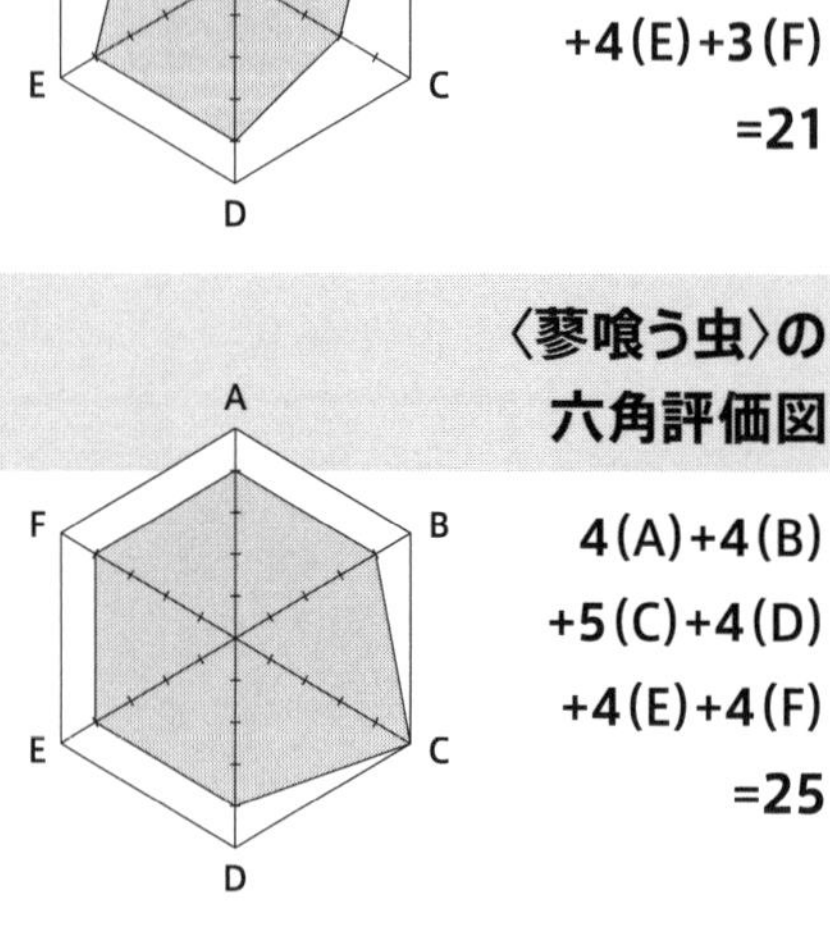

〈蓼喰う虫〉の
六角評価図

4(A)+4(B)
+5(C)+4(D)
+4(E)+4(F)
=25

5 悲しくも凛々しく

〈盲目物語〉

〈盲目物語〉を読み終えたとき、

――このタイトルでよかったのかなあ――

文豪・谷崎潤一郎に対して不遜ではあろうけれど、少し残念に思わないでもなかった。

確かにタイトル通り眼の不自由な人が活躍するストーリーではある。しかし印象に残るのは……本当の主人公は歴史の中に厳然と登場する典雅な美形であり、凜々しい生涯が鮮やかに綴られている。それを匂わせるタイトルであったならば、この作品はもっと広く読者を集めたのではあるまいか。数多を残した谷崎作品の中で、私には指折りの名作、と思われる。早速、本文冒頭を引用して示せば、

〝わたくし生国は近江のくに長浜在でござりまして、たんじょうは天文にじゅう一ねん、みずのえねのとしでござりますから、当年は幾つになりまするやら。左様、左様、六十五さい、いえ、六さい、に相成りましょうか。左様でござります、両眼をうしないましたのは四つのときと申すことでござります。はじめは物のかたちなどほのぼの見えておりまして、おうみの湖の水の色が晴れた日などにひとみに明う映りましたのを今に覚えておりまするくらい。なれどもそののち一ねんとたたぬあいだにまったくめしいになりまして、かみしんじんもいたしましたがなんのききめもござりませなんだ。おやは百姓でござりましたが、十のとしに父をうしない、十三のとしに母をうしのうてしまいまして、もうそれからと申すものは所の衆のなさけにすがり、人のあしこしを揉むすべをお

ぼえて、かつかつ世過ぎをいたしておりました。とこうするうち、たしか十八か九のとしでござりました。ふとしたことから小谷（おだに）のお城へ御奉公を取り持ってくれるお人がござりまして、そのおかたの肝いりであの御城中へ住み込むようになったのでござります〟

とあって小谷のお城と言えば戦国武将・浅井（あざい）長政（ながまさ）（一五四五〜七三）の本拠地。堅固な山城として知られるところだ。長政がだれを妻に迎えるか（名家の結婚はつねに政略と深い関わりがあったが）父・久政（ひさまさ）と考えにちがいがあり、父子のあいだに不和がないでもなかった。

と解説を綴り始めて早々、急に注釈めいたことを書いて申し訳ないが、たったいま引用した十数行、少しく読みにくいのではあるまいか。作品の語り手は四歳で視力を失ったあんまさん、充分な教育を受けていないので（とても賢い人ではあるけれど）読み書きがままならない。作者・谷崎はそこに現実感を持たせようと（多分そのためだろう）平仮名を多く用いている。普通なら漢字を用いるところを、あえて平仮名で綴る。納得のいく趣向だが、やっぱり読みにくい。ダイジェストは読みやすさが身上だ。出版界では、むつかしい漢字を平仮名に変えることはよくあって、これを〝開く〟と言っているが、このダイジェストでは逆に（〝閉じる〟とは言うまいが）私の猿知恵でところどころ勝手に漢字に変えて引用したいと思う。滅多にないことだが、お許しいただきたい。

かくて、右の引用は〝私、生国は近江のくに長浜在でござりまして、誕生は天文二十一年、壬子の年でござりますから（中略）初めは物の形などほのぼの見えておりまして、近江の湖の水の色が晴れた日などに瞳に明う映り（中略）神信心もいたしましたがなんの効きめも……〟などなど文字遣いに工夫のあることをご理解いただきたい。

さて、ストーリーに帰って、この小説の語り手なる〝私〟が小谷城に奉公したときは久政・長政父子の仲はいくぶん回復して、

〝長政公は二十五、六歳のお年でござりましたろうか、もうそのときは二度目の奥方をお迎えになっていらっしゃいましたが、その奥方と申されますのが、もったいなくも信長公の御妹君、お市どのでござります〟

ということで〝私〟は盲目ながらお市の方のそば近くに仕えてもみ療治のあいまに音曲を奏でたりする立場となったのである。名前も〝弥市〟ともらい、弥市は美形の誉れ高い女性を見ることこそできないが、声を聞き脈に触れ、気配を感じ、その美しさばかりか微細な心の動きまで的確に察し取ってしまう。それがこの作品の醍醐味だ。

加えて弥市はなかなかの消息通、折々の政情や戦況についてもほどよく解説してくれる。もちろんここには谷崎潤一郎の歴史学が反映されており、その筆致は豊富であり、確かであり、時にユニークであり、だからこそおもしろい。

――こんなこと、弥市がよく知ってるなあ――

なんて、愚かな与太を飛ばしちゃいけません。

弥市の観察を続ければ、長政公とお市の方との縁組みは、

〝信長公が美濃の国より御上洛のみぎり、いま江州で器量のすぐれた武将と申せば、歳は若くても浅井備前守（長政公）に越すものはあるまじ、ひとえに味方にたのみたいとおぼしめされて、なにとぞわが縁者となってくれぬか、それを承引あるうえは浅井と織田と力をあわせて観音寺城にたてこもる佐々木六角を攻めほろぼして都へ上り、ゆくゆくは天下の仕置きも両人で取り行おう、美濃国も欲しくばそちらへ進ぜよう、また越前の朝倉は浅井家とふかい義理のある仲だから、決して勝手に取りかかるようなことはしませぬ、越前一国はそちらの指図通りと申す誓紙を入れようなどと、それはそれは御丁寧なお言葉がござりましたので、その儀ならばと申すことで、御縁がまとまった

のでございます〃

と記され、この約束が後日信長によって破られたことも歴史小説のファンならば充分にご承知のことと思うが、このあたりの事情が諄々と語られていき、わかりやすい。

長政とお市の方の〃御夫婦仲もいたってお睦まじゅうございまして、お子たちも年子のようにお生れなされて、もうそのときに、若君、姫君、とりまぜて二、三人はいらっしゃいましたかと存じます。いちばん上の姫君はお茶々どのと申し上げて、まだいたいけなお児でございましたが、このお児が後に太閤殿下の御寵愛をお受けなされ、かたじけなくも右大臣秀頼公のお袋さまとおなりなされた淀の御方であらせらりょうとは、まことに人の行く末はわからぬものでございます。でもお茶々どのはその時分から優れて見目かたちがお美しく、お顔だち、鼻のかっこう、眼つき口つきなど奥方に瓜二つだと申すことで、それは盲目の私にもおぼろげながらわかるような気がいたしました〃

と後日談まで先走り、これもこの作品の特徴である。弥市はお茶々から「坊主、坊主」とまわらぬ舌で呼ばれて親しく仕えたようだが、それはともかく、とこうするうちに信長が朝倉の領土に攻め入り、浅井家としてはこれは先の約束に違うし、浅井・朝倉の長年の親睦にも逆って看過しにくい。この情況にひときわ強く怒ったのが長政の父・久政で、隠居の身ながら威丈高に〃いかに信長が鬼神なればとて、親の代からの恩を忘れ、朝倉家の難儀を見捨ててよいと思うか、そんなことをしたら末代までの弓矢の名折れ、浅井一門の恥辱ではないか、わしはたった一人になってもさような義理知らずの臆病者の真似はせぬ〃

と譲らない。当主・長政は織田と朝倉、どちらにも顔の立つ妥協案に傾いていたが、父・久政からは、

〃この期に及んであの嘘つきの信長になんの遠慮をすることがある、こうまで侮られながら黙って引っ込んでいるというのは、おおかた女房のかわいさにほだされて、織田家へ弓が引けぬと見えた〃

と、長政の方策はいくぶん当てつけ気味に非難される始末。父・久政のみならず家臣の中にも反信長を訴える者もいて、長政も相当な覚悟で朝倉と組んで信長と戦う策をめぐらしたが、朝倉のほうは緊急の事態をよく理解していない。長政の決意に対し朝倉から不都合な返事が来て、

〃長政公はその返事を聞かれると、ああ、朝倉もそんな悠長なことを申しておるのか、それで義景（朝倉の当主）の人物もわかった、そのようなのろまなことであのすばしっこい信長に勝つ見込など、十に一つもあろうとは思われぬ、父上の仰せがあったばかりによしない人（義景）に組みしたのが運のつきだと、しみじみ述懐あそばしたそうでございますが、もうそのときから浅井の家もわが命も長いことはあるまいと、覚悟を決められたらしゅうございます〃

かくて信長の浅井攻めが始まり、

〃それから姉川、坂本の合戦がございまして、一度は扱い（休戦）になりましたけれども、たちまち和議もやぶれてしまいまして、織田勢のためにじりじりと御領分を削られてゆきました。わずか二、三年のあいだに、佐和山、横山、大尾、朝妻、宮部、山本、大嵩の城々をおいおいに攻め抜かれて、小谷の本城ははだか城にされ、その麓まで敵がひしひしと取りつめてまいったのでございます〃

となって長政は敗北を覚悟する。信長からの使者が来て、

〃その方と仲たがいをしたというのも元はといえば朝倉のことからだ、しかしこちらはすでに越前をきりなびけ、義景をうちとってしまったから、その方に対しなんの意趣もいだかぬし、又そのほ

うもこのうえ義理をたてるところもないであろう。城をあけわたして立ちのくならば、縁者のよしみもあることだからこちらも如在には存ぜぬ、このうち織田家の麾下に属して忠節をぬきんでてくれるなら、大和一国をあて行のうてもよいと思うがと、ねんごろな御諚でございました

けれども長政は武士の本義を通して討ち死をする。

戦史の成行きはさて措き、お市の方は自分の夫が兄に攻められて討ち死するのだから、悲惨である。弥市のもみ療治は美しい柔肌を通して切ない心中を慮るのだ。

〃当時、奥方は二十を二つ三つおこえなされ、四人にあまるお子たち（正しくは女三人、男二人）の母御でいらっしゃいましたけれども、根がお美しいお方のうえに、ついぞいままでは苦労という苦労もなされず、あらい風にもお当たりなされたことがないのでございますから、もったいないことながら、その肉づきのふっくらとしてやわらかなことと申したら、綸子のお召しものをへだてて揉んでおりましても、手ざわりのぐあいがほかのお女中とはまるきりちがっておりました。もっとも今度は五たびめのお産でございましたから、さすがにいくらかやつれていらっしゃいましたものの、おやせになればおやせになるで、その骨ぐみの世にたぐいもなく華奢でいらっしゃることは驚くばかりでござりました。私、実に、この年になりますまで、長年のあいだ揉み療治を渡世にいたし、お若いお女中さまがたを数知れず手がけてまいりましたが、あれほどしなやかな体のお方をいろうたことがござりませぬ。それに、御肌のなめらかさ、こまかさ、お手でもおみ足でもしっとり露を含んだようなねばりを持っていらしったのは、あれこそまことに玉の肌と申すものでござりましょうか。おぐしなども、お産をしてからめっきりと薄うなったと、ご自身ではおっしゃっていらっしゃいましたが、それでもふさふさとうしろに垂らしていらっしゃるのが、普通のひとに比べたらうっとうしいくらいたくさんおありになって、一本一本絹糸をならべたような、細い、くせのな

い、どっしりと重い毛の束が、さらさらと衣にすれながらお背なか一面に広がっておりまして、お肩を揉むのにじゃまになるほどでございました〃

という感触である。

長政は家臣一同に死出の旅への回向を命じ家族にもそれを強いる。お市の方は子どもたちにこそそれを実行させたが、みずからは夫とともに自害を覚悟している。長政が、

〃「やあ、その方、女の道を忘れたか。わが亡きあとの菩提をとむらい、子どもの成人を見とどけるこそ、妻たるものの勤めではないか。そこの道理がわからぬようでは未来えいごう妻とは思わぬ、夫とも思ってもらわぬぞ」〃

と厳しく叱咤するも、たやすくは肯じない。

信長からの使いが三度も来て長政を説得し、結局、お市の方と娘三人は信長のもとへ赴くこととなる。男子二人は密かに逃がすが、この先の運命はつらいものとなった。弥市の見たところ、

〃もとより長政公とても、あれほどお睦まじい御語らいでございましたから、死なばもろともと覚悟をなされた奥方の御心根を何しに憎くおぼしめしましょう。思えばおふたりが御縁組みをあそばしてから、ことしで足かけ六年と申す短い御ちぎりでございます。そのあいだしじゅう世の中がさわがしく、あるときは遠く都や江南の御陣へお出かけになったりしまして、一日として安楽におすごしあそばしたこともないのでございますから、同じ蓮のうてなの上でいつまでも仲よう暮したいとお望みになるのも、決してご無理ではございませぬ。なれども長政公は勇あるお方のつねとしてひとしお御憐れみが深うございまして、お年の若い奥方をむざむざ殺してしまうことがあまりおいたわしく、なんとかして命を助けてあげたいとおぼしめされ、ことにはお子たちの行く末なども御案じあそばしたのでございましょう。まあいろいろにしなを変えて道理をおときになったものと見

えまして、ようよう奥方も御得心あそばし、姫君ばかりをお連れになってお里へお帰りあそばすことに決まったのでございます〟

となり、それからは戦国の世の無情と悲しさ、縷々と綴られているが先を急ごう。弥市自身も健気にも落城とともに死を覚悟していたが、お市の方の恵みを受け、その後、多少の出入りはあったが、引き続き、生きてそば近くお仕えすることとなる。かくて、そのリポートが続いていく。

　このころ信長の配下では、柴田勝家と秀吉（若い日の名、木下藤吉郎と記すべきときもあるが、ここでは一貫して秀吉とする）の活躍がめざましく、弥市は「秀吉が小谷の奥方（お市の方）に懸想なされましたのは、いつごろからでございましたか」と言いながら、信長のもとに戻ったお市の方が秀吉とどう対面したか、秀吉がずいぶんと低姿勢であったことを伝え、この後日談では、

〝私、今から考えますのに、お市どのの世にたぐいない御器量に早くも眼をおつけなされ、人知れず思いを寄せていらしったのではございますまいか。もっとも主人の信長公の妹御であらせられ、家来の身ではおよびもつかぬ高嶺の花でございましたから、まさかそのときにどうというおつもりもございますまいが、なにぶんこの道にかけましたら油断のならぬ秀吉公でございます。身分のちがいと申しましても、有為転変は世の常のこと、とり分け栄枯盛衰の激しいのは戦国のならわしでございます。されば長い月日のうちにいつかはこの奥方をと、ひそかに望みをおかけなされましたやら、なされませなんだやら、英雄豪傑の心のうちは凡夫に計りかねますけれども、あながちこれは私の邪推ばかりでもないような気がいたします〟

　と鋭い。お市の方も、しばらくは秀吉に気を許していたが、そこにトンデモナイことが起きる。信長が長政の嫡男・万福丸が逃れていることを知り、これを秀吉に成敗させたのである。秀吉にとっては気の進まない仕事だったが信長には逆えない。残酷にも殺して首を串ざしにして見分させた、

とか。この噂は当然お市の方の耳にも入っただろう。このあたりのいきさつも弥市の述懐にくわしい。

信長は隆盛を極め、だがあろうことか、ご承知の通り天正十年、本能寺にて果てる。兄の死までのあいだ、お市の方は九年ほど清洲にあって比較的のどかに過ごし、悲しみも少しく薄らいで見えたとか。弥市の唄う小唄などを楽しむ様子がしたためてある。ことのついでに長政公とともにあったところのいつくしみも、これは弥市のよく知るところであったから、つまびらかに、臨場感たっぷりに描かれているが、ここでは省略しよう。

信長の急死で跡目争いが激しい。清洲会議など、歴史小説のファンが好んで知るところだ。弥市も丁寧に綴っている。結局、幼い嫡流の三法師（信長の長男・信忠の長男、当時三歳）が家督をついだが、この折の関係者の談合はそれぞれの思惑があって対立が深く、とりわけ勝家と秀吉の折合いがよくない。勝家は信長の家臣として第一人者の立場であり、秀吉は戦乱（明智光秀征討など）についての功労第一の人である。信長ありし日の対抗があり、論功行賞についても積年の屈託が多く、容易ではない。そこへもう一つ、実は勝家もお市の方を気にかけていたのである。恋争いも加わった、と弥市はつまびらかである。秀吉は三法師を支援し、勝家は信長の三男・信孝（三七とも言う）と組む。本能寺の変ののち勝家は信孝へ密かに願い出て、信孝はお市の方に勝家との再婚を勧める。お市の方も今まではいろいろ難儀があったけれど〝このさき御自分の身はともかくも、三人の姫君たちの行く末を思われますと、だれを力になされてよいか途方にくれていらしったのでござりましょう。されば勝家公の浅からぬ心をお聞きになりまして、憎からずおぼしめしましたか、まあそれほどでないまでも、あながちお厭ではなかったらしゅうござります〟

とあり、ほかにも思案や義理などもあって心が勝家へ傾く。あえて言えば、お市の方は急に権力をえて、あつかましくなった秀吉が厭だった、のかもしれない。秀吉からの相談があったとき「藤吉郎は私を妾にするつもりか」と怒り、まったくの話、わが子・万福丸を殺した男を許すわけにはいかない。当然の力学として、めでたく勝家との結婚が成った。弥市は、この時もお市の方に仕えて行く先行く先へついて従う。

これから先は紆余曲折のすえ賤ケ岳の戦いがあり、勝家は多くの家臣もろとも秀吉に敗れて自害となる。弥市はこのあたりの事情を細かく語って、ふたたび言うが、

――このあんまさん、よく知ってるなあ――

あきれるばかりである。せめて心のなごむことを少し引用すれば、

〝さいわいなことに勝家公は思いのほかおやさしいお方でござりまして、亡君の妹御ということをお忘れなく御大切にあそばされましたし、人の恋路をさまたげてまでおもらいなされただけあって、ずいぶんかわいがっておあげなされましたので、北の庄のお城（勝家の居城）に着かれましてからは、奥方も日々に打ちとけられ、殿のおなさけをしみじみうれしゅうおぼしめしていらっしゃいました。そういう風で表は寒くとも御殿のうちはなんとなく春めいた心地がいたし、まあこれならば御縁組みあそばしたかいがあったと、下々の者も十年ぶりで憂いの眉をひらきましたのに、それもほんの束の間でござりまして、もうその年のうちに合戦が始まったのでござります〟

と、この喜びはむしろこの後の悲嘆を深くしたのかもしれない。

時間を少し戻して……勝家と秀吉との不和がどんどん激しくなり、

〝柳ケ瀬、賤ケ岳の合戦の始終は三歳の小児までも知っていることでござりますから〟と記してある通り（本文にはかなりくわしく書いてあるけれど）ここでは角度を変え、あまり正史では触れられていないエピソード、たとえば、

〝それから玄久と申すおひと、これは豆腐屋でござりました。もっとも以前は勝家公の幼な馴染みでござりましたが、あるとき合戦に深手を負いましたについて、この体では御奉公もなりかねますからおいとまをいただきます、もう私も武士をやめて町人になりますと申されましたので、「そうか、それならお前は豆腐屋になれ」とおっしゃって、大豆を年に百俵ずつ下されました。されば今度もお供をいたし、来世でお豆腐をさしあげるのだと申して、わざわざ町方よりお城へ入ったのでござります〟

と、細かく、ユーモラスである。あるいは、落城寸前のとき弥市は、

〝ああ、私でござりますか。私などはおりっぱな方々の真似は出来ませぬけれども、先年、小谷の籠城のおりに捨てる命を生きのびておりましたので、いまさらこの世に思い残すこともないとぞんじてお城にとどまっておりましたものの、正直を申せば、まだ奥方がどうあそばすともわかりませぬので、その御先途を見とどけてからともかくもなろうと思っておりました。こう申しますと卑怯のようでござりますが、奥方はこちらへ御縁づきなされましてからまる一年にもなりませぬ。小谷のときは六年の御ちぎりでござりましたのに、それでもお子たちに引かされて長政公と惜しき別れをあそばしたのでござりますから、このたびとてもそうならぬとは限りませぬ。それにしても殿さまからそんなお話はないものか。御夫婦と申しても短い御縁でござりましたのに、大恩のある先君の妹御と姪御とを死出のみちづれになさるおつもりか。それともまた、いとしい奥方を秀吉公には意地でもわたされぬとおぼしめしていらっしゃるのか。勝家公ともあろうお方がこの期になって女々しいこともなさるまいから、いまになんとかおっしゃるだろうが。と、そんな風に考えましたのも、自分が助かりたいという心ではござりませなんだが、生きるも死ぬるも奥方しだいの命と決めておりましたのでござります〟

と、このあんまさん、ただものではない。

勝家は家臣たちに〝自分はこの城で腹を切るつもりだが、いっしょに留まるもよいが、親たちが存命の者もあろう、妻子を置いて来た者もあろう、そういう者は少しも遠慮に及ばないから早々在所へ引き取ってよい。罪なき人をひとりでも余計に殺すことは本意ではない〟と本心から命じ、こうなると人々の動きもさまざま、多くの人名が入り乱れて、現実感充分、登場人物の立場や性質を知っていればずいぶんおもしろかろうが、これも省略としよう。討死を決めた勝家は残った家臣たちと華やかな酒宴を催し、この風景も典雅である。

そして風流のすえ勝家は奥方へ盃をさし出し、

〝「お市どの」

と、お呼びなされ、

「今日までのだんだんの心づくしはたいへんうれしく思います。こういうことになるのだったら、去年の秋にそなたと祝言をするのではなかったが、今それを言い出してもせんないことだ。ついてはそれがし、いずこまでも夫婦いっしょにと思いきわめていたけれども、しかしつくづく考えてみるのに、そなたは総見院さまの妹御であらせられるし、そのうえここにいる姫たちは故備前守の忘れがたみのことでもあるから、やはりこれは助ける方が道だと思う。武士たるものが死んで行くのに女子どもを連れるには及ばぬことだ。ここでそなたを殺したら、勝家はいったんの意地にかられて義理人情を忘れたと、世間のものは言うかもしれぬ。な、この道理を聞きわけてそなたは城を出てくれぬか。あまり不意のようだけれども、これはよくよく分別をしたうえのことだ」

と、思いがけないお言葉でござりまして、そうおっしゃるお胸の中はさだめしはらわたもちぎれるほどでござりましたろうけれども、お声に少しの曇さえなく、よどまず言いきられましたのは、さすが剛気の御大将でござります〟

と歌舞伎なら「待ってました」と声のかかるところである。奥方はと言えば、

〝今日という今日になって、あまりなことをおっしゃいます」

と、言いも終らず泣きふしておしまいなされ、

「総見院どの御存生のころでさえ、いったん他家へ嫁ぎました身を織田家のものだと思ったことはござりませぬ。まして頼るべき兄弟もない今日になりまして、お前さまに捨てられましたら、どこへゆくところがござりましょう。死ぬべきおりに死なないと死ぬにもまさる辱めを受けますことは、私もしみじみ覚えがござります。されば昨年輿入れをいたしましたときから、今度ばかりはどういうことがござりましょうとも、二度とお別れ申すまいと覚悟をいたしておりました。はかない御縁でござりましたけれども、夫婦として死なしていただけますなら、百年つれそうのも一生、半年つれそうのも一生でござりますものを、出て行けとは恨めしいお言葉でござります。どうかこればかりはお許しを」

と、そうおっしゃるのが、御顔にお袖を当てていらっしゃるらしゅう、とぎれとぎれに、絶えては続いてもれてまいるのでござります。

「しかし、そなた、この三人の姫たちを不憫とは思わぬのか。これらが死ねば浅井の血筋は絶えてしまうが、それでは故備前守に義理が立たないではないか」

と、押し返しておっしゃいますと、

「浅井のことをさほどにおぼしめしてくださいますか」

とおっしゃって、いっそう激しくお泣きなされ、

「私はお供をさせていただきますが、そのお志しにあまえ、せめてこの児たちを助けてやって、父

の菩提を弔わせ、また私の亡きあとをも弔わせてくださいまし」

　とおっしゃるのでございましたが、今度はお茶々どのが、

「いえ、いえ、お母さま、私もお供をさせていただきます」

　とおっしゃいましたので、お初どのも小督どのも、同じように「私も私も」と右と左からお袋さまにおすがりなされ、お四たりが一度にこみあげてお泣きなされました。思えばむかし小谷のときはみなさま御幼少でございまして、なにごとも夢中でいらっしゃいましたなれども、今は末の小督どのでさえも、はや十をおこえあそばしておいでですから、こうなりましてはなだめようもすかしようもございませなんだ。さればずいぶん御辛抱強い奥方もかわいい方々の御涙に誘われてただおろおろと泣かれますばかりで、私、実に、十年このかたこんなに取り乱されましたのはついぞ存じませなんだことでございます〟

　と、ますますのクライマックス。あえて野暮な説明を加えれば、お茶々、お初、小督、すなわち浅井長政との間にもうけた三人の娘はきわどく生きのびて、お茶々は秀吉の側室・淀君となり、お初は後の有力大名・京極高次に嫁し、小督は徳川秀忠の妻となり家光を産んでいる。

勝家、お市の方、ためらううちに最期の時は迫り、腰元たちが念仏を唱えるなか、弥市は「もはやこれまで」と（迫り来る敵を避けるため）梯子の下に積んだ枯草に火をつけて、

「火事でございます、火事でございます」

　と叫べば、くちぐちに、

「御座所があやういぞ」「御用心めされい、裏切り者がおりまする」

　と大勢が上に逃げてくる。弥市も熱風にあおられ、

――同じ死ぬなら奥方と一つ炎に――

と思ったとき、だれか知らないが弥市の肩に女をのせる者があり、

「このお方を下へお連れもうせ」

すぐにそれがお茶々とわかったが……そして今、声をかけた男こそ、この役目を、と思ったが、

――この侍は、殿のあとを追い、ここを自分の死に場所と定めているのだ――

なまじ奥方といっしょに死ぬことを考えたりしたら、あの世で奥方に「弥市、お前は私の大切な娘をどこへ捨てて来たのか」と咎められそうで申し訳が立たない。

――これもよくよくの御縁――

逃げ出す道を探ったのは天晴れ、しかも冷静だが、冷静と言えば、

〝背中の上にぐったりともたれていらっしゃるお茶々どのの御尻へ両手をまわしてしっかりとお抱き申し上げました刹那、そのお体のなまめかしい具合がお若いころの奥方にあまりにも似ていらっしゃいますので、なんとも不思議な懐しいここちがいたしたのでございます。まごまごしていれば焼け死ぬという火急の場合でございますのに、どうしてそのような考えを起こしましたやら、まことに人はひょんなときにひょんな了見になりますもので、申すもお恥ずかしい、もったいないことながら、ああ、そうだった、自分がお城へ御奉公にあがってはじめてお療治を仰せつかったころには、お手でもおみ足でも、とんとこのとおりに張りきっていらしったが、なんぼうお美しい奥方でもやはり知らぬまにお年を召していらしったのだと、ふっとそう気がつきましたら、楽しかった小谷の時分の思い出が糸をくるようにあとからあとから浮かんでまいるのでございました。いや、そればかりか、お茶々どののやさしい重みを背中に感じておりますと、なんだか自分までが十年前の若さにもどったように思われまして、浅ましいことではございますけれども、このおひいさまにお仕え申すことが出来たら、奥方のおそばにいるのも同じではないかと、にわかにこの世に未練がわ

いて来たのでございます。こうお話し申しますと、たいへん長いことぐずぐずいたしておりましたようでございますが、その実ほんのわずかのあいだにこれだけの思案をめぐらしたのでございまして、そうと決心がつくより早くもう私はけぶりの中をくぐりぬけ、「おひいさまをおぶっておりますぞ、道をあけてくださりませ」と大音に呼ばわりながら、そこはめしいでございますからなんの遠慮会釈もなく人々の頭をはねのけ踏みこえて、無二無三にはしごを駈けおりたのでござります〃

と谷崎潤一郎も現場にいるみたい……。

弥市は敵の陣中に入り込み、途中で「姫君たちはみんなご無事だが、奥方は惜しいことをしてしまった」と知る。もろもろ騒ぐなか茶々の介抱を陣内に委ねていると秀吉が現われ、

〃「おお、坊主、おれの声をおぼえているか」

と、いきなりお言葉がかかりました。

「おそれながらよく存じております」

とお答え申し上げますと、「そうか、まことに久しぶりであったな」とおっしゃって、

「その方めしいの身といたして今日の働きは神妙であるぞ。当座のほうびになんなりとつかわしたいが、望みがあるなら申してみろ」

と、思いのほかの上首尾でございますから、私はさながら夢のここちがいたし、

「おぼしめしのほどはかたじけのうございますけれども、長年、御恩にあずかりました奥方にお別れ申し、おめおめ逃げてまいりました罰当たり奴がなんで御ほうびをいただけましょう。それより今朝の御最期のことを考えますと、胸がいっぱいでございます。ただこのうえのお願いは、今までどおり不憫をおかけくださりまして、おひいさまがたに御奉公をつとめさせていただけますなら、

ありがたい幸せに存じます」

　と申しましたら、

「もっとものの願いだ、聞きとどけてつかわす」

　と、早速お許しがござりまして、

「小谷どのはお気の毒なことをしてしまったが、ここにござる姫君たちはこれからそれがしが母御にかわってお世話をいたそう。しかしいずれもずんと大きゅうなられたものだな。むかしそれがしの膝のうえに抱かれていたずらをなされたのは、たしかお茶々どのだったと思うが」

　と、そうおっしゃって御機嫌よくお笑いなされるのでござりました。

　こういうわけで幸い私は路頭にもまよわず、ひき続き御奉公をいたすことになりましたけれども、実を申せば、私の一生はもうこのとき、天正十一年卯月（うづき）二十四日と申す奥方の御最期の日に終ってしまったのでござりまして、小谷や清洲で暮しましたような楽しい月日はそののちついぞめぐってもまいりませなんだ。それと申しますのは、天守に火をつけ裏切り者の手引きをいたしましたことを姫君たちもお聞きなされましたと見えて、次第にお憎しみがかかりまして、なんとなくよそよそしくあそばすようにおなりなされ、とりわけお茶々どのなどは、「この座頭ゆえに惜しからぬ命を助けられて、親のかたきの手にわたされた」と、ときには私へ聞えよがしにおっしゃいますので、おそばに仕えておりましても針のむしろに坐る思いがいたしまして、このくらいならなぜあの折に死ななかったかと、ただもう情けなく、とりつくしまのない身の上をかこつようになったのでござります〟

　と、弥市は茶々のそばから身を引くが、秀吉は茶々に関心を示し（そこにお市の方の面影を認めたのか）〝私が炎の中で感じましたのと同じことをお考えなされまして〟寵愛することとなったのではあるまいか。つまり〝太閤殿下（秀吉）は、あのお方（茶々）の父御(てて ご)を滅し、母御を殺し、御兄弟さえ串ざしにされた御身をもって、いつしかあのお方をわがものにあそばされ、親より子にわたる二代の恋を、小谷の昔から胸にひそめていらした思いをとうとうお遂げなされました〟と、これが弥市の総括である。秀吉はほかにも蒲生(がもう)飛騨守の奥方（信長の娘）にも思召しがあり、飛騨守の死後、手を伸ばしたが、奥方が拒否、それゆえに蒲生家がお国がえ、と、これは事実かどうかはともかく弥市は手きびしく批判し……いやいや、どういう前世の因縁で信長公の血筋に関心があるのか、と、皮肉っぽい。そして茶々が秀吉のご威勢になびいて若君（秀頼）を産み、淀君と呼ばれ栄華に浴したのは、とりあえず弥市もうれしく思ったが、関ケ原の合戦以後は悲運にさらされ、それは、

〝やっぱり親のかたきのところへ御縁組みあそばされましたのが、亡きお袋さまのおぼしめしに背き、不孝の罰をお受けなされたのでござりましょうか。お袋さまもお子さまも、二代ながら同じようにお城を枕に御生害なされましたのも、思えば不思議なめぐりあわせでござります〟

と嘆く。さらにこの戦国の混乱の中で、どんなひどい裏切りがあったか、いろいろ名をあげて咎めているが、ややこしいから省略。

　弥市にとって華やかではあったが恨みも残る前半生を胸に隠し、今は宿場宿場をわたり歩いて旦那がたの足をもみ、因果なことに死にきれずにいるのだ、とか。しかし人生に不満はないらしい。それは、ただ一筋……。お市の方の声が耳に残っているかと聞かれれば〝何かの折におっしゃいましたお言葉のふしぶし、またはお琴をあそばしながらお歌いなされました唱歌(しょうが)のお声など、はれやかなうちにも艶なる潤いをお持ちなされて、うぐいすの甲(かん)高い張りのある音色と、鳩のほろほろと啼くふくみ声とを一つにしたような妙(たえ)なる音声でいらっしゃいました〟

それを聞き、茶々を背負ったとき二代の柔肌を身に感じたこと、その体験、その思い出だけで充分なのだろう。〈盲目物語〉はそんな歪な、しかし典雅でひたむきな恋の物語である。

信長や秀吉が歴史と歴史小説のビッグ・スターであることは論をまたない。浅井長政も柴田勝家もそれなりの役どころを占めている。だが、これらの英雄たちを貫いて関わりを持ったお市の方は、ただ美貌であったことのみがよく知られて、その悲しくも凜々しい生涯は、

——ほかによい小説があったかな——

少なくとも〈盲目物語〉は戦国のヒロインを鮮やかに描き出し、読み応えが充分だ。歴史小説としておもしろいが、その実、眼ではなく、その他の感覚で極めるエロチシズム、それが艶やかでユニークで、まことに、まことに谷崎的であり、そこがすばらしい。読了して、

「私もお会いしてみたいな、こんな奥方に」

ともあれ、いつもの六角評価図を僭越ながらそえておこう。

A　ストーリーのよしあし。

B　含まれている思想・情緒の深さ。

C　含まれている知識の豊かさ。

D　文章のみごとさ。

E　現実性の有無。絵空事でも小説としての現実性は大切であり、むしろ谷崎的リアリティを考えるべきだろう。

F　読む人の好み。作者への敬愛・えこひいきも入る。

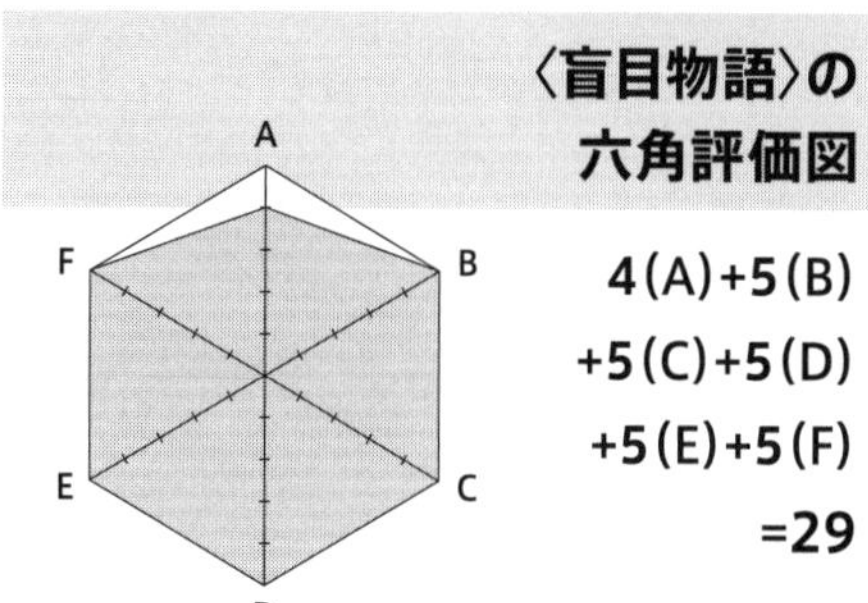
〈盲目物語〉の
六角評価図
A
B
C
D
E
F
4(A)+5(B)
+5(C)+5(D)
+5(E)+5(F)
=29

6 首肯されますか

〈春琴抄〉〈蘆刈〉

〈春琴抄〉は谷崎潤一郎の作品の中でもっともよく知られている中編小説ではあるまいか。しばしば映像化もされている。山口百恵、山本富士子、京マチ子、時をへだてて、それぞれの春琴がつきづきしい。

フランス人の中に、この作品を熱愛する人がいて……私の知るところ数人の讃美者がいて、

――なるほど、そうかな――

奇妙に美しい、芸術的なサド・マゾの世界は彼等の好みなのかもしれない。

作品は〃春琴、ほんとうの名は鵙屋琴、大阪道修町の薬種商の生れで歿年は明治十九年十月十四日、墓は市内下寺町の浄土宗の某寺にある。先だって通りかかりにお墓参りをする気になり立ち寄って案内を乞うと「鵙屋さんの墓所はこちらでございます」と言って寺男が本堂のうしろの方へ連れて行った。見るとひと群の椿の木かげに鵙屋家代々の墓が数基ならんでいるのであったが、琴女の墓らしいものはそのあたりには見あたらなかった。むかし鵙屋家の娘にしかじかの人があったはずですが、その人のはと言うとしばらく考えていて「それならあれにありますのがそれかもわかりませぬ」と東側の急な坂路になっている段々の上へ連れて行く〃

と谷崎自身が墓を訪ねたみたいな描写から始まる。春琴の墓は実家筋とはべつに建てられ、昨今この墓をねんごろに訪ねる人がもう一つの小さな墓へ向かい、そこには〃表面に真誉琴台正道信士と刻し裏面に俗名温井佐助、号琴台、鵙屋春琴門人、明治四十年十月十四日歿、行年八拾三歳とあ

る。すなわちこれが温井検校の墓であった。春琴の墓にくらべて小さくかつその墓石に門人である旨を記して死後にも師弟の礼を守っているところに検校の遺志がある。私は、折柄夕日が墓石の表にあかあかと照っているその丘の上にたたずんで脚下にひろがる大大阪市の景観を眺めた〟とあり、これに継いで描かれる周囲の風景も入念で、臨場感に溢れている。さらに〈鵙屋春琴伝〉という小冊子をこの作品の典拠としたこと、あるいは〝今日伝わっている春琴女が三十七歳の時の写真というものを見るのに、輪郭の整った瓜実顔に、一つ一つかわいい指で摘まみ上げたような小柄な今にも消えてなくなりそうな柔かな目鼻がついている〟とフィクションが巧みに仕かけられている。

丁寧に描かれているくさぐさを大胆に省略して述べれば、春琴は大阪の豊かな薬種商の娘、九歳のときに失明し、ために琴三絃の道を志し、たちまち才能を発揮する。その世話を委ねられたのが奉公人の温井佐助で、春琴より四つ歳上、初めは春琴を三味線の師匠のもとへ連れて行くなど雑事を務めていたが、これが宿命的な結びつき、佐助は献身的に奉仕をしながらみずからも音曲の道に興味を抱き、春琴の指導を受けるようになる。そのプロセスをもう少しくわしく述べれば、佐助としては初めは春琴がひたすら学ぶ三絃の技に関心を持ち、そのうちに自分も試したくなり、乏しい金で三味線を買い求め、密かに押入れの中や屋上の物干し台で独り稽古をする。周囲の知るところとなり、奉公人のくせにトンデモナイ、きつく叱られたが、春琴が「聞いてみたいわ」と言いだし、その前で弾かせてみれば、わるくない。〝春琴は佐助の志を憐み、汝の熱心に賞でて以後は妾が教えて取らせん、汝余暇あらば常に妾を師と頼みて稽古を励むべしと言い、春琴の父安左衛門もついにこれを許しければ佐助は天にも昇る心地して丁稚の業務に服するかたわら日々一定の時間を限り指南を仰ぐこととはなりぬ。かくて十一歳の少女と十五歳の少年とは主従の上に今また師弟の契りを結びたるぞ目出度き〟と伝えられる情況となった。

おそらく春琴もその師匠から厳しく教えられていただろうが、この学校ごっこも一通りのものではなく、ものすごい。気位が高く、驕慢で、嗜虐性を持つ春琴は芸の厳しさをたてに佐助をいいように扱う。佐助はそれに泣いて耐え、喜びとさえするのであった。

　このころには春琴の身辺の世話は佐助一人が受け持ち、それは入浴、用便にまで及ぶ。気に入らないところがあれば春琴の意地悪はただごとではない。しかし佐助はどうあっても甘んじてそれを受け入れ、耐えしのんで尽す。余人換えがたし。春琴の親たちは、苛酷な学校ごっこは娘のためにもならないと考え、佐助も師匠のもとに通わせ、奉公人の身分を解いて、春琴の世話ともども三絃の道にも精通させることとした。行く行くの立場も保証してのことだったろう。さらに思慮を深めて、春琴が眼の不自由なことから、いかに美しい娘であろうとも普通の結婚はむつかしい。性格のかたくなさも、それには向いていない。春琴十六歳、佐助二十歳のとき、初めて春琴の親たちは二人の結婚を思案し、それを春琴に匂わせたが、意外にも春琴は強く拒んだ。

　すなわち〝自分は一生夫を持つ気はない。ことに佐助などとは思いも寄らぬ、とはなはだしい不機嫌であった。しかるになんぞ図らん、それより一年を経て春琴の体にただならぬ様子が見えることを母親が感づいたのである。まさかとは思ったけれども内々気をつけてみるとどうも怪しい、人眼に立つようになってからでは奉公人の口がうるさい。今のうちならとかく繕ろう道もあろうと父親にも知らせずそっと当人に尋ねると、そんな覚えはさらさらないと言う。深くも追及しかねるので腑に落ちないながら一ヵ月ほど捨てておくうちにもはや事実を蔽い隠せぬまでになった。今度は春琴は素直に妊娠を認めたが、いかに聞かれても相手を言わない。強いて問いつめるとおたがいに名を言わぬ約束をしたと言う。佐助かと言えば、なんであのような丁稚風情にと頭から否定した〟

という事情。しかし情況から判断して春琴が過ちを起こしたら、終始かたわらにいる佐助が知らないはずがない。佐助を呼んで問いつめれば、佐助は知らぬ存ぜぬの一点張りで、自分の身に覚えのないのはもちろん、だれといって心あたりもないと言う。だが、そのおどおどした様子から〝結局のところ相手はやはり当の本人の佐助であることが言外に酌み取れた。けっして白状しませぬとこいさん（春琴のこと）に約束した手前を恐れて明瞭には言わないのだが、それを察してもらいたそうに言うのであった。鵙屋夫婦は出来てしまったことは仕方がないし、まあまあ佐助だったのはよかった。そのくらいなら去年縁組をすすめた時なぜあのような心にもないことを言ったのやら、娘気というものはたわいのないものと憂いのうちにも安堵の胸をさすり、この上は人の口の端にかからぬうち早く一緒にさせる方がと改めて春琴に持ちかけてみると、またしてもそんな話はいやでござります、去年も申しましたように佐助などとは考えてもみませぬこと、私の身を不憫がって下さいますのはかたじけのうござりますが、いかに不自由な体なればとて奉公人を婿に持とうとまでは思いませせぬ。お腹の子の父親に対してもすまぬことでござります、と顔色を変えて言うのである。ではそのお腹の子の父親はと聞けば、それればかりは尋ねないで下さりませ、どうでその人に添うつもりはござりませぬと言う〟

春琴の強情は崩しようがない。結局、頃あいを計って有馬へ湯治にやり、そこで男の子を生んだが、その赤ん坊の顔が佐助に瓜二つであった、とか。それでも春琴は縁組みに耳を貸さず、佐助が父であることを否定する。佐助もかたくなに否認するので、仕方なく赤ん坊はよそへもらわれていくこととなる。春琴はそれについても自分は「一生独り身で暮らすのだから足手まといです」と涼しい顔つきで言うばかりであった。春琴の妊娠・出産はうやむやとなり、親たちも二人の関係について黙許の形を採っていたから春琴と佐助は主従とも、同じ師を持つあい弟子とも、恋仲ともつかない曖昧な関係で過ごすこととなった。

だが、春琴二十歳のとき、その師匠たる検校が死去、これを機会に春琴が独立して淀屋橋に一戸を構え、三絃の師匠の看板を掲げることとなる。もちろん佐助もそこに住み今まで同様に奉仕する。検校が死んだので、ふたたび佐助は春琴に師事することとなり、だれに配慮することもなく「お師匠様」と敬い「佐助」と呼ばれることとなった。春琴はことさらに夫婦らしく見られることを厭い、つねによそよそしい。佐助なんか生理的必要品でしかない、と、そんな意識を装っていた。鵙屋の奉公人たちのあいだでは「こいさんはどんな顔をして佐助どんを口説くのだろう。こっそり立ち聞きしてやりたい」とかげ口が囁かれたが、これは余人の知りうるところではない。少しく関わりのあることに触れておけば〝肉体の関係ということにもいろいろある。佐助のごときは春琴の肉体の子細を知りつくしてあますところなきに至り、月並の夫婦関係や恋愛関係の夢想だもしない密接な縁を結んだのである〟であり、女体は〝小柄だったが着痩せのする方で裸体の時は肉づきが思いのほか豊かに、色が抜けるほど白くいくつになっても肌に若々しいつやがあった〟とか。あとは想像に委ねよう。

淀屋橋に居を構えてからは佐助も春琴に代って弟子たちに稽古をつけることもあったが、その立場は弱く、春琴の命令で弟子や奉公人から「佐助どん」と呼ばれるのがつねであった。佐助も才能があったのだろう、とんとんと腕をあげたが、春琴との関係はあい変らず稽古場でも私生活でも厳しい。後者について一端を示せば、

〝ある時佐助虫歯を病み右の頰がおびただしく脹れ上り、夜に入ってから苦痛堪え難きほどであったのを強いてこらえて色に表わさず、折々そっとうがいをして息がかからぬように注意しながら仕えていると、やがて春琴は寝床に入って肩を揉め腰をさすれと言う。言われるままにしばらく按摩

していると、もうよいから足を温めよと言う。かしこまって裾の方に横臥し懐を開いて彼女の足裏をわが胸板の上に載せたが胸が氷の如く冷えるのに反し顔は寝床のいきれのために、かっかっと火照って歯痛がいよいよ激しくなるのに溜りかね、胸の代りに腫れた頬を足裏へあててかろうじて凌いでいると、たちまち春琴がいやと言うほどその頬を蹴ったので佐助は覚えずあっと言って飛び上った。すると春琴が曰く、もう温めてくれぬでもよい、胸で温めよとは言うたが顔で温めよとは言わなんだ。足裏に眼のなきことは眼明きも盲人も変りはないに、なんとて人を欺かんとはするぞ。汝が歯を病んでいるらしきは、おおかた昼間の様子にても知れたり。かつ右の頬と左の頬と熱も違えば腫れ加減も違うことは足裏にてもよくわかるなり、さほど苦しくば正直に言うたらよろしからん、妾とても召使を労わる道を知らざるにあらず、しかるにいかにも忠義らしく装いながら主人の体をもって歯を冷やすとは大それた横着者かな。その心底憎さも憎しと。春琴の佐助を遇すること、おおよそこの類であった。わけても彼が年若い女弟子に親切にしたり稽古してやったりするのを喜ばず、たまたまそういう疑いがあると嫉妬を露骨に表わさないだけ一層意地の悪い当り方をした。そんな場合に佐助はもっとも苦しめられた〟

と、その他もろもろ綴られているが、ご推測いただきたい。

春琴は美衣美食をほしいままにしたが、これはまだなんとかなる。贅沢を極めたのは小鳥を……特上の鶯やひばりを飼うことであった。確かに盲目の耳にこの鳴き声は貴重なものであったろうが、名鳥を入手するのが大変な出費であり、それをほどよく飼うのが（佐助にとって）厄介であった。実家の鵙屋も父親が死に、商売に傾きが見え始め、この方面でも佐助の苦労は並みたいていではなかったろう。

視点を変えて……春琴のもとに集まる弟子はけっして多くはなかった。春琴は芸道への志は高かったが、ともすれば弟子たちに厳しく当たりすぎる。性格に意地の悪いところもあったからトラブルも起きやすい。稽古のさなかに春琴が怒って若い娘の頭を撥で打ち、はえぎわに傷が残り、娘の父親が恨みを抱くような出来事もあった。

その一方で、なにしろ春琴は大変な美貌の持ち主であったから、それを目当てに習いに来る男たちもあった。雑穀商の息子の利太郎もその一人で、おおいに執心して梅見の会を催して春琴を招く。なにかしら野心があっての誘いだった。佐助ももちろん同行したが、宴が進むにつれ佐助は別室に移され、春琴はままならない。利太郎が寄りそうところ「佐助を呼んでくだされ」「いや、いや」、からくも佐助が駆けつけ、ことなきをえたが利太郎はこれに懲りずに稽古にやって来て淫らな秋波を送る。ならばと春琴が厳しく対応して、ここでも撥で額を打ってしまう。血が流れ「覚えてなはれ」と険悪な気配が流れたとか。使用人の中にも春琴に恨みを持つ者がいただろうし、同業者、つまり三絃を生業とする検校や女師匠などにも激しい敵愾心を抱く者があっても不思議はない。思案をめぐらしてみれば春琴は知らず知らず禍いの種を四方へ、八方へまいていた、と言えなくもない。だから事件は起こるべくして起きた、のかもしれない。暴漢が春琴の寝所に忍び込み、鉄瓶の熱湯を顔へ投げかけたのだ。詳細には不明なところもあるのだが、後日佐助が語ったところによれば、

〝春琴が兇漢に襲われた夜、佐助はいつものように春琴の閨の次の間に眠っていたが物音を聞いて眼を覚ますと行燈の灯が消えてい、真っ暗な中に呻き声がする。佐助は驚いて跳び起き、まず灯をともしてその行燈をさげたまま屏風の向うに敷いてある春琴の寝床の方へ行った。そしてぼんやりした行燈の灯影が屏風の金地に反射するおぼつかない明りの中で部屋の様子を見廻したけれども、なにも取り散らした形跡はなかった。ただ春琴の枕元に鉄瓶が捨ててあり、春琴も布団の中にあっ

て静かに仰臥していたが、なぜかうんうんと呻っている。佐助は最初春琴が夢にうなされているのだと思い「お師匠さまどうなされました、お師匠さま」と枕元へ寄って揺り起そうとした時われ知らず「あ」と叫んで両眼を蔽うた。「佐助佐助、わては浅ましい姿にされたぞ。わての顔を見んとおいて」と春琴もまた苦しい息の下から言い、身悶えしつつ夢中で両手を動かし顔を隠そうとする様子に「ご安心なされませ、お顔は見はいたしませぬ、この通り眼をつぶっております」と行燈の灯を遠のけると、それを聞いて気が弛んだものかそのまま人事不省になった。その後も始終「だれにもわての顔を見せてはならぬ。きっとこの事は内密にして」と夢うつつのうちにうわごとを言い続け「なんのそれほどご案じになることがござりましょう。火膨れの痕が治りましたら、やがて元のお姿に戻られます」と慰めれば「これほどの大やけどに面体の変らぬはずがあろうか。そのような気休めは聞きともない。それより顔を見ぬようにして」と意識が快復するにつれて一層言い募り、医者のほかには佐助にさえも負傷の状態を示すことを嫌がり、膏薬や繃帯を取り替える時はみな病室を追い立てられた。されば佐助は当夜枕元へ駈け付けた瞬間、焼けただれた顔をひと眼見たことは見たけれども正視するに堪えずして、とっさに面を背けたので燈明の灯の揺めくかげになにか人間離れのした怪しい幻影を見たかのような印象が残っているに過ぎず、その後はつねに繃帯の中から鼻の孔と口だけ出しているのを見たばかりであると言う。思うに春琴が見られることを怖れたごとく佐助も見ることを怖れたのであった。彼は病床へ近づくごとに努めて眼を閉じ、あるいは視線をそらすようにした。ゆえに春琴の相貌がいかなる程度に変化しつつあるかを実際に知らなかったし、また知る機会をみずから避けた。しかるに養生の効あって負傷もおいおい快方に赴いたころ、一日病室に佐助がただ一人坐していると「佐助、お前はこの顔を見たであろうの」と突如春琴が思い余ったように尋ねた。「いえいえ、見てはならぬとおっしゃってでござりますものを、なんでお言葉に違いましょうぞ」と答えると「もう近いうちに傷が癒えたら繃帯を除けねばならぬし、お医者様も来ぬようになる、そうしたら余人はともかくお前にだけはこの顔を見られねばならぬ」と勝気な春琴も意地がくじけたか、ついぞないことに涙を流し、繃帯の上からしきりに両眼を押し拭えば、佐助も暗然として言うべき言葉なく、ともに嗚咽するばかりであったが「ようございます。必ずお顔を見ぬようにいたします。ご安心なさりませ」となにごとか期するところがあるように言った〟

　という顚末であった。そして、それから数日後、この小説のクライマックスが静かに展開する。すなわち、

〝それより数日を過ぎ、すでに春琴も床を離れ起きているようになり、いつ繃帯を取り除けても差し支えない状態にまで治癒した時分、ある朝早く佐助は女中部屋から下女の使う鏡台と縫針とを密かに持って来て寝床の上に端坐し鏡を見ながら我が眼の中へ針を突き刺した。針を刺したら眼が見えぬようになるという知識があったわけではない。なるべく苦痛の少い手軽な方法で盲目になろうと思い、試みに針をもって左の黒眼を突いてみた。黒眼を狙って突き入れるのはむずかしいようだけれども白眼のところは堅くて針が入らないが、黒眼は柔かい。二、三度突くと巧い具合にずぶと二分ほど入った、と思ったらたちまち眼球が一面に白濁し視力が失せて行くのがわかった。出血も発熱もなかった。痛みもほとんど感じなかった。これは水晶体の組織を破ったので外傷性の白内障を起したものと察せられる。佐助は次に同じ方法を右の眼にほどこし瞬時にして両眼を潰した。もっとも直後はまだぼんやりと物の形など見えていたのが十日ほどの間に完全に見えなくなったと言う。ほど経て春琴が起き出でたころ手さぐりしながら奥の間に行き「お師匠様、私はめしいになりました。もう一生涯お顔を見ることはございませぬ」と彼女の前に額ずいて言った。「佐助、それ

はほんとうか」と春琴は一語を発し、長い間黙然と沈思していた。佐助はこの世に生れてから後にも先にもこの沈黙の数分間ほど楽しい時を生きたことがなかった〃

と、すさまじい。佐助の耳には春琴の短い言葉が喜びに震えているように聞こえたのである。

〃そして無言で相対しつつある間に盲人のみが持つ第六感の働きが佐助の官能に芽生えて来て、ただ感謝の一念よりほか何物もない春琴の胸の中をおのずと会得することが出来た。今まで肉体の交渉はありながら師弟の差別に隔てられていた心と心とが初めてひしと抱き合い一つに流れて行くのを感じた。佐助は今こそ外界の眼を失った代りに内界の眼が開けたのを知り「ああこれが本当にお師匠様の住んでいらっしゃる世界なのだ、これでようようお師匠様と同じ世界に住むことが出来た」と思った。もう衰えた彼の視力では部屋の様子も春琴の姿もはっきり見分けられなかったが繃帯で包んだ顔の所在だけが、ぼうっとほの白く網膜に映じた。彼にはそれが繃帯とは思えなかった。つい二月前までのお師匠様の円満微妙な色白の顔が鈍い明りの圏の中に来迎仏のごとく浮かんだ〃

かくて二人の間に比類のない師弟の、男女の愛情の世界が広がることとなった。けだしフィクションとしても充分に理解できる妙境であろう。この二人の実際には多少の不自由はあっても真実睦じい生活については省略して、

〃禍いを転じて福と化した二人のその後の生活の模様をもっともよく知っている生存者は鴫沢てる女あるのみである。照女は本年七十一歳、春琴の家に内弟子として住み込んだのは十二歳の時であった。てる女は佐助に糸竹の道を習うかたわら、二人の盲人の間を斡旋して手引きともつかぬ一種の連絡係りを勤めた。けだし一人はにわか盲目、一人は幼少からの盲目とはいえ箸の上げ下しにも自分の手を使わず贅沢に馴れて来た婦人のことゆえ、ぜひともそういう役目を勤める第三者の介在

が必要であり、なるべく気の置けない少女を雇うことにしていたが、てる女が採用されてからは実直なところが気に入られ、おおいに二人の信任をえて、そのまま長く奉公をし、春琴の死後は佐助に仕えて彼が検校の位を得た明治二十三年までそばに置いてもらったという〃

という後日談を記し、佐助が春琴なきあと温井琴台なる立派な三絃の師・検校として過ごしたことを補っておくが、むしろ肝要なのは佐助が晩年に伝えたこと、

〃「だれしも眼が潰れることは不しあわせだと思うであろうが自分は盲目になってからそういう感情を味わったことがない。むしろ反対にこの世が極楽浄土にでもなったように思われ、お師匠様とただ二人、生きながら蓮の台（うてな）の上に住んでいるような心地がした。それというのが眼が潰れると眼あきの時に見えなかったいろいろのものが見えてくる、お師匠様のお顔なぞもその美しさがしみじみと見えてきたのは盲目になってからである。そのほか手足の柔かさ、肌のつやつやしさ、お声のきれいさもほんとうによくわかるようになり、眼あきの時分にこんなにまでと感じなかったのがどうしてだろうかと不思議に思われた」〃

と述懐している境地である。そして、

〃佐助は嗣子（しし）も妻妾もなく門弟たちに看護されつつ明治四十年十月十四日春琴の祥月命日に八十三歳という高齢で死んだ。察するところ二十一年も孤独で生きていた間に在りし日の春琴とは全く違った春琴を作り上げ、いよいよ鮮やかにその姿を見ていたであろう。佐助がみずから眼を突いた話を天龍寺の峩山（がさん）和尚が聞いて「転瞬の間に内外（ないげ）を断じ醜を美に回した禅機（ぜんき）を賞し達人の所為（しょい）に近し」と言ったというが、読者諸賢は首肯（しゅこう）せらるるや否や〃

と終わっている。凡夫の容易に達しえない芸術家の深奥を文豪はこのように創った、と見るべきだろう。

ところで……わけもなく思い出す。

私は中学三年生だった。父の部屋のデスクに本が一冊置いてある。

――なんだろう――

手に取って見ると〈春琴抄・蘆刈〉二編を含む小説本とわかった。葉書大の紙が挟まれていて〝ともに可。なれど蘆刈よかるべし〞と父の筆跡で書いてある。

――へえー、そうなんだ――

父は鉄工所の経営者で、エンジニア。しかし文学には関心があるらしく、よく話題の小説などを読んでいた。

私もこっそりとこの本を読んだ。それなりに読めて、それなりに理解した。〈春琴抄〉は、やっぱり、

――すごいなあ――

佐助の果敢な行動が心に残った。もう一つこの作品の最後の一行〝読者諸賢は首肯せらるるや否や〞も記憶に残ったらしい。頭の片隅に留り、数十年後、自分が文筆を生業とするようになったとき（出どころは忘れて）ときどきエッセイの最後などに〝読者の皆さんは首肯されるだろうか〞と、自分の執筆に微妙な韜晦を匂わせることに用いていた。本当につい先日〈春琴抄〉を読み直し、

――えっ、出どころはここだったのか――

ささやかな、個人的なことながら懐しい。

少年は、あのとき、もちろん〈蘆刈〉も読んだ。これは前半が特にくどく、長ったらしい小説である。和歌の引用があり、大阪のどこかの旧跡をあれこれ訪ねて語ったり……しかし〝よかるべ

し〟らしいので我慢して読んだ、と思う。すると、ページが進み、ヒロインが登場するあたりから、なぜかおもしろく、引きつけられる。少年の頭にも文豪の巧みな筆致が響いたにちがいない。

閑話休題、〈蘆刈〉は〝わたし〟なる主人公が（実際には聞き役であり、本当の主人公たちは、後に現われるのだが）大阪の郊外地、後鳥羽院ゆかりの水無瀬（みなせ）離宮の跡を散策するところから展開していく。今は三島郡島本町に属し、水無瀬川が淀川に注ぎ込むところ、なにしろ京都と大阪のさかいめだから歴史的にもエピソードが多い。周囲の風景も日本古来のものだ。五十歳に近い〝わたし〟は史書に記された知識をあれこれ訪ね、これはこのあたりを知る人には趣きが深く、私のように知らない者には、

――ふーん、そうなんだ――

それなりにおもしろい。

ある秋の夜、蘆の生い繁る淀川の中州に渡り、独り月を眺めて酒を酌み、ここを通った昔の遊女たちに思いを馳せていると同じように蘆の中で楽しむ男がいて、

「よい月でござりますな。実は私も先刻からここにおりまして、琵琶行（びわこう）をお唄いになるのを拝聴してました。が、ご清境をさまたげるのも失礼かと思いまして……」

「いや、いや」

二人で親しむこととなり、こもごもの思い出話が始まる。その男がなぜこんなところで昔を懐しがっているかと言えば、幼いころ母はすでに亡く、父と二人で川すじを船でのぼり、土手をしばらく歩いてりっぱな屋敷にたどり着き、木々の間から三味線や胡弓（こきゅう）の音が聞こえ、生垣のすきまから中を覗く。宴の最中らしく、美しい調度をしつらえた中、美しい様子の人たちが琴や三味線を奏で、歌を唄い、舞っている。奥にはこの館のご寮人らしい女がいて、よくは見えないが「そうかいな

あ」とか「そうでっしゃろなあ」とか大阪言葉で言っている語尾だけが〃はんなりとした、余情に富んだ、それでいてりんりん〃とひびきわたって聞こえてくる。その男の父親はこの女になにかしら執心があるらしく、ある時、語り聞かせて、

〃父がそれをわたくしに話してくれましたのは、毎年十五夜の晩にその堤を歩きながら「子供にこんなことを言って聞かせてもわかるまいけれども、今にお前も成人するときが来るのだから、よく己の言ったことをおぼえていて、そのときになって思い出してみてくれ、己もお前を子供だと思わずに大人に聞いてもらうつもりで話をする」と、そう言ってそれを言うときはいつもたいへん真顔になって、どうかすると自分とおなじ年ごろの朋輩を相手にしているようなものの言いかたをするのでございました。そんな場合、父はあの別荘の女あるじのことを「あのお方」と言ったり「お遊様」と言ったりして「お遊様のことをわすれずにいておくれよ、己がこうして毎年お前をつれて来るのはあのお方の様子をお前におぼえておいてもらいたいからだ」と涙ぐんだ声で言うのでございました。わたくしはまだ父の言うことがじゅうぶんには会得できませなんだが、それでも子供は好奇心が強うございますし父の熱心にうごかされて一生懸命に聴こう聴こうといたしましたので、こうなんとなく気分がつたわってまいりまして、おぼろげにわかったような感じがしたのでございます。で、そのお遊様という人はもと大阪の小曾部という家の娘でございまして、それが粥川という家へ器量のぞみでもらわれて行きましたのが十七の年だったそうにございます。ところが四、五年しましてからご亭主に死に別れまして二十二、三の年にはもう若後家になっていたのでございます。もちろん今の時節ならばそんな年から後家をたてとおす必要もございませぬし世間もだまって捨てておくはずはございませぬけれども、亡くなったご亭主とのあいだに男の子が一人ありまして、そう簡単に再縁というようなことは許されなんだものとみえます。それにお遊さんは望まれて行った

くらいでございますから姑にもご亭主にもたいへん大事にされまして実家にいましたときよりもずっと我がままにのんびりと暮しておりましたので、後家になりましてからもときおり大勢の女中をつれて物見遊山に出かけて行くというふうで、そういう贅沢は自由に出来たのだそうにございますから、はたから見ればまことに気楽な境涯なのでございまして、当人もその日その日の花やかな生活に紛れてかくべつ不平も感じなかったのでございましょう。わたくしの父が初めてお遊さんを見ましたときは、お遊さんという人はそういう身の上の後家さんだったのでございます。そのとき父が二十八歳でわたくしなどの生れます前、独身時代でございまして、お遊さんが二十三だったと申します。なんでも夏の初めのことで父は妹の夫婦、わたくしの叔父叔母にあたります人と道頓堀の芝居に行っておりましたら、お遊さんがちょうど父のまうしろの桟敷(さじき)に来ておりました。お遊さんは十六、七ぐらいのお嬢さんと二人づれで、父は叔母がお遊さんに会釈をしましたので「あれは」と言うと「粥川の後家さんだ」という話で、つれのお嬢さんはお遊さんの実の妹、小曾部の娘だったのでございます。「己はその日、最初にひとめ見たときから好もしい人だと思った」と父はよくそう申しました〟

と、こんなきっかけで〝わたくし〟の父親はお遊さんと親しくなり、かたわらにいた妹（お静）も記憶しておいていただこう。

お遊さんは典雅で、滅法美しい。〝お遊さんという人は、写真を見ますとゆたかな頬(ほお)をしておりまして、童顔という方の円い顔だちでございますが、父に言わせますと目鼻だちだけならこのくらいの美人は少くないけれども「お遊様の顔にはなにかこうぼうっと煙っているようなものがある、顔の造作が、眼でも、鼻でも、口でも、うすものを一枚かぶったようにぼやけていて、どぎつい、はっきりした線がない、じいっと見ているとこっちの眼のまえがもやもやと翳(かげ)って来るようで、その人の身のまわりにだけ霞がたなびいているように思える、むかしのものの本に〝蘭たけた〟という言葉があるのはつまりこういう顔のことだ、お遊様の値打ちはそこにあるのだ」と言うのでございまして、なるほどそう思ってみればそう見えるのでございます〟

といった按配。父親は女性については選り好みの激しい人であったが、お遊さんにはぞっこん惚れ込み、次第次第に親しさを募らせていく。お遊さんは琴を奏で、琴唄をうたい、だれにも敬愛され、どこにあっても特別待遇を受ける得な性格で……この滅多にありえないユニークな存在を文豪は入念に、多彩に、鮮やかに綴っていく。どこを引用して紹介してよいのか、長ったらしいところもあるのだが、これが谷崎文学の真骨頂、これを楽しまなければ意味がない、が……詳しくは本文を読んでいただこう。お遊さんもこの父親を憎からず思い親しんでいるみたい……。

されば当然の成り行きとして父親はお遊さんに結婚を申し込むが、いろいろ子細があって、これは拒絶され、代りに妹のお静を強く勧められる。お遊さんと父親が親しむとき、かたわらにお静がいて、いつもなじんだよい関係だったのだ。お遊さんの言うには「自分はあの娘が一番好き、あなたがあの娘といっしょになってくれて、あなたを弟に持つなら、私も一番のしあわせ」であり、父親としてはお遊さんと末永く親しむには、これしか方便がない。お静を失ったらお遊さんとの縁も切れるだろう。こうして父親はお静と結婚式をあげるが、婚礼の晩にお静が言うのである。

〝わたしは姉さんのこころを察してここへお嫁に来たのです、だからあなたに身をまかせては姉さんにすまない、わたしは一生涯うわべだけの妻で結構ですから姉さんをしあわせにしてあげて下さい、とそう言って泣くのでございました。

父はお静の思いがけない言葉を聞きまして夢のようなここちがしたのでございます。と申しますのは自分こそお遊さんをひそかに慕っておりましたけれどもお遊さんにその一念がとどいていようとは思ってもおりませなんだし、まして自分がお遊さんから慕われていようなどとは考えたこともなかったからでござります。それにしてもそなたはどうして姉さんの胸のうちを知っていなさる、そういうのにはなにか証拠があっての上でなければならぬが姉さんがそういうことを洩らしたことがあるとでも言うのか、と泣いているのを問いつめましたら、そのようなことを口へ出して言うはずもなし聞くはずもありませぬけれども私にはよくわかっております、と申すのでござりました〟

妹は姉を敬愛し、徹底した奉仕の志を持っていて、この告白の意志は固い。お遊さんには、この父親とは結ばれてはならない確固たる理由があったのだ。ずいぶんと不自然なことだが、このあたりの事情と心理を谷崎の鋭筆が巧みに説いて納得させてくれる。因みに読者の関心の赴くところであろうと触れておけば、お遊さんと父親とは肉体関係など、そんな卑しい営みのあろうはずもなかったし、これからもない。清い関係のまま父親とお遊さんとお静と三人の類まれな親睦が営まれていく。お遊さんは妹の固い決意など当初は知るはずもなく、父親とお静が睦じいのを見て「二人を夫婦にしてよかった」と周囲に自慢までしていた、と、これも触れておくべきだろう。

三人はそろって芝居を見に行く、遊山に赴く。これがすこぶる優雅な日々なのだ。お遊さんのお姫様そのもののような生活ぶりは省略して、ここでこのうちあけ話の当人である老人が蘆の中、月を見ながら言うには「わたくし、ここでお遊さんのためにも父のためにも弁明いたしておかなければなりませぬのは、そこまで進んで来ていながらどちらも最後のものまでは許さなんだのでござりました。それもまあ、もうそうなったらそういうことがあってものうても同じことだと申せましょうし、ないにいたしましたところがなんの言いわけになりはいたしませぬけれども、わたくしは父の申しますことを信じたいのでござります。父がお静に申しましたのには、今さらになってそなたにすむもすまないもないようなものだが、たとい枕を並べて寝ても守るところだけは守っているということを己は神仏(かみほとけ)にかけてちかう、それがそなたの本意ではないかもしれないが、お遊様も己もそこまでそなたを踏みつけにしては冥加(みょうが)のほどがおそろしいから、まあ自分たちの気休めのためだと言うのでございまして、いかさまそれもそうだったでございましょうが、また万一にも子供ができたらばという心配なぞが手つだっていたかと思われるのでございます。けれども貞操というものはひろくもせまくも取りようでございますから、それならと言ってお遊さんが汚されておらなんだとは申せないかもしれませぬ」

ということらしい。この奇妙な関係は、やがてお遊さんの知るところとなったが、そこはお静が「これでいいのよ」と、うまく取りまとめ、お遊さんも鷹揚に説得され、納得して楽しく円満な三人生活を送ったのだろう。

が、そのうちにお遊さんの実子が（亡夫との間にもうけられ、おそらく、お遊さんの手を離れて婚家先で育てられていただろう息子が）病死し、婚家にも実家にも大きな変化が生じて、お遊さんの再婚話が持ちあがる。相手は伏見の造り酒屋のご主人で、つれあいに死なれ、だいぶ年の差はあるが、ぜひとも「お遊さんがほしい」ということ、家と家との関係もあってこの縁談は断れない。わるい話ではない。贅沢三昧も保証され、お遊さんは伏見の店(たな)に来る必要はなく、ただ〝巨椋(おぐら)の池に別荘があるのを建て増して、お遊さんの気に入るような数寄屋普請をして住まわせる〟とのこと。この〝巨椋の池〟こそ、この作品の前半で二人の老人が月を見て酒を酌んだあたりなのである。無念にもお遊さんと別れた父親が密かに慕って、たびたび息子を連れてさまよい、生垣のすき間から覗いたところである。

こんなことを語る老人に、この小説の語り手である〝わたし〟は（同じく蘆の中で月を見ていたろうが）疑問を抱き「あなた、おいくつだったんです？　少年の頭で、そんな事情を聞かされ、よく理解できましたねえ」と問えば、相手が答えて（すぐに二人の問答に変わるが）

〝まだその時分ようよう十ぐらいだったのでございまして、父はわたくしを子供とみとめずに話したのでございます、さればそのときはもちろん理解いたしませなんだが言葉どおりに記憶いたしておりまして、分別がつきますにしたがってだんだんとその意味を解いてまいったのでございます。なるほど、ではうかがいますけれどもお遊さんとお父上との関係がおっしゃる通りであったとすると、あなたはだれの子なのです。ごもっともなおたずねでございます、それを申し上げませぬことにはこの話のけりがつきませぬから、ご迷惑でも今しばらくお聞きをねがいとうございますが、父がお遊さんとそういうふうなふしぎな恋をつづけておりましたのは、わりにみじかい年月のことでございまして、お遊さんの二十四、五歳からほんの三、四年のあいだだったのでございます〟

と、短い年月のうちにいろいろなことが起こり、やがて事情が変わり、

〝母が亡くなります前後にはわたくしどもは路地のおくの長屋に住むようなおちぶれかたをしておりました。さようさよう、その母と申しますのはお静のことでございまして、わたくしはお静の生んだ子なのでございます。父はお遊さんとそんなふうにして別れましてから長いあいだの苦労を思い、またその人の妹だというところに言いしれぬあわれをもよおしまして、お静と契りを結びましたのでございます〟

なのである。父親とお静が本当の夫婦であったのは何年ほどだったのか。父親が息子を連れてさまよい、生垣のすき間から覗き見をしたのは当然、お静の死後だったろう。この父親がすべてを述懐して（お遊さんとの仲は、やはり熱烈な恋であり、別れるときは自殺や心中を語り合ったことも

あったのだが）

〝お遊さんのような人はいつまでもういういしくあどけなく大勢の腰元たちを侍らせて栄耀栄華をして暮すのがいちばん似つかわしくもあり、またそれができる人でもあるのにそういう人を（心中などで）死なせてしまうのは、いたいたしいという考え、これがなによりも強く働いたのだと申します。父はそのきもちを打ちあけまして、あなたは私の道づれにするにはもったいない人だ、普通の女なら恋に死ぬのがあたりまえかもしれないが、あなたという人にはありあまる福があり徳がある、その福や徳を捨てたらあなたの値打ちはないようになります、だからあなたはその巨椋の池の御殿とやらへ行ってきらびやかな襖（ふすま）や屛風のおく深いあたりに住んでください、あなたがそうして暮していらっしゃると思えば私はいっしょに死ぬよりも楽しいのです、こう言ったからとて、よもやあなたは私が心変りしたの死ぬのがこわくなったからだのというようなふうには取らないでしょう、そんなせせこましい了見が薬にしたくもない人だから私も安心して言えるのです、あなたは私のような者を笑って捨ててしまうほど鷹揚に生れついた人です、とそう言ったのでございました。そうしたらお遊さんは父の言葉を黙って聞いておりまして、ぽたりとひとしずくの涙をおとしましたけれども、すぐ晴れやかな顔をあげて、それもそうだと思いますから、あんさんの言う通りにしましょうと言いましたきり、べつに悪びれた様子もなければ、わざとらしい言いわけなどもいたしませなんだ。父はそのときほどお遊さんが大きく品よく見えたことはなかったと申すのでございます〞

という成り行き。読者の中には、

――なんで？　お遊さん、薄情な――

と思うむきもありそうだが、これがお遊さんの典雅なところ、その典雅さをひたすら敬愛したのがこの父親の真情であった、ということだろう。そしてお静もその理解者であり、賛美者であったにちがいない。

かくてこの作品の最初からの語り手である〝わたし〟は相手が話を切り煙草入れを出すのを見て、〝それであなたが少年のころお父上につれられて巨椋の池の別荘のまえをさまよって歩かれたわけは合点がゆきました、ですが、あなたはそののちも毎年あそこへ月見に行かれるとおっしゃったようでしたね、げんに今夜も行く途中だと言われたようにおぼえていますが、と言うと、さようでござります、今夜もこれから出かけるところでござります、今でも十五夜の晩にその別荘の裏の方へまいりまして生垣のあいだからのぞいてみますと、お遊さんが琴をひいて腰元に舞いをまわせているのでござります、と言うのである。わたしはおかしなことを言うと思って、でももうお遊さんは八十近い年寄ではないでしょうか、と尋ねたのであるが、ただそよそよと風が草の葉をわたるばかりで汀(みぎわ)にいちめんに生えていた蘆も見えず、その男の影もいつのまにか月の光に溶け入るように消えてしまった〟

と、静かに〈蘆刈〉は終っている。

あえて野暮な解説を示せば、この小説は、まず〝わたし〟が川辺の散策と歴史を語るところから始まり、ついでそこで出会った男が思い出を語りだし、その中身はその男の父の恋……。つまりお遊さんはべつとして中軸となる登場人物がリレーのように変わっていく構造を採っている。ユニークな構造だが、これがしなやかに、自然に移り行き、最後には、

――この三人、まとめて一人の幻想ではないのかな――

そんな気配さえ漂ってくる。その妖しいイメージの中からお遊さんが雅びやかに現われてくる。取り囲む山里の描写もふさわしい。三味線や琴の音も聞こえてくる。

〈春琴抄〉も〈蘆刈〉も優美な女性を映すこと、それがモチーフであったことは疑いない。小説としては〈春琴抄〉のほうが整っているけれど〈蘆刈〉のボーッとしたストーリーも〝よかるべし〟なのかもしれない。私事ながら私も少しく父のことを偲び、懐しんだ。そしてあらためてあの一冊が縁で私は谷崎を知り、文学に関心を抱いた。大げさに言えば大きな出会いであった。とても懐しい二作である。

そして……本には存在感がある。自己主張がある。そこがパソコンなどの画面情報とちがうところだ。〈春琴抄・蘆刈〉は父のデスクの上で私に訴え、啓蒙してくれたみたい。親はデスクの上に一冊を置こう。広辞苑なんて一冊、家庭の机の上にあるだけで、

――お母さん、これで調べてるんだ――

子どもの教育になる。例によって六角評価図をそえるが、これも含めて読者諸賢は首肯せらるるや否や。

A　ストーリーのよしあし。
B　含まれている思想・情緒の深さ。
C　含まれている知識の豊かさ。
D　文章のみごとさ。
E　現実性の有無。絵空事でも小説としての現実性は大切であり、むしろ谷崎的リアリティを考えるべきだろう。
F　読む人の好み。作者への敬愛・えこひいきも入る。

〈春琴抄〉の六角評価図

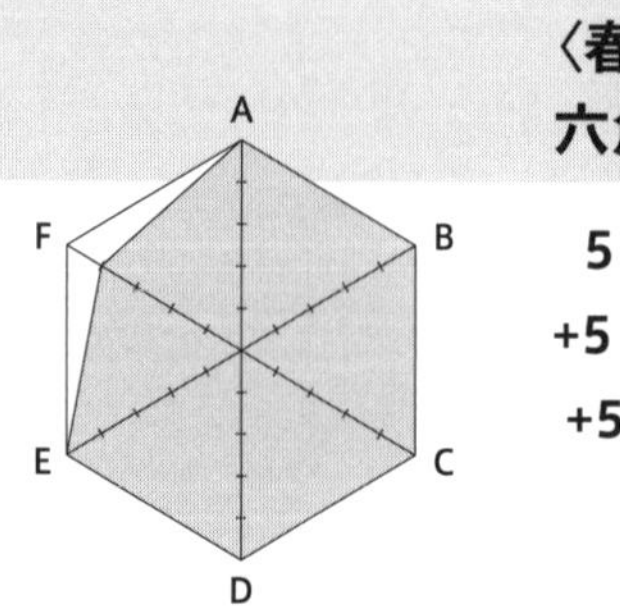

5(A)+5(B)
+5(C)+5(D)
+5(E)+4(F)
=29

〈蘆刈〉の六角評価図

4(A)+5(B)
+5(C)+5(D)
+5(E)+5(F)
=29

7 美女と鼻なし 〈武州公秘話〉

昭和六年「武州公秘話」を新青年に発表

昭和六年、丁未子と結婚

〈武州公秘話〉は不思議な小説だ。読者諸賢の中には、

――なんや、これ。けったいな小説やなあ――

首を傾げるむきもあるだろう。

だが文豪・谷崎の豊かな想像力、巧みな筆致、人間の歪な側面を鮮かに描き出し、

――小説でしかできないことやなあ――

と評価する声もある。名作とする意見もある。

その第一ページ目は十行ほどからなる漢文の〝序〟であり、上杉謙信や福島正則が男色を好んだことを記し、とかく英雄豪傑にはユニークな性癖を持つものがあって嗜虐性も濃い。しこうして本作品の主人公・武州公輝勝は智謀・戦勇ひときわ優れた武将でありながら変態嗜好の持ち主らしく、世間には知られていないが、たまたま関係者の秘録を入手、そのリアリティに共感を覚え、ここに小説として綴った、荒唐無稽と思わないでほしい、と作者のペンネーム・摂陽漁夫までそえて、ものものしい。すべてがフィクションなのだが、その仕掛けは入念で、たやすく騙されてしまう。

巻之一に入ると、さらに入念さを加え、この秘話は、妙覚尼と道阿弥、二人の書き残したものを根拠としていることに触れ、妙覚尼は〝武州公の奥向きに勤めていた侍女であったことは明らかで、武州家滅亡ののち剃髪して尼となり〟老後のつれづれに手記を残したらしいが、そのモチーフは〝つらつら武州公の行状を考えると、世の中には善人も悪人もなく、豪傑も凡人もない。賢き人も

時には浅ましく、猛き人も時には弱く、きのう戦場において百千の敵を取りひしいだかと思えば、きょうは家にあって生きながら獄卒の笞を受ける。花顔柳腰の婦女子もあるいは羅刹夜叉となり、抜山蓋世の勇士もたちまち餓鬼畜生に変ずる。畢竟するに武州公は、因果の理 輪廻の姿を一身に具現して衆生の惑いを覚まさんがために、しばらくこの世に仮形したもうた仏菩薩ではないであろうか〟

と、すこぶる仏教的、これを書き残すのは追善供養、報恩謝徳のためとあるが、なべてコジツケのようで〝邪推をすれば、この尼にも孤独生活から来る生理的不満があって、そのやるせなさを慰めるためにこんなものを書いたのかとも思われる〟

と、これは谷崎の判断である（つまり谷崎が勝手に史料を創り、感想を述べているのである）。道阿弥についても同様で、これは武州公に仕えた人、〝恐ろしい殿の行状を忘れられず、止むに止まれず書き残した〟のだろうが、おそらく幇間的性格の男で、武州公にヨイショをしながら当人も歪な性向を持っていたのではないか、と、ここでもまことしやかな感想が述べられている。

ついで、このストーリーの主人公、武蔵守輝勝（すなわち武州公、実在は疑わしい）の甲冑の姿が（古画を見たところが）きっかりと記され、これは歴史博物館のウィンドウの中を見るみたい。

〝南蛮胴に黒糸縅の袖、草摺のついた鎧を着、水牛の角のような巨大な脇立のある兜を被って、右の手に朱色の采配を持ち、左の手をその親指が太刀の鞘に触れるほどに大きく開いたまま膝の上に伏せ、毛沓をはいた両足を前方に組み合わせて虎の皮の敷皮の上に端坐している〟

　顔だけしか見えないが、その印象は沈毅英邁な豪傑にふさわしいが、よく見れば、どことなく不安そう、心の懊悩が伏在している。夫人の松雪院の肖像もあって、ともども詳細な描写と推測が綴られていて、まことしやかであるけれど、これもフィクション……いや、いや、この先この点に関してはいちいち触れるのはやめよう。みごとな想像力を賞味していただきたい。語り口のすばらしさに留意していただこう。

さて時は戦国時代、主人公は幼名を法師丸と称し、武蔵守輝国の嫡男であったが、幼少期、人質として隣国の筑摩一閑斎のもとに預けられ、十数年のあいだ牡鹿山の城中で文武の道を学んだ。十三歳の秋、牡鹿山の城が敵に囲まれ、籠城が続き、元服前の人質として戦場に臨むことはできなかったが、合戦の様子は充分に聞こえてくる。敵は三の丸まで攻め込み、筑摩方の敗色が濃いらしい。血気盛んな法師丸としては城内に安閑としていては楽しめない。人質とはいえ大名の子息であったから特別の待遇を受けていたが、世話役の青木主膳も忙しくなり、法師丸に目が届きにくくなる。城内は敵の攻略を受けて手狭となり、一つところに女童と寝起きするようになる。年かさの婦人も人質として身近に過ごすようになる。その中には戦況に通じた老女もいる。法師丸が戦場の壮烈さを知りたくて、

「お前たちは、敵の攻め寄せる近くまで見に行ったことがあるんだろうね」

と尋ねると、

「ええ、今日のように合戦の忙しいときは、いろいろお手伝いをいたしますものですから、櫓の上や御門のきわまでも出て行くことがございます」

「じゃあ、敵を斬り殺して首を取ったりするところが見られるのかい」

「ええ、ええ、それは見られます。あまり近くで血を浴びることもございます」

「ねえ、おれをお前たちの仲へ入れて、明日連れて行っておくれよ」

「さあ、それはちょっと」

と老女は渋っていたが、二、三日ののち、法師丸の熱意に肯んじたのか、

「よろしゅうございます。合戦の場所へお連れ申すことはかないませぬが、首級をご覧になるだけでしたら、私が計らってさし上げます。その代り、必ず必ずどなたにもおっしゃってはなりませんよ。ようございますか。それさえ守ってくださいましたら、今夜私がよいところへご案内いたします」

と女たちが夜ごとに勤しんでいる妖しい仕事の現場へ連れて行ってくれる。

夜の黒い静寂を縫って、ぼんぼりの灯や、かがり火の反射を頼りに土蔵のような建物にたどりつき、

「こちらでございますよ」

梯子段を上って屋根裏部屋へ入ると、明るい灯の中でかまどの火がちらちらと燃えている。釜の湯がたぎり不愉快な臭いがなまぬるい。

――臆病であってはならない、どんな光景にも顔をそむけてはいけない――

少年の眼は室内のもっとも恐ろしい物体の上に釘づけになった。少しく引用を試みよう。

〝彼は自分に一番近いところにいる婦人の、膝の前に置かれた一つの首級を見、それから順々に、そこに並んでいる首という首に視線を移した。法師丸は、それらの首を、どれでも平気で長いあいだ見ていられることに満足を感じた。ありていに言うと、それらはむしろ作り物のように清潔になっていて、彼の予期していたような戦場の実感や勇士の面目などは、少しも感ぜられなかった。見ていればいるほど、それらがだんだん人間離れのした品物らしく思われて来るばかりであった。

女たちは、前に老女から聞いていたとみえて、法師丸が入って来ると、うやうやしく目礼をして、それなり静かに作業を続けた。人数はちょうど五人いた。そのうちの三人がめいめい一つずつ首を

自分の前にすえて、あとの二人は助手の役をしていた。一人の女は、半挿の湯を盥に注いで、助手に手伝わせながら首を洗っていた。洗ってしまうとそれを首板の上へ載せて次へ廻す。もう一人の女がそれを受け取って髪を結い直す。三人目の女が、今度はそれに札をつける。仕事はそういう順序をもって運ばれていた。最後にそれらの首は三人の女のうしろにある長い大きな板の上へ一列に並べられた。首がすべり落ちないように、その板の表面には釘が出ていて、それへ首をぎゅっと突き刺す仕掛けになっていた。

作業の都合上、三人の女の間に燈火が二つすえてあり、部屋はかなり明るくしてあった。それに、立つと頭が梁につかえそうな屋根裏なのだから、法師丸にはその室内の光景が一つ残らず眼に映った。彼は、首そのものからは強い印象を受けなかったけれども、首と三人の女との対照に、不思議な興味をそそられたのであった。というのは、その首をいろいろに扱っている女の手や指が、生気を失った首の皮膚の色と比較される場合、異様に生き生きと、白く、なまめかしく見えた。彼女たちはそれらの首を動かすのに、髻をつかんで引き起したり引き倒したりするのであったが、首は女の力では相当に重いものなので、髪の毛をくるくると幾重にも手首に巻き付ける。そういう時にその手が変に美しさを増した。のみならず、顔もその手と同じように美しかった。もうその仕事に馴れ切って、無表情に、事務的に働いているその女たちの容貌は、石のように冷めたく冴えていて、ほとんど何らの感覚もないように見えながら、死人の首の無感覚さとは無感覚の具合が違う。一方は醜悪で、一方は崇高である。そしてその女たちは、死者に対する尊敬の意を失わないように、どんな時でもけっして荒々しい扱いをしない。できるだけ鄭重に、慎ましやかに、しとやかな作法をもって動いているのである。

法師丸は全然予想もしなかった恍惚郷に引き入れられて、しばらく我を忘れていた。それがどういう感情の発作であったかは、後になって理解したことで、当時の少年の頭ではなにも自覚していなかった。ただ今までに経験したことのない気持、ある言い知れぬ興奮であった。そういえば二、三日前の夕方、初めて老女に話しかけられた時に、この三人の女たちもやはりあの場に居合わせたので、確かに顔に記憶はあるけれども、あの時は何の感じも抱かなかったのだ。その同じ「顔」が、この屋根裏でこれらの首と差向いになっている今、なぜか彼を魅惑するのだ。彼は三人の女たちの仕業(しわざ)を、代る代る見守った。一番右の端にいる女は、木の札に紐をつけて、それを首の髻に結いつけているのだが、たまたま髪の生えていない首、「入道首」が廻って来ると、錐(きり)で耳へ穴を開けて、紐を通していた。その穴を開ける時の彼女の様子は、彼の心をはなはだしく喜ばせた。が、もっとも彼を陶酔させたのは、まん中に座を占めて髪を洗っている女であった。彼女は三人のうちで一番年が若く、十六か七くらいに思えた。顔も丸顔の、無表情な中にも自然と愛嬌のある面立ちをしていた。彼女が少年を引きつけたのは、ときどきじっと首を見入る時に、無意識に頬にたたえられるほのかな微笑のためだった。その瞬間、彼女の顔にはなにかしら無邪気な残酷さとでもいうべきものが浮かぶのである。そしてその髪を結ってやる手の運動がほかのだれよりもしなやかで、優美である。彼女はおりおり、かたわらの机の上から香炉を取って、それで髪の毛を薫(た)きしめる。それから、髪を結い上げて、元結(もとゆい)を結んでしまうと、それが一つの作法だとみえて、櫛(くし)の峰の方で、首のてっぺんをコツコツと軽く叩くのである。法師丸はそういう彼女をたまらなく美しいと感じた。

「いかがでございます、もうおよろしゅうございましょう」

老女にそう言われて、少年は急に赤くなった。老女の顔はいつか優しい品のよいおばさんにかえっていたけれども、ニコニコしながらこちらへ向けている彼女の眼が、なにか自分の秘密を見透かしているように、法師丸には思えたのである〟

と、長い引用になってしまったが、このくだりはこの作品の白眉かもしれない。後の勇者の、勇猛果敢ながら性向に歪みのある心の萌芽がかいま見えるからである。

　この夜の恍惚に魅入られた法師丸は、次には独り老女の眼を盗んで女たちの仕事場へ忍んで行く。せっせと作業にいそしむ女たち……。再び長く引用して示せば、

〃一番右の端の女は、今夜もやはり入道首の耳へ錐を突き刺して、穴を開けている。まん中の髪を洗う女も、あい変らず首の頭を櫛でコツコツ叩いている。ゆうべの彼をもっとも強く魅惑したのはこの女であったが、思うにそれは、彼女が今や十分に肉体の発育しきった年齢にあったことがその原因の一つに相違ない。なぜかというのに、この室内を領しているものはおびただしい首、「死」の累積なのである。そういう中にあってその娘の持つ若さとみずみずしさとは一層引き立って見えたであろう。たとえば彼女の紅味のさした豊かな頬は、青白い首の血色と対照される時に、その本来の紅さよりも以上に生き生きとしたものに思えたであろう。それからまた、彼女の受け持ちが首の髪の毛を解いたり結んだりする仕事であるために、その髪の油に滲みた指が、毛の黒さと比較されて実際よりも白くなまめかしく映じたであろう。そして法師丸は、今夜もまた彼女の眼元と口元に浮かぶ不思議な微笑を見たのであった。左の端にいる女から、きれいに血の痕をぬぐい取った一つの首が廻って来ると、この女はそれを受け取って、まず鋏で髻の元結を切り、ついで愛撫するごとく髪を丹念にくしけずって、ある場合には油を塗ってやり、ある場合には月代を剃ってやり、ある場合には経机から香炉を取って煙の上に髪の毛をかざしてやり、それから右の手に新しい元結を持ち、その一方の端を口にくわえ、左手で髪を束ね上げて、あたかも女髪結がするように髻を結んでやるのである。彼女はその仕事を無心で勤めているらしいのだが、結い上げた首の髪かたちを点検するがごとく死人の面上へ眼をそそぐときに、必ずあの謎のような笑いが頬に上った。

思うにそれはこの女の生れつきの愛嬌なのかも知れない。人の前へ出る時にあいそ笑いを洩らすのが癖になっていて、死人に対しても自然とそれが出るのかも知れない。長いあいだ死人の首を扱っているうちに、その首が持つ凄さには無感覚にさせられて、いろいろな化粧を施してやることからかえって愛情をさえ抱くようになり、生きている人に対するのと同じ心持がするということも、しごく当然の経路である。しかしここへ突然入って来た者の眼には、一方に色の青ざめた、断末魔の苦渋の名残をとどめている首があり、一方にうら若い色白の女の、微笑をただよわせた紅い唇があるとすると、その微笑がどんなにかすかなものであっても、はなはだ強い刺激を受ける。それは残忍の苦味を帯びた妖艶な美である。だからすでに十三歳にも達した法師丸が、その美に酔わされたことは一応怪しむに足りないけれども、彼はその上にも、普通の男子にはありえない極端な感情を経験した。法師丸は、その美女の前に置かれてある首の境涯が羨ましかった。彼は首に嫉妬を感じた。ここで重要なのは、その嫉妬の性質、羨ましいという意味は、この女に髪を結ってもらったり、月代を剃ってもらったり、あの残酷な微笑を含んだ眼でじっと見つめてもらったりする、そのことだけが羨ましいのでなく、殺されて首になって、醜い、苦しげな表情を浮かべて、そうして彼女の手に扱われたいのであった。首になることが欠くべからざる条件であった。生きて彼女のかたわらにいるという想像は一向楽しくなかったが、もしも自分があのような首になって、あの女の魅力の前に引きすえられたら、どんなに幸福だか知れない、と、そんな気がしたのである〝

この先さらにくわしく少年の心理分析があるのだが……省略しよう。

法師丸はその後も女たちの仕事場へ足を運んだが、ある晩、鼻のない若武者の首を見る。色は白く、髪はふさふさと黒く、月代は青い。輪郭も整い、生前はよほどの美男であったにちがいない。にもかかわらず〝当然中央に彫刻的な隆起物がそびえているべき顔が、その肝腎なものが（鼻が）

へらですくったように根こそぎそがれて、そこが平べったい赤い傷口になっているのだから、並みの醜男(ぶおとこ)の顔よりなお醜悪で、滑稽であった〟

「どうしたの、それは？　その首は鼻がないじゃないか」

と尋ねれば、女が答えて、

「これは女首でございます」

「女の首」

「いえ、そうではございません」

話は前後するが、首を化粧するのは、名もない雑兵の首はべつとして、ひとかどの勇士の首なら名誉を重んじ、きれいに汚れを除いてから大将の実検に供えるからであり、これが戦場に臨する女たちの仕事であった。しかし戦場では敵の首を討ち取っても、首を持ち歩くのはむつかしい。鼻だけを切り取り、戦がすんでから死骸を探して照合するのだが、まれには女たちの仕事場に鼻のない首がまわってくることがある。鼻だけでは男か女か区別のつかないこともあって（髭もそり取られて）そこから転じて鼻のない首を女首と呼ぶようになったらしい。

そんな首を見てかすかに頰笑む若い女に法師丸は深く魅了され、汲めどもつきない妄想に誘われ、いつのまにか甘美な夢の国へと入り込む。そして〝彼はその夢の国であの若い女とただ二人きりの世界に住み、自分自身があの鼻の欠けた首になっているのだったが、この空想は非常に彼の嗜好に叶った。そして今までのどんな場合よりもはるかに彼を幸福にした〟のである。

法師丸は勇敢な少年であり、武士たるもの、なにごとに対しても怯んではなるまい、と強い覚悟と好奇心の持ち主であった。それに加えて、このころ、みずからのユニークな被虐的性癖にも気づいたにちがいない。

――どうしても自分で鼻のない首を手に入れたい――

しかし人質の少年が戦場に赴くことなど到底できることではない。そこで夜を盗んで密かに敵陣に忍ぶことを考え、実行に移す。

籠城を攻める戦いとは、どういうものだったのか。敵軍は城の二の丸、三の丸に入り込み、相手の疲弊を待っているらしい。そのうしろの本陣は思いのほか呑気に、備えもおろそかなのではあるまいか。法師丸は深夜二時ごろ、初めのうち、女が城を逃がれて来たように思わせるため、被衣を頭に被って（つまり女装して）外へ出たが、作家はこのあたりの情景を描いて、少年は〝そのうすものの影が真っ白な地上に海月のごとくふわふわするのを見つめながら歩いた。敵の陣屋というのは、ふた月にわたる城攻めのことでもあり、二万騎にあまる大軍が屯していた場所であるから、それ相当の設備がしてあったにちがいない。牡鹿山の城は、うしろに重畳たる山岳地帯を控え、城のある部分だけが平原に向って半島のごとく突出していたので、敵はその半島の裾をU字型に包囲して、蜿蜒たる陣形を作っていた。そして陣屋の一番外側には篠垣をめぐらし、五間十間ぐらいの距離に本篝りを焚き、その垣の内側に、望楼、見せ櫓等をところどころに設け、板囲いの仮小屋、今でいえば急造のバラックのような営舎を幾棟も建てて、そこに大将以下の士卒が寝泊りをしていた。法師丸は間道を通ってU字型の上部の切れ目からいったん包囲の外へ逃れ、敵の陣営の裏側を迂廻して、あたかもU字の最下部のところ、城の大手と向い合った本陣のうしろへ出たのであったが、やがて篠垣の一部を破って構えの内へ忍び込むことに成功した。もちろん普通の場合ならばそうやすやすと潜入できるはずはないが、彼が予想したごとく、寄せ手の大半は城の三の丸や二の丸の内部へ詰め切っていて、陣屋の方は人数も手薄に、見張りの兵なぞも警備を弛めていたのである〟

情景を脳裏に描いていただきたい。少年の野心が実現される事情を滞りなく示してそつがない。ひとつ、ひとつ、くわしく綴られているが、これも省略しよう。結果、法師丸は敵の大将らしい男が、わずかな家臣ともども眠っている部屋へたどりつくのである。

敵の大将は薬師寺弾正政高……。法師丸は弾正の年齢や風采についてなんの予備知識も持たなかったが〝見たところその男の年は五十前後のように思われる。額のひろい、上品な瓜実顔の、のっぺりした皮膚が優雅な目鼻立ちを包んでいて、寝顔で判断すると、武士というよりは公卿のような印象を受ける。この年頃の武士ならば、たいがい日に焼けた頑丈な肌をして、どこかに戦場往来のあとを留めているものだのに、その寝顔の皮膚は、浅黒いながらも鏡板を拭き込んだようで、透かして見ると鳥の子紙のように肌理が細かい。こういう皮膚は、雨にさらされ風に打たれつつ馬背に日を暮らす武人のものでなく、深窓に育って詩歌管絃の楽しみよりほかに知らない貴人のものである〟

戦う相手としては不足があるが、少年の目的はそれではない。寝顔を見つめると、

〝その顔のまん中には、いかにも形のよい、きゃしゃな、薄手な、貴族的な鼻がついているのである。法師丸の位置からやや仰向けた鼻の孔が覗けるのだが、肉の薄いことは縦に細長く切れている二つの孔の境界線を見てもわかる。そして、貴族の鼻の特長として、鼻柱がほんの心持弓なりに曲り、鼻梁骨のありかが皮膚の下からかすかに見えている。けだしこの鼻をこの顔からそぎ取ったとすると、その破壊作用が引き起す怪奇味の程度は、あの屋根裏にあった（初めて見た）女首におさおさ劣らないものがあろう。なぜかなら、あれは好男子の若武者の首であったが、これとても、いやしくも敵の総大将の胴にはまっているものである点、かくのごとく優美で、繊細で、気品に充ちている点などは、年齢が多少老けているという短所を補って余りがある。いや、おそらくはこの方

があれより一層誘惑的な鼻であって、ひとたびあの屋根裏の光景を享楽した少年にとっては、確かに垂涎にあたいするのである〟

　ということで、やおら脇差で急所をひとつき、ほとんど返り血を浴びないほど敏捷に手ぎわよくふるまう。小姓が二人、気づいて迫って来たが、これも討ち切ってしまう。さらに次の間あたりに踏み込んで来る人の気配を感じ、あわてて（弾正の）死骸から鼻をそぎ、その肉片がポロリと床へ落ちるのを拾って、逃げた。敵陣も騒ぎ出す。が、危機一髪、法師丸は、なんとか月明の中へ溶け込んで逃がれおおせたが、少年にとっては夢とはちがう戦慄の夜であった……。

と、まあ、こんなこと、実際には実現不可能のようにも思えるが、文豪の筆さばきが読者を納得させてくれるのだ。

　弾正政高の陣営はおおいに困惑した。大将が不覚にも暗殺され、犯人は手だれの忍者風情ならともかく少年のような姿だったのだ。それを取り逃がし、

　——何者だ——

　逃げられてしまい、なんと、死骸からは鼻が奪われている。

　——なんの目的か——

　そのへんに肉片が落ちていないかと探したが、見つからない。

　同じころ陣内に小さな火事が起きたが、これは騒ぎを火事のせいとする内部の知恵者の策略だったのかもしれない。かくて政高は陣内で病にかかって十日ほど後に没した、とされた。

　しかし鼻を奪ったのが籠城方（牡鹿山の筑摩勢）の者だとすれば、後日「弾正殿の大切なものが計らずもわれらの手に入りましたが、定めしご入用と存じますからお返し申します」とでも言って、鼻をうやうやしく三宝に載せて軍使がやって来たら、この上ない恥辱。重臣たちは内心びくびく、

攻撃の手をゆるめてしまう。牡鹿山の方も、この変化の理由がわからず薄気味わるい。

法師丸だけが真実を知っていた。彼はなぜかとっさに鼻をそぎ取ったものの、女首をえられなかったことに不満を覚えていた。敵将を討ったことは、訴えれば手柄となっただろうが、それを実行すると歪な心の秘密がばれてしまう。手柄を信じてもらえず人質としての蛮行を咎められ、罰せられるおそれもある。ためらううちに日時がたち、今さら言い出すわけにもいかない。なぜか戦が下火になり、女たちももう首化粧など（首が集まらないので）仕事を止めている。あの若い女の微笑を見る望みは永久に失われてしまったらしい。この願いと愛惜は少年の恋であり、この片思いが少年の煩悩に火をたきつけ、その後の彼の奇怪な性生活の端緒となったことは疑いない。このエッセイの冒頭で記した道阿弥の記録によれば、法師丸は、

〃かの娘の姿を今一眼見んとて所々を捜し候へどもついに見ること叶はず、そのままになり候。人に尋ね候へば、井田駿河守の女てると申す者と申し候。さるにても籠城の折だにあらばまた逢ふこともあらん、あはれ今一度寄手（敵軍）の来る時あれかしと願ひ候ことなりと被仰候。

「籠城の折だにあらばまた逢ふこともあらん云々」という少年の心は、八百屋お七にも似てはなはだ笑止ではないか〃

と、このエピソードは終わっている。先を急ごう。

法師丸は十六歳の折、筑摩の牡鹿城にあったまま（つまり人質のまま）幼時より訓育を受けた一閑斎の庇護のもとで元服の儀に臨んだ。実父は故国から赴いて加冠の役を務めたとか。両国の関係はかつては激しく争っていたが、この時はとりあえず平穏だったのである。法師丸の容貌・風采は、〃おん顔の色、くろがねのごとく、筋骨のたくましきことは万人に優れておはしましけれども、お

ん身のたけ高からず、肉づき横に太くおはしましき。おん眼の光り鋭く、頬の骨たかく、唇の肉あつくして、おん身のたけに比ぶるときはおん顔大きく"とある。魁偉であり、威圧感に溢れていたらしい。名を河内介輝勝と改め、武勇にたくましく、たちまち戦場で敵の侍大将の首を取るなどが輝かしい手柄を立てた。

だが武勇伝は省略して、河内介輝勝の隠された性癖は、いっとき忘れられていたと言うべきか、しばらく現われることがなかったが、ここに桔梗の方という高貴な女性が登場して、計らずも輝勝の胸中に奇癖が復活し、燃えあがる。そのいきさつは、ややこしい。桔梗の方というのは、数年前に暗殺され鼻をそがれた（病死とされたが）薬師寺弾正政高の娘で、筑摩の家の御曹子、織部正・則重の正室であった。

事情を少しおさらいしておくと、牡鹿山に籠城していたのが筑摩方、そこの城主に法師丸を育てた一閑斎があって、その死後、織部正則重が継いでいる。河内介輝勝（法師丸）は隣国から人質として入り、養育され、元服をして次第に一門の重臣となっていく。あの時、牡鹿城を囲んでいたのが弾正政高たちの軍勢であり、弾正政高の娘が則重に嫁したのは、昨日の敵は今日の友、戦国の世の和平工作の一つであったろう。桔梗の方は大変な美女で、年齢は夫・則重の一つ下、輝勝の一つ上、輝勝は則重の側近であり、二人の仲は親密であった。

話を戻して、折しも筑摩の領内で反逆する者があり、則重が軍を率いて攻略に向かったが、その戦場で、鉄砲の弾丸が則重の鼻をかすめて飛ぶ。「あっ」と叫んで鼻をおさえたが、続いて第二弾が同じく顔面を横から襲い、あやうく鼻を失うところだった。これをかたわらでしかと見ていたのが輝勝で、

――変だぞ――

狙撃者は則重の命を狙ったのではなく鼻を撃ったのではないか。輝勝の心中に鼻についての記憶が蘇り、探れば二丁ほど離れたところに鉄砲を持ち、第三弾を放とうとしているりっぱな武士がいる。

——あいつだ——

鉄砲を捨てて逃げる相手を追って、追いつめて、

「名のれ。おれは武蔵守輝国の嫡子、河内介輝勝」

と迫っても相手はかたくなに名を明かさない。一人の力では生捕りにはできない。首をはねてあらためれば歳のころ二十二、三歳の若侍。肌身につけた錦の袋の中に厨子を包んだ紙一枚。やさしい女文字で、

〝ちちのむねんを晴らしさふらふにはおりべどののはなを討つべし、かならずかならずいのちにはおよぶべからず候、このことかなへてくれ候へばむにの忠義たるべきぞ、あなかしこ

天文きのえとら七月

図書どの〟

とある。すなわち〝父の無念を晴らすため織部正・則重の鼻を討て。命には及ぶな〟である。女が図書殿に命じているのだ。

輝勝の推理と調査が始まる。

——そう言えば——

一年あまり前、一閑斎が没しているが、この人も鼻を狙われたふしがある。つまり、

——これは筑摩方への復讐——

薬師寺弾正の娘が、父を殺し鼻をえぐったのは筑摩方の仕業と推察し、そのトップたちを鼻なしの無様な姿にしてやろう、という企みではないのか。弾正暗殺の真相を知るのは輝勝自身よりほか

にいないのだ。女文字の筆者は……弾正の娘、桔梗の方にほかなるまい。図書という名は薬師寺方の家臣、的場左衛門の一子にして鉄砲の名手、この男の母は桔梗の方の乳人で、二人は乳姉弟にして近しい主従の関係にあったこともわかった。

――妻が復讐のため夫を鼻欠けにしよう、と願っているのだ――

輝勝は則重への忠誠・親睦を捨てて、この事件の背後に伏在するもの、つまり〝妻が夫を自らの手で不具にしておいてそれを眺めるのを楽しみながらかしずくという事柄の持つ残忍性に、まずその奇異な性欲〟に共感し、想像をふくらませ、彼自身、こうした桔梗の方への思慕へと向かっていくのである。

その後、則重は男子禁制の奥御殿で桜の宴に興じているときに矢が飛んで来て（鼻を狙ったのが外れたのか）唇を無様に切られ、また夏の盛りに庭先で夫人と二人、酒を酌んでいるときに横顔に矢が走り、耳たぶをなくしたり……しかしいくら捜しても犯人は見つからない。そんな変事があったりして城内は警戒をますます厳重に備えるようになった。秘密の核心を知る輝勝は、それをだれにも漏らさず独り胸中に秘めて歪な楽しみに耽っている。少年の日には若い娘が女首を整えながらフッと頰笑む様子に激しい快感を覚えたが、今の想像は高貴で美しい謀反の上臈がヒロインなのだ。その女が醜い男の首を見つめている。それが日ごろ睦じい夫であり、権威の第一人者でもあるのだ。絶世の美女が生きたままの女首を見て密かに歓喜している情景……この美と醜の対比ほど扇情的な想像はありえない。輝勝はこれをただの夢想ではなく、なにかしら現実に替えたかった。

私事ながら六十年ほど昔、筆者は新潟県長岡市に住む中学生だった。二、三の友人とともに招かれて内藤久寛（一八五九〜一九四五）の屋敷へ行ったことがあった。内藤久寛は日本では珍しい石油王（新潟県に油田があり、それを発見した）であり、充分の富と名誉をえた成功者である。日本海の石地海岸に豪壮な屋敷を構え、近くの海を私物のように支配している時期もあったとか。終戦後は彼の子孫が住み、往年の勢いを失っていたが、その曾孫が私のクラスメートにいて、その縁で少年たちが赴いたのだ。

宿泊したのは畳三百帖を越える主家とはべつに明治天皇の行幸に備えて造られた別邸で、驚くことはたくさんあったけれど、トイレットのすごいこと、典雅なこと、畳二帖敷きくらい。床の間があり、花が飾られ、まるで小さな客間みたい。りっぱな大便器がすえてあり、その下は深い、深い縦穴だった。翌日、海へボートで出てみると、高い石垣の上に屋敷が建ち、石垣のてっぺんから海面まで二十メートルくらいはあっただろう、海面に汲取り口があり、

——ああ、ここまで便が落ちて来るんだ——

と覚った。私の記憶ちがいもあるだろうが、とにかくすごかった。

武州公の秘話に返って……なにが言いたいのか。河内介輝勝はたまたま城内の警備についていて桔梗の方の住まいから少し離れた石崖の下に不自然に苔のはげているところがあるのに気づく。不審に思いなおもよく調べれば石の下にようやく体が入るほどのトンネルがあった。そこへ潜り込み、明らかに通路である地中を這って何丁進んだことか、やがてそれと直角に交わって上に向かう縦穴に行き当たり、

——あ、そうか——

尾籠なことながら輝勝は、それが高貴な女が使う厠の穴の底であることを確信した。

——桔梗の方の用いるところ——

この屋敷にこんな厠を用いる人はほかにいない。しかもこの縦穴は、手さぐりで調べると明らか

に上に昇る方便が……足がかりのようなものがある。

――曲者の通路だな――

桔梗の方は、その曲者のあることを充分に承知しているにちがいない。ならば下から声をかけてもさほど驚くことはあるまい。輝勝はチャンスをうかがった。毎日、同じ時刻に一時間ほど穴の底で待ち続けた。

すると……三日目の午後であった。

〃床の上にしとやかな足音がして暗い坑道へぼんやり明りがさして来たのを知ると、まずカタリと微(かす)かな物音をさせて夫人の注意を促しておいてから、

「御台様(みだいさま)」

と、できるだけやさしく、低い声で呼んだ。

「申し上げることがございます、お目通りをお許しくださいませ」

その時衣ずれの音が急に止んだので、夫人が人声の聞こえて来る黒漆塗りの枠の縁にたたずみつつ静かに耳を傾けている様子が推量された。河内介は懐から図書の密書を取り出して、

「このお文のことにつきまして」

と、それを夫人の眼に触れるように高くかざしながら、

「仔細(しさい)のない者でございます、どうぞお目通りを」

と、重ねて言ったが、この思いつきは案のごとく効を奏した。そして、

「許しましょう、上っておいで」

と、夫人が同じように低い声で上から答えた〃

典雅に造られたトイレットだったにちがいない。私がかつて内藤久寛の屋敷で使ったものよりさ

らに精緻に……。

「そちはだれです」

「桐生(きりゅう)武蔵守輝国の嫡男、河内介輝勝でございます」

「河内介だとお言いか？」

「はっ」

「顔をお上げ」

輝勝は高貴に美しい夫人の顔を見るのは初めてであった。が、桔梗の方は彼を知っていた。

「いかさま、そちは河内介」

「おそれながら、私、お味方にまいったのでございます」

熱意をこめて訴えた。

輝勝なる男、武勇にも優れていたが、策略にも長けていた。まず的場図書から奪った文を説明した。合戦のすえ討ち殺し、懐の守り袋の中から見つけたこと、敵味方乱れる情況であったから、この件をだれにも語らず文もその内容も秘密にしていたこと、さらに夫人の父親なる薬師寺弾正の鼻をさし出し、夫人が、

「このお父様のお形見を、どうしてそちが持っていたのです？」

と尋ねれば、

「その仔細と申しますのは、先年おん父弾正殿がこのお城をお囲みなされました折、三の丸、二の丸まで取り詰められまして、もはや落城の運命に定まりましたところ、ご先代一閑斎殿、ある日人知れず忍びの者をお召しになりまして、弾正殿を闇討ちにするようにと、内々ご沙汰をくだされました。それを聞いておりましたのは私一人でございますが」

「ああ、さては推量に違（たが）わず」

「さようでござります。当時私は十三歳でござりましたが、その日書院の間に近いお廊下を通りかかりますと、ふと、『首を討つひまがなかったら、鼻でもよいからそいでまいれ』と、そうおっしゃるご先代のひそひそ声が耳につきました。私、悪いこととは存じながら、不思議なことを仰せられると存じまして、聞くともなく足を止めておりましたところ、『よいか、万一の時は鼻だけでも構わぬぞ、命はあっても鼻無しにされたら、あの洒落者（しゃれもの）は必ず陣を引いて逃げるであろう』とおっしゃって、低い声ではっ、はっ、と、お笑いになるご様子でござりました。今日明日にもお城が落ちるか落ちぬかの瀬戸際、背に腹は替えられぬ場合とは申せ、忍びを使って敵の大将の寝首をかかせようとなさるのみか、鼻を切って来いと仰せられるとは、日頃のご気性に似合わしからぬお言葉と存じましたが、ご自身におかれましても外聞を恥じていらしったのでござりましょう、ご計略は首尾よく成就いたしましたなれども、忍びの者がお城へ戻って参りますと、だれにもわけをおっしゃらずにすぐその男を切ってお捨てになりました。ここに持っておりまするお形見の品は、その節その男の懐に入っていたのでござります」

　と、輝勝は嘘もうまいのだ。さらに巧みに囁いて、

「私、ほんのその場の廻り合わせから立ち聞きいたしましたものの、子供心にも殿の密計を武士にあるまじきなされ方と存じまして、憤りを感じましたが、お手討ちにあいました忍びの男にはかえって不憫（ふびん）を催しましたので、たしかその明くる日のことでござりました。彼の屍骸がご本丸の裏山の谷に捨ててありましたのを、そっと見届けにまいったのでござります。そして多くの屍骸の中からようようそれらしいものを捜し出しまして、なんぞ証拠を持っていないかと懐を探りましたら、思いもかけずこのお形見が手に入りました。大方、殿は彼が持ち帰りましたこの品を、用なきもの

と思(おぼ)し召して屍骸と一緒にお取り捨てになったのでございましょう。なれども私、ひとり思案をいたしまして、仮りにも敵の大将のお形見をこのように粗末にしては道に外れる、不思議な縁でこれが自分の手に入ったのも侍冥利であるからには、殿のご料簡はどうであろうと、自分は自分で武門の義理を立てねばならないと、ひそかにそれをいただいて帰りまして、朱肉に漬けておきましたのでございますが、政高公のご最期を思いますにつけ、あわれこの品を薬師寺殿のご一族にお返し申す折もあらばと考えながら、今日まで大切にお預かり申しておりました。さ、御台様、私がこれを持っておりましたのはかようなわけでございます」

「過分に思います、河内介。そちは武勇抜群の者と聞いていましたが、まだ若いのにそんな優しい思いやりがあろうとは、よくまあそこに気がついてくれました。そしたらそちは、わたしの胸の中を推量しておくれでしょうね」

「おそれながら、お察し申し上げております」

「弓馬の家に生れたからには、いつ肉身に死に別れても仕方のないことと、女ながらもそれは覚悟をしています。だからお父様が戦場で討ち死に遊ばしたのならあきらめようもありますが、まるで物取りの仕業のような情けない目におあいなされ、殺されたうえに言いようのない辱めをお受けなされては、子としてその恨みを忘れることができるものか、まあ考えてたもるがよい。あの時わたしはご病死だと聞かされて、そうだとばかり思い込んでいましたけれども、お母様やお兄様がご臨終のお顔を拝ませてくださらないので、内証で乳母(うば)にせがんだのです。乳母はわたしがあまりうるさく言うものですから、しまいに我(が)を折って『ではそうっと拝ませてあげますが、実はお父様はご病気でおかくれになったのではないのですよ、お父様のお姿がどんなに変り果てていらしっても、びっくりなすってはいけません』と、何度も念を押してからこっそり拝ませてくれました。ああ、本当に、他人のそちが聞いてさえ好い心持はしないのですもの、その時のわたしの口惜しさはどれほどでしたか。乳母に連れて行かれたのは真夜中のことでしたが、お遺骸を安置してある上段の間の御簾のかげには、わたしたちのほかにだれも人気はありませなんだ。私は乳母がさし出してくれる明りの下でひとめ浅ましいご様子を見ると、あまりのことに声も出ないで、乳母の胸に顔を押しあてて身をふるわせるばかりでした」

と輝勝の前に両手をついて感謝し、かくて二人のあいだに強い信頼感が生じてしまう。谷崎の小説には、

——そんなこと、本当にありうるかなあ——

と疑わしくなる設定が時々見られるのだが、それを読者にあまり強く感じさせないのが妙手と言ってよいだろう。

が、それはともかく、輝勝と桔梗の方との仲はこうして始まり、深まっていく。輝勝は本来、女首をえたい、それを美女がたおやかに微笑を浮かべていつくしむさまを見たい、と、それが歪にして強烈な願いであったが、これに微妙なものが加わらないでもない。武将の野望のようなものが……。一方、桔梗の方は、もともと筑摩織部正・則重とは政略のための結婚であり、実家の薬師寺方への思いは捨てていなかった。則重は坊っちゃん育ちで頼りないし、輝勝は隣国の嫡子なのだ。

——この機に乗じて筑摩家（則重の家）を滅ぼしてやろうか——

と野望が二人の中に育っていく。

則重は唇を削がれ、片耳をなくし、言葉もフガフガと威厳を失い、人目を避けながら美しい妻とのひとときをなにも知らずに楽しんでいたが、そんなある夜、小用に立った折に曲者に襲われ、今

度はみごとに鼻を削がれてしまう。もちろん輝勝の仕業だったが、城内ではだれがなんの目的で殿の鼻だけを奪ったのか、真相は極められなかった。事件は地下トンネルを通して桔梗の方と（その忠実な腰元を挟んで）輝勝との示し合わせがあってのことだったろうが、輝勝も当然のことながら夫人と親しく接することのできる情況ではない。夫人の住まいは家臣の出入りが許されるところではなかった。このあたり、くわしいいきさつが……鼻欠けの夫と世にもたぐいなく美しい令夫人との優雅なひとときや源氏物語に因んだ歌なども紹介されて入念だが〝桔梗の方が河内介の情にほだされ、かつその武人らしい人柄に動かされて、自分の方からも恋を感ずるようになったのはいつ頃からかわからないが、彼女は、交通を絶たれている間に知らず識らず彼を恋い始めていたのではなかったか〟と不充分な引用を示して先を急ごう。

輝勝の故国では父・武蔵守が老齢のため体調がよくない。嫡子の帰還が強く望まれていた。人質とはいえ牡鹿山の筑摩家では輝勝は十数年も城中にあって武勇に優れ、智略も長けて、かけがえない重臣となっていたが、故郷からのこの請願は無視できない。輝勝の帰国が成り、桔梗の方への未練を……歪で、真剣な遊びへの（その想像への）未練を残しながら輝勝は父のもとへ帰り、妻を迎える。相手は池鯉鮒家の息女・お悦の方で、輝勝二十二歳、花嫁は十五歳の朗らかな少女であった。新婚一、二ヵ月を過ぎたころ輝勝はお悦を蛍狩りに連れ出し、幇間さながらの小坊頭・道阿弥（本章の冒頭で触れたが、後にこの〈武州公秘話〉の資料を綴った一人）を呼び出し、巧みな余興を楽しむうちにお悦が、

「蛍の真似をしてごらん」

その芸があまりにおかしくて新妻は、

「私、今夜ほど笑ったことはありませんでしたわ」

と満悦し、夫婦仲に興をそえることとなったが、輝勝はさらに、ある晩、

「もっとためになる話をしてやろう」

「ぜひ聞かせてください」

「女は戦場に出ないでよい。だが籠城のときにはそれ相応に女の仕事があるものだよ」

と首装束を持ち出す。まず道阿弥を死人に見立て、少年の日に見た死首の化粧を女中たちにさせる。

「よいか。本当に死んだつもりでいるのだぞ。もうよいと言うまでいつまでもじっとしているんだぞ。もし少しでも動いたら、その時こそ手討ちにいたす」

と本気になって……異常さを新妻に見せつける。そればかりか若く美しい腰元に、

「お前、剃刀を持っておいで」

と命じ、道阿弥の鼻を切り落とさせようとする。これは新妻の必死な嘆願によって断念されたが、悪い遊びは、遊びとは思えないほど厳しく続いていく。お悦の方をそそのかし、

「怖いんだろ」

「私、そんなに弱虫じゃありませんわ」

「じゃあ」

と誘って道阿弥の耳を切らせたり、こんな所業が夫婦の夜の楽しみを呈するようになる。けだし〝道阿弥に女首の真似をさせ、お悦の方をそそのかしてその右の耳に穴を穿(うが)たせ、夫婦が蚊帳(かや)の中にあってそれを眺めながら睦言を交したという夜の戯れこそ輝勝が初めから抱いていた終極の目的だったであろう。すなわち彼はそういうふうにして、牡鹿山の城を去って以来常に妄想にばかり描いていた光景を実現したのである。言い換えれば、道阿弥を織部正則重に擬し、お悦の方を桔梗の

方に擬して、初恋の人と別れてからの悶々の情を晴らしたのである〟
しかしお悦の方は一時こそ夫の戯れに従い快味さえ感じたかもしれないが、長続きはしない。酔って夫とともに笑い興じたであろうが夫の言動に計り知れない無気味さを覚え、自分自身に潜む残酷さにもおそれを抱いたにちがいない。筋目正しい貞淑な妻であったが、夫に対して全幅の信頼と親しみを培うことはむつかしかったろう。智将はそれを察し、みずからの享楽をこの妻に求めることはあきらめたが、不満は募る。そして思いをただひたすら牡鹿山へと向けるよりほかになかった。

その牡鹿山の城内では総大将の則重が鼻なく耳なく唇も切れて、ひどい容相で、家臣の前に姿を現わすことも乏しく、一門の統治がなおざりになる。ひたすら桔梗の方と睦み合っていた。総大将がこれでは戦国の世は保てない。桔梗の方の心はどこにあったのだろうか。

折しも某々の謀反があり、一向宗檜垣御坊(ひがきごぼう)の宗徒たちが牡鹿城を攻略する。この騒ぎの背後に輝勝の策謀が（桔梗の方も荷担してか）あったらしく、父・輝国の死後、家督を継いで武蔵守として君臨していた輝勝は、

――チャンス到来――

檜垣勢と組んで牡鹿城に攻め入る。先代の一閑斎には義理があるけれど則重には恩はない。切羽詰まった則重と会い、問答の最中に陣内が戦火に包まれ……輝勝はもちろんのこと則重も生き残る。則重と桔梗の方の間には一男一女があったが、若君は殺され、残り三人は密かに逃がれ、落城の後、敵軍の庇護を受け、隠れ屋敷でむしろ平穏に暮らした、とか。桔梗の方は輝勝との親しみを再燃させることもなく〝彼女はもはや夫の破滅を享楽する残忍性を捨ててしまって、その本然の女らしい性質に返り、かつて自分が害を加えた醜い夫の容貌に心からなる同情と憐憫(れんびん)とを注ぎながら、貞淑な妻として、また慈愛深き母として、前半生の過誤と罪悪とを償うように努めたので、ここに始め

て完全な夫婦の愛が成立し、織部正はいまだ経験したことのない感激に充ちた生活を送った。

だが、桔梗の方の心境がそういうふうに変ったことは、取りも直さず武州公の空想が幻滅に終ったことを意味する。功名と恋愛のふた股をかけて筑摩家を攻め亡ぼした武州公は、だれに憚ることもなく逢瀬を楽しめる時期になって、せっかく城中へ迎え入れた恋人の態度が昔のようでないのを見ては、どんなにか失望したであろう。けだし桔梗の方としては、父の恨みを報いた以上夫に何の含むところもあるべきはずがなく、今はかえって己れの犯した恐ろしい罪業に戦いていたであろうから、再び公と道ならぬ恋をつづける気力がなくなってしまったことも、またはなはだ自然である。一説に曰く、桔梗の方がにわかに公を疎んずるようになったのは、公が最初の約束に背いて則重の嗣子を殺害したのが原因であると。彼女が公を頼ったのは、二人の幼児を、分けても男の子を、立派な武士に取り立ててもらって、筑摩の家系を絶やさないようにすることが一つの目的だったのであるから、なるほどそれもそうかも知れない。

かくて武州公と桔梗の方との不義の関係は、夫人が隠れ屋敷へ移ってからは全く絶えてしまったのである。そうしてその後、公が四十三年の生涯を終えるまで、次々に新しい異性を求めては奇異な刺激と醜悪な悪戯とを貪って行った物語は、あまり長くなるばかりでなく、公の名誉と遺徳とを傷つけることが大であるから、まずこの程度の暴露をもって筆をおく方が賢明であろう〟

と作品は終局に向かい、文豪自身が書くのが厭になったみたい……そんな印象がなくもない。私としては、

——戦国時代にはなにがあったかわからない——

その奇々怪々を描いたユニークな作品として読んだ。

この作品の六角評価図は描きにくいが、あえて描こう。

A　ストーリーのよしあし。

B　含まれている思想・情緒の深さ。

C　含まれている知識の豊かさ。

D　文章のみごとさ。

E　現実性の有無。絵空事でも小説としての現実性は大切であり、むしろ谷崎的リアリティを考えるべきだろう。

F　読む人の好み。作者への敬愛・えこひいきも入る。

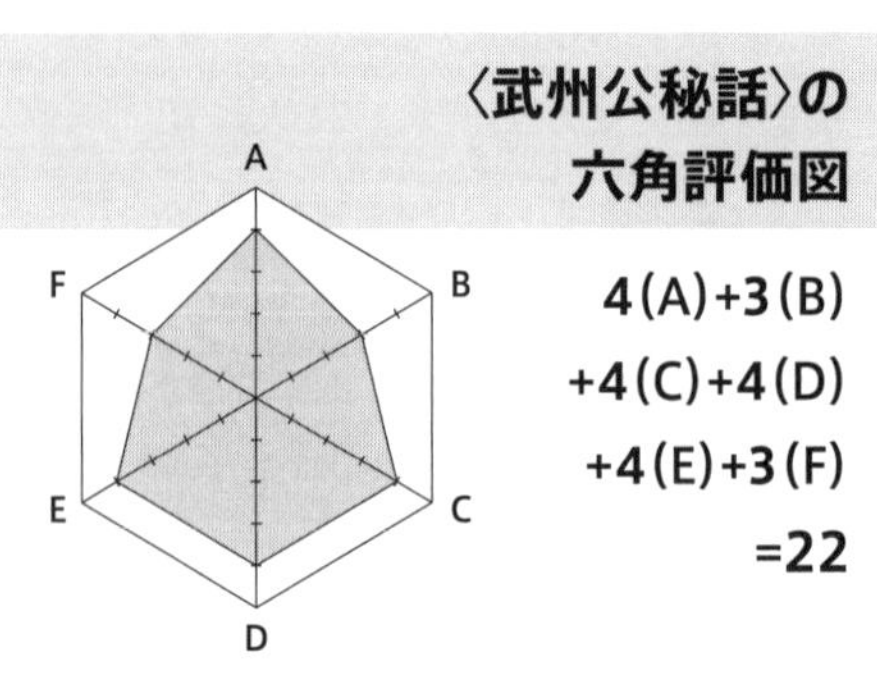

8 大正期の二本道

〈二人の稚児〉〈人面疽〉〈白昼鬼語〉

たとえば……若い兄弟が都へ向かう道を急ぐ。一本道が二つに分かれ、兄が「おれは右へ行くぞ」と言い、弟は「じゃあ、ぼくは左」と、べつべつの道を選んだ。弟は都でよく学び、よく働き、真面目に生きて十数年後には国の大臣になった。ある日、大罪人が役所に引かれて来て、見れば「兄さん！」「お前か」と劇的な対面となった。小説にはこのパターンが……このヴァリエーションがときどき創られ、巧みに描かれている。

谷崎の初期（大正七年）の作品に〈二人の稚児〉があって、これは十五歳の千手丸と十三歳の瑠璃光丸、二人とも事情があって〝自分たちには父もなく母もなく、ただこれまで丹精して養ってくれた上人を親と頼み、仏の道に志して〟女人禁制の比叡山の山奥深くに暮らしていた。まったく女性を見ることがなかった。山中から見える俗世の一端、そこに住む女というもの……。それがいかに俗悪なものであり、人を迷わすものか、よくよく教えられていたけれど、とにかく大変魅力的なものらしい。とても美しい生き物らしい。〝女人〟と口にするだけでも忌わしいが、不思議に心が騒ぐ。たとえ幻でも一度くらい見てみたい。二人の好奇心に多少の差異はあったが、上人に告白することなく密かに思っていることは似かよっていた。

千手丸が十六歳になり瑠璃光丸が十四歳になった春のこと、二人は山を下って横川の僧正のもとに使いにやられ、その帰り道、杉の木かげに腰をおろして日ごろの悩みを語り合った。煎じ詰めれば千手丸は俗世を見に行くと言い、瑠璃光丸はそれが戒めを破り、堕落の始まりであると説く。もちろんどちらの心も揺れている。

「今日こそ、またとない折だ。行って、すぐに帰って来る。今宵はそなたに浮世の話を聞かせてやる。楽しみにしてろよ」

「あなたが行くなら私もいっしょに連れてってくれ。今までなにもかもいっしょに語り合い、励ましあい、無二の仲だったんだ。万一、ここで別れることになったら、どうしよう」

「いや、いや、危険はとりあえず私ひとりで冒す。俗世の女がどれほどまがまがしいものか話して聞かせよう。そうやって煩悩を二人で払えばいい。必ず今日のうちに帰って来るから」

と別れた。

しかし二日たっても三日たっても千手丸は帰って来なかった。瑠璃光丸としては上人に「帰路ではぐれてしまった」と嘘をついたが、日時がたつにつれ正しく告白するよりほかにない。上人は、

「いったん浮世へ出て行ったからには、大海へ石を投げたも同然、千手の体はもうどうなっているかわかりはせぬ。お前はよく思い留まってくれた。もともとお前は高貴な血を引いて千手とはちがうのだ。精進に励むがよいぞ」

瑠璃光丸は、この上なく親しかった千手丸の身上を案じながら……それがどれほど恐ろしいものか嘆きながら彼自身は一心に煩悩を遠ざけ、修行に励み、苦行に耐え、千手丸の菩提を弔うことさえ考えていた。

千手丸と別れてから半年ほどが過ぎたころ瑠璃光丸が夕べの勤行を終えて僧院へ向かう石段を下りて行くと、

「もし、もし。あなたは瑠璃光丸さまとおっしゃいますか」

と見知らぬ男が呼び止める。

「はい」

「私、麓の里から主人の使いでまいりましたが、あなたさまにじきじきお手紙をお渡しするよう言いつかっております」

と手紙をさし出す。見れば、

「おお、千手どのの筆跡だ」

と、すぐにわかった。

作品にはくわしい説明が綴られているが、要は千手丸は山を下りて恐ろしい人買いにさらわれたが、深草の長者に売られて、そこで娘に見そめられ、今は婿となって、なに不自由とてないすてきな日々を送っていること、それにつけても山に残して来たあなたさまのことが気がかりで「ぜひとも山を下りるように」とのこと、どうぞ一晩考えて……決心がついたら明朝早く「私がここで待っております。千手さまが、今の私の主人でございますが、どれほどお喜びになられることか」という伝言であった。

瑠璃光丸は悩みに悩みぬく。千手丸からの誘いは充分に魅力的だ。真実かもしれない。が、嘘かもしれない。熟慮を続けるにつれ、

「お前は千手丸の言葉を信じて、仏陀の教や上人の戒めを信じないのか。もったいなくも仏陀や上人を嘘つきだと言うのか。それでお前はすむと思うのか」

と声に出して呟いたりもした。まさしく二本の道を前にしたジレンマである。

が、結局、瑠璃光丸の選択は仏の道に進むことであった。上人の絶賛を受け、みずからも覚悟を深くして悟りを求め、来世の安寧を願った。みずからを千手丸に置き換えて悦楽を思うこともあったが、天上の安寧を思うことが勝った。そして夢の中に気高い老人が現われ、西方浄土に生まれ換

わる喜びを実感する。ほとんど見ることもなかった女性への憧憬は……前世で彼を思い慕い、彼を迷わそうとした女はそのとがで鳥となったが、やがて天上でめぐりあうだろう、その鳥が今、釈迦が岳の頂上で傷ついている、寒風の中、苦難を越えて行けば会えるだろう、という展望だ。瑠璃光丸が〝ようよう頂上に達したと思われる頃であった。渦を巻きつつ乱れて降り積る雪の中に、それよりもさらに真白な、一塊の雪の精かと怪しまれるような、名の知れぬ一羽の鳥が、翼の下にいたましい負傷を受けて、点々と真紅の花を散らしたように血をしたたらせながら、地に転げて喘ぎもだえて苦しんでいた。その様子が眼に留まると、瑠璃光は一散に走り寄って、雛をかばう親鳥のごとく、両腕に彼女をしっかりと抱き締めた。そうして、声も立てられぬほどの嵐の底から、弥陀の称号を高く高く唱えて、手に持っていた水晶の数珠を彼女のうなじにかけてやった。

瑠璃光は、彼女よりも自分が先に凍え死にはしないかと危ぶまれた。彼女の肌へおおいかぶさるようにして、顔を伏せている瑠璃光の、かわいらしい、小さな建築のような稚児輪の髪に、鳥の羽毛とも粉雪ともわからぬものが、しきりにはらはらと降りかかった〟

とあってエンド・マークとなる。

眼前に分かれる二本の道のどちらを選んだら幸福なのか、この選択はつねにむつかしい。一人の身で両方を行くことは、まあ、できない。そこで小説は二人を登場させて、二つながらを示すわけである。

私の幼いころ、近くにローカル鉄道の駅があり、二つの方向へ線路が分かれて列車が走って行く。私はその一方しか乗ったことがなく、

――あっちはどこへ行くのかな――

幼な心で案じていた。

ずっと後になって故郷を訪ね、いったん分かれた路線が、しばらく行った先でまた一つの駅に着くのを知り、

——なんだ、そういうことか——

と納得した。納得というより人生についての啓示かもしれない。サラリーマンなんかもAかBか、岐路に立って一方を決断し……しかし現役を退き、老齢になってみると、

——どっちを進んでも似たような、おれの人生だったな、きっと——

そんな実感をえることが結構多いのではあるまいか。

ともあれ千手丸と瑠璃光丸、どちらが幸福であったか。私はやっぱり千手丸のほうを選ぶだろうが……多くの読者もきっとそうだろうが、本当のところ、どっちがよいか、これればかりはわからない。

小説家は市井(しせい)のちょっとした出来事に遭遇して、

——これ、どういうことなんだ、おもしろそうだぞ——

想像の網をかけて広げ、作品とすることがある。短編にはこれが向いている。私小説的に中身を深めるケースもあるが、とんでもないストーリーに仕上げることも多い。

谷崎の場合は、体に厄介な腫(は)れものができた……と、そんな話を聞いたのかもしれない。そこからユニークな〈人面疽(じんめんそ)〉が誕生したのではあるまいか。映画界に関わるストーリーだ。〈二人の稚児〉とほとんど同じころに書かれた短編で、まだ映画制作の揺籃(ようらん)期、今では語り草の技術があれこれ実際に用いられていたらしいが、若い谷崎はそれにも精通し、作品にも巧みに取り入れられている。

まずヒロインを紹介すれば、歌川百合枝（うたがわゆりえ）という名の妖艶な女優で、アメリカの映画界で活躍し、人気を集めた。〝欧米の女優の間に伍してもおさおさ劣らない、たっぷりとした滑らかな肢体と、西洋風の嬌態に東洋風の清楚を加味した美貌〟がおおいに受けたのである。『武士の娘』という映画が大ヒットし、今は帰国して悠々自適の生活を送っている。

ところが近ごろ彼女が〝女主人公となって活躍している神秘劇の、あるものすごい不思議なフィルムが新宿や渋谷へんのあまり有名でない常設館に上場されて、東京の場末をぐるぐる廻っているという噂を、この間から二、三度耳にした。それはなんでも、彼女がまだアメリカにいた時分、ロス・アンジェルスのグロオブ会社の専属俳優として、いろいろの役を勤めていた頃の、写真劇の一つであるらしかった。見て来た人の話によると、写真の終りに地球のマークがついていて、登場人物には日本人のほかに、数名の白人が交っている。日本語の標題は「執念」というのだが、英語の方では、「人間の顔を持った腫物（できもの）」の意味になっている、五巻の長尺で、非常に芸術的な、幽鬱にして怪奇を極めた逸品であるという評判であった〟

ということだが、彼女にはそんな映画に出演した覚えがない。とはいえ、当時のアメリカ映画界では、役者は自分の出るドラマの筋を知らないで断片だけを映され、それが編集されて一本の作品となるシステムが繁く採用されていたから〝出演の覚えがない〟作品が出まわることも、けっしてないわけではなかったが、それにしても、この映画の場合は納得がいかない。どう考えてみても思い出すことがなにもないのである。

が、それはともかく作品のストーリーは、日本の長崎あたりの港町に菖蒲太夫（あやめだいふ）という滅法美しい華魁（おいらん）がいて（もちろんこれが歌川百合枝の役）夕暮になると、館の三階の欄干（らんかん）にもたれて、どこからともなく聞こえてくる尺八の音に聞き惚れている。その美しいこと、なまめかしいこと……。

尺八を吹いているのは、ひどい様子の物乞いで、彼はぞっこん太夫に惚れ込み〝せめて男と生まれたからには、一夜なりともあの華魁の情を受けて、心置きなくこの世を去りたい〟と願って夜ごとにかいま見ているのだ。

もとより華魁は、こんな醜い男に関心を抱くはずもなく、彼女の心はアメリカの船員に……遠からず港に戻って来て彼女をアメリカへ連れて行こうとしている男を、ただひたすら慕って、海を見つめ、もの思いに耽(ふけ)っているのだった。

ここまでが映画の序章で、やがてその船員が現われ、彼も彼女に夢中なのだが、太夫を身請けする大金など持ち合わせていない。そこで大胆にも太夫を盗み出す計画を立て……密かに彼女を大きなトランクに詰め、一夜古寺に隠したあと海浜に運び出し、彼が小舟をつけて本船にそれを運び込もうという策略を立て……しかし、これにはだれか手助けが一人必要だ。貧しい物乞いに頼むと、彼は喜んで承知したが、

「報酬なんかいりません」

彼の望みは、

「太夫のために働くのなら私は命だって惜しくありません。かなわぬ恋に苦しむより、私はいっそ太夫がそれほどまで慕っているあなたのため力を貸してお二人の愛を成就させてあげましょう。太夫へのせめてもの心づくしです。けれど、もしあなたがこのみすぼらしい私の情熱を少しでもあわれに思われるなら、たった一晩でいい、太夫を盗んで古寺に隠しているあいだ、どうぞ太夫の体を私の自由にさせてください。後生一生のお願いです。万一のことがあったら罪は私がすべて背負いますから」

執拗に訴えた。

が、太夫はこれを聞いて、トンデモナイこと、

――あんな男になんか触られるのも、いや。死ぬよりつらいわ――

しかし、やっぱり協力はしてほしい。結局計画は実行され、首尾よくトランクを古寺へ隠し入れたが……トランクを開く鍵がない。

騙されたとわかった物乞いは、

「ひとめだけでも太夫に会わせてくれ。せめて着物のすそにでも最後の接吻を」

すがって願うが、それも巧みに退けられ、

「私は死ぬよりほかにありません」

だがトランクの中からは、

「勝手にお死に」

と邪険な声（その眉を逆立てた女の表情が映画では大写しになって動くらしい）。

「私が死んだら、私の執念が太夫の肉に食い入って一生おそばにつきまとうでしょう。そのときになってどんなに後悔されても……」

と、物乞いはそのまま海へ身を投げてしまう。

船員と太夫は気にもかけずに企みの成功を喜び、トランクを船に運び込むが、トランクの中では少しずつ異変が生ずる。映画であればこそトランクの縦断面が映され、太夫は（密航なのだから）狭いところで膝を折り、わずかな空気穴を頼りに水とパンとで命をつないでいるが、二日、三日と経つうちに右の膝のあたりに違和感を覚える。腫れものが吹き出し、痛くはないが膨れて、突起が生じ、それが眼、鼻、唇のように感じられる。

――なんだか人間の顔みたい――

そう、その通り、それはあの物乞いの顔らしい。彼女は気を失うが、とにかく船はサンフランシスコに着き、女は腫れものを隠したまま船員とそこで親しく生活をともにするようになる。腫れものははっきりと物乞いの顔となり、すなわちこれが人面疽である。

ある晩、男は女の膝に巣くう恐ろしい腫れものに気づき、いまわしさにおののき、女を捨てて逃げようとするが、女は、

——逃がしてなるものか——

争いとなり、なぜか不思議な力が備わって男をしめ殺してしまう。少しく引用して不気味さを示せば、

〝その時、格闘の結果ずたずたに裂けた、彼女のガウンの裾の破れ目から、白人の死体を覗いている人面疽が固い顔面筋肉を初めて動かして、にやにやと底気味の悪い笑いを洩らす。これが最初の復讐であって、その後の彼女の運命は、絶えず人面疽に迫害され威嚇(いかく)される。彼女は恋人を殺してから、急に性質が一変して、恐ろしく多情な、大胆な毒婦になるとともに、美しかった容貌が以前に倍する優婉を加え、一段の嬌態を発揮するようになって、次から次へと多くの白人を騙しては、金を巻き上げ、命をも奪い取る。折々、犯した罪の幻に責められて、夜半の夢を破られる彼女は、なんとかして改心しようとするけれど、いつも人面疽が邪魔をして、彼女の臆病を嘲り悪事を唆すために、知らず知らず堕落と悔恨とを重ねて行く。

彼女の境遇が変転するに従って、舞台はサンフランシスコからニューヨークに移り、欧州の各国から入り込んだ貴族や、富豪や、外交官や、身分の高い紳士連が幾人となく彼女に魅せられて生血を吸われる。彼女は壮麗な邸宅を構え、自動車を乗り廻して、貴婦人と見紛うばかりの豪奢な生活を送るようになるが、孤独の時は相変らず良心の苛責に悩まされる。しかも悩まされれば悩まされ

るほどかえって彼女の肉体はみずみずしくあぶらぎり、血色はつやつやと輝きを増す。最後に彼女は、某国の侯爵の青年と恋に落ちて、首尾よく結婚してしまう。しかし、そのまま侯爵の若夫人として、平和な月日を過すことが出来たら、この上もない好運であるけれど、けっしてそううまくは行かなかった。

ある晩、新婚の夫婦が多勢の客を招いて、大夜会を催した折に、彼女はとうとう、夫をはじめだれにも深く隠していた人面疽を満座の中で暴露してしまうのである。彼女は終始、腫れものにガーゼをあてて、上から固い靴下をぴったりと穿(は)いて、人の前ではいかなる場合でも膝を露わさなかったのに、その夜、彼女が舞踏室で夢中になって踊り狂っている最中、突然真赤な血が、純白な彼女の絹のすそに糸を引いて、点々と床にしたたり落ちる。それでも彼女はまだ気がつかずに跳ね廻ったが、平生から夫人が膝に繃帯するのを不思議がっていた侯爵が、何げなくそばへ寄って傷を調べてみると、人面疽が自らすそを歯で喰い破って、長い舌を出して、目から鼻から血を流しながら、げらげらと笑っている。

彼女はその場から発狂して、自分の寝室へ駈け込むと同時に、ナイフを胸に突き通しつつ、寝台の上へ仰向きに倒れる。こうして彼女は自殺してしまっても、人面疽だけは生きているらしく、いまだに笑いつづけている。

これが「人間の顔を持った腫物(できもの)」の劇の大略であって、一番最後には、人面疽の表情が「大映(おおうつ)し」になって現れるのだそうである〟

と、まあ、ストーリーは俗っぽく、

——映画やなあ——

B級の気配さえ漂わせているが、それとはべつにこのフィルムの真の主人公は恐ろしい人面疽のほう、それを演ずる役者はだれなのか、なんという名前なのか、フィルムには記載もないし、歌川百合枝も見当がつかない。

小説は映画のストーリーを紹介したあと、

――これ、どういうことなの――

歌川百合枝は、その映画を見たいと思うが、上映は場末の町を転々として機会を逸してしまう。

――映画制作のトリックが使われていることはまちがいない――

制作したグロオブ会社にはジェファソンというトリック写真の名人がいて、その人の手によるものらしいと見当をつけるが、なぜそのフィルムがこのごろになって日本の場末の映画館でのみ広く宣伝されることもなく上映されているのか。小説のストーリーは人面疽の不気味さから歌川百合枝の調査へと移り、たまたまこのあたりの事情につまびらかな男が登場して説明がなされる。

〝「ああ、あの写真のことですか。僕はまんざら知らなくもありませんが、あなたご自身は、あの写真をお写しになった覚えがないのですね。それではいよいよ、あれは不思議な、変な写真です。実はあれについて、僕もあなたにお尋ねしてみたいと、とうから思っていたのですが、他聞を憚ることでもあり、それに少し気味の悪い話なので、ついついおうかがいする機会がありませんでした。今日は幸いだれもいませんから、お話してもようござんすが、聞いた後で、気持を悪くなさらないように願います」

「大丈夫よ、そんな恐い話ならなお聞きたいわ」

「あのフィルムは、実はこの会社の所有に属しているもので、この間中しばらく場末の常設館へ貸しておいたのです。あれを会社が買ったのは、たしかあなたがアメリカからお帰りになる、ひと月ばかり前でしたろう。それもグロオブ会社から直接買ったのではなく、横浜のあるフランス人が売りに来たのです。そのフランス人は、ほかの沢山のフィルムと一緒に、上海(シャンハイ)であれを手に入れて、長らく家庭の道楽に使っていたという話でした……」〟

フィルムがどうしてこの会社の所有となったか、しかし、これを試写してみると、見た人がみんなよくないことに会う、この会社の社長までわけのわからない病気に取りつかれ他社への売却をも提案されたが、結局、会社に留め置いて、小出しに貸出したりするようになっている、と、ありうべき事情が綴られている。全くもって深夜ひとりで見ていたりすると尋常ではないフィルムなのだ。

「それにしてもあの男優はだれでしょう」

人面疽を演じた役者のことだが、すさまじい名演技にもかかわらず判明しないのである。

「細工はジェファソンだと思うけど……」

「しかし、どんな名人がやっても無理なところがあるんです。フィルムの終り近く、女主人公が腫れものに反抗して、その顔をなぐろうとすると、顔が彼女の手首に嚙みついて、右の親指の根本を、歯と歯の間へ、挟んで放すまいとしているのです。あなたは盛んに五本の指をもがいて苦しがっています」

これは実写でなければ作れないシーン……。しかし歌川百合枝に覚えがないとなると……このシーンは現実を超えた魔物の世界と関わっているのかもしれない。奇っ怪な男の人相はまったくもってこの世のものとは思えない。社長の命令で、このフィルムをみだりに写してはいけないことになっているが、近くグロオブ会社へ売り戻すらしい。さて、その結果、この先はどうなるのか、曖昧なまま小説は終わっている。

腫れものなんて、大きいもの小さいもの、痛むもの痛まないもの、原因のわかるものわからないもの、いろいろあって、あまり気持のよいしろものではない。それがどんどん膨らんで人の顔となり、笑ったり怒ったり叫んだりするとなると、想像するだけでおぞましい。

若いころの谷崎には悪魔主義と呼ばれる、ちょっと厭味な作風があって、これは文豪を一生のスパンで眺めれば、どこまでも想像を広げよう、タブーなどおかまいなし、悪しき傾向もさぐりたい、という文学精神の現われと見ることもできようが、

――しかし、なあ――

おわかりいただけるだろう。〈人面疽〉はまことに、まことに気持のわるい短編である。映画を題材にしたところが、この作家のソフィスティケーションであり、またそれがグロテスク味を強調するのに決定的に役立っている。

――厭あねえ――

と呟きながらも執筆者の技の広さをかいま見るべきだろう。谷崎の筆は美しいときは限りなく美しく、醜いときは限りなく醜いのである。

小説の存在理由はなにか。生真面目に言えば、人間の真実を、この世の真実を人の心に訴えること、だろう。しかし、それとはべつに、

――おもしろい話だなあ――

ストーリーのおもしろさも大切だ。

この要求が少しななめに発展して現実にそいながら現実を越え、知的な遊びを求めて一つのジャンルとなった。すなわち推理小説がそれである。エドガー・A・ポー（一八〇九〜四九）あたりが嚆矢(こうし)だったろう。大正期に入り、日本の文学界では真摯な自然主義作品が……人間の実際を描く作品がもてはやされていたが、その一方で海外の推理小説も（まさにシャーロック・ホームズやアル

セーヌ・ルパンなど、ユニークな小説として紹介され）日本人の欧米志向とあいまって一部に親しまれて、

——これもいいね——

江戸川乱歩、大下宇陀児（うだる）、横溝正史など日本人作家も現われ、やがてこの方面ですこぶる良質の専門誌『新青年』なども誕生する、そういう時代にさしかかっていた。若い谷崎もこの傾向になにほどか興味を抱いていたにちがいない。いくつかの作品を綴り、もしかしたら、私としては、

——もう一人の江戸川乱歩が誕生したかもしれない——

と、これはこの作家の広い知性と文学的資質から考えてありえなかったことだろうが、一瞬、ここに分岐点を、二つの道を感じないでもない。

〈白昼鬼語（はくちゅうきご）〉は大正七年の作。ちなみに言えば〈二人の稚児〉も〈人面疽〉も同じ年の執筆だ。〈白昼鬼語〉なんてタイトルからして俗っぽく、おどろおどろしいが、その第一ページは、

〝精神病の遺伝があると自ら称している園村が、いかに気紛れな、いかに常軌を逸した、そうしていかにわがままな人間であるかということは、私も前から知り抜いているし、十分に覚悟してつき合っているのであった。けれどもあの朝、あの電話が園村からかかって来た時は、私は全く驚かずにはいられなかった。てっきり園村は発狂したに相違ない。一年中で、精神病の患者がもっとも多く発生するという今の季節……このうっとうしい、六月の青葉の蒸し蒸しした陽気が、きっと彼の脳髄に異状を起させたのに相違ない。さもなければあんな電話をかけるはずがないと、私は思った。いや思ったどころではない、私は固くそう信じてしまったのである〟

と始まり、まともな主人公（〝私〟）のところに不思議な友人から電話があり、トンデモナイことに巻き込まれる。どことなく江戸川乱歩の小説のようだ。

園村の電話は、なんと〝今夜の夜半の一時ごろ、東京のある町で人殺しが実行される〟から、それを見に行こう、という誘いなのだ。

〝私〟は忙しいさなかだったが、とにかく事情を聞く。なにが、どう計画され、どうしてそれを知ったか、推理の道筋を尋ねる。話を聞くうちに、

——こいつ、狂っているのではないか——

それが心配で異常な見物につきあってしまう。言われるままに、まず園村の家へ訪ねていくと園村はゆったりとした様子で迎え、しわくちゃになった紙片を取り出して示す。そこには〝6*;48*634;‡1;48†85;4‡12?††45……〟と、二、三行にわたって奇妙な記号が記されている。ミステリーのファンなら、

——ポーの『黄金虫』だな——

と思い出して頬笑み、大正期の読者にはもっと新鮮だったにちがいない。まさしくこれは『黄金虫』で解かれた暗号と同じシステムで、中身は（日本語に訳して紹介すれば）

〝仏陀の死する夜、
ディアナの死する時、
ネプチューンの北に一片の鱗（うろこ）あり、
かしこにおいてそれは我々の手によって行われざるべからず〟

である。園村がこの紙片を手に入れたいきさつは（こと細かな語り口に現実感があるので一端を紹介すれば）

〝「一昨日の晩の七時ごろ、例によってたった独りで、僕が浅草の公園クラブの特等席に坐を占めて、活動写真を見ていたと思いたまえ。君も知っているだろうが、あそこの特等席は、前の二側か

三側ばかりが男女同伴席で、後の方が男子の席になっている。たしかあの日は土曜日の晩で、僕が入った時分には二階も下も非常な大入りだった。僕はようやく男子席の一番前方の列の真ん中あたりに一つの空席があるのを見つけて、そこへ割り込んで行ったのだった。つまり、僕が腰かけていた場所は、男子席と同伴席との境目にあって、僕の前列には多勢の男女が並んでいたわけなのだ。僕は最初、それらの客を別段気にも止めなかったが、しばらくたつうちに、ふとある不思議な出来事が、自分の鼻先で行われているのを発見して、活動写真をそっちのけに、その出来事の方へ注意深い視線を向けた。僕の前にはいつの間にか三人の男女が席を取っていた。なにぶんにも場内が立錐の余地もなく混み合っていたし、特等席の客の中にも立ちながら見物している者が、ぎっしり人垣を作っていたくらいだから、僕の周囲は暗い上にもさらに暗くなっていた。

それゆえ僕には、その三人の風采や顔つきなどはわからなかったが、彼等の一人が束髪に結った婦人で、あとの二人が男子であるということだけは、後姿によって判断された。それからまたその婦人の髪の毛がふさふさとして、暑苦しいほど多量であるところから、彼女がかなり年の若い女であることも推定された。二人の男子のうちの、一人は髪の毛をてかてかと分け、一人はキチンとした角刈りの頭を持っていた。三人の並んでいる順序は、一番右の端が束髪の女、真ん中が髪を分けた男、左の端が角刈りの男だった。こういう順序に並んだところから想像すると、右の端の女は真ん中の男の細君か、あるいは情婦か、少くとも彼と密接の関係のある婦人であって、左の端にいる角刈りは真ん中の男の友人かなにかであるらしかった。君にしたって、僕のこの想像を間違っているとは思わないだろう。こういう場合に、もしその女が二人の男に対して、同等の関係を持っていれば、彼女は必ず二人の真ん中へ挟まるだろうし、そうでなかったら、特に関係の深い方の男が、もう一人の男と女の間へ挟まるにきまっている。ねえ、君、君だってそう思うだろう」

「はは、なるほどそうにはちがいないが、えらくその女の関係を気に病んだものだね」

私は彼が、わかりきったことを名探偵のような口吻で、得々と説明しているのがおかしくてならなかった。

「いや、その関係が、この話ではきわめて重大なのだ、僕がさっき言った不思議な出来事というのは、その女と左の端にいる角刈りの男とが、真ん中の男に知られないようにして、椅子の背中で手を握り合ったり、奇妙な合図をし合ったりしているのだ。初め女が男の手の甲へ、なにか指の先で文字を書くと、今度は男が女の手へ返事らしいものを書き記す。二人は長い間しきりにそれを繰り返しているのだ。

僕はどうかしてその文字を読みたいと思って、じっと彼等の指の働きを見つめていた」

とあって、指と掌で交わされた文章は〝クスリハイケヌ、ヒモガイイ〟とわかった。さらに〝イツガイイカ〟の問いに〝二三ニチウチニ〟である。これは明らかに〝薬はいけぬ、紐がいい〟〝いつがいいか〟〝二、三日うちに〟という殺人計画であり、このあと女が紙片を男にわたし、男はトイレットへでも行くように立ち（多分紙片に記された連絡を読むためだろう）戻って来てそれを嚙んで椅子のうしろに捨てた。園村はそれを拾い、読んでみると、これがたったいま記した謎の暗号文である。

園村の推理は、さらに進む。〝仏陀の死する夜〟は仏滅の日の夜であり、

「今月のうちに仏滅は四、五日あるが、女が〝二、三日うちに〟と書いたことから察して、これは今日の夜だ」

そして〝ディアナの死する時〟は月の女神が消えるとき、すなわち月が没する時刻で、

「今夜の月の入りは夜半の午前一時三十六分なのだ」

そして〝ネプチューンの北に一片の鱗あり〟は、

「ネプチューンは海の神だ。水に縁のある場所にちがいない」

それはきっと向島の水神のあたりで、そこに鱗印をつけた家があり、そこにおいて秘事が〝我々の手によって行われなければならない〟となる。

こうした推理が、まことしやかに、一定の理屈を通して語られているところが往時のミステリー小説を思わせて、楽しめる。

園村が注目した三人は……女はものすごい美人、芸者かもしれないが教養があり過ぎて正体不明、角刈りは女に仕える情夫かな、真ん中に坐っていた髪をテカテカにしてきちんと分けている男、これが殺される立場らしい、と、このあたりも入念な推理と描写があって、この手の小説の読みどころとなっている。

〝私〟は園村の話を信じたわけではないが、友人の奇行が心配なので、今夜の出来事を確かめるためにいっしょに出かける。

園村が推理した向島の水神はまちがいで、ネプチューンの北は水天宮。水天宮のあばら家に鱗の目印を見つけだしていた。夜更けの道を急ぎ露地の奥の家へ……、雨戸の節穴から中が覗ける。中には女がいて、うしろ姿で、角刈りの男が写真をとろうとしている。園村と〝私〟は決定的瞬間には二分ほど遅れてしまい、クライマックスを見るには間に合わず、節穴から中の動きをよく見ると、髪をきちんと分けた男はなぜか燕尾服のまま殺されて女の膝に倒れていた。

「姐さん、もうようござんすかね」

「ああ、もういいのよ。さあ、写してちょうだい」

と会話も聞こえる。死人の写真を撮るつもりか……。

これからは部屋の隅に大きな金だらいがあって、そこに死体を入れて溶かすらしい。そのための妙薬があり、

「明日の朝までにたいがい溶けてしまうでしょう」

「だけど、こんなに太っているから、いつぞやの松村さんの時のようなわけにはいきやしない」

と聞こえ、〝私〟は少し前に松村という子爵が急に失踪して、いまだに行方がわからないニュースを思い出す。子爵はとてもやせている人だった、とか。いちいち詳細に綴られているが、園村の結論は密かに悪漢の一団があり、

〝「あの燕尾服の男は彼女の情夫である上に、多分、悪漢の集団の団長だったろう。つまり彼女は、自分よりも優勢の地位にある意外な人間を殺すことに興味を持ったのだ。松村子爵を狙ったのも、子爵が社会の上流の貴族であるということが、きっと彼女の好奇心を唆したのにちがいない。それに、団長の場合には、彼を殺せば自分が代って団長の地位を得られるという利益がともなっている。現に角刈りの男は彼女の命令を奉じて女団長の指揮の通りに働いていたではないか」〟

であり、この女の異常な性向に園村は強い関心を抱き、覗き見のあと熱弁を奮って、

〝「あの女こそ生きた探偵小説のヒロインであり、真に悪魔の化身であるように感ぜられる。あの女こそ、長い間僕の頭の中の妄想の世界に巣を喰っていた鬼なのだ。僕の絶え間なく恋い焦れていた幻が、かりにこの世に姿を現わして、僕の孤独を慰めてくれるのではないだろうかと、いうようにさえ思われてならない。あの女は僕のために、結局僕と出会うために、この世に存在しているのではないだろうか。いやそれどころか、昨夜のあの犯罪も、ことによると僕に見せるために演じてくれたのではないだろうか。そんなふうにまでも考えられる。僕はどうしても、たとえ自分の命を

賭しても、あの女と会わずにはいられない。僕はこれから彼女を捜し出して、彼女に接近することに全力を傾けるつもりでいる。君が心配してくれるのはありがたいが、どうぞなにも言わないで勝手にさせておいてくれたまえ。前にも言った通り、僕はあの女の秘密を探るのが目的ではない。僕は彼女を恋しているのだ。あるいは崇拝しているのだ、と言った方が適当かもしれない」〟

とまで入れ込んでしまうのだ。

〝私〟としてはどう説得しても相手は聞く耳を持たないし、あきれて厭気がさしてしまう。第一、殺人を目撃し、黙っているなんて……良識に反するし身の危険も感じてしまう。園村との縁を切ろうとする。それでも時をおいて不安を抱いたまま園村のところへ訪ねて行くが、どこを飛びまわっているのか会うことができない。一週間たってようよう在宅していて、

「おい君、大変都合のいいところへ来てくれた。今、僕の部屋にあの女が来ているんだ」

園村は女を探し出し、たちまち親しくなり〝私〟も会うこととなる。女の名は纓子(えいこ)。もちろん園村も〝私〟も殺人を覗き見したことなど彼女には秘密のままだ。

園村はぞっこん纓子に惚れ込んで、それなりにいい仲らしいが、女の大変な秘密を知りながら濃厚な関係を持つというのはいかがなものか。綱渡りのような危ういものではあるまいか。角刈りの男もチラホラして、法科大学の学生なんだとか。二人は……とりわけ纓子はなにを考えているのだろう。

〝私〟とは言い争いが激しくなり、絶交状態に陥るが、しばらくして手紙が届き、

〝「これを僕の遺書だと思って読んでくれたまえ。僕は最近に、多分今夜のうちに、纓子のために殺されることを予期している。彼等（纓子と角刈りの男）はおそらく例の方法で、僕の命を取ろうとしている。そうしてそれは、いかに逃れようとしても逃れられない運命でもあり、また僕として

も、それほど逃れたいとは思っていない。要するに僕が死ぬことはたしかだと思ってくれたまえ」〃と、まともではない。そして、

〃「彼等が僕を殺そうとしている第一の原因は、纓子にとって僕という者の存在がもう今日では邪魔にこそなれなんらの愉快をも利益をも与えなくなってしまったからだ。なぜかと言うに、僕はすでに自分の全財産を残らず彼女に巻き上げられてしまったからだ。彼女が僕と懇親になったのは、思うに初めから僕の家の財産がめあてであったらしい。

僕にはそれがよくわかっていながら、やっぱり彼女を愛せずにはいられなかったのだ。そうして第二の原因は、彼等の秘密がおいおい僕に知れわたるようになったことで、これが僕を殺そうとする最も重大な動機であるらしい。彼等は自衛上、僕を生かしておくわけにはいかなくなったのだ」〃であり、園村は纓子と角刈りとのあいだで交わされた暗号文により、この殺害は今夜の十二時五十分に、この前と同じところで、同じ方法で実行されるとわかった。

「僕はそういうふうにして自分の生涯を終わることを、なんの誇張もなしに、この上ない幸福だと思っている」

のだから始末におえない。ついては、

「いかにして僕というものがこの世から失われていくか検分してくれないか」

もちろん覗き見によってである。

ずいぶんと突飛な願いだが、これがまずまずの説得力をもって綴られているところがおもしろい。

かくて〃私〃は過日と同じところで、同じように園村が殺されるところを覗くのだが、それは、〃彼が、頸部へ縮緬（ちりめん）のしごきを巻きつけられながら、死に物狂いにもがき廻って、いよいよ息を引き取ろうとする瞬間の、重い、苦しい、世にも悲しげな切ないうめき声。同時ににっこりと纓子の

頬を彩った冷やかな薄笑い。角刈りの男の残忍な嘲りを含んだ白い眼玉。それらのものがどんなに私を脅かしたかは、読者の想像に任せておくより仕方がない。

死体の撮影や、薬の調合や、万事がこの前通りの順序で行われた。最後に傷ましい彼の亡骸が西洋風呂へだぶりと浸されると、

「こいつも松村さんのように瘦せているから、溶かしてしまうのに造作はないね」

「ですがこの男は仕合せですよ。惚れた女の手にかかって命を捨てれば、まあ本望じゃありませんか」〟

後日、現場を写した写真まで〝私〟のところへ送られて来て、それは〝親友のすばらしい人生の記憶を胸に留めておいてほしいから〟らしい。

先を急ごう。疑念を抱き〝私〟が園村の家へ行ってみると、園村は元気でいるし、纓子も現われる。いっさいが茶番だった……ということで読者は怒るかもしれないが、推理小説は明智小五郎も金田一耕助も、シャーロック・ホームズもコロンボもみんな知的な茶番なのかもしれない。要はそれを楽しめるかどうか、谷崎潤一郎はこの〈白昼鬼語〉の二年後に〈途上〉を書き、これは殺人の擬装が少しずつ論理的に解かれていくストーリー。

——あれは推理小説だね——

と分類する人もいる。しかし文豪は創作者としての岐路を前にして、そう深くはこちらの道につきあうことはしなかった。〈痴人の愛〉〈春琴抄〉〈細雪〉などなど、すでにいくつかを見たように絢爛たる花道へと進んで行くこととなる。美しい道を選んだ。

本章の六角評価図はとてもむつかしい。

A　ストーリーのよしあし。

B　含まれている思想・情緒の深さ。

C　含まれている知識の豊かさ。

D　文章のみごとさ。

E　現実性の有無。絵空事でも小説としての現実性は大切であり、むしろ谷崎的リアリティを考えるべきだろう。

F　読む人の好み。作者への敬愛・えこひいきも入る。

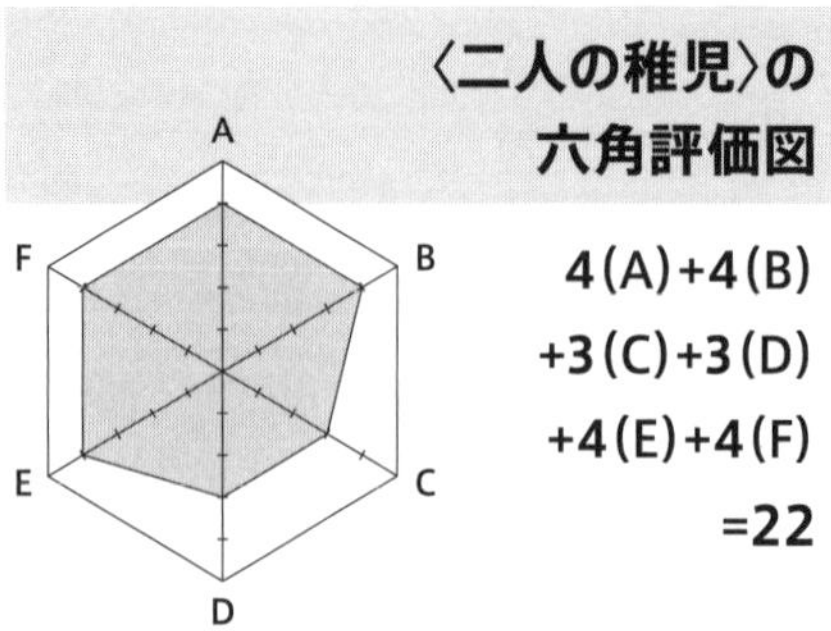

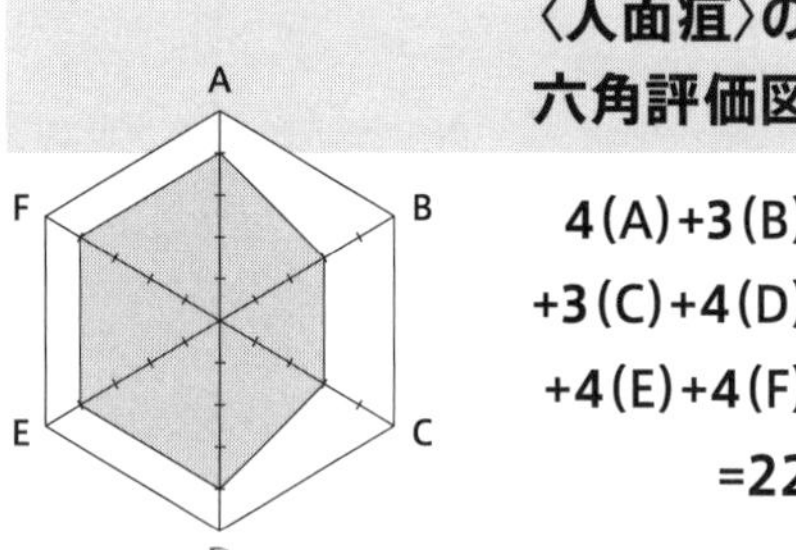

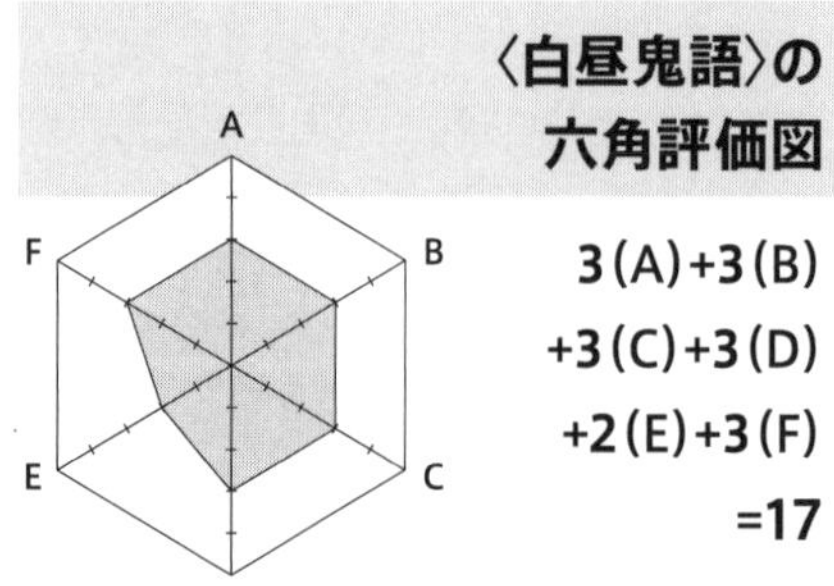

9　庶民の愛のコメディ

〈猫と庄造と二人のおんな〉

ペットの代表と言えば、犬と猫、論をまたない。だが、どちらがよりかわいいか。どちらを飼いたいか。これは甲論乙駁（こうろんおつばく）、おおいに意見の分かれるところだ。

犬は忠実である。飼い主の命令に、心に絶対にそうところがある。けなげであり、そこが長所だが、

——奴隷根性じゃないの——

という指摘もあり、忠実過ぎて飼い主にとって心理的負担となりかねない。そこへ行くと猫は勝手気ままなところがあり、適当に人間と接している点がよろしい。昨今、猫の人気が高いのは、

——民主主義なんだよなあ——

あまり周囲に負担をかけたくないことを好む風潮の現われなのかもしれない。

閑話休題〈猫と庄造と二人のおんな〉はまさしく猫を中軸にして一人の男と二人の女の関わりを描いた中編小説で、ユーモア小説の気配さえ漂っている。冒頭は手紙である。引用して示せば、

〝福子さんどうぞゆるして下さい、この手紙雪ちゃんの名借りましたけどほんとうは雪ちゃんではありません、そう言うたら無論貴女（あなた）は私がだれだかおわかりになったでしょうね、いえいえ貴女はこの手紙の封切って開けたしゅん間「さてはあの女か」ともうちゃんと気がおつきになるでしょう、そしてきっと腹立てて、まあ失礼な、……友達の名前無断で使って、私に手紙よこすとはなんとい

う厚かましい人と、お思いになるでしょう、でも福子さん察して下さいな、もしも私が封筒の裏へ自分の本名書いたらきっとあの人が見つけて、中途で横取りしてしまうことようわかってるのですもの、ぜひとも貴女に読んでいただこう思うたらこうするよりほかないのですもの、けれど安心して下さいませ、私けっして貴女に恨み言うたり泣き言聞かしたりするつもりではないのです。そりゃ、本気で言うたらこの手紙の十倍も二十倍もの長い手紙書いたかて足りないくらいに思いますけど、いまさらそんなこと言うてもなんにもなりはしませんものねえ。オホホホホホ、私も苦労しましたおかげで大変強くなりましたのよ、そういつもいつも泣いてばかりいませんのよ、泣きたいことや口惜しいことたんとたんとありますけど、もうもう考えないことにして、できるだけ朗かに暮らす決心しましたの。ほんとうに、人間の運命いうものいつだれがどうなるか神様よりほか知る者はありませんのに、他人の幸福を羨んだり憎んだりするなんて馬鹿げてますわねえ。

　私がなんぼ無教育な女でも直接貴女に手紙あげたら失礼なことぐらい心得てますのよ、それかてこのことは塚本さんからたびたび言うてもらいましたけど、あの人どうしても聞き入れてくれませんので、今は貴女にお願いするより手段ないようになりましたの。でもこう言うたら何やたいそうむずかしいお願いするように聞こえますけど、けっしてけっしてそんな面倒なことではありません。私貴女の家庭からただ一つだけいただきたいものがあるのです。と言うたからとて、もちろん貴女のあの人を返せというのではありません。実はもっともっと下らないもの、つまらないもの、……リリーちゃんがほしいのです。塚本さんの話では、あの人はリリーなんぞくれてやってもよいのだけれど、福子さんが離すのいやや言うてなさると言うのです、ねえ福子さん、それ本当でしょうか？　たった一つの私の望み、貴女が邪魔してらっしゃるのでしょうか。福子さんどうぞ考えて下さい、私は自分の命より大切な人を、……いいえ、それればかりか、あの人と作っていた楽しい家庭のすべてのものを、残らず貴女にお譲りしたのです。茶碗のかけ一つも持ち出した物はなく、輿入の時に持って行った自分の荷物さえ満足に返してはもらいません。でも、悲しい思い出の種になるようなものがない方がよいかもしれませんけど、せめてリリーちゃん譲って下すってもよくはありません？　私はほかに何も無理なこと申しません、踏まれ蹴られ叩かれてもじっと辛抱して来たのです。その大きな犠牲に対して、たった一匹の猫をいただきたいと言うたら厚かましいお願いでしょうか。貴女にとってはほんにどうでもよいような小さい獣ですけれど、私にしたらどんなに孤独慰められるか、……私、弱虫と思われたくありませんが、リリーちゃんでもいててくれなんだら淋しくて仕様がありませんの、……猫よりほかに私を相手にしてくれる人間世の中に一人もいないのですもの。貴女は私をこんなにも打ち負かしておいて、この上苦しめようとなさるのでしょうか。今の私の淋しさや心細さに一点の同情も寄せて下さらないほど、無慈悲なお方なのでしょうか〟

とあって作品の情況がおおよそ見えてくる。タイトルにある〝二人のおんな〟のうち一人が福子、この手紙の受取人であり、もう一人は（やがて名前が明らかになるが）品子、この手紙の差出人である。手紙の中にある〝あの人〟が庄造で、庄造と品子は少し前まで夫婦であり、猫のリリーを飼って暮らしていたが、そこへ福子が割り込んで来て、庄造もろとも奪ってしまい、今はいっしょに暮らしている。品子にしてみれば恨みはたくさんあるけれど、それは言うまい。ただ寂しいから、以前に飼っていたリリーだけを返してほしい、と、そういう願いが綴られている。

品子はこれまでにも知人の〝塚本さん〟（庄造と親しく、二人の結婚をとりもった人）を通して、この願いを訴えているのだが、庄造は「福子が厭や、言うんや」と承知しない。だが品子にしてみれば、

——あの女、そんなにリリーが好きなんかな——

と疑いもあり、企みもあって直接手紙で頼ったわけだ。

庄造は、ひとことで言えば〝ぐず〟である。母親のおりんに甘やかされて育てられ、三十歳も近いのにまるで甲斐性がない。芦屋に住み、母子で荒物屋を営んでいるが〝芦屋の旧国道は、阪急の方が開けたり新国道が出来たりしてから、年々さびれつつあるので、こんなところでいつまで荒物屋渡世をしていても思わしいわけはないのだけれど、動くにはこの店を売り退（の）かなければならないし、さて売り退いてもどこで何を始めようという成算がない。庄造はそんなことについてひどく呑気に生れついた男で、貧乏を苦にしない代りには、いっこう商売に身を入れない。十三、四の頃、夜学へ通いながら西宮の銀行の給仕に使われ、青木のゴルフ練習場のキャディーにも雇われ、年頃になってからはコックの見習を勤めたりしたけれど、どこも長つづきがしないで怠けているうちに父親が亡くなって、それからこのかた荒物屋の亭主で納まってしまった。ぜんたい店の商売などは母親に任しておいて、とにかく男一匹が何かしら職を求めたらよいのに、国道筋でカフェエを始めたいからと伯父に出資を申し込んで、意見されたことがあったほかには、猫をかわいがることと、球を撞くことと、盆栽をいじくることと、安カフェエの女をからかいに行くことぐらいより、なんの仕事も思いつかない。そうして今から足かけ四年前、二十六の歳に畳屋の塚本を仲人に立てて、山芦屋のある邸（やしき）に奉公していた品子を嫁にもらったのだが、その時分から商売の方がいよいよ上ったりになって、毎月の遣り繰りに骨が折れて来た。親の代から芦屋に住んでいるおかげで、長年の顔があるところから、しばらくは無理がきいたけれども、坪十五銭の地代が二年近くも滞って、百二、三十円にもなっているのは、どうにも返済の見込みが立たない。で、もう庄造をアテにしないことにきめた品子は、仕立物などを頼まれたりして暮らしの補いをつけていたばかりか、せっかくお給金を溜めて一通りこしらえて来た荷物にさえ手をつけて、わずかの間に減らしてしまった〟

という事情が過去にある。おりんはしっかり者だが、品子もしっかり者で、二人は〝初めからそりが合わなかった〟が、たがいに抜けめなくふるまうところが癪(しゃく)のたね、次第に心を許さない仲となり、そこへ登場したのが福子で、これは親しい伯父の娘であり、庄造にとっては従妹だ。この娘は〝母親が早く亡くなったせいもあるのだろうが、女学校を二年の途中で止めさせられたか、勝手に止めてしまったかしてから、さっぱり尻が落ち着かない。家出をしたことも二度ぐらいあって、神戸の新聞にすっぱ抜かれたりしたものだから、縁づけようと思ってもなかなかもらい手がなかったし、自分も窮屈な家庭などへは行きたくない。そんなこんなで、なんとか早く身を固めさせなければと、父親が焦っている事情に眼を付けたのがおりんであった。福子は自分の娘のようなもので、気心はよくわかっているから、アラがあることはさしつかえない、品行の悪いのは困るけれども、もうそろそろ分別が出てもいい歳だから、亭主を持ったらまさか浮気をすることもあるまい、それにそんなことは大した問題でないというのは、この娘にはあの国道の家作(かさく)が二軒ついていて、そこから上る家賃が六十三円になる。おりんの計算だと、父親がそれを福子の名義に直したのが二年も前のことであるから、その積立が元金だけでも一千五百十二円ある、それだけのものは持参金として持って来る上に、月々今の六十三円が入るとすると、それらを銀行へ預けておいたら、十年もすればひと財産出来るので、これがなによりのつけめであった〟

というわけで、金銭の価値の変化は省略して、とにかく相当な持参金の持ち主なのである。庄造が福子を気に入ったかどうか、態度や決断をはっきりさせない性(さが)なので、よくはわからないが品子より若くて器量も上だから厭ではなかったろう。おりんが触手を伸ばし、伯父も〝まあ、いいか〟と情況が作られ、かくて品子が追い出され、庄造と福子が結ばれ、おりんともども一つ家に住むこととなったのである。リリーは福子に委ねられたが、その実、一貫して庄造が愛して世話をしているのだった。

女たちにとってこの猫への感情はそれぞれ微妙である。庄造が独り身のころ、おりんは畜生のあさましさ（家を汚したり盗み食いをしたり）に閉口し、庄造を説いて尼ケ崎の知人のところへやったことがあったが、なんと！　リリーは独りで健気にも帰って来た。この件は庄造の心を強く揺さぶったが、おりんにとってもいじらしい。適当にかわいがっていた。

品子は結婚当初こそ夫におもねって猫をかわいがっていたが、夫婦仲が崩れるにつれリリーにもつらく当たっていた。なのに今は、手紙では〝懐しい〟というのだから、よくわからない。

福子は品子に対抗する気持もあって猫好きを装い、庄造といっしょになってからはそれなりにかわいがりもしているが、昨今はだんだんこの一匹の獣の存在を呪わしく思うようになっていた。くわしく述べれば、リリーは西洋種で〝手触りの具合が柔かで、毛なみといい、顔だちといい、姿といい、ちょっとこのへんには見当らないきれいな雌猫であったから、いっときはほんとうに愛らしいと思い、こんなものを邪魔にするとは品子さんという人も変っている、やっぱり亭主に嫌われると、猫にまで僻みを持つのかしらんと、面当てでなくそう感じたものだったけれど、今度自分が後釜へ直ってみると、自分は品子と同じ扱いを受けるわけでもなく、大切にされていることはわかっていながら、どうも品子を笑えない気持になって来るのが不思議であった〟

とあって、結婚を境に福子の心はうごめいているのだ。

トラブルの原因は猫一匹、大きな障害となるはずはないのに、小さなことがさながら喉にかかった小骨のように厄介なのである。

それと言うのも〝庄造の猫好きが普通の猫好きの類ではなくて、度を越えているせいなのである。実際、かわいがるのもいいけれども、一匹の魚を（しかも女房の見ている前で！）口移しにして、引張り合ったりするなどは、あまり遠慮がなさすぎる。それから晩の御飯の時に割り込んで来られることも、正直のところは愉快でなかった。夜は姑が気をきかして、自分だけ先に食事をすまして二階へ上ってくれるのだから、福子にしてみればゆっくり水入らずを楽しみたいのに、そこへ猫めが入って来て亭主を横取りしてしまう。好いあんばいに今夜は姿が見えないなと思うと、チャブ台の脚を開く音、皿小鉢のカチャンという音を聞いたらすぐどこかから帰って来る。たまに帰らないことがあると、けしからないのは庄造で、「リリー」「リリー」と大きな声で呼ぶ。帰って来るまでは何度でも、二階へ上ったり、裏口へ廻ったり、往来へ出たりして呼び立てる。今に帰るだろうから一ぱい飲んでいらっしゃいと、彼女がお銚子を取り上げても、モジモジしていて落ち着いてくれない。そういう場合、彼の頭はリリーのことでいっぱいになっていて、女房がどう思うかなどと、ちょっとも考えてみないらしい。それにもう一つ愉快でないのは、寝る時にも割り込んで来ることである。庄造は今まで猫を三匹飼ったが、蚊帳をくぐることを知っているのはリリーだけだ、全くリリーは利口だと言う。なるほど、見ていると、ぴったり頭を畳へ擦り付けて、するすると裾をくぐり抜けて入る。そしてたいがいは庄造の布団のそばで眠るけれども、寒くなれば布団の上へ乗るようになり、しまいには枕の方から、蚊帳をくぐるのと同じ要領で夜具の隙間へもぐり込んで来ると言う。そんなふうだから、この猫にだけは夫婦の秘密を見られてしまっているのである。

それでも彼女は、いまさら猫好きの看板を外して嫌いになり出すキッカケがないのと、「相手はたかが猫だから」という己惚れに引きずられて、腹の虫を押さえて来たのであった。あの人はリリーをおもちゃにしているだけなので、ほんとうは私が好きなのである、あの人にとって天にも地にもかけがえのないのは私なのだから、変な具合に気を廻したら、自分で自分を安っぽくする道理である。もっと心を大きく持って、何の罪もない動物を憎むことなんか止めにしようと、そういうふうに気を向けかえて、亭主の趣味に歩調を合わせていたのだが、もともとこらえ性のない彼女にそんな我慢が長つづきするはずがない〃

庄造は福子のこんな気持を知ってか知らずにか、福子が亭主のために作った小鰺（こあじ）の二杯酢、それを（十三匹あったのを自分は三匹、残りを口移しでじゃれあって）リリーに食べさせたりして福子の気持をさかなでにする。

そこへ飛び込んで来たのが品子からの〃リリーを譲ってくれ〃という手紙だから、もっけの幸い、夜の臥床（がしょう）でのらくらと返事を避けて眠ろうとしている亭主に、

「寝ぼけたふりしたかて、ごま化されまっかいな。リリーやんなはるのんか、どっちだす？　今はっきり言うてちょうだい」

「明日、明日まで考えさしてもらお」

寝息をたてる庄造の尻を強くつねれば、

「いたい！　なにをするねん」

「これぐらいなんだんね、猫にかかすぐらいやったら、わてかて体じゅう引っかいたるわ」

「いた、いた、いた。もうかんにん」

「眼エさめなはったか？」

「さめいでかいな！　ああ、いた。ヒリヒリするわ」

「そしたら、今のこと返事しなさい、どっちだす？」

「ああ、いた。僕、なんでこんな目にあわんならん」

「ふん、リリーのためや思うたら、本望だっしゃろが」

「そんなあほらしいこと、まだ言うてるのんか」

「あんたがはっきりせんうちは、なんぼでも言いまっせ。さあ、わてを去なすかリリーやんなはるか、どっちだす？」

「だれがお前を去なす言うた？」

「そんならリリーやんなはるのんか？」

猫を採るか〝私〟を採るか、二者択一を迫る。

「そないどっちかにきめんならんこと……」

「あかん、きめてほしいねん。さあ、どっちや、返事しなさい、早う！　早う！」

と胸ぐらを取って小突き始める。

「なんとまあ手荒な……」

「今夜はどないなことしたかて堪忍せエしまへんで。さあ、早う！　早う！」

「ええ、もう、ショウがない、リリーやってしもたるわ」

「ほんまだっかいな」

「ほんまや。その代り、あと一週間待ってくれへんか。なあ、こないに言うたらまた怒られるかしれへんけど、なんぼ畜生にしたかて、ここの家に十年もいてたもん、今日言うて今日追い出すわけに行くかいな。そやさかいに、心残りのないようにせめてもう一週間置いてやって、たんと好きなもん食べさして、出来るだけのことしてやりたいねん。なあ、どないや？　お前かてその間ぐらい機嫌直してかわいがってやりいな。猫は執念深いよってにな」

しんみりと訴える。

「そしたら一週間だっせ」

「わかってる」

と言っているすきに、素早く指切りをさせられてしまって、一応は結論が出たけれどこのままではすまない。のらりくらりと態度をきめず、土壇場でヒョイと寝返る、これが庄造のやりくちなのだ。

二、三日を経て庄造は母親に相談する。母親はすでに福子から様子を聞いて事情を知っているようだ。

「リリーいてたらよう辛抱せんさかい、五、六日うちに品子へ渡すことに、ちゃんと約束したある言うねんけど、ほんまかいな」

「それや。したことはしたけど、そんな約束実行せんかてすむように、なんとかそこんとこ、あんじょう言うてもらえんやろか。僕、お母さんにそれ頼もう思うててん」

「そうかて、約束通りしてくれなんだら、去なしてもらう言うてるねんで」

「おどかしや、そんなこと」

「おどかしかもしれんけど、そないまでに言うもん聞いてやったらどないや。あの娘、あんな気性やよってに、ほんまに逃げて行くかもしれん。それもええけど、嫁を放っといて猫かわいがるようなとこへうちの娘やっとけん！　そう言われたらどないする？　お前よりわてが困るわいな」

「お母さんもリリー追い出してしまえ言やはりまんのんか」

「そやさかいにな、とにかくここのとこはあの娘の気持すむように、いっぺんスーッと品子の方へやってしまいイな。そないしといて、ええ折を見て、機嫌直った時分に取り戻すこと出来んもんかいな」

しかし、いったん品子に渡してしまったら返してくれるはずもなさそうだし……猫一匹のトラブル、そう簡単ではない。庄造としては昔、昔、リリーが尼ケ崎から独り帰って来たことを思い出し今度も同じ僥倖を願ってしまう。

一方、我を通してみたものの福子の心中も穏やかではない。品子からの手紙が届いたときから、

——なにか企みがあるのでは——

と疑い、

——夫婦の間にトラブルを起こして喜ぶつもりかもしれん——

と思い、それよりも強く、

——リリーを手がかりにして庄造を取り戻すつもりなんだわ——

と危ぶんだが、とにかくリリーは品子のもとへ送られることとなった。バスケットに入れられ、運ぶのは……もちろん庄造ではない。そんなこと福子が許すはずがない。この仕事は庄造の知人の塚本に委ねられた。別れのひとときを引用して示せば、

〃「塚本君、わかってまんなあ？　これ、なるべくそっと持って行かんと、乱暴に振ったらあきまへんで。猫かて乗物に酔うさかいになあ」

「そないなんべんも言わんかて、わかってまんが」

「それから、これや」

と、新聞紙にくるんだ、小さな平べったい包みを出して、

「実はなあ、いよいよこれがお別れやさかいに、出がけになんぞおいしいもん食べさしてやりたい思いまんねんけど、乗物に乗る前に物食べさしたら、えらい苦しみまんねん。それでなあ、この猫、鶏（かしわ）の肉が好きやよってに、僕、自分でこれ買うて来て、水煮（みずだ）きにしときましたさかい、あっちへ着

いたらじき食べさしてやるように言うとくなはれしまへんか」

「よろしおます。あんじょう持って行きますよって安心しなはれ。そんなら、もう用事おまへんか」

「ま、ちょっと待っとくなはれ」

そう言うと庄造は、バスケットの蓋を開けて、もう一度しっかり抱き上げて、

「リリー」

と言いながら頬ずりをした。

「お前な、あっちへ行ったらよう言うこと聞くんやで。あっちのあの人、もう先(せん)みたいにいじめたりせんと、大事にしてかわいがってくれるさかいに、ちょっとも恐いことないで。ええか、わかったなあ」

抱かれることが嫌いなリリーは、あまり強く締められたので脚をバタバタやらしたが、バスケットの中へ戻されると、二、三度周囲を突ッついてみただけで、とても出られないとあきらめたらしく、急に静まり返ってしまったのが、ひとしお哀れをそそるのであった。

庄造は、国道のバスの停留所まで送って行きたかったのであるが、今日から当分の間、風呂へ行く以外は一歩も外出してはならぬと、女房から堅く止められているので、バスケットを提げた塚本が出て行ったあと、気抜けがしたようにぽつねんと店にすわっていた。福子が外出を禁じたわけは、リリーの様子を気遣うあまりついふらふらと品子の家の近所ぐらいまで行くかもしれないからであったが、事実、庄造自身にも、そういう懸念がないことはなかった。そしてこの迂闊(うかつ)な夫婦は、猫を渡してしまってから、初めて品子のほんとうの腹がわかりかけて来たのである。

なるほど、リリーを囮(おとり)に俺を呼び寄せようという気だったのか。あの家の近所をうろうろしたら、

摑まえて口説き落そうとでもいうのか。庄造はそこへ気がついてみると、いよいよ品子の陰険さ加減が憎くなったが、そんな道具に使われるリリーの身の上に、一層かわいさが増して来た。唯一の望みは、尼ケ崎から逃げて帰って来たように、阪急の六甲にある品子の家から逃げて来はせぬかということであった〟

と、この男には珍しく、リリーへのひたむきな愛が見えてくるが、ペット相手だからこそ熱愛できるのが庄造の性なのだ。それにしても芦屋の家から六甲は遠い。尼ケ崎と比べて直線距離はともかく山あり谷あり、ずっと険しい。しかもリリーは年老いている。尼ケ崎のときも〝よく帰って来た〟と感動したが、今度はどうか、ずっとむつかしそうだ。それでも庄造は昔日への追慕を深くし、かつてのリリーの様子を思い浮かべる。このあたり愛猫家ならきっと喜ぶ、この作品の白眉である。

〝なんでもあれは秋のなかば時分であったが、ある日、ようよう夜が明けたばかりの頃、眠っていた庄造は「ニャア」「ニャア」という耳馴れた鳴き声に眼を覚ました。その時分は独身者の庄造が二階に寝、母親が階下に寝ていたが、朝が早いのでまだ雨戸が閉まっているのに、つい近いところで「ニャア」「ニャア」と猫が鳴いているのを、夢うつつのうちに聞いていると、どうもリリーの声のように思えて仕方がない。ひと月も前に尼ケ崎へやってしまったものが、まさか今頃こんなところにいるはずはないが、聞けば聞くほどよく似ている。バリバリと裏のトタン屋根を踏む音がして、すぐ窓の外に来ているので、とにかく正体を突き止めようと急いで跳ね起きて、窓の雨戸を開けてみると、つい鼻の先の屋根の上を行ったり来たりしているのが、たいそうやつれてはいるけれどもリリーにちがいないのであった。庄造はわが眼を疑うごとく、

「リリー」

と呼んだ。するとリリーは、

「ニャア」

と答えて、あの大きな眼を、さもうれしげにいっぱいに開いて見上げながら、彼が立っている肘掛窓の真下まで寄って来たが、手を伸ばして抱き上げようとすると、体をかわしてすうッと二、三尺向こうへ逃げた。しかしけっして遠くへは行かないで、

「リリー」

と呼ばれると、

「ニャア」

と言いながら寄って来る。そこを掴まえようとすると、またするすると手の中を脱けて行ってしまう。庄造は猫のこういう性質がたまらなく好きなのであった。わざわざ戻って来るくらいだから、よほど恋しかったのであろうに、そのなつかしい家に着いて、久しぶりで主人の顔を見たのでありながら、抱こうとすれば逃げてしまう。それは愛情に甘えるしぐさのようでもあるし、しばらく会わなかったのがキマリが悪くて、はにかんでいるようでもある。リリーはそういうふうにして、呼ばれる度に「ニャア」と答えつつ屋根の上をうろうろした。庄造は、彼女が痩せていることは最初から気がついていたけれど、なおよく見ると、ひと月前よりは毛の色つやが悪くなっているばかりでなく、首の周りだの尾の周りだのが泥だらけになっていて、ところどころに薄の穂などがくっついていた。もらわれて行った八百屋の家も猫好きだという話であったから、虐待されていたはずはないので、これは明らかに、一匹の猫が尼ケ崎からここまでひとりでたどって来る道中の難儀を語るものだった。こんな時刻にここへ着いたのは、昨夜じゅう歩きつづけたのにちがいないけれども、たぶんひと晩ぐらいではあるまい、もう幾晩も幾晩も、おそらくは数日前に八百屋の家を逃げ出して、方々で道に迷いながら、ようようここまで来たのであろう。彼女が人家つづきの街道を一直線

に来たのでないことは、あの薄の穂を見てもわかる。それにしても、猫は寒がりなものであるのに、朝夕の風はどんなに身に沁みたことであろう。おまけに今は村しぐれの多い季節でもあるから、定めし雨に打たれて草むらへもぐり込んだり、犬に追われて田んぼの中へ隠れたりして、食うや食わずの道中をつづけて来たのだ。そう思うと、早く抱き上げて撫でてやりたくて、何度も窓から手を出したが、そのうちにリリーの方も、はにかみながらだんだん体をすりつけて来て、主人のなすがままに任せた〟

という感動の一幕が懐しい。リリーにはこのほかにもいろいろ愛らしい逸話があって庄造の胸には、あの時はあんな顔をした、あんな声を出したという記憶が次々に浮かんでくる。それも作品には入念に綴られているが……出産のこと、糞尿の始末のこと、眼に表情があることなどなど、本文に委ねて、ここでは省略しよう。要は、

——この男、女より猫を愛しているんじゃないのか——

と思いたくなり、事実そんな気配も充分にあって、だからこそ福子も、そして品子も〝たかが猫一匹〟と思いながらも安らぐことができないのである。

作品の舞台は一転してリリーをもらった品子へと移る。

話は横道へそれるが、小説の作法には〝視点をどこに置くか〟という問題がある。どこから見てストーリーを創っていくか、という技法である。主要な登場人物一人の眼で見て書くケース……すでに紹介した〈盲目物語〉では一貫して盲目のあんま・弥市の眼で見て（眼は見えないが、その位置から）綴られている。〈春琴抄〉は、さりげないが、作者の、谷崎潤一郎の眼で見て、その思案のままに書かれている。もちろん〈盲目物語〉だって、その背後に谷崎の眼が（思案や知識が）伏

在していることは当然だが、小説の形式として、この二つは明らかに書き方がちがっている。〈蘆刈〉のように視点が作者さながらの〝わたし〟から始まり、次に川の中州で会った男の眼に変わり、ここでは実際的にはその男の父親が主人公になっていたりして、めまぐるしい。〝神の視点〟というのもあって、どの人物も大所高所から見て綴っているタイプもあるし、〈猫と庄造と二人のおんな〉のように福子の視点、品子の視点そして庄造の視点、猫をめぐってべつべつに見つめ、情況と心情を書いているケースは、読者にとって作品がバラバラになってしまいそうな危うさを覚えさせかねないが、それをほとんど感じさせないのは文豪の腕前なのだろう。小説作法の手本としてこの作品は興味深い。福子、品子、庄造の視線で書きながら、そこに作者の視線も微妙に入り込むところがあって、小説作法の上でおもしろいが、これは読書の楽しみとは少しべつなものだろう。

さて、猫をもらい受けた品子は、妹夫婦の家の二階に暮らしている。縫いもので細々と収入をえているが、居候(いそうろう)に近い。生活はきびしい。それでもリリーが来るとあって、牛乳を買い、皿をそろえ、フンシ（便をするところ）を整え、それなりの用意をして待っていた。そもそも品子は猫を、リリーを好きなわけではなく、庄造といっしょに暮らしていたときは、夫におもねっていたけれど、邪険に扱うことが多かったのである。にもかかわらず独りになって冒頭に示したような〝リリー恋しい〟の手紙を書いたのは、なにか魂胆があってのこと、それは後で述べるとして、とりあえずはやって来たリリーに入念な愛想を示したが、リリーのほうはまったくそっけない。名を呼ばれても応じない。身を固くして外を見つめている。品子にしてみれば〝これが全く見も知らぬ人に預けられたというのではなし、ともかくも足かけ四年のあいだ同じ屋根の下に住み、同じ竈(かまど)の御飯を食べて、時にはたった二人ぎりで三日も四日も留守番をさせられた仲であるのに、あんまり無愛想すぎるではないか。それとも私にいじめられたことを今も根に持っているのだとすれば、畜生のくせに生意気なと、つい腹も立って来るのであったが、ここでこの猫に逃げられてしまったら、せっかくの計画が水の泡になった上、芦屋の方でそれ見たことかと手を叩いて笑うであろう、もうこの上は根くらべをして、気が折れて来るのを待つよりほかに仕方がない、なあに、ああして食い物とフンシとを眼の前に当てがっておきさえすれば、いくら剛情を張ったって、しまいにはお腹(なか)が減って来るから食わずにいられないであろうし、小便だって垂れるであろう、そんなことより今日は私は忙しいのだ、ぜひ晩までにと請け合った仕事があったのに、朝から何一つ手をつけていないのだったと、ようよう彼女は思い返して、針箱のそばにすわった〃

と、こういうチグハグな情況が続いて品子の配慮にもかかわらず翌日にはリリーは姿を消してしまう。家の周辺を探したが見つからない。いつか庄造が話していたように遠路はるばる庄造のところへ帰って行ったら、なんとしよう。むこうは「それ見たことか」と嘲笑うだろうし「亭主ばかりか猫にまで捨てられるような女だ」と言われかねない。

品子のそもそもの魂胆を説明すれば、リリーを求めたのは〃正直のところ、そこにはいたずらや意地悪の興味が手伝っていたことも確かであり、また庄造が猫に釣られて訪ねて来るかもしれないという万一の望みもあったであろうが、そんな眼の前のことよりも、実はもっと遠い遠い先のこと、ま、早くて半年、おそくて一年か二年もすれば、多分福子と庄造の仲が無事に行くはずはないのだからと、その時を見越しているのであった〃

つまり尻の軽い福子が庄造に満足するはずもなく、福子のだらしなさにはきっと庄造の母も我慢ができなくなるだろう。女として品子は自分が福子より上等であり庄造にとって必要である、と自負している。だから〃リリーさえこっちへ引き取っておいたら、おそらく庄造は雨につけ、風につけ、リリーのことを思い出す度に品子のことを思い出し、リリーを不憫と思う心が、知らず知らず彼女を憐れむ心にもなるだろう。そして、そうすれば、いつまでたっても精神的に縁が切れない理屈であるし、そこへ持って来て福子との仲がシックリ行かないようになると、いよいよリリーが恋しいとともに前の女房が恋しくなろう。彼女がいまだに再縁もせず、猫を相手に侘びしく暮らしていると聞いては、一般の同情が集まるのは無論のこと、庄造だって悪い気持はするはずがなく、ますます福子に嫌気がさすようになるであろうから、手を下さずして彼等の仲を割くことに成功し、復縁の時期を早めることが出来る〟

という深謀遠慮、うまくリリーを手に入れ喜んでいたのに、それに逃げられたとあっては……元も子もない、劣等感まで込みあげてくる。

そのまま三日ほどたった雨の夜、窓のガラス障子にパタンとなにかがぶつかるような音がして、品子の耳に、

「ニャア」

という声が聞こえた。

「リリーか」

「ニャア」

帰って来たのだ。そして、

〝何度も何度も、彼女が頻繁に呼び続けると、その度ごとにリリーは返事をするのであったが、こんなことは、ついぞ今までにないことだった。自分をかわいがってくれる人と、内心嫌っている人とをよく知っていて、庄造が呼べば答えるけれども、品子が呼ぶと知らん顔をしていたものだのに、今夜は幾度でも億劫がらずに答えるばかりでなく、次第に媚びを含んだような、なんとも言えない

優しい声を出すのである。そして、あの青く光る瞳を挙げて、体に波を打たせながら手すりの下まで寄って来ては、またすうっと向うへ行くのである。おおかた猫にしてみれば、自分が無愛想にしていた人に、今日からかわいがってもらおうと思って、いくらか今までの無礼を詫びる心持も籠めて、あんな声を出しているのであろう。すっかり態度を改めて、庇護を仰ぐ気になったことを、なんとかしてわかってもらおうと、一生懸命なのであろう。品子は初めてこの獣からそんな優しい返事をされたのが、子供のようにうれしくって、何度でも呼んでみるのであったが、抱こうとしてもなかなか摑まえられないので、しばらくの間、わざと窓際を離れてみると、やがてリリーは身を躍らして、ヒラリと部屋へ飛び込んで来た。それから、全く思いがけないことには、寝床の上にすわっている品子の方へ一直線に歩いて来て、その膝に前脚をかけた。

これはまあ一体どうしたことか、彼女が呆れているうちに、リリーはあの、哀愁に充ちた眼差でじっと彼女を見上げながら、もう胸のあたりへもたれかかって来て、綿フランネルの寝間着の襟へ、額をぐいぐいと押しつけるので、こっちからも頰ずりをしてやると、顎だの、耳だの、口の周りだの、鼻の頭だのを、やたらに舐め廻すのであった〟

となって品子とリリーの和解と蜜月の日々が快く描かれていく。リリーはいったんは芦屋へ帰ろうとしたのだろうが、昔と比べてもう老齢、雨に打たれ風に吹かれ、心を入れ換えて品子のところへ帰って来たのだろう。その気になって接すればペットはひたむきで、従順で、愛らしい。品子はリリーを通して〝愛〟とはなにか、それを知った気配さえあって、このあたりの数ページもいとおしい。

一方、芦屋のほうはどうだろう。案の定、庄造と福子はうまく折り合っていない。福子は若くて器量もわるくないが、生活がだらしない。庄造の母親のおりんも眉をひそめている。それに、庄造にとって一番きついのは外出を禁じられ、それに背くと、いじいじ文句を言われるやら、あちこちをつねられるやら……厄介この上ない。

しかし庄造は、福子が実家へ出かけたすきに（福子はおりんに見張りを頼んでおいたふしがあるのだが、母親をまるめるのはやさしい）「球撞きに行く」と自転車で飛び出す。方角を神戸に向け、塚本のところへ立ち寄る。塚本にはリリーを届けたあと様子を庄造に伝える約束だったが、塚本はなにもしてくれない。仕事をしている塚本に、

「品子に見られんようにして、リリーにだけそうッと会うこと、出来しまへんやろか」

庄造は品子に見られたくない。少し怖いし品子の企みにうまうまと乗せられそうで、それは厭だ。

「そら、むずかしいおまんなあ。猫に会いに来た思わんと、品子さんに未練あるのんや思われたら、厄介なことになりまんがな」

塚本も協力を渋っている。

庄造は品子が妹夫婦の家の二階にいることだけを聞いて自転車に戻り、さらに知合いのラジオ屋で二十銭を借りる。鶏肉を買い、調理をして、これはリリーのためである。ついでに夜の迫るのを見て〝魚崎町三好屋〟と書いた古提灯を借りた。

品子の、そしてリリーの住む二階の近くまで行って草むらに隠れ「リリーや、リリーや」と呼んでみたが、なんの甲斐もない。遠くで電灯が光るのを見ては猫の眼かと喜び、これはまったくのぬか喜び。庄造は今さらのように、こんな一途な思いで女性を求めたことがなかったことに気づく。さまざまな思いが脳裏を去来したが、二階のガラス障子の下まで近づくと時計がボンと七時半を打つ。

――もういけない――

福子より先に家に帰らないと、えらいことになる。大急ぎで帰宅して、この夜はことなきをえた。

しかし数日後、珍しく機嫌のいい福子に誘われ「紅葉を見て温泉へ行こ」となり、その前に庄造は床屋へ行って、いい男に……。家に戻ると、中から福子と母親のただならない声が聞こえてくる。いつかのラジオ屋が貸した二十銭と古提灯を取りにやって来て、あの夕方の庄造の怪しい様子を福子が知ってしまったらしい。

「お母さん、なんで今日まで隠してはりましてん」

「ま、いま庄造が戻るさかいに……」

うかつに戻るわけにはいかない。

〝どたん、どたん、と、二人が盛んに争いながら出て来そうなので、あわてて庄造は往来へ逃げ延びて、五、六丁の距離を夢中で走った。それきり後がどうなったことやらわからなかったが、気がついてみると、いつか自分は新国道のバスの停留所の前に来て、さっき床屋で受け取った釣銭の銀貨を、まだしっかりと手の中に握っていた〟

そしてリリーの住む家へまっしぐら。

近くに身を潜め具合よく品子が家から出て行くのを見て、そっと中を覗くと、

「あらッ」

と妹の初子に見つかる。

「初ちゃん」

「なんぞ姉さんに用だっか？」

「滅相な。リリーに会いに来ましてんが」

品子はすぐに帰るらしい。その束の間、リリーに会い、抱きしめたいと願う。初子が承知し、二

階へ上がってみれば、昔の匂い、昔の様子、品子は整然と部屋を片づけている。

　リリーは……いた。が、なんだかそっけない。

〝リリーは最初、せっかく昼寝しているのにうるさい！　というような横着そうな眼をしばだたいたが、彼が眼やにを拭いてやったり、膝の上に乗せてやったり、首すじを撫でてやったりすると、格別嫌な顔もしないで、される通りになっていて、しばらくするうちに咽喉（のど）をゴロゴロ鳴らし始めた。

「リリーや、どうした？　体の具合悪いことないか？　毎日毎日、かわいがってもろてるか？」

　庄造は、今にリリーが昔のいちゃつきを思い出して、頭を押しつけに来てくれるか、顔を舐め廻しに来てくれるかと、一生懸命いろいろの言葉を浴びせかけたが、リリーは何を言われても、相変らず眼をつぶったままゴロゴロ言っているだけであった〟

　猫の背中をなでながら見まわせば品子は貧しいながら健気に生きているようだし、リリーにも卵などを与えて充分にかわいがっているらしい。以前は嫌っていた猫をどうしてこんなに大事にしているのか。なにかしら尊い愛のようなものを感じてしまう。それに引きかえ〝考えてみると庄造は、言わば自分の心がらから前の女房を追い出してしまい、この猫にまでも数々の苦労をかけるばかりか、今朝は自分が我が家の敷居を跨ぐことが出来ないで、ついふらふらとここへやって来たのであるが、このゴロゴロ言う音を聞きながら、むせるようなフンシの匂いを嗅いでいると、なんとなく胸がいっぱいになって、品子も、リリーも、かわいそうにはちがいないけれども、だれにもましてかわいそうなのは自分ではないか、自分こそほんとうの宿なしではないかと、そう思われて来るのであった〟

　そのとき見張りを頼んでおいた初子の声が、

「姉さんもうついそこの角まで来てまっせ」

「えッ、そら大変や！」

「裏から出たらあきまへん！　表へ、表へ廻んなはれ！　早よ、早よ！」

〝彼は転げるように段梯子を駈け下りて、表玄関へ飛んで行って、初子が土間へ投げてくれた板草履を突っかけた。そして往来へ忍び出た途端に、チラと品子の後影が、ひと足ちがいで裏口の方へ曲って行ったのが眼に留まると、恐い物にでも追われるように反対の方角へ一散に走った〟

と、ここで作品は終わっている。

いかがだろうか。人類の文芸の基となった古代ギリシャ劇には悲劇（トラジェディ）と喜劇（コメディ）があって、トラジェディはつねに英雄・王侯が苦しい運命に苛まれるものであり、庶民の場合は、たとえ悲しくともコメディであった。庶民の営みはみんな喜劇なのだ。〈猫と庄造と二人のおんな〉は、まさしくこの意味においてコメディ……愛のコメディである、と私は思う。文豪の〝一番おもしろい作品〟という評価もよく聞く。これを結論として例のごとく山雀（やまがら）の浅知恵、六角評価図をそえておこう。

A　ストーリーのよしあし。
B　含まれている思想・情緒の深さ。
C　含まれている知識の豊かさ。
D　文章のみごとさ。
E　現実性の有無。絵空事でも小説としての現実性は大切であり、むしろ谷崎的リアリティを考えるべきだろう。
F　読む人の好み。作者への敬愛・えこひいきも入る。

〈猫と庄造と二人のおんな〉の六角評価図

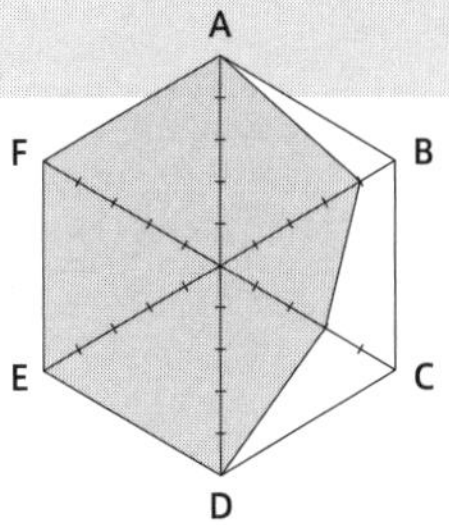

A
F　B
E　C
D

5(A)+4(B)
+3(C)+5(D)
+5(E)+5(F)
=27

10 鶴は幸いにして雪に妙なり

〈細雪〉上・中巻

鶴は幸いの鳥だ。雪に降りて妙なる風景をつくる。一幅の絵画でも思い浮かべていただきたい。

さて、話は変わるが、あなたは親戚を多く持つほうだろうか。少ないほうだろうか。

なにをもって親戚とするか。民法では六親等以内の血族、そして配偶者、その三親等以内の姻族(血のつながりのない、結婚などによる関係者)を親族としている。ややこしいところもあるが、従兄弟姉妹が四親等であることを踏まえて、親戚が多いか少ないか大ざっぱな判断はできるだろう。親戚が少なければもちろんのこと、多くても自分の場合はだれがどういう関係か、たいていは知っている。しかし自分以外のケースは曖昧になりやすい。たとえば親しい友人の親戚……。教えられても紹介されても、忘れたりまちがえたりすることがないでもない。

谷崎潤一郎の大河小説〈細雪〉は親族も多く、それにそれぞれの友人・知人も加わり、登場人物は充分にややこしい。あなたの親戚ではないから人間関係が記憶しにくい。とりあえず中核となるあたりをしっかりと抑えておこう。つまり、その……どまん中は〝鶴、幸いにして雪に妙なり〟……鶴子、幸子、雪子、妙子、関西の旧家・蒔岡家の美しい四姉妹である。小説の進行に従い年齢は増していくが、ざっとまとめて二十代から四十代、昭和十一年から十六年までのストーリー、よき昭和時代のくさぐさだが、ところどころに暗い時代の気配も忍び込み始めている。

長女の鶴子は辰雄を婿養子に迎え、これが本家である。辰雄は家業を人手に譲り、銀行員として堅く、良識的に、だが少し旧弊に婿の立場を守っている。ここは子沢山だ。次女の幸子は貞之助と結ばれ、芦屋に分家して娘の悦子がいる。幸子は明るく、社交的で、世話好きな女だ。貞之助は計理士で、若いころは文学に親しんだらしい。三女の雪子は内気で、楚々とした京美人だが、芯には堅いところもある。三十歳に近づき、三十歳を越えてもなかなか縁談がまとまらない。周囲はやきもきし、小説は雪子の縁談をめぐりながら一家の身過ぎ世過ぎを綴っていく。四女の妙子は自由奔放で、旧習を越えようとするタイプだ。男性関係もいくつかあって、これが旧家の面子（メンツ）を損ないかねない。雪子と妙子は（まだ未婚なので）本家に属しているが、本家の堅苦しさを嫌ってしばしば芦屋の幸子のところに赴き、そこで暮らしたりしている。本家が傾く旧家のありように腐心し、雪子の婿探しや妙子の突っ走りに幸子が気を使い、悩まされ、あいまあいまに姉妹の美しさや伝統文化のみごとさが綴られていく。まずは作品の冒頭を示せば、

〝「こいさん、頼むわ」

鏡の中で、廊下からうしろへ入って来た妙子を見ると、自分で襟を塗りかけていた刷毛（はけ）を渡して、そちらは見ずに、眼の前に映っている長襦袢（ながじゅばん）姿の、抜き衣紋（えもん）の顔を他人の顔のように見据えながら、

「雪子ちゃん下でなにしてる」

と、幸子はきいた。

「悦ちゃんのピアノ見たげてるらしい」

なるほど、階下で練習曲の音がしているのは、雪子が先に身支度をしてしまったところで悦子に摑まって、稽古を見てやっているのであろう。悦子は母が外出する時でも雪子さえ家にいてくれればおとなしく留守番をする児であるのに、今日は母と雪子と妙子と、三人がそろって出かけるというので少し機嫌が悪いのであるが、二時に始まる演奏会が済みさえしたら雪子だけひと足先に、夕飯までには帰って来てあげるということでどうやら納得はしているのであった。

「なあ、こいさん、雪子ちゃんの話、また一つあるねんで」

「そう」〟

と、小説は女二人の会話から軽く始まっている。幸子と、それから〝こいさん〟と呼ばれている若い妙子である。悦子は小学生、二人の叔母になついている。すでに触れたように幸子は芦屋に分家していて、その家に妙子と雪子が気安く訪ねて来て滞在している。幸子が外出のため化粧をしているところへ妹の妙子が入って来て化粧の手伝いを頼まれている。鏡の前の様子がまるで映画の一シーンのようにいきいきと描かれている。そして二人の話題は幸子にとっては妹、妙子にとっては姉の雪子の縁談についてである。それは幸子が行きつけの美容院の女主人・井谷からもたらされたもので、相手は、

〝「サラリーマンやねん、MB化学工業会社の社員やて」

「なんぼぐらいもろてるのん」

「月給が百七、八十円、ボーナス入れて二百五十円ぐらいになるねん」

「MB化学工業いうたら、フランス系の会社やねんなあ」

「そうやわ。よう知ってるなあ、こいさん」

「知ってるわ、そんなこと」

一番年下の妙子は、二人の姉のどちらよりもそういうことには明るかった。そして案外世間を知らない姉たちを、そういう点ではいくらか甘く見てもいて、まるで自分が年嵩(としかさ)のような口のきき方をするのである。

「そんな会社の名、あたしは聞いたことあれへなんだ。本店はパリにあって、大資本の会社やねんてなあ」

「日本にかて、神戸の海岸通に大きなビルディングあるやないか」

「そうやて。そこに勤めてはるねんて」

「その人、フランス語出来はるのん」

「ふん、大阪外語の仏語科出て、パリにもちょっとぐらい行てはったことあるねん。会社のほかに夜学校のフランス語の教師してはって、その月給が百円ぐらいあって、両方で三百五十円はあるのやて」

「財産は」

「財産いうては別にないねん。田舎に母親が一人あって、その人が住んではる昔の家屋敷と、自分が住んではる六甲の家と土地とがあるだけ。六甲のんは年賦で買うた小さな文化住宅やそうな。まあ知れたもんやわ」

「そんでも家賃助かるよってに、四百円以上の暮し出来るわな」

「どうやろか、雪子ちゃんに。係累はお母さん一人だけ。それかて田舎に住んではって、神戸へは出て来やはれへんねん。当人は四十一歳で初婚や言やはるし」

「なんで四十一まで結婚しやはれへなんだやろ」

「器量好みでおくれた、言うてはるねん」

「それ、あやしいなあ、よう調べてみんことには」

「先方はえらい乗り気やねん」

「雪あんちゃんの写真、行ってたのん」

幸子の上にもう一人本家の姉の鶴子がいるので、妙子は幼い頃からの癖で、幸子のことを「中姉ちゃん」、雪子のことを「雪姉ちゃん」と呼びならわしたが、その「ゆきあんちゃん」が詰まって

「きあんちゃん」と聞えた〃
と、あからさまな話が交わされている。相手の男の写真もあり、その品評のあとに雪子の結婚が遅れていること、なにしろ彼女等が属する蒔岡家は大変な家柄であり、器量のよい雪子には一時こそ降るほどの縁談があったが、バランスを考えて断り断りしているうちに雪子ももう三十歳、なんとかしなければなるまい。蒔岡家も昨今は往年の勢いをなくしているし、少し前に妙子が恋愛事件を起こして新聞に書かれ、これも雪子にとってのマイナス要因になっている。

その事件というのは妙子が同じ船場の貴金属商の息子・啓（奥畑啓三郎）とかけ落ちをしたことで、小さな新聞にすっぱ抜かれ、困ったことに妙子の名が雪子とまちがえて記された。その取消しのために鶴子の夫の辰雄が奔走したのだが、これがかえって噂を広め、

――いらんことをしてくれた――

家族内の感情をこじらせ、そればかりか辰雄は世間体を慮って勤め先の銀行に辞職願いを出したりして、ギクシャクしたものを残してしまった。

妙子は人形作りが巧みで、プロ級の腕前、アパートを借りて仕事場とするが、これには本家の鶴子が、

――なんていうことを。職業婦人みたいじゃない――

と旧家の面子を重んじて喜ばないし、幸子は逆に、妙子は自由に生きるタイプなのだから、

――それもいいんじゃない――

そこそこに許容している。穏やかな旧家の姉妹たちの間にも、その婿たちの思惑もからんで、微妙な心情の行きちがいがあって、これを適切に描いているのも、この作品の低音部であり、

――そうだろうなあ――

と納得させられ、おもしろい。

新聞に書かれた啓は、その後も妙子と親しいらしく、幸子の前に現われ、幸子を〝姉さん〟と呼んで、あつかましい。啓としては自分たちはけっして浮気心でかけ落ちをしたのではなく、遠からず結婚したい、しかし、それは（妙子が妹なのだから）雪子の結婚が決まってからにしたい、だからほかの方々には漏らさず幸子（姉さん）だけは知っててほしい、とのこと。

――雪子はどう思うかしら――

面倒見のよい幸子も家族の中でむつかしい立場に立たされてしまう。妙子と啓の二人が連れだっているところを雪子が瞥見したりして……少しずつ進展していく。この情況の中でとにかく雪子の結婚が急がれたが、そして話を持ってきた美容院の井谷はしきりに「よい縁ですから早く答を」と迫るが本家の鶴子は根が悠長のほうだし、こういうことはとことん慎重に、というタイプなので、小説はトロトロと寄り道をしながら進んでいく。雪子の件は、当然、見合いのようなものが必要となり、

〝「明日ご都合がお悪いのでしたら、十六日は大変日がよいのだそうですが、十六日にきめていただくわけには参りませんでしょうか」幸子は先日、出しなに電話に摑まった時にそう言われて、しょうことなしに承知させられてしまったのであるが、「ではまあ行ってみてもよい」という言葉を、どうにかこうにか雪子の口から引き出すまでにはそれから二日かかったことであった。それも、井谷が双方をただなんとなく招待するというかねての約束に従って、努めて見合いのような感じを起させないようにという条件つきで、当日時間は午後六時、場所はオリエンタルホテル、出席者は、主人側は井谷と井谷の二番目の弟の、大阪の鉄屋国分商店に勤めている村上房次郎夫妻、この房次郎が先方の瀬越なる人の旧友であるところから今度の話が持ち上ったわけなので、これはぜひとも

当夜の会合に欠けてはならない顔であった。瀬越側は、当人一人というのも寂しいし、といってわざわざ国元から近親者を呼び寄せるべき場合ではないので、幸い瀬越の同郷の先輩で、房次郎の勤め先国分商店の常務をしている五十嵐という中老の紳士がいたのを、房次郎から頼んで介添役に出てもらうことにし、こちら側は貞之助夫妻に雪子の三人で、主客八人ということになった〃ということで、雪子はあまり乗り気ではない。美容院で身を整えている幸子に井谷から（雪子を若く、美しく見せるため）「あなたはできるだけ地味にしてください」と注文をつけられたり、余計なおしゃべりをした女中が叱られたり、あいにくの雨で車が間に合わず、三十分も遅れて開かれた会合では、あれこれ適当な話が交わされ、雪子はここでも控えめである。

もの静かな雪子は〃体が弱いのでは〃と疑われ、女学生のころには〃欠席が多かった〃と調べまでついている。これを機にレントゲン検査をして雪子の健康は保証されたが、左の眼の上にしみがあるのは〃なにか〃など往時の見合いは（今でもまったくなくなったわけではあるまいが）ややこしい。

当人同士、すなわち瀬越と雪子二人だけで会うことが申し込まれ、これは貞之助が時間・場所・監督など諸条件をつけてまとめ、雪子も承諾した。かくて〃その日は幸子が、手土産に切り花を一束提げて井谷の家まで付き添って行き、最初に紅茶の接待に与って四人でしばらく雑談をしてから、瀬越と雪子は二階へ案内され、幸子は階下で井谷と話しながら待っていたが、一時間ばかりという約束が三、四十分超過した頃に、二人は降りて来た。帰りは瀬越がひと足後に残ることになり、姉妹が先に暇を告げたが、今日は日曜で悦子が家にいることを慮って、幸子たちはそのまま神戸へ出、オリエンタルホテルのロビーへ行ってもう一度お茶を飲みながら、会見の模様を雪子に聞くと、

「今日はほんまによう話しやはったわ」

と、そう言う雪子も、その日はわりにいろいろと気軽にしゃべった〃

と、ほどよい話し合いができたらしい。

――今度はうまくいくぞ――

と思いたくなるが、本家は……鶴子たちは瀬越について入念な調査を進めていて、

〃瀬越のお母さんという人は、十数年前に連れ合いに先立たれてから、ずっと昔の家屋敷に引き籠ったきり病気ということで世間に顔出しをしない、倅の瀬越もめったに帰省することはなく、身の周りの世話は、そのお母さんの実の妹で、やはり未亡人になっている人が任に当っている。病気は表向きは中風と言っているけれども、出入りの商人などに聞いてみると、どうもそうでないらしい節があり、事実は一種の精神病で、倅の顔を見ても倅ということがわからないといったふうな性質のものらしい。このことは興信所の報告にもぼんやり匂わしてあったけれども、腑に落ちかねる点があったので、こっちからわざわざ人を遣って間違いのないところを調べ上げたのである〃

と、これは鶴子が幸子のところまで出向いて伝えたことだ。こうなると幸子も貞之助も後始末が大変だ。鶴子も〃せっかく親切なお人たちがなにかと心配して話を持って来て下さるのを、本家の私らが毎度壊してしまうように取られるのは心苦しいけれども、けっして私らはそんなつもりはない、今日となってはなにも家柄だの資産だのに深くこだわる気はないので、実は今度の話などは至極恰好な縁と思ったわけであった、私らにしてもなんとかまとめたいという考えがあったればこそ、人を田舎まで遣って調べたのであるが、ほかのことと違って精神病の血統があるのでは諦めるより仕様がないではないか、雪子ちゃんの縁談というと、いつもなにかかにか動きの取れない故障が起ってどうしても断るような羽目になるのが不思議でならない〃

と言い、破談も仕方ない。〃ではどういうふうにして断るか、そこのところはあんたらに任せる

から貞之助さんとよく相談をしてくれ、と言って〝鶴子は帰って行ったが、幸子と貞之助はなんとしよう。雪子への配慮も必要だし、いろいろ手筈を整えた貞之助の苦労も不満も丁寧に描かれている。が、読者としては、破談になることを、たっぷりと読まされて、

——まいったなあ——

釈然としないところもあるけれど、旧家のトラブルを……大事件ではないが家族内では充分にありうるトラブルを、それに携わる人々の心理と行動を交えてこまごまと綴るのが〈細雪〉の本筋であり、似たようなことがこの先もこまめに書かれていく。

妙子の人形展は大成功、三日間の催しの第一日で大部分の作品が売約済となった。三日目の夕方、幸子は会場の片づけを手伝いかたがた、雪子と悦子を連れて来て、

「悦ちゃん、今夜はこいさんにおごってもらお。こいさんお金持やよってに」

「そやそや」

と雪子もけしかけて、

「どこがええ、悦ちゃん、洋食か、支那料理か」

と言えば妙子が、

「そうかて、まだお金受け取ってえへんねん」

結局、比較的安い広東料理の店と決まったが、このあたり（ここだけではないが）家族の親密さがさりげなく描かれて、これも〈細雪〉の味わいであり、特徴だろう。

その料理店でカタリナ・キリレンコというロシアの婦人に会い、彼女は妙子の人形作りの弟子なんだとか。小説はしばらくこのカタリナについて綴られ、蒔岡家の面々との交友に触れられるが、

本筋とはあまり関係のないことなので省略しよう。

　幸子のもとにまた一つ新しく雪子の縁談が舞い込んで来るが、相手の写真がいかにも、じじむさい。幸子は雪子に話そうか、話すまいかと迷うが、結局、

〝「べつに今すぐ返事せんならんことないねん。実は今度は、先にすっかり調べてしもてから雪子ちゃんに言おう思うててんけど、なんや隠してるみたいになってもけったいなさかい、まあ見せるだけ見せとくわな」

　手にある写真を持てあつかって、違い棚の上に置くと、廊下の欄干のところへ出て行ってぼんやり庭を見おろしている雪子の、後姿に向って幸子はつづけた。

「今のとこ、雪子ちゃんはなにも考えへんかてええねん。気イ進まんかったら、こんな話聞かなんだことにしときなさい。せっかく言うて来てくれはったよってに調べてみよう思うてるけど」

「中姉ちゃん」

　雪子はなんと思ったか、しずかにこっちを向き直りながら、努めて口元に微笑を浮かべるようにして言った。

「縁談の話やったら、言うてほしいねんわ。あたしかて、そんな話がまるきりないのんより、なにかかにか言うてもろてる方が、張合があるような気イするよってに」

「そうか」

「ただ見合いだけは、よう調べてからにしてほしいねん。ほかのことはそんなにむずかしゅう考えてくれんかてええねんわ」

「そうかいな。そない言うてくれると、あたしかてほんまに骨折がいがあるねん」〟

　重ねて言うが、姉妹の微妙なやりとりが（随所にさりげなく、あるいはくどいほどに）示される

のも〈細雪〉の読みどころだろう。

読みどころと言えば、幸子が夫や娘や妹たちを誘って京都へ花を見に行く、ここ数年来欠かしたことのない家族行事も優美で、すばらしい。桜はどこでも見られるが、やはり京都でなければいけないのだ。今年もともども二日間の日程で赴き、

〝渡月橋の北詰に来てひと休みした後、タキシーを拾って平安神宮に向った。

あの、神門を入って大極殿を正面に見、西の廻廊から神苑に第一歩を踏み入れたところにある数株の紅枝垂、海外にまでその美を謳われているという名木の桜が、今年はどんなふうであろうか、もうおそくはないであろうかと気をもみながら、毎年廻廊の門をくぐるまではあやしく胸をときめかすのであるが、今年も同じような思いで門をくぐった彼女たちは、たちまち夕空にひろがっている紅の雲を仰ぎ見ると、皆が一様に、

「あー」

と、感歎の声を放った。この一瞬こそ、二日間の行事の頂点であり、この一瞬の喜びこそ、去年の春が暮れて以来一年にわたって待ちつづけていたものなのである。彼女たちは、ああ、これでよかった、これで今年もこの花の満開に行き合わせたと思って、なにがなしにほっとすると同時に、来年の春もまたこの花を見られますようにと願うのであるが、幸子一人は、来年自分が再びこの花の下に立つ頃には、おそらく雪子はもう嫁に行っているのではあるまいか、花の盛りは廻って来るけれども、雪子の盛りは今年が最後ではあるまいかと思い、自分としては寂しいけれども、雪子のためにはどうぞそうであってくれますようにと願う。正直のところ、彼女は去年の春も、おととしの春も、この花の下に立った時にそういう感慨に浸ったのであり、そのつど、もう今度こそはこの妹と行を共にする最後であると思ったのに、今年もまたこうして雪子をこの花の蔭に眺めていられ

ることが不思議でならず、なんとなく雪子が傷ましくて、まともにその顔を見るに堪えない気がするのであった。

桜樹の尽きたあたりには、まだ軟かい芽を出したばかりの楓や樫があり、円く刈り込んだ馬酔木がある。貞之助は、三人の姉妹や娘を先に歩かして、あとからライカを持って追いながら、白虎池の菖蒲の生えた汀を行くところ、蒼竜池の臥竜橋の石の上を、水面に影を落して渡るところ、栖鳳池の西側の小松山から通路へ枝をひろげているひときわ見事な花の下に並んだところ、など、いつも写すところでは必ず写して行くのであったが、ここでも彼女たちの一行は、毎年いろいろな見知らぬ人に姿を撮られるのが例で、ていねいな人はわざわざその旨を申し入れて許可を求め、不躾な人は無断で隙をうかがってシャッターを切った。彼女たちは、前の年にはどこでどんなことをしたかをよく覚えていて、ごくつまらない些細なことでも、その場所へ来ると思い出してはその通りにした。たとえば栖鳳池の東の茶屋で茶を飲んだり、楼閣の橋の欄干から緋鯉に麩を投げてやったりなど〟

と桜ばかりか女性たちも優美であり、まさに日本の美が（谷崎の好みが）ページのあちこちに輝いている。それればかりか二、三日たって幸子が貞之助の事務所へ行くと（夫は計理士なのだ）机の上の便箋に走り書き……。

〝

　　四月某日嵯峨にて

　佳き人のよき衣つけて寄りつどふ

　　都の嵯峨の花ざかりかな

女学校時代に自分もひとしきり作歌に凝ったことのある幸子は、近頃また、夫の影響で、ノートブックの端などへ思いつくままを書き留めたりして、ひとり楽しんでいたのであったが、これを読むとにわかに興が動いて、先日、平安神宮で詠みさしたまま想がまとまらないでしまったものを、しばらく考えて次のようにまとめてみた。

平安神宮にて花の散るを見て

ゆく春の名残惜しさに散る花を
袂（たもと）のうちに秘めておかまし

彼女はそれを夫の歌のあとの余白へ鉛筆で書き添えて、もとの通り机の上にひろげておいたが、貞之助は夕方帰って来て、それに気がついたのかどうかなんの話もせず、幸子も忘れてしまっていた。が、その明くる朝、彼女が書斎を片付けに行くと、机の上に昨日の通り紙きれが載っていて、彼女の歌のまたあとへ、貞之助の手で、それをこう訂正してはというつもりなのでもあろうか、次のような歌が記されていた。

いとせめて花見ごろもに花びらを
秘めておかまし春のなごりに〟

と、貞之助はなかなかの文学青年であったらしいが、こういうことのできる夫婦はめずらしい。うらやましい……かな。

本家の婿養子に入りながら家業を継ぐことはせず銀行に勤め続けている辰雄は東京の丸の内の支店長に栄転、周囲からお祝いが寄せられる中、鶴子たちの思いは一通りではない。永年住みついた大阪を離れ、一家をあげて東京へ赴くのは容易なことではない。サラリーマンの転勤は猶予を許さない。辰雄が先に行って住む家を探し、本家の家そのものは、さいわい〝音やん〟が……昔、蒔岡の父が別荘をまかせていた爺やが引き受け、その一族に託すこととなったが、調度類の始末が楽ではない。鶴子は獅子奮迅の働き、あちこちへの挨拶もおびただしい。もちろん幸子も（少し前に黄疸を患い完調とは言えなかったが）やっぱり手伝いなど忙しい。この姉妹のやりとりもおもしろいが、一段落したところで鶴子が〃幸子のところへ、二、三日泊りがけでやって来た。これは形式張った暇乞いとは違って、このほどじゅう引き揚げの準備万端のために眼の廻るような思いをし、いわゆる「神憑り」で働いた骨休めをかねて、久しぶりに姉妹四人が水入らずでくつろぎ、ゆっくりと関西における名残の時を惜しもうというのであった。それで、その間はなにもかも忘れていたいからと、音やんの女房に留守を頼み、身軽になって、末の三つになる女の児だけを子守に背負わせて連れて来たが、ほんとうに、四人がそういうふうに一つ屋根の下に集って、時間の制限もなく、呑気に語り暮すということは、何年ぶりになるであろう。考えてみれば、鶴子は今までに芦屋の幸子の家へ数えるほどしか来ていなかったし、来てもほんの一、二時間、家事の合間を見て来るだけであったし、幸子の方から上本町（本家）へ訪ねて行っても、子供が大勢まつわりつくので、おちおち話している暇もなかったというようなわけで、少なくともこの二人の姉妹は、お互いに結婚生活をするようになってから、しんみり語り合う機会を持たなかったと言ってもよいのであった。だから今度は、姉の方も妹の方も、前からその日の来るのを楽しみにし、こういう話もしよう、ああいう話も聞いてもらおうと、娘時代からこのかた十何年来溜っている話題の数々を考えていたのであったが、さて、その日になって、泊りに来てみると、姉はこの間じゅうの、というよりは、十何年来の所帯の疲れがいっぺんに出た形で、なによりも按摩を呼んでもらい、昼間から二階の寝室に上って、勝手に寝ころばしておいてもらうのを喜ぶといった有様であった。幸子は、姉が神戸をよく知らないので、オリエンタルや南京町の支那料理屋などへも案内しようと思っていたのに、そんなところへ連れて行ってもらうよりは、ここでだれに気がねもなくのんびりと手足を伸ばしていたい、ご馳走なんぞ食べさしてくれないでも、お茶漬で結構だから、と言ったりして、一つは炎暑のせいもあったが、足かけ三日の間、なんのこれというまとまった話もせず、ただごろごろして過してしまった〟

と、これもありうべき、むしろ頬笑ましい風景だったろう。しかし二人には看過できない話題があって、鶴子が去って数日後、今まで幸子のところへ一度も見えたことのない〝富永の叔母ちゃん〟が訪ねて来る。訪ねて来た理由は見当がつかないでもない。雪子と妙子をこれからどうするか、鶴子に頼まれ、幸子に説得してほしい、というのである。本家が東京に移る以上、雪子も妙子もそこへ行くのが筋だろう。妹たち二人はどうも本家を嫌っているようだが（鶴子の夫と折合いがよくないようだが、それは考えちがいであり）ここは筋を通さねばなるまい。幸子の説得なら二人も聞く耳を持つだろう、と親族の中の年配者がお出ましになったというわけだ。もともと自由奔放で人形作りにいそしむ妙子は後まわしにするとして、雪子がわがままを言うと、みんなが困る。結局、幸子がうまく言いくるめて雪子は鶴子たち家族ともども東京へ行くこととなる。大阪駅での見送りの情景などにぎにぎしい。幸子は大阪を去る鶴子が泣き出したら困るのでそこには立ち合わず、駈けつけた妙子にいくつかの眼が注がれている。

日時が流れ、辰雄と鶴子、そして六人の子どもからなる一家は東京でそれなりの落ち着きをえたが、まず大阪の悦子が体調を崩し、雪子の不在が原因かもしれない。雪子もまた体調を崩す。手紙のやりとりがあり、幸子としては、

〝今になって考えると、あの、富永の叔母が掛合いに来た日、自分はあまりにも雪子に冷酷な仕打ちをし過ぎた、自分はああいうふうに命令的に、追い立てるようにすべきではなかった、妙子には二、三ヵ月の猶予が与えられたのだから、雪子にも多少の時日を与えるように斡旋（あっせん）するくらいの情

味があってもよかったのに、ゆっくり名残を惜しむだけの余裕も作ってやらなかった、それと言うのも、雪子がいないでもやって行けるという意地っ張りが、あの日に限って妙に強くきざして来て、ついあんな態度に出たのであったが、それでも雪子が一言半句の不平も言わずにおとなしく納得したのが、思い出すとしおらしくて、不憫でならない。そして幸子は、雪子がわりに機嫌よく、ほんの当座の旅行のような身支度で気軽に出て行ったのは、じきに口実をこしらえて呼んであげるからと、あの時気休めに言ってやった言葉を、案外あてにしていたのであることが、今になるとわかって来たのであった。雪子にしてみれば、幸子のその言葉があったればこそ、それを頼みにして、一応本家の気がすむように東京までついて来たのであるのに、その後幸子の方でなんの工作もしてくれている様子がないとしたら、しかも、ついて来たのは自分だけで、妙子の身柄はそう問題にされず、今もって関西に居残って暮しているとしたら、自分一人馬鹿を見た、騙されたと思うのももっともかもしれない〃

と幸子の悩みも深い。一度雪子を大阪へ呼び戻してみようかと考えている矢先、折よく少し前に紹介された縁談、あの〝じじむさい〃写真の男とのことが〝どうなってるか〃と催促があり、本家と手紙で相談すると〝それもよし〃という返事。鶴子としては、

〝雪子ちゃんには私も手を焼いているので、なんとか機会をこしらえていっぺんそちらへ行かしてやりたいと考えていたところなのです、昨日雪子ちゃんにもちょっと話してみましたが、現金なもので、関西へ行けるとなったら見合いのこともすぐ承知しました、そして今朝から急に元気づいてニコニコし出したのには、全くなんという人だろうと呆れてしまいました〃

ということ。かくて雪子が大阪へ帰り、見合いの運びとなるのだが、その仕様もそう簡単ではない。見合いの直前になって幸子が流産し、夫ともども穏やかな気分にはなれない。見合いを一週間

ほど延期してもらったが、不調のままの会合となった。細かいことがいろいろあったが、それは省略。雪子はすぐには答を出さなかったが、後日、妙子と二人で洋菓子店へ行ったとき、偶然当の相手に会い、妙子が幸子に報告……。雪子が言うには「縁談のことは姉ちゃん（鶴子）と中姉ちゃん（幸子）に任してあるさかい、行け言われたらどこへなと行くつもりやねんけど、あの人のとこだけはよう行かんさかい……」なのだ。妙子も相手が老けているのにびっくりして大反対。さらに伝えて、

〝雪姉ちゃんの嫌う理由もそこにあるのに違いないと思うけれども、雪姉ちゃんは風采や顔つきのことなどは別になんとも言っていないで、それよりは、見合いの晩に相手の家へ引っ張って行かれた時、仏壇に亡くなった奥さんや子供たちの写真が飾ってあるのを見て、ひどく不愉快にさせられたという話をした。雪姉ちゃんの言うのには、二度目ということを承知で嫁に行くにしても、先妻やその子供たちの写真が飾ってあるのを見せられて好い気持がするはずはないではないか、今は独身でいるのだから、密かにそういうものを飾ってその人たちの冥福を祈る心情はわからなくはないが、あたしに家を見てもらおうという時に、なにもそんなものを見えるところへ出しておかなくともよさそうなものだのに、あの人は写真を急いで隠しでもすることか、わざわざあれが飾ってある仏壇の前へ案内するとはなにごとだろう、あれを見ただけでも、とても女の繊細な心理などが理解できる人ではないと思う、というので、なによりそれで愛想を尽かしたように言っていた、と言うのであった〟

と、まことにごもっとも。破談となり、雪子は東京へ帰って行く。そして、このあたりで〈細雪〉は上巻から中巻へと移っていく。

幸子の家に突然、奥畑が訪ねて来た。数年前に妙子とかけ落ちをした、あの〝啓ちゃん〟である。新聞にも書かれ、いまわしい出来事となったが、その後も妙子とつきあっているらしい。幸子の夫の貞之助は、それとなく二人の仲を気にかけ……と言うより奥畑の素行を気にかけ、真面目な関係かどうか疑わしい、と言うのである。以前より肥って紳士風に変わっているけれど、幸子も好感を持ちにくい。

奥畑が訪ねて来たのは、もちろん妙子についての相談……妙子は近ごろ人形作りより洋裁に興味を持ち、ゆくゆくはフランスへ行って本格的に修業をしたい、と言っている。良家の娘がなにも職業婦人になることはあるまい。自分（奥畑）と結婚するのがよかろうと、暗にそのコースを訴え、妙子を説得してほしい、と受け取れた。

幸子はこの来意を礼儀正しく、だが適当にあしらい、思案をめぐらす。妙子の方針変更はなかば本心かもしれないが、それとはべつに奥畑と別れたくなってフランス行きなどを持ち出したのではあるまいか。早速、妙子に問いただしてみると、妹の考えは思いのほかしっかりしたものだった。それを端的に言えば……近い将来、奥畑と結婚する気持は変わらない、だが彼が頼りない男であることも知っている。〝しかし恋愛というものは、相手の男が見込みがあるからとか、下らないからとかいうことのみで、成り立ったり破れたりするものではあるまい、少なくとも自分は、なつかしい初恋の人をそういう功利的な理由で嫌いにはなれない、自分は啓ちゃんのような下らない人を恋するようになったのもなにかの因縁と思うばかりで、後悔はしていない、ただ啓ちゃんと結婚するについて、心配なのは生活の問題である〟蒔岡家の資産も奥畑家の資産も、けっして将来において当てになるものではなく、そうであればこそ妙子自身が自立の道を考えるのだ……と正論を述べる。

幸子としては、

――仕方ないわね――

夫とも相談して、しばらくは静観することとした。場合によっては応援もしようと……。そして、むしろ幸子がこの件でしみじみ覚ったのは、

――こいさんはもう（東京の）本家には行かないな――

この判断であった。

妙子は収入をえるためにも人形作りから手を引くわけにいかないが、洋裁学校に通うばかりではなく〝山村舞の稽古もずっと続けているという活動ぶりであった。

舞についても彼女は単に趣味で習うのではなく、将来は名取の免状をもらって、その方でも一人前の師匠として立てるようになりたい、といったふうな野心を持っているらしかった〟

蒔岡家の娘としては異色であり、しばらくは舞踊との関わりが綴られているが、これは省略……

〝舞の会があってから、ちょうど一ヵ月目の七月五日の朝のことであった〟と話題が変わる。すなわち〝いったい今年は五月時分から例年よりも降雨量が多く、入梅になってからはずっと降り続けていて、七月に入ってからも、三日にまたしても降り始めて四日も終日降り暮していたのであるが、五日の明け方からはにわかに沛然（はいぜん）たる豪雨となっていつ止むとも見えぬ気色であった〟

と〈細雪〉の中で、ひときわ有名な大洪水のくさぐさが綴られていく。

因みに言えば、この大雨・大洪水は昭和十三年の七月に実際に阪神地方にあった惨事であり、小説〈細雪〉の執筆そのものは、これより数年後だが、文豪はこの地にあり、被害に遭った学生たちの作文などを丹念に読んで参考にしたようだ。各所の地名を明らかにして被害の様子をこまごまと綴っているところがユニークである。

まずは悦子が女中のお春につきそわれて土砂降りの中、学校へ行く。ついで妙子が「これぐらい

な雨なんでもあれへん」と出て行き、貞之助は小降りになるのを待っていた。だれもがやがて大雨も治まるものと、たかをくくっていたのである。そのうちにサイレンが鳴り、お春が顔色を変えて帰って来る。危険があちこちで起きている。貞之助は悦子の通う小学校へと向かう。幸子はみんなの安否を気遣いおたおたと不安を募らせていたが、やがて夫も悦子も無事に帰って来た。こうなると心配は妙子のほうだ。妙子が赴いた洋裁学院のほうは被害がひどいらしい。貞之助は幸子をなだめて、様子を確かめに行く。このあたり水浸しの線路、溢れる小川、溺れる犬……入念な描写があるが本文をどうぞ。午後一時過ぎには雨が弱くなり、三時ごろには止んだ。だが夫も、妙子も帰って来ない。幸子が隣に住むドイツ人夫人と心配するうちに早くも見舞いの客が来て「どなた？」と問えば、女中が答えて「奥畑さんでございます」。これは鼻白む。

　こんなときに妙子の恋人が、許婚者に近い男が急ぎ訪ねて来るのは当然かもしれないが、幸子はあまり親しくは接したくない。夫にもそう釘をさされている。が、現下の情況では邪険にはできない。男手は頼りたくもある。ドイツ人の家では歓声があがり、みんなが無事らしい。幸子は、よろず近代娘っぽい妹の妙子について（なにごとにも大胆に挑むタイプなので）

　――大丈夫かしら――

　過日の舞の会で、むしろ古風に美しかったことなどを思い出し、

　――あの娘も大切にしてあげなくては――

　とかく自分が雪子のほうに深く心を配っていることを反省したりして案じている。そんな折、

「中姉ちゃん」

　妙子の声が聞こえ、夫ともども帰って来た。しかし様子が普通ではない。妙子は今朝出て行った時とは全くちがう銘仙の単衣を着て、大きな眼でこっちを見つめ、ついであえぎながら泣き伏せた。

夫は全身泥まみれ、靴はなく、下駄をつっかけ、その下駄も、足も、すねも泥で一色に塗つぶされていた。

妙子が蒙った災難は……洋裁学院は早引けとなり、七つ八つ年上の知人（玉置女史）に誘われて、その家に赴き、そこへその女の息子が帰って来て、三人で話し合ううちに外では水かさが増し、戸口から水が流れ込んでくる。三人で笑いながら扉を押さえ、安楽椅子で支えたりしていたが、どっと水が溢れて、たちまち胸の深さになる。笑いごとではない。部屋の中が濁水で満たされ、首だけが水面から出ているありさま。

「僕、死ぬの？」

と少年が聞き、母親がなんと答えたか、妙子には女史がただ口をもぐもぐさせている様子だけが見えた。部屋の屋根から藤棚へ飛び移る人影が見え、顔見知りの板倉写真師だ！（妙子の人形展などで懇意になった男である）力を尽して窓を開け、なんとか外へ逃がれ、藤棚へよじ登った。板倉はついで少年も母親も引き上げ、助け出す。板倉の必死の救助だった。貞之助は妙子の身を案じて助けに来たのだが、道を遮られ、ようやく洋裁学院を経て玉置女史の家へ近づくと〝藤棚が、藤蔓の絡んだ棚の部分だけ地面とすれすれに残ってい、そのかたわらに流木が二、三本積み重なったまま動かなくなっていたが、その時思いがけなくも、住宅の赤瓦の屋根の上に、妙子と、板倉と、玉置女史と、弘少年と、そしてもう一人、女中の兼やもそこへ来て一緒になっているのを見たのであった〟

と、まさに九死に一生、それぞれの情況がつぶさに綴られているが、これも詳しくは本文に委ねよう。〈細雪〉はいくつか映画化されていて、このあたりは制作者がもっとも腕を奮うところだろう。

東京へ行っていた雪子は不安がいっぱい。早速見舞いに帰って来るが、芦屋では親しく交わっているドイツ人一家が帰国することになり、家族が少しずつ芦屋を離れて行く。とりわけ睦じかった悦子がお別れかたがた上京するよう計画が立てられ、これには雪子の同行が望ましい。雪子は洪水見舞いに来るとき、二ヵ月くらいは芦屋においてもらえると思っていたが、当てが外れ〝内心しょげているところもあった。もっとも今度は悦子が一緒だし、後から幸子も来ると言うので、ひとりで帰るようなわびしさはないけれども、幸子母子はそう長いこと滞在するはずはなく、悦子の学校が始まる頃には帰西するに違いないので、それから先、自分はまた当分東京に残らなければならない。そう思うと雪子は、自分が芦屋にいたいということは、中姉の家族と一緒に暮したいからでもあるけれども、それにも増して関西の土地そのものに対する愛着心の結果であり、東京が厭（いや）ということは、本家の兄と肌が合わないせいでもあるが、一つには関東の水そのものが性に適しないのであることが、自分にもよくわかるような気がするのであった〟

と大阪娘の心理は複雑だ。幸子はそんな雪子の心を慮ってはいるけれど舞の師匠の重病があったり、本家が東京へ行ってしまった情況ではお寺の施餓鬼（せがき）に立会うとか、いろいろ旧家としての事情があってままならない。女中のお春を悦子といっしょに送り出し、少し遅れて自分も東京へ。東京見物のくさぐさが記されているが、それとはべつに、ここでは幸子の見た姉・鶴子のことを紹介しておこう。〈細雪〉は四姉妹を描く文学なのだから、これは肝要だ。

〝幸子は、さぞかし姉が所帯やつれをしているであろうと想像していたのに、思ったよりは髪かたちも小ぎれいに、身なりを整えているのを見ては、どんなになっても嗜みを忘れないところのある姉に、感心しないではいられなかった。十五を頭に、十二、九つ、七つ、六つ、四つという六人の子女と夫の世話をして、女中を一人しか使っていないのでは、もっともっと取り乱した、見栄も外聞もない風体をし、実際の歳より十ぐらいは老けて見えてもよいところだのに、今年三十八になるはずのこの人も、さすがにこの姉妹たちの姉だけあって、五つ六つは若く見える。いったい蒔岡家の四人の姉妹のうち、総領の姉と三女の雪子とが母親似、次女の幸子と末子の妙子とが父親似なのであるが、母は京都の人だったので、姉と雪子の顔立ちにはどこか京女らしい匂いがあった。ただ姉と雪子の異なる点は、姉の方がすべての輪郭が大作りに出来ていた。幸子から下へ順々に背が低くなっているその同じ比例で、姉は幸子よりまた一層上背(うわぜい)があり、小柄な義兄と並んで歩くと姉の方が高く見えるくらいであったが、それだけに四肢の肉づきもゆたかで、京女と言っても雪子のように骨細な痛々しい感じはなかった。幸子は姉の結婚式に当時二十一の娘として席につらなったのであったが、あの時の姉が世にも美しく、そうして立派であったことを今も忘れない。目鼻立ちがはっきりしている上に、顔の寸が長く、髪はと言えば昔の平安朝の人などのように立つと地に着くくらいあるのを、つややかに島田に結い上げた姿は、実に堂々として、艶麗(えんれい)でありながら威厳があり、こんな人に十二単衣を着せたらばどんなであろうかと思ったものであった。そして幸子たちは、その頃義兄がすばらしいお嬢さんのところへ婿にもらわれて行ったと言われて、郷里や会社で評判になっていることを聞いて、そのくらいに言われるのが当り前であると、妹同士で囁き合ったものであった。姉はそれから十五、六年の変遷を経て、六人の子を生み、暮し向きもだんだん以前のように楽ではなくなり、なにかと辛労が多くなって来たので、もうあの頃の精彩はないけれども、しかしそれだけの身長と肉体とに恵まれていたからこそ、今もこの程度の若さを保っていられるのであろう。幸子はそう思って、抱かれた幼児が平手でぴたぴた叩いている姉の胸元の、まだたるみのない皮膚のつやと色の白さとを打ち眺めた〃

と、鮮やかに綴られている。

一同はここで台風に襲われ一騒動、幸子たちはいつまでも姉のところに世話になっているわけにもいかず、大阪の夫の事務所に連絡して築地の宿屋に居を移した。すると、そこへ奥畑啓三郎から……あの啓ちゃんから親展の手紙が届く。〝拝啓　突然かような手紙をさしあげる失礼をお許しください。姉上がこの手紙をご覧になって驚かれることはわかっているのですが、それでも僕はこの機会を逃すことができないのです〟と始まり、要は過日あの芦屋の洪水の折、なぜ写真屋の板倉が妙子の危機の場に向かい、居あわせ、必死の救助をおこなったのか、板倉の態度に怪しいところがある、という訴えなのだ。このごろは板倉はさかんに妙子に近づき、親しさを深めようとしている。そして〝こいさん（妙子）はしっかりしておられるから間違いはないと思いますけれども、板倉という人物には全然信用が置けません。なにしろアメリカ三界を渡り歩いていろいろなことをして来た人間です。ご承知のごとく手蔓を求めてどこの家庭へでもずるずるべったりに入り込むことには妙をえている男です。金を借りたり女を騙したりすることにかけては定評があります。僕は彼を丁稚時代から知っているので、なにもかもわかっています。

僕とこいさんとの結婚問題についてもお願いしたいことがいろいろあるのですが、それは他日に譲るとして、今は板倉というものをこいさんから遠ざけることが先決問題です。仮にこいさんが僕との婚約を解消されるつもりとしても（こいさんはそんなつもりはないと言っておられますが）あんな男と妙な噂が立つようなことがあったら、それこそこいさんの身の破滅です。まさかこいさんも、蒔岡家のお嬢様として板倉などを本気で相手にされるつもりはないでしょうが、僕も最初にあの男を紹介した責任がありますので、監督者たる姉上に、なんとかして僕の疑念をそっと打ち明けてご注意申し上げる義務を感ずるに至ったのです〟

と、さあ、大変。大阪秋の陣ですね。

板倉と奥畑と妙子……。幸子は思い悩む。事情を調べてみれば洪水のとき板倉は本当に命を賭して妙子を救ってくれた。これはおおいに感謝してよいことだろう。しかし動機には少し怪しいところがないでもない。家柄がまるでちがうのだから、と気を許していたが、下心がないとは言えない。その点、奥畑は以前から知っている船場の良き商家の息子だ。頼りない男だが、悪意のある人間ではない。なによりも妙子の真意が大切だが、妙子はいざとなるとなにをやりだすかわからないところがある。まったくの話、フランス行きを本気で考えているみたい。

──それもよいかもしれない──

板倉や奥畑から離れさせるのも一案だろう。

しかしヨーロッパの情勢はどうなのか。不穏な情報が聞こえてくる。そんな中、ドイツ人一家は(夫人と子どもたちは)幸子たちと陽気に騒いで旅立っていく。

幸子が直接妙子に問いただしてみると、板倉とはもう切れているから心配ないが、フランス行きは、いよいよ本心で、洋裁の師でもある玉置女史が渡仏するので、それに同行してお世話になるつもりらしい。ついては本家にこの件を伝えてほしいし、妙子のために残された(父母からの)お金があるはずだから結婚資金なんかいらない、それをこの洋行に使わせてほしい、そのことも本家に伝えてほしい、と話が発展していく。

幸子の夫の貞之助は妙子の計画を了とし、所用で東京へ赴いた折にこの件を鶴子に話したが、鶴子は当然夫に相談しなければ答えられないと保留する。その返事が来るまでずいぶんと日時がたったが、ようやく幸子あてに手紙が届いて、主旨は、昔の悪い噂などもう気にすることはない、妙子ならよい結婚相手がいくらでもある、洋裁を習って職業婦人になろうなんて、そんなひねくれた考えを持たず良妻賢母になってほしい、お金のことは特に妙子のために残されたものはないが婚礼のためなら相応のものを考えよう、奥畑のことは今のところ白紙のままで様子を見るのがよかろうと、蒔岡家としての厳しい考えを義兄・辰雄の立場から説いている。鶴子の考えも同一だろう。

当然と言うべきか、ピントが外れていると言うべきか、妙子の反発は激しい。

旧家としての面目をどこまでも貫こうとする本家……。蒔岡家の資産はどのくらいあるのか。それも含めて伝統を管理しているのは本家であり、雪子も妙子も言ってみれば、その扶養のもとにあるのだ。間に立ってみんなの思惑を考える幸子の荷は重い。夫の貞之助も、本家の辰雄も、そもそもは婿である。争いが起きたら、しなやかな解決はむつかしい。四姉妹はみんな美しく、上品で、本来は仲睦じいのである。

妙子の言い分は……。幸子はどうすればよいのだろうか。細雪とは細かく静かに降りしきる雪の謂いだが、このあたり波乱を含んで……穏やかに治まるのだろうか。

11 美はすでに滅びて

〈細雪〉中・下巻

財産の相続はいつだってややこしい。動産がある、不動産がある、眼に見えないサムシングがある、すでに分配されたもの、遅れて主張したい権利もある。それぞれにまつわる人間関係、それぞれの人柄も無視できない。公平なんて、どこにあるのだろうか。

豊かなる旧家・蒔岡も昨今は勢いを失いかけていた。鶴子・幸子・雪子・妙子の四人姉妹がいて、上の二人はともに婿養子を迎えて一家を構えている。鶴子のところが本家であり幸子とは差異はあろうが、すでに親代々の資産を受けているだろう。雪子と妙子は今のところ本家の扶養者であり、結婚を機になにほどかの恩恵を受けることが（多分、暗黙の）約束とされている。そこには本家の考え、幸子の考えも（それぞれの夫も含めて）加わるにちがいない。末の二人は、旧家の風習に抗わない限りトラブルは起きないが（雪子はこれに近い）逸脱すると厄介だ。まさしく妙子は旧家の伝統に背いて洋裁師として独立したいし、そのためにフランスへ行きたい。結婚も自由に考えて、どこの、だれと親しくなろうが「いいでしょ」、勝手にふるまっている。本家はこの生き方に猛反対、幸子と夫は少しく理解を示している。ああ、それから、そもそも親から受け継ぐべき資産はどうなっているのだろうか。このあたりの事情を引用して示せば、

〝妙子の言い分は、自分はすでに子供ではないのだから、身の振り方を定めるについて、兄さんたちの指図は受けない、自分のことはだれよりもよく自分が知っている、一体職業婦人になることがどうしてそう悪いのであろう、兄さんたちはいまだに家柄とか格式とかにかかずらわって、一家一

門の中から女洋裁師が出ることを、ひどく不名誉かなんぞのように思うのであろうが、それこそ時代遅れの笑うべき偏見ではないか、こうなったら自分が行って堂々と所信を述べ、兄さんたちの誤った考えを説破してやる、と言うのであったが、金の問題についての憤激は非常なもので、そういうことを兄さんに言わしておく姉ちゃん（鶴子）が悪い、と、今まで義兄を攻撃しても姉を非難したことはなかったのに、今度はもっぱら鋒先を姉に向けた。なるほど、名義は私のものになっていないかもしれないが、将来私に与えるべきものとして兄さんが預かっているものがあることは、富永の叔母ちゃんからも聞いているし、姉ちゃんもいつかそう言ったではないか、それを今になって、そんな曖昧なことを言うのはけしからない、本家は子供が殖える一方で暮しがかかるものだから、兄さんもいつの間にか気が変ったのであろうが、姉ちゃんまでがそれを平気で取次ぐという法があろうか、よろしい、本家がそう言うならこっちにも覚悟がある、きっとそのお金は取るようにして取ってみせる、と、泣いて息巻く始末なので、幸子はそれを宥めるのにひと汗かかねばならなかった。こいさん（妙子）の言うこともわかるけれどもあたし等の立場も考えてもらいたい、じかに談判しに行くのもよいが、話すなら穏やかに話したらどうか、本家に対してこいさんが喧嘩腰になられたら、私等が迷惑する、私等はそんなつもりでこいさんの味方をしたのではないのだから、と、こうも言い、ああも言いして言葉を尽したが、妙子も一時憤懣のあまり感情のはけ口を求めたまでで、さすがにそれを実行するまでの勇気はないらしく、二、三日するとだんだん興奮が静まって、いつもの落ち着いた妙子になった〃

　ということだが、姉妹間の（しかも二人の夫が加わっての）心情や思惑の行きちがいは根深く、微妙で、ややこしい。しばらくして妙子は幸子に呟いて、

「うち、フランス語の稽古やめにしたわ」

「そうか」

「洋行もやめにするわ」

「そうか。本家もあない言うてるし」

「うち、本家がどない言おうとかめへんけど……」

同行を当てにしていた玉置女史がフランス行きをやめて新しく洋裁学校を開くこととなり、ヨーロッパの政情もよろしくないらしい。妙子としては洋行はやめにするが、洋裁師として本気で自立する考えは変わらない。


幸子の見たところ妙子はどんどん様子が変わっていく。良家の娘としてのたしなみが少しずつ疎(おろそ)かになり、タバコなんか喫(す)っている。男性関係はどうなのか、折を見て尋ねてみると、噂のあった〝啓ちゃん〟は女性関係など信頼できないところがあるのでもう縁を切り、今は写真家の板倉との結婚まで考えているのだと言う。幸子にしてみれば、

――そんなこと、まるで家柄がちがうじゃない。教養もたしなみもない男だし――

本家が許すはずもないし、妙子は騙されているのではあるまいか。

しかし妙子は板倉の弱点を充分に承知していながら、洪水のとき彼が命がけで自分を助けてくれたこと、つきあってみれば、そこから見えてくる人間としての長所を好んでいる。だが結婚は姉の雪子のことが決まってから……と考えているらしい。再び妙子の立場を引用して示せば、

〝妙子は板倉が丁稚あがりの無教育な男であることも、岡山在の小作農の倅であることも、アメリカ移民に共通な欠点を持つ粗野な青年であることも、よく知っていて、それらを差引勘定して、この決心に到達した、と言うのであった。彼女に言わせると、彼はああいう男ではあるが、奥畑のようなボンボンに比べれば、人間として数等上である、とにかく彼にはこの上もなく強靭な肉体があ

り、いざとなれば火の中へでも飛び込む勇気がある、そして、なんと言っても自分で自分や妹を養って行ける技能を持っていることが第一の強みで、お袋や長兄の脛を齧りつつ贅沢をしている人間とはちがう、彼は裸一貫でアメリカ三界へ飛び出して行って、だれに仕送りをしてもらったのでもなく、自ら苦学力行してその技能を習得したのである、しかもそれは、相当の頭脳を必要とする芸術写真の分野であり、彼がその方面で一人前の腕になりえたということは、正規の教育こそ受けないけれども、彼にひと通りの理智と感覚とがあることを示している、少くとも自分の査定によれば、関大卒業の肩書を持つ奥畑よりは、彼の方が学問の頭もあるように思える、と言うのであって、彼女はもう、家柄とか、親譲りの財産とか、肩書だけの教養とかいうものには少しも誘惑されなくなった、そういうものがいかに無価値であるかということが、奥畑を見てよくわかったから、自分はそれよりも実利主義で行く、自分の夫となるべき人は、強健なる肉体の持主であることと、腕に職を持っていることと、自分を心から愛してくれ、自分のためには生命をも捧げる熱情を有していること、この三つの条件にさえ叶う人なら、ほかのことは問わない、と言うのであった。しかるに板倉は、その条件が揃っているばかりでなく、なおよいことには、田舎に兄が三人もあるので、彼には親兄弟の面倒を見る責任がなかった。つまり板倉は本当の独りぼっちであるから、だれに遠慮もなく思う存分かわいがってもらえるので、それが妙子には、どんな家柄の、どんな資産家の夫人になるよりも、結局気楽でよいと言うのであった〟

因みに言えば〝啓ちゃん〟こと奥畑啓三郎は、以前に妙子と駆け落ちをして悪い噂を流されたりしたけれど、蒔岡家もよく知る同じ船場の貴金属商の三男坊で、確かに頼りないところはあるけれど〝素性のわからない男よりまし〟と昨今は本家も一応許容する方向へ傾いていたのだ。しかし肝心の妙子がちがう。

本家は……鶴子と辰雄とその家族は東京へ移り、芦屋には幸子と貞之助と娘の悦子がいて、雪子は行ったり来たり、本当は関西が好きなのだ。妙子は仕事場を兼ねたアパートを借りながら夜は幸子のところへ帰っている。こんな情況の中で幸子たちが外国人と親しんだりトラブルがあったり、ついで悦子が猩紅熱（しょうこうねつ）にかかって大騒ぎ、雪子も芦屋にいて看病に大活躍、やがてストーリーは……妙子が東京へ行くと言い出す。妙子としては、

〝自分はどうしてもいっぺん本家の兄さんに直談判をして、お金の問題を解決しないことには気がすまない、自分は洋行はやめにしたし、今急に結婚するというのでもないが、少し計画していることがあるので、もらえるものなら早くもらいたいし、またどうしても兄さんが出してくれないのなら、そのように考え直さなければならない、もちろんこのことについては中姉ちゃんや雪姉ちゃんに迷惑がかからないように、単独で、穏便にかけ合うつもりであるから、心配しないでもらいたい〟

という一大決心を実行に移す。幸子も東京へ赴き、円満な解決を望んだが、義兄・辰雄の仕事が忙しく（避けてもいるのだが）話し合いができず、ぐずぐずしている。仕方なしに鶴子と幸子と妙子と三人で歌舞伎座へ赴いて観劇となったが、最後の幕が開く少し前に「芦屋のマキオカさあん」と場内の呼び出しがかかる。妙子が席を立ち、行ってみればそこには幸子たちが泊っている宿屋の女中さんが来ていて、病人の急報……。雪子からの電話があり、なんと！　写真家の板倉が病気でひどい状態らしい。小説は数十ページにわたって、このいきさつが綴ってある。

ご一考いただきたい。妙子にとって板倉がどれほど大切な人であっても二人の仲は私的な関係であり、知る人も少ないし、周囲に認められてもいない。病気になったからと言って、わざわざ旅先にまで連絡をするのは考えちがい、非常識の誹（そし）りをまぬかれない。ほとんどありえないことなのだ。

それが実行されたのは……芦屋にいる雪子からの電話が宿屋に入ったのは、それなりの理由と経過があってのことだった。まず妙子が、次に幸子が芝居見物をやめて大急ぎで芦屋へ帰る。そして〝翌朝幸子が帰宅して、雪子の口から聞いたところの概略を記すと、一昨日の夕方、板倉さんの妹さんという方から雪子娘さんにお電話でございますと言われた時、雪子は板倉が入院しているとは知らなかったし、その妹という人ともまだ会ったことがなかったので、妙子の間違いではないかとも思ったが、いいえ雪子娘さんにと申しておられます、ということなので、出てみると、こいさんが東京へ行ってはりますことも存じておりますので、えらい失礼でございましたけど、実は兄がしかじかこうこうでございまして、と言うのであった。耳の手術をしたのは妙子が立った前日で、その日妙子が見舞いに来た時分には機嫌よくしていたのだけれども、夜になってから脚が痒いと言い出したのが始まりで、最初はかいてやりなどしていたが、その明くる朝あたりから「痒い」が「痛い」になり、だんだん痛みが激しくなって来た。そして、そういう状態で三日を経過したのであるが、ますます苦痛を訴えるばかりで良くならない。にもかかわらず、院長は病人がそうなってから、手術の痕はきれいに治って来ている、と言うだけで取り合ってくれない。午前中に一回、ガーゼを詰め変えに来ると急いで出て行ってしまって、今日でまる二日というもの、こんなに苦しがる病人をほったらかしたままなのであるが、看護婦などは、この手術は院長先生の失敗です、ほんとうにお気の毒ですと言っている。妹は板倉の容態が悪化してから、家に鍵をかけてずっと付き切っていたのだけれども、こうなるとだれか相談相手が欲しく、万一のことがあっては自分の責任でもあると思い、至急妙子に帰って来てもらうよりほかにないと考えて、ともかくも芦屋へ電話をかけた(どこか病院以外のところからかけているらしかった)という訳で、わたくし、勝手にこんな電話をかけて、後で兄に叱られるかもしれませんけれどもと、電話口で泣き声を出しているのであった。

雪子が例の、先方にばかりしゃべらせて、ただはあはあと受け答えしたであろうことは想像に難くないのであるが、それでも妙子から聞いているところでは、田舎育ちの、まだ都会慣れない二十一、二の娘だというその妹が、兄の身を案じるあまり非常な決断と勇気を以てかけて来た電話であることは、その息づかいと語調によってでも察しられたので、承知しました、すぐ東京へ言ってやりますと言って、早速彼女はあの処置を取ったのであった〟

ということで、耳の手術のため耳鼻科の医院に入ったが、ここの院長が不足の多い医師で、耳は手術でなんとか治ったが、そのプロセスで黴菌が入ったのか、患者が「痛い、痛い」と脚の異常を訴えても対応せず、これが脱疽であり、耳鼻科の手には負えないし、医師もしばらく躊躇して怠慢だった。あわてて専門医に見せたが、すべて手遅れ。田舎から呼び寄せられた板倉の両親も、父親はおどおどするばかり、母親は「どうせ死ぬなら五体満足のままで」と脚の切断をしぶる。妙子は（幸子や貞之助も）さし出がましい意見や方策を示せる立場ではない。板倉は脚を切られ……やがて絶命した。妙子は健闘したが、悲しみは深い。医療ミスのプロセスを綴り、このあたりで〈細雪〉の中巻は閉じている。

雪子はずっと芦屋に身を置いていたが、東京の鶴子から新しい縁談が幸子のもとに寄せられてくる。

話の出どころは義兄の辰雄であり、義兄の長姉の嫁ぎ先が大垣の豪農・菅野家で、この菅野家がたいへん懇意にしているのが名古屋の素封家・沢崎家で、この家の当主のところへ雪子はどうか、という勧めである。沢崎家はすごい資産家で、今は落ちめの鶴子たち蒔岡家よりはるかに豊かであり、当主は四十四、五歳、華族出身の妻に先立たれ二、三人子どもがあるらしい。大垣の菅野の家には蒔岡の四姉妹も幼いころ招かれて世話になったことがあり、辰雄の姉という女もまんざら知らないわけではないが、今度はとにかく「雪子さんを大垣まで来させてほしい」、おそらくそこへ沢崎氏が顔を出すのだろう、ちょうど蛍狩りによい季節だから「みんなで遊びに来てほしい」、あまり形式張らずに見合いを、という提案らしいが、義兄の長姉という女は義兄にとって母親みたいな存在、この話は義理が絡んで断りにくい。沢崎家の資産はともかく相手のことがよくわからず「雪子を大垣へ寄こせ」というのは少しく無茶な話で、幸子はおおいに思い悩む。だが雪子は〝思いのほかにそう厭のような様子でもなかった。例の通りで、行くとも行かないともはっきりした返事はしないのだけれども、幸子には「ふん」とか「はあ」とかほのかに受け答えするだけである雪子の言葉のはしばしに、なんとなく会得できるものがあった。彼女は、この気位の高い妹も、やはり内々は焦燥を感じており、ひと頃のように「見合い」に対してそう気むずかしいことを言わないような心境になっているのかもしれない、と察した〟そして〝どうせいっぺん東京へ帰らなければならないのだから、皆で大垣まで送って来てくれるなら、蛍狩もいやではない、というふうな口ぶりなので、やっぱり雪子ちゃんはお金持のところへ行きたいのかなと、貞之助（幸子の夫）は言った〟という次第。かくて幸子、雪子、妙子、悦子の四人で大垣に行き、蛍狩りを楽しみ、蒲郡で一泊して東西に別れる、という旅が企てられた。もちろん大垣では見合いのようなものがあるだろう。

　旅のくさぐさ、蛍狩りの妖しさや思い出、なによりも縁談にともなうそれぞれの思惑、利害、心理と感情が、それとなく、あるいはあからさまに細々と綴られているが、結局これは破談。相手方に非常識や非礼があり、ためらううちに向こうから簡略に断ってきた。雪子はこれまでいくつもの縁談を不調にしてきたが、相手から〝否〟と言われたのは初めてのこと。ショックの小さかろうはずがない。幸子は妹の心中を慮って悩みが尽きない。行き届かない話を妹へ持って来た義兄への恨

み も残った。だが芦屋へ戻ると新しいトラブルが待っていた。妙子の男性関係である。このごろしきりに奥畑と会っているらしいのだ。

話は変わるが〈細雪〉の主人公はだれだろう。四人の姉妹がそれぞれ、艶やかに、つぶさに描かれていることは疑いないが、あえて一人を挙げるならば、世話好きで周囲のみんなに思案をめぐらして行動している幸子がその人、そう断言してもよいのではあるまいか。少なくとも彼女が狂言まわしであることは本当だ。

因みに言えば、一九八三年に制作された映画〈細雪〉（市川崑監督）では長女に岸惠子、次女に佐久間良子、三女に吉永小百合、四女に古手川祐子であり、佐久間良子の活躍が目立っていた。若い人には馴染みが薄いかもしれないが、年輩者ならこの配役に、

——なるほど——

思いをめぐらすところが多いのではあるまいか。

小説に戻って……このころ蒔岡家の菩提寺で亡母の二十三回忌が催され、これには亡父の十七回忌も二年くりあげていっしょに、ということであったが、東京から本家の面々が来阪し、もちろん雪子も同行し、親戚も叔母とその娘なども参加、余興も少々。しかし出席者の中から「雪子ちゃん、まだ独り？」の声が漏れ、こんな気配も幸子には気がかりであった。本家はすぐに帰京し、鶴子だけが少し遅れたが、雪子はそのまま残ってあい変らず幸子のところの世話に与かる。妙子も法事に参加したが、昨今の事情はなにも語られることはなかった。

さて、その妙子は……おおいなる決断をもって板倉との交際を敢行していたのだが、その板倉に死なれ、しばらくは茫然自失の状態を続けていた。しかしこの女はくよくよするのが嫌いな性格だから、やがて立ち直り洋裁学校へ通い始めた。

「さすがね」

と幸子は夫の貞之助にも呟いていたが、元気を取り戻した妙子が、少しく問題のある奥畑との仲を戻しているみたい。これはよいこととは思えず幸子としてはおもしろくない。実情はどうなのか。

機会をえて、さりげなく、

〝「こいさん、いつからまた啓坊と付き合うようになったん」

「板倉の四十九日の日に会うてん」

妙子はずっと七日七日のお詣(まい)りを怠らず続けていたのであったが、先月の上旬、四十九日に朝早く岡山へ立って行ってお詣りを済ませ、帰りの汽車に乗ろうと思って駅へ戻ると、奥畑が正面入口に立っていて、僕は君がお詣りに来ることを知って、ここで待ち受けていたのであると言った。それで仕方なく岡山から三宮まで一緒に帰ったのであるが、板倉の死後一時まったく絶えていた交際がそれから復活し出したのである、と、彼女は語った。ただし、そういっても自分は啓ちゃんを見直すようになったのではない、啓ちゃんは母親に死なれて初めて世間というものがわかったとか、勘当されたので眼が覚めたとか、いろいろ殊勝らしいことを言っているけれども、自分はそんな言葉を真に受けてはいない、ただ啓ちゃんが独りぼっちで放り出されて、だれにも相手にされないのを見ると、自分としてはそう不人情な扱いも出来ないので、付き合ってやっているのである、自分の今の啓ちゃんに対する気持は、恋愛ではなくて憐憫(れんびん)である、と、彼女はそんな言訳もした〟

が、幸子の見るところ、妙子の様子には良家の娘にはふさわしくないものが見え隠れしている。夫の貞之助に相談してみると、夫はもともと奥畑を信用しておらず、さらに調べてみれば、奥畑が家業の金品を持ち出し勘当されたのは本当で、ろくな行状ではないようだ。妙子のこんなふるまいを本家が許すはずがない。雪子に訴えてみると〝雪子は、縒(よ)りが戻ってくれたことはなんにしても結構である、啓坊が勘当されたことはそんなに重大に考えるには及ぶまい、品物を持ち出したといっても、自分の店の物であって見れば、他人の物をごまかしたのとは違う、まあ啓坊ならそのくらいなことはするかもしれない、勘当といってもおそらく一時の懲らしめのためなので、じきに許されるのであろうから、あまりおおびらに出歩かないようにして、内々で交際するのであったら、大目に見てもよいではないか、と、そう言って、ただ姉ちゃん（鶴子）には話さない方がよい、姉ちゃんに話すと、きっと兄さんに話すに違いないから、と言うのであった〃

しかしたまたま貞之助に上京の機会があり、本家に妙子の昨今の様子が伝わると、これはただではすまない。鶴子から幸子に厳しい手紙が入り、その要点は、妙子がそんなふしだらな不良になるなんてトンデモナイ、蒔岡家の不名誉であり、幸子に預けておけば心配ないと思っていたのになんという始末か。雪子までが妙子の味方をして兄（辰雄）の顔をつぶして、まるで三人で兄を困らせ意地悪をしているみたい。奥畑の啓とのことは、こちらも結婚させてよいと思ったこともあったが、ひどい事情があるならペンディング、勘当中は交際は厳禁、こんな不始末があるようでは妙子を東京へ寄こしてほしい、さもなければ妙子は蒔岡家と絶縁、これが兄の考えである、と容赦ない。幸子と雪子は顔を見合わせて、

「姉ちゃんにしては珍しい強硬な手紙やで。雪子ちゃんもだいぶ恨まれてるやないか」

「この手紙、兄さんが書かせてはるねんわ」

「それにしたかて、書かされる姉ちゃんも姉ちゃんやないの」

「兄さんの顔を踏みつけにして本家のほうへは少しも帰って来てくれず、と書いてあるけど、そんなこと、昔のことやわ。東京へ行ってからの兄さんは、本気であたし等を引き取ることなんか、考えてはれへんなんだんや」

「雪子ちゃんはとにかく、こいさんなんか来てくれたら迷惑や、言わんばかりやった癖に」

「第一あんな狭い家に引き取れるかいな」

「この手紙で見ると、なんやこいさんを不良にしたのはあたしの責任みたいやけど、あたしはまた、どうせこいさんは本家の言うことを聞く人やあれへん、せめてあたしが間へ立って監督してたら、ひどい脱線もせえへんやろう、いう考えやった。姉ちゃんはこない言うけど、私が舵を取ってなんだら、今までにもっと脱線して、ほんまの不良になってたかもしれへんねん。あたしはあたしで、本家のためも思い、こいさんのためも思うて、どっちにも瑕が付かんように苦心したつもりやってんわ」

「姉ちゃん等、不都合な妹やったら追い出してしもうたら事が済むと、簡単に考えてるのんやろか」

「しかしどうしょう。とてもこいさん東京へ行く気イないやろう思うけど」

「そんなこと、聞いてみるまでもあれへん」

　確かに……。妙子に話すと、

「うち、本家と一緒に暮すぐらいなら死んだ方がましや」

「そんなら、どない言うとこう」

「どないなと、言うといてほしい」

「そうかて、今度は貞之助兄さんまで本家に付いてはるよって、うやむやにしとくわけにいかんねんわ」

「そんなら、当分独りでアパート住まいでもするわ」

「こいさん、啓坊のとこへは行けへんの？」

「交際はするけど、一緒に住むのんはごめんやわ」

「なんで」

そう聞くと妙子は黙ってしまったが、結局、誤解されるのが厭だからであると言った。そしてその誤解という意味は、自分は啓ちゃんを憐れんでいるに過ぎないのに、愛してでもいるように思われるのは心外であるから、ということらしいのであった。幸子たちにはそんなことは負け惜しみとしか受け取れなかったが、しかしこの場合、当座だけでも独身生活をしてくれるなら、同じ家出をするにしても体裁がよいに違いなかった。

「きっとやなあ、こいさん。きっとアパート住まいするなあ？」

妙子が頷いて、郊外地のアパート住まいが決まった。今までは仕事のための部屋を借りていても夜は幸子のところに帰っていたのだが、今度は堅実な独り暮らしをするということだ。女中のお春だけがくわしい。妙子には仕事場が必要であり、幸子の家も手狭で、貞之助や悦子のことを考えても、このほうが刺激が少なくてよい。本家にも多少の言訳はできる。しかし、これではみんなが納得するしなやかな解決にはなりにくい。

以前にも話を持って来た美容院の井谷から、また新しい縁談が雪子にもたらされた。井谷の知人に丹生（にう）夫人がいて、この人には少しだけ幸子も面識がある。相手は医学博士だが、今は医者ではなく製薬会社の重役の橋寺氏で、妻に死なれて十三、四歳になる娘と暮らす四十五、六歳……しかし井谷も丹生も当人をそれほどよく知っているわけではなく、なのに「とてもよい方だから」と強く言い張り、いきなり「すぐにでも軽い気持で二人を会わせて」と無茶を持ち込む。幸子は仕方なく向こうの注文に従い、夫の貞之助と雪子を料亭へ向かわせる。確かに橋寺はそれなりの紳士である。

その後も折衝があり、幸子たちも、

——今までで一番いい縁かもしれない——

橋寺の娘もわるい印象ではない。しかし橋寺自身は井谷と丹生にあおられて（雪子を気に入っているのかどうか、とはべつに）再婚自体にどれほど熱意があるのか、ひょうたん鯰(なまず)で、はっきりしない。雪子は例によって自分の意思を示さない。それでも貞之助たちは、この縁に期待を抱いて橋寺の会社を尋ねたりして様子を探った。とこうするうちに橋寺から幸子の家に電話が入り、あいにく幸子が不在で、女中を介してさんざ待たしたあげく雪子が電話口に出る。「心斎橋あたりをぶらついて二人で食事をしませんか」という誘いだった。雪子は電話嫌いで滅多に電話に出ないのだ。加えて、雪子は男性と二人だけで散歩して料理屋へ赴くなど厭であり、彼女の習慣にないことだった。不細工に断ったにちがいない。電話は一分くらいで切れてしまう。幸子は遅れて事情を知り、家族うちでは、

——悪気はないんだけど——

と、雪子の性質をよく知っているが、他人には通用しにくい。丹生夫人から電話が入り橋寺が大変怒っていること、この縁は当然破談となった。橋寺にしてみれば、これまでにもはっきりと対応しない高慢さが見え隠れしていたが、けんもほろろの電話口で、本性が見えた、ということらしい。雪子の本意とはべつに充分にありうることだろう。

激怒したものの橋寺は良識ある紳士であったから、その後のしこりは小さかったが、またしても幸子の心は穏やかではいられない。雪子の性格はよくわかっているけれど、

——もう少し大人になってくれなくちゃあ——

あちこちに非礼を冒し、さらに、

――雪ちゃんは結婚できるのかしら――

この心配も伏在する。

身近では夫の貞之助が、このたびはずいぶん骨を折ってくれたのに……家族の和までが危うくなりかねない。しかし貞之助はもちろん心中に不快はあったろうが、幸子を擁護してくれた。たとえ幸子が電話のときに居合わせて少しくうまく立ちまわったとしても〝雪子ちゃんが快く先方の申込みに応じて一緒に散歩することを承知するのでなかったら、どのみち、相手に不満を抱かせることは避けがたい。とすれば今日の出来事は雪子ちゃんの性格に基因していることで〟どうしようもない、なのだ。

「あんたのように言いなさったら、雪子ちゃんはお嫁に行けけん」

「そうやないねん、僕の言うのんは、ああいうふうな引っ込み思案の、電話も満足にようかけんような女性にもまたおのずからなるよさがある。それを一概に時代遅れ、というふうに見んと、そういう人柄の中にある女らしさ、おくゆかしさいうもんを認めてくれる男性もあるやろうと思う。それがわかるような男でなければ、雪子ちゃんの夫になる資格はないねんな」

幸子としては、この妹は果して自分の失敗を失敗と感じているのだろうか、それならそのように「すまなかった」という一言を貞之助の前で言ってくれるとよいのだが、と願ったが、それに気づいていてもそれを言わない女（ひと）であることをよく知っていて、やっぱり、

――にくらしい――

しかし長くは恨むことはなく、この出来事は通り過ぎていった。

今度は妙子の急病である。

奥畑から女中のお春のところに電話が入り一昨日、奥畑の家に来ているときに発病し、熱は高いし、激しい下痢が続くし、妙子のアパートに帰すわけにもいかず、そのまま寝かせたが、どんどんひどくなる。近所の医者に診せたが、よくわからない。お春が駈けつけたが、想像以上にひどい様子。幸子には「言わないで」と釘をさされたが（つまり奥畑の家で寝ているのがまずいのだ）そればかりか蒔岡家の懇意の医者を呼ぶこともためらわれたが（なにしろ奥畑は前に醜聞を起こした相手なので）お春は黙っていられない。容態は尋常とは見えず、まず雪子が行き、幸子も赴く。

――赤痢かもしれない――

結局、蒔岡家に懇意の医師も関わり、寝台自動車で入院となる。この間、そばにつきそって面倒を見る奥畑と病人がけっして、

――よい仲ではないわ――

雪子が見て取ったりする描写もあるのだが、それとはべつに幸子が病人を見たところの感想を記しておこう。

〝長い間風呂に入らないので、全身が垢じみて汚れているのは当然だとして、病人の体にはある種の不潔な感じがあった。まあ言ってみれば、日頃の不品行な行為の結果が、平素は巧みな化粧法で隠されているのだけれども、こういう時に肉体の衰えに乗じて、一種の暗い、淫猥とも言えば言えるような陰翳になって顔や襟首や手首などを隈取っているのであった。幸子はそれをそうはっきりと感じたのではないが、でもぐったりと寝床の上に腕を投げ出している病人は、病苦のための窶ればかりではなしに、数年来の無軌道な生活に疲れ切ったという恰好で、行路病者のごとく倒れているのであった。いったい妙子ぐらいの年齢の女が長の患いで寝ついたりすると、十三、四歳の少女のように可憐に小さく縮まって、時には清浄な、神々しいような姿にさえなるものだけれども、妙

子は反対に、いつもの若々しさを失って実際の歳を剝き出しに……というよりも、実際以上に老けてしまっていた。それに、奇異なことは、あの近代娘らしいところが全然なくなって、茶屋か料理屋の……しかもあまり上等でない曖昧茶屋かなにかの仲居、といったようなところが出ていた。かねがねこの妹だけは、姉妹たちの中で一人飛び離れて品の悪いところがあったには違いないが、そう言ってもさすがどこかにお嬢さんらしさがあることは争えなかったのに、その、どんよりと底濁りのした、たるんだ顔の皮膚は、花柳病(かりゅうびょう)かなにかの病毒が潜んでいるような色をしていて、なんとなく堕落した階級の女の肌を連想させた〟

けだし谷崎文学の鋭いリアリズムであろうか。

妙子の病気はやはり赤痢であり、肝臓膿瘍を併発していたら命の危険もある、実際、いっときは眼ざしがうつろに映り死相を示しているようにさえ見えたが、やがて回復し、しばらくは病院の別室で療養することとなった。お世話になった奥畑には「けっして病人に近づかないように」と願ったが、時折見舞いに訪ねて来て長っ話をしていく。お春たちがつきそい、雪子も繁くかたわらにあったが、奥畑は図々しく、妙子も気安く話し合っている。妙子の本心がわからない。

そしてお春を通して聞いたところによると……妙子が奥畑の家で臥せているあいだ世話をしていた婆やから聞いたところによると、奥畑は妙子に夢中で、妙子の生活費などさまざまな経費を、衣食の贅沢な出費まで面倒を見ていたこと、死んだ板倉と深い仲になってからも奥畑とつきあい、「欲得ずくで若旦那を釣っていた」のかもしれない、ほかに神戸のバーテンダー・三好とも妙子は親しいらしい、なのである。婆やはけっして非難して言うのではなく「若旦那（奥畑）がそれほど打ち込んでおられるお嬢さんなら、わたしにとっても大切なお方であると思っている、ついてはなにとぞこいさんが気持を直して若旦那と一緒になってくださるように、皆さんのお力で仕向けていただきたい、聞けばこいさんは、近頃また好きな人が出来たとやらで、そのためになお若旦那を袖にする傾きがあるらしいとのことだけれども、それがほんとうなら、若旦那の懐中がそろそろ寂しくなりかけて来たので、見切りを付けようとしておられるのかもしれない」と案じているのだった。

幸子や雪子にも思い当たるふしがある。病気が癒えた妙子は、日中は幸子の家に来て洋裁などに励み、夜はアパートへ帰るという生活を営んでいたが、これとはちがう外出も多い。奥畑と会っているらしい。幸子の夫も少しずつ妙子を許すようになっていた。奥畑は頼りないが、蒔岡家としては妙子が写真家の板倉と深い仲になっているときから、まだしも奥畑のほうがましと考えていたのである。

折しも奥畑が満州へ行く、という話を妙子が呟く。この作品〈細雪〉の時代は、ヨーロッパではヒトラーが台頭し、アジアでは満州国が建てられたころなのだ。妙子は「自分もよくは知らないのだが、実は今度、満州国の役人が日本へ来て、満州国皇帝のお付きになる日本人を二、三十人募集している。お付きといっても式部官だの侍従だのという高級官吏ではなく、単に皇帝の側近に仕えて身の周りの世話をするボーイのようなものであるから、智能や学問はどうでもよい。ただ素姓のはっきりしている者、ブルジョア育ちの、容貌が端正で儀礼や身嗜みの心得のある者、ということなので、つまりお上品な坊々(ぼんぼん)でさえあれば頭は少しぐらい低能でもよい、というのであるから、全く啓ちゃんに持って来いの口なのである。それで啓ちゃんの兄さんたちも、そんな口があるなら是非その募集に応じて満州へ行け、皇帝のお付きなら人聞きもよいし、仕事はなにもむずかしいことはないのだろうから、啓三郎には実に向いている、啓三郎がその気になって満州へ行くなら、門出の祝いに勘当を許してやろう」という事情らしい。

雪子が「こいさんもいっしょに付いてったらいい」と勧めると妙子は奥畑に対して「そんな義理

はない」と、にべもない。すると雪子が（けっして引っ込み思案ばかりの女ではないのだ）

「義理がないと言えるやろか。こいさんと啓ちゃんとは、世間の人がだれでも知ってるほど古い古い関係やないの」

「うちはとうからその関係を断ちたい思うてたのんやわ。向うがひつこうて、勝手に付きまとうてたんやもん、義理どころやあれへん、迷惑してるぐらいやわ」

「こいさん、経済的にもいろいろ啓坊に厄介かけてることがあるのんと違う？　こう言うたらなんやけど、お金のことでも世話になってるのんと違う？」

「阿呆らしい、そんなこと絶対にないわ」

「ほんまかいな」

「うち、そんなことせんかて自分の稼ぎでやって行けたし、貯金もしてたということ、雪姉ちゃん知ってるやないの」

「こいさんはそない言うけど、世間ではそう思うてえへん人もあるねんわ。あたしかて、ついぞいっぺんもこいさんの貯金帳や小遣帳見せてもろたこともないし、どれぐらい収入あるのんか、ほんまのことは知らなんだし」

「第一啓ちゃんにそんな働きがある思うてるのんが間違いやわ。うちはあべこべに、今に啓ちゃん養うて行かんならん思うてたぐらいやねん」

「そんなら聞くけど……」

と雪子は奥畑の婆やからお春が聞いた話をもとに具体的に、静かに問いつめる。幸子はかたわらではらはらしながら聞いていたが、やがて妙子は涙を浮かべ、荒々しくドアを締めて部屋を立ち去る。

だが翌々日の朝にはケロリと現われ、

「啓ちゃんの満州行き、止めにしたらしいわ」

「そう」

多少の屈託は残ったが、姉妹の仲は保たれたらしい。


そして再び雪子の縁談である。出どころはまたしても美容院の井谷である。井谷は蒔岡家にとっては古くからの懇意であり、神戸では広く鳴らした美容院なのだが、近々店を人に譲りアメリカへ行くんだとか。急な話なので送別会のたぐいは辞して、とにかく蒔岡家においとま乞いに来たのだが、かたがたふさわしい勧めを持参した、というわけだ。相手は御牧(みまき)という子爵の庶子の実(みのる)で四十五歳、学習院を出て東大の理科に在学したこともあるが、退学してパリに行き、絵を習いフランス料理を研究、さらにアメリカへ渡り州立大学へ入って航空学を修め、アメリカ各地を放浪し、帰国して家の設計に手を染めたところ、これが好評で建築屋のようなこともやったとか。趣味が豊かで話のおもしろいりっぱな紳士で、人柄は申し分ない。井谷の娘の光代が〈女性日本〉誌の記者で、その社長の国嶋権蔵から大変かわいがられていて、御牧実はこの社長とすこぶる昵懇(じっこん)の間柄。「ぜひとも実さんに妻を」とひたすら願っているのだという。初婚であり、ややこしい係累はなく、父なる子爵はかつては貴族院で活躍したが、高齢で今は祖先の地である京都の別邸に隠棲している。実には、これといった財産もなく、当面の経済は不安定だが、生活に不自由することはあるまい。井谷は幸子にもろもろ述べて「この縁を逃がす手はない」と勧める。自分がアメリカへ旅立つ前に帝国ホテルに滞在しているから、お別れ会を兼ねて幸子、雪子、妙子の三姉妹にちょっと上京してほしい、と言うのだ。独り残される悦子も「お春がいてくれればいいわ」と、ことの重要性を推測たちに席を譲る。

したようだ。かくて曲折の末、これが実現して三人は上京する。帝国ホテルは混んでいて一室しか取れなかったが、東京駅には井谷の娘の光代が迎えに来て、この人は手際がいい。三人一部屋で多少のぎくしゃくはあったが、夜には招かれて井谷の部屋へ。旅立ちを前にして室内は荷物でいっぱい、御牧はすでに来ていて椅子から立ち「私はここで結構」と大きなトランクに腰を下ろして雪子たちに席を譲る。

会談はさりげなく穏やかに進み、翌日はこの縁談の仲介を買って出ている国嶋社長夫妻にも紹介され、三日目には幸子と雪子だけが本家へちょっとだけ訪ねて鶴子と会い、その後、歌舞伎座へ。ここにも芝居に知識の薄い御牧が現われ、近くのティールームに赴いてみんなでお茶を飲む。さまざまな事情が綴られているが、細かいことは省略して大切なことを三つだけ記しておこう。

一つはこの旅の本筋……。雪子と御牧の面会はつつがなく、なにより御牧の人柄が快かった。国嶋夫妻もわるくない。話しにくいこともそれなりに伝えて了解しあえた。ひとことで言えば成功であった。

二つめは短い時間ではあったが姉妹が……鶴子と親しく接しえたこと。妙子は本家に顔を出さなかったし雪子も気まずい、幸子も敬遠したかったが（それで短い訪問としたのだが）鶴子はいろいろと東京の生活も苦しいらしいが、やっぱり昔ながらの姉であり、別れ際にはなぜか涙を流し、幸子も泣いてしまった。

しかし三つめは、ひどい、辛い。ホテルの部屋で雪子が入浴し、幸子と妙子が二人だけになったとき、いかにも疲れているような妙子を見て、

「こいさん、まだ体が本当でないのんやろうけど、どこぞほかにも悪いとこあるのんと違うやろか。帰ったらいっぺん櫛田(くしだ)さんに診てもらうことやな」

と言うと、

「ふん」

と、言ったきり、やはり大儀そうにしながら、

「診てもらわんかてわかってるねん」

と言うのであった。

「そんなら、どこぞ悪いとこあるのん」

幸子がそう言うと、妙子は安楽椅子の腕の上に横顔を載せ、どろんとした眼を幸子に注いで、

「うち、たぶん三、四ヵ月らしいねん」

と、いつもの落ち着いた口調で言った。

「え？」

途端に息を詰めて、穴の開くほど妙子の顔を見すえていた幸子は、ややしばらく間を置いて、ようよう次の言葉を言うことが出来た。

「啓坊の子かいな？」

「三好という人のこと、中姉ちゃん、婆やさんから聞いてるやろ」

「バーテンダーしてる人かいな」

妙子は黙って点頭して見せてから、

「お医者さんに診てもろうたことはないけど、きっとそうやろ思うねん」

「こいさん、生む気やのん」

「生んで欲しい言うねん。そないせえへんだら、啓ちゃんがあきらめてくれへんねんわ」

幸子の驚きは大変なものだ。手足の先から血が引き、体が激しく震える。倒れそうだ。動悸がひ

どくならないよう灯りを消してベッドに横たわる。幸子は独り眠れない夜を過ごした。

——妙子をどうしよう。このふしだらで、また雪子のよい縁が駄目になるかも——

その思案のあれこれは書ききれない。本文をゆっくりとご覧あれ。

芦屋へ帰った幸子はすぐさますべてを夫の貞之助に打ち明けた。蒔岡家の鶴子・幸子の二姉妹はともに婿養子を迎えていたが長女の夫・辰雄は通念を重んずる銀行家であるのに対し、貞之助は計理士で問題解決に適応する実務家であった。幸子の悩みを理解し、当面の対応に奔走する。雪子のほうは、よい縁らしいし、なによりも幸子がよしとしている。雪子もこのあたりで結果を出さないと、もうよいチャンスに恵まれないかもしれない。必要な調査に腐心し、御牧や国嶋に会い、老子爵の意向も質し、本家の辰雄の了解も得て……いずれも礼儀や因習、面子や思惑や利害などややこしいことが絡んでいるのだが関係者がみなおおむね好意的で、もちろん雪子に〝否や〟は（あい変らずはっきりしないのだが）ないようだ。結婚後の経済の心配も（少しく後になって決まったことだが）子爵が甲子園にある家を買って贈ってくれるらしいし、実の就職も国嶋の世話で東亜飛行機製作所に高給で迎えられることとなる。厄介はあったが、結納が交わされ、結婚、披露宴の手はずも整った。めでたし、めでたし、めでたしの方向がはっきりと見えてくる。

妙子のほうは……これは超厄介で、秘密裡に医師に診せ、確かに妊娠五ヵ月足らず、頃あいを計って有馬温泉の適当な宿にお春とともに密かに滞在させ、バーテンダー三好とは結婚させねばなるまい。貞之助が会ってみれば三好は〝案外感じのよい青年〟で、まっすぐにものを考えている。「僕はこいさんを妻に持つような資格のある人間でないことは、自分でも承知していますが、しかし将来結婚をお許しくださるなら、誓ってこいさんを幸福にしてあげるつもりです」と真摯に訴え、そのためにわずかながら貯金をして自力でバーを経営しようと企てているらしい。結婚を許し、本家を説得し……しかしこれは雪子の結婚が終ってからだろう。奥畑がなにかトンデモナイことをしでかすのではないか、貞之助は奥畑にも会って因果を含め、奥畑は最後に「自分は小遣いにも不便をする今日このごろなので妙子さんに用立てたものを返していただけないか」との注文で、求める二千円を手切れ金のつもりで即座に支払った。すべてを善処し妙子の出産を神戸の確かな病院に移して待ったが……これが苦痛の末、死産。傷心の妙子が退院して来て三好のところへ赴く前に幸子のところへ訪ねて来る。そこには……そこの二階には雪子の嫁入り道具がきらびやかに飾られていた。この残酷な対比……。

〝幸子は、そんな具合に急にここへ来て人々の運命が定まり、もう近々にこの家の中が寂しくなることを考えると、娘を嫁にやる母の心もこうではないかという気がして、ややもすると感慨に沈みがちであったが、雪子はひとしお、貞之助夫婦に連れられて二十六日の夜行で上京することに決まってからは、その日その日の過ぎて行くのが悲しまれた。それにどうしたことなのか数日前から腹具合が悪く、毎日五、六回も下痢するので、ワカマツやアルシリン錠を飲んでみたが、あまり効きめが現れず、下痢が止まらないうちに二十六日が来てしまった。と、その日の朝に間に合うように、大阪の岡米に誂えておいた鬘が出来て来たので、彼女はちょっと合わせてみてそのまま床の間に飾っておいたが、学校から帰って来た悦子がたちまちそれを見つけ、姉ちゃんの頭は小さいなあと言いながら被って、わざわざ台所へ見せに行ったりして女中たちをおかしがらせた。小槌屋に仕立てを頼んでおいた色直しの衣裳も、同じ日に出来て届けられたが、雪子はそんなものを見ても、これが婚礼の衣裳でなかったら、と、呟きたくなるのであった。そう言えば、昔幸子が貞之助に嫁ぐ時にも、ちっとも楽しそうな様子なんかせず、妹たちに聞かれても、嬉しいこともなんともないと言って、けふもまた衣えらびに日は暮れぬ嫁ぎゆく身のそゞろ悲しき、という歌を書いて示したことがあったのを、図らずも思い浮かべていたが、下痢はとうとうその日も止まらず、汽車に乗ってからもまだ続いていた〃

日本文学に冠たる長編小説〈細雪〉は、こうそっけなく、ひたすらそっけなく終っている。どう評価したらよいのだろうか。

巷間にはこの作品について数多(あまた)の批評、感想、研究が著わされている。ここでは読後のささやかな思案だけを記しておこう。すなわち文豪は、卓越した美意識を四人の典雅な若い姉妹に託して描き、それがもう昭和の初期において芦屋だけではなく日本全体の文化として滅びていくのかもしれない、と告げたのではあるまいか。その嘆きをみごとに文学という形で示したのではなかろうか。鶴子は生活に窮し、幸子もままならない。雪子はいつまでも美しくいられるはずもなく、妙子が新しい生き方を発見しても、それは谷崎の好みではあるまい。文豪の予測は的中して、あれから数十年、日本は、世界はどんどん優雅さを失っている。熟読すれば示唆に富んだ力作、そして大衆性に不足はない。「細雪、今、いずこ」と呟き、あとはあさはかな六角評価図も創っておこう。

A　ストーリーのよしあし。

B　含まれている思想・情緒の深さ。

C　含まれている知識の豊かさ。

D　文章のみごとさ。

E　現実性の有無。絵空事でも小説としての現実性は大切であり、むしろ谷崎的リアリティを考えるべきだろう。

F　読む人の好み。作者への敬愛・えこひいきも入る。

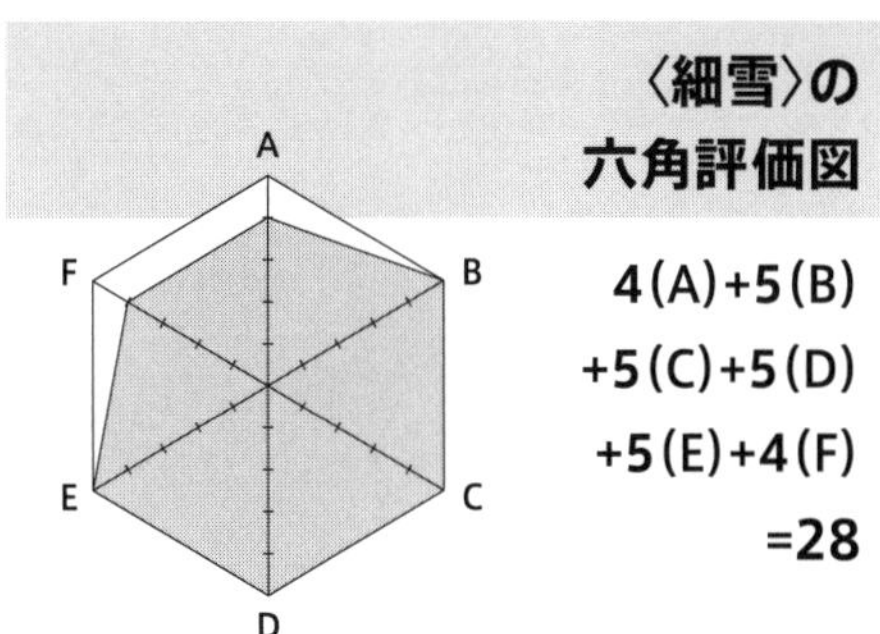
〈細雪〉の
六角評価図
A
B
C
D
E
F
4(A)+5(B)
+5(C)+5(D)
+5(E)+4(F)
=28

12 文学と女性の関わり

生涯と作品を訪ねて

谷崎潤一郎は引っ越し魔などと呼ばれることがあったらしい。子どもの頃は自らの意志とは関わりが薄かろうが、文壇にデビューしてから後にはいろいろな事情があったにせよ、短い居住を含めると三十回を超えて住まいを変えている。

〈細雪〉で次女の幸子の家として描かれたのは、神戸市東灘区の家で、

我が庵はすみよし川の岸辺なる
　つつみの松のつゆしげきもと

と自詠しているように住吉川の魚崎に近いところであった。この家は魚崎駅建設のため少しく離れた川下に移築され、現在は倚松庵として訪ねる人を待っている。

つれづれなるままに初秋の午後、私も足を運んでみた。昭和初期を偲ばせる趣きの深い木造の二階家。一階に三間と女中部屋、二階に三間……。

——狭い——

と思った。

〈細雪〉では幸子夫婦と悦子、それに雪子が加わり、妙子の寝間も確保されているはずだ。もちろんモデルとした家と実際のすみかとがちがっていても、いっこうにかまわない。むしろ窓の外に映る六甲の山脈を含めて、

——ここで構想を温めたんだ——

実際の執筆は少し後だが（この家ではなかったが）作家のイマジネーションに思いを馳せるにはふさわしい。最愛の伴侶・松子（まつこ）との結婚生活もみずみずしく、松子の二人の妹の存在もヒントとなったにちがいない。

倚松庵から車を飛ばして芦屋市伊勢町の谷崎潤一郎記念館へも行ってみた。ここも典雅な民家風の日本建築だが、文豪の住んだところではないようだ。芦屋をこよなく愛した谷崎へのオマージュとして谷崎風の設え（しつらえ）を再現したらしい。展示品には初期の資料は少なく、芦屋に因んだものが多く見られた。書斎も造られていて、庭園も美しい。一通り楽しんだあと、さらに近くの芦屋川まで足を延ばした。この川は〈細雪〉の中巻、大洪水のくだりで荒れ狂っている。そこでは雨が数日前から降り続け、当日、すなわち七月五日の明け方から沛然たる豪雨と化して降り止む気色を見せない。しかし、一、二時間後に阪神間に記録的な惨事をもたらすとはだれも考え及ばなかった。

〝芦屋の家でも、七時前後にはまず悦子が、いつものようにお春に付き添われながら、大して気にも留めないで土砂降りの中を学校へ出かけて行った。悦子の学校は阪神国道を南へ越えて三、四丁行ったあたりの、阪神電車の線路よりもまた南に当る、芦屋川の西岸に近いところにあって、いつもならお春は国道を無事に向う側へ渡してしまうと、そこで引き返して来ることが多いのであるが、今日はそういう大雨なので、学校まで悦子を送り届けておいて、帰って来たのは八時半頃であっただろうか。途中彼女は、あまり降り方が物凄いのと、自警団の青年などが水の警戒に駈け歩いているので、廻り道をして芦屋川の堤防の上へ出、水量の増した川の様子を見て戻って来て、業平（なりひら）橋の辺は大変でございます、水が恐ろしい勢いでもうすぐ橋に着きそうに流れておりますなどと語っていたが、それでもまだそんな大事に至ろうとは予想すべくもなかった〟

という情況だったらしい。

現在の地図で探ってみると、芦屋の家から悦子の通う学校は三キロあまり、小学生には結構な距離だが、昔はこのくらいみんなが平気で歩いていたのだ。

一方、この朝、少し遅れて洋裁学校へ向かった妙子は……これは本山あたりで距離としては小学校より近いが、学校は休みで、誘われて近隣の玉置女史のところでコーヒーを飲むうちに周囲は大変な情況、一帯は海のように水が広がり荒れ狂い、命からがらかろうじて板倉写真師に助けられる、と、これはすでに作品のダイジェストの中で述べた通りである。

一帯にはいくつかの川が流れているようだが、その代表格、芦屋川の橋上に今、立ってみると、まことに穏やかな風景、川土手はコンクリートで高く整備され、川ぞいの遊歩道は子どもたちの遊び場にもつきづきしい。少し向こうに青い海が光り、

――ずいぶん海が近いんだ――

楽しくなるような環境だった。

先にも述べたように谷崎は住まいをたびたび変えているので、ゆかりのある古跡はふんだんにある。屋敷が残っていたり、石碑が建つだけであったり、探し訪ねてみるのも一興だろう。東京住まいの私も心がけて日本橋や横浜界隈を歩いてみたが、それについては筆を擱こう。

むしろここでは翻って文豪の生涯を（作品の紹介にそえて、すでに略記したこともあるが、ここでまとめて）少しく追ってみよう。

谷崎潤一郎は明治十九年（一八八六）東京・日本橋の蠣殻町で生まれた。現在の人形町の一角であり、江戸の風俗を、古い東京の気配を残すところであった。

祖父はご一新の時期に才覚を働かせ、活版屋を営み、街灯に火を点じて歩く点灯社を起こし、そ

の他もろもろ要領よく生きて家は豊かであった。この祖父には女性崇拝の性向が見られ、またキリスト教を知ってマリア像を置いて拝していたとか。これが幼い潤一郎の心理にナイーブなサムシングを与えたらしい。

父はその娘婿、養子であり、潤一郎より先に一子を得ているが、すぐにその子は死亡、潤一郎は長男とされ、四歳年下の弟・精二（せいじ）は後に（兄との仲たがいもあったが）英文学者として名をなしている。私事ではあるが、筆者も早稲田大学でほんの少しこの教授からアラン・ポーについての講義を聞いた覚えがある。

それはともかく祖父が他界し、父・倉五郎の代になると、家は傾き始め、どんどんと悪くなる。母は美しく、幼い潤一郎を歌舞伎に連れて行くなど、古い風俗に親しませ、これも谷崎の心にサムシングを与えただろう。

潤一郎は充分にかわいがられて育ち、家ではきかん坊であったが、外ではまるで駄目、小学校へもよう行けない。ようやく家の者に連れられて登校し、一年生をやり直し、典型的な内弁慶。しかしよい先生に出会い、すぐに成績もよくなり、終業式の総代を務めたりしている。知性の力により劣等感から脱却するという貴重な体験に浴していた。これも文豪の一生にサムシングを培っただろう。早熟な、なにかしら将来を感じさせる才能を持つ少年であったにちがいない。友人と親しむうちに、その親たちにもかわいがられて、たとえば高級中華料理店偕楽園の主人・笹沼源吾（ささぬまげんご）の援助を受け、その子息の源之助（げんのすけ）とは一生のつきあいとなった。実家の経済はますます苦しくなり学業をあきらめるよう迫られたが、教師の紹介で著名な料理店・築地精養軒の北村重昌（しげまさ）を知り、住み込みの書生兼家庭教師となる。優遇を受けたが、後にこの家の小間使いとの恋が露見して、ここを去ったりしている。

こんな生活を送りながら文学への関心は怠りなく、第一高等学校の英法科から東京帝国大学の国文科へ入り、学業はともかく、盛んに筆を揮い、いろいろな雑誌に戯曲や小説や小論文を投稿・発表、いろいろなテーマを、いろいろな手法で綴り、

――こういう習作の時代があったんだ――

多様な才能をかいま見せながら、

――迷っていたのかな――

思いつくことをとにかく書いてみる、という雑駁さを感じないでもない。

明治四十三年（一九一〇）二十四歳のときに小山内薫（一八八一～一九二八）のもとで、和辻哲郎（一八八九～一九六〇）等とともに同人誌『新思潮』（第二次）を創刊し、ここに〈刺青〉を発表、永井荷風（一八七九～一九五九）を知り、翌年には有力文芸誌『三田文学』で〈谷崎潤一郎氏の作品〉と題する小論で荷風の絶賛を受け、作家としての地位を確立した。

永井荷風はアメリカ帰り、フランス帰り、新しい文学の旗手であり、重鎮であり、自然主義が席巻するなか文学の本道を探り、耽美主義的傾向をも訴えて、その影響力は大きかった。

その荷風が新人・谷崎を評しているのだ。まず小論の冒頭で、

〝明治現代の文壇に於いて今日まで誰一人手を下すことの出来なかった、あるいは手を下そうともしなかった芸術の一方面を開拓した成功者は谷崎潤一郎氏である。語を替えて言えば、谷崎潤一郎氏は現代の群作家が誰一人持っていない特種の素質と技能とを完全に具備している作家なのである。

自分は氏の作品を論評する光栄を担うに当って、今日までに発表された氏の作品中ことに注目すべきものを列記しておこう。それは廃刊した新思潮第二号所載の脚本「象」。同誌第三号所載の小説「刺青」。同第四号所載の小説「麒麟」。スバル第三年第八号所載小説「少年」。同第九号所載の

小説「幇間」等である。しかし谷崎氏は今まさに盛んなる創作的感興に触れつつある最中なので、さらにさらに吾人をして驚倒せしむべき作品を続々公表されるに相違ない。けれどもすでに発表された前述の作品だけについて見るも、当代稀有の作家たることを知るに充分である〟と凄い。デビュー間もない作品を次々に評価し、さらに今後を予見して保証している。

そして新人の文筆の長所として三つのポイントをあげている。

第一は〝肉体的恐怖から生ずる神秘幽玄である。肉体上の惨忍から反動的に味わい得らるる痛切なる快感である〟

第二は〝全く都会的たる事である。江戸より東京となった都会は氏の思想的郷土であるがゆえに、広く見れば氏の作品は全く郷土的であるとも言える〟

そして第三は〝文章の完全なる事である。現代の日本文壇は人生のためなる口実の下に全く文学的製作の一要素たる文章(スチール)の問題を除外してしまった後なので、自分がいまさらかくのごとき論議を提出するの愚を笑うかもしれぬ〟

として、たったいま挙げた初期作品を例として、また海外の文学を引用したりして新人・谷崎の長所を解明しているが、これは少々むつかしい。

あえて私見を述べれば、荷風は庶民生活の苦しさをひたすら現実的にちまちまと描く自然主義文学に対して、それとは異質なイマジネーションの世界を如実に綴ることをこの新人に期待し、その才能を感じ取ったのではあるまいか。

——褒め過ぎじゃないのかなあ——

という感がしないでもないが、結果は大・谷崎を生む基となったことは確か、荷風の慧眼(けいがん)に頭を下げるばかりである。

この称賛に若い谷崎は欣喜雀躍、両手首をブルブル震わせ、足が地に着かないほど歓喜したと後に〈青春物語〉などで述べている。

荷風の批評について私なりの説明を加えれば、第一のポイントはだれしもが持つ肉体的なマイナスから逆に典雅な喜びを創り出す作風を評価したのだろう。これはまさしく谷崎の一生を貫くものだ。第二のポイントは江戸から東京へ、その変化を江戸の文化に馴染んだ資質で郷土的に（つまり生来的に）よきものとして表現したことだろう。後年、谷崎は東京を離れ、関西の文化・風俗への憧れの中に多く身を置いたが、それでも谷崎の文学については、

――生粋の関西人のものじゃないね――

という声もよく聞く。こういう評価は見よう読みようによってなんとでも言えるだろう。確かに〝生粋の関西人〟ではないのだから、この言葉を否定するのはむつかしい。だが谷崎は江戸から東京となった文化の中から、日本人本来の都である京・大阪に思想的郷土を求めて生き直したのかもしれない。関西風を敬愛しながらも、繁栄した江戸の文化を心に残し、古い日本を郷土としたのではないかと私は思う。そして第三のポイントは文学の本質を訴え、この点について谷崎が第一人者であることに、ほとんど異論はあるまい。

この称賛ののち第一短編集〈刺青〉も発行され、いよいよ旺盛な執筆活動が始まり、続けられていく。文壇の先輩や仲間たちとの交際もこのころより繁くなっていく。資料を眺めると和辻哲郎や岩野泡鳴（一八七三～一九二〇）や長田幹彦（一八八七～一九六四）の名が散っている。大正四年（一九一五）名作〈お艶殺し〉を発表したあとに、石川千代と結婚。女性関係はつねに華やかで、話題の多い作家であったが、この結婚は……そもそも谷崎が千代の姉に関心を抱いたことからだった。

姉の初子(はつこ)は向島で芸者を務め、後に廃業して料理屋を営んでいた。谷崎はそこへ通い、ときには入りびたるほどの親しさだったらしいが、初子には旦那がいる。いくら人あしらいがうまく、陽気で楽しく谷崎の好みであっても、この縁はむつかしい。しかも年上だ。

「じゃあ、妹はどう」

と勧められ、それもいいか、となったような気配がないでもない。かくて貞淑な妻と新世帯を持つこととなった。とりあえず円満であったが、千代と姉とはちがう。新夫は新婦に「姉を見習え」と、しばしば説いたという。

新人作家として売れ始めていた谷崎であったが、精神的には、

――芸術家としてどうあるべきか――

人気をえたところであらためて悩んでいたのである。今までは遮二無二(しゃにむに)進んで来た。これからは本当に信じうるものに徹したい。

――それがなにか――

奇才には悪の中に美を見出そうとするモチーフがあり、それを妨げる良識もあり、この葛藤を柔らかく包んでくれる安らぎが身辺にほしかったのかもしれない。結婚は両親の家を離れ、はっきりと自立する自分を創るために必要でもあった。このあたり千代は良妻であったが、文学に関わる務めは重過ぎただろう。この頃より若い谷崎は他人はどうでもいい、自分本位の芸術至上主義に傾いていく。いくつかの作品が風俗壊乱(かいらん)のとがで発禁処分を受けている。

翌大正五年（一九一六）に長女・鮎子が生まれたが、それを喜んでいた母が、次の年に丹毒による心臓麻痺で没する。

母は美しい女(ひと)であった。下町の美女番付で大関にあげられたほどだ。豊かな商家の娘として育て

られ、穏和な性格だったらしい。潤一郎はこの母にかわいがられ、顕在的に、また潜在的に憧憬は深かったろう。自虐的な名作〈異端者の悲しみ〉や母への思いを暗夜の旅とした〈母を恋うる記〉などはこの頃の作品である。

結婚して家を持ったものの、

「仕事の邪魔になるから」

と母子を自分の父のところへ預けることも多かった。しかし、それだけの理由ではなく潤一郎の関心は千代の妹・せい子に移り始めていた。せい子は実家の事情から谷崎家で養育されることになって、少女のときから谷崎は親しんでいた。その少女が成長して谷崎のかたわらに繁くいるのはただごとではない。文壇の仲間たちが谷崎の家を訪ねると、谷崎を挟んで妻の千代と、その妹のせい子の間にただならない気配を感じ、トラブルを目撃することも珍しくなかった、とか。

そして、むしろ先見の明として高く評価すべきことなのだろうが、若い潤一郎はいち早く活動写真（映画）に眼を止めた。その将来性を察知した。〈アマチュア倶楽部〉なるシナリオを自ら綴り、製作会社との関係を築いて後に活躍する映画関係者たちと仕事を共有している。特筆すべきは、この試みにせい子を女優として出演させていることだ。せい子は女優・葉山三千子（はやまみちこ）として、身長一五五センチ、体重四六キロ、大柄で均整のとれた美人であった。谷崎潤一郎の略歴を示す資料には必ずといってよいほど、その麗美な水着写真が載っている。後に〈痴人の愛〉のヒロイン・ナオミのモデルと言われるのも、

――むべなるかな――

だろうか。

ところで……谷崎潤一郎という精神は〝芸術が至上である〟ということを除けば人情味もあり、

良識の人でもあったろう。だから端的に言えば、千代はよい女だが自分の芸術にとって邪魔と感じられたのだろう。〈既婚者と離婚者〉（大正六年の作）という対話劇は、離婚をしたくてもその後、別れた女が不幸になり、その重荷を一生背負うことを厭う心理がモチーフになっている。こういう心理を抱いたとき、次に全くのイマジネーションとしてふっと心に浮かぶのは、

――妻が死んでくれたらいいのだが――

妄想はさらに広がって〝殺人〟という言葉が脳裏に浮かぶ。本書の第八章で触れたように、この頃の谷崎の作品には江戸川乱歩ばりのミステリーが多く、

――小説家の頭の中はこうなんだよな――

谷崎も書斎のつれづれに〝可能性としての殺人〟を空想したのかもしれない。

さて、それはともかく大正八年（一九一九）二月に父が他界し、谷崎が家を小田原に移したところに詩人・佐藤春夫（一八九二〜一九六四）が登場する。

谷崎と佐藤は少し前から親交を深めていたが、この頃には谷崎の家を繁く訪ねて歓談するようになっていた。

佐藤春夫について文学辞典などを頼りにその生涯を瞥見しておけば、明治二十五年、和歌山県の新宮に生まれた。谷崎より六歳ほど若い。家は代々医師であったが、少年は詩歌を好み、その方面の雑誌に投稿を試みている。自我が強く、反抗的性格で、中学では無期停学に処せられたりしている。与謝野鉄幹（一八七三〜一九三五）や晶子（一八七八〜一九四二）を知り、生田長江（一八八二〜一九三六）に師事し、堀口大学（一八九二〜一九八一）とは終世の交友を結んだ。慶應大学で学び、早くから文壇に詩才を認められていたが、大正六年（一九一七）〈田園の憂鬱〉の第一部を発表、谷崎と知り合ったころは新進の詩人として注目されていた。次々に詩集や論評を上梓し、谷

崎もその才能を敬していた。大正末期には谷崎や芥川龍之介（一八九二〜一九二七）を凌ぐ名声をえていた、という。が、後年の活躍は措くとして小田原の谷崎家に現われたころの佐藤は結婚や同棲など女性関係はうまくいかず、だが谷崎との仲だけは親密そのものであった。谷崎の女性関係も乱れていたが、とりわけ眼に余まるのは、家庭内のトラブル、妻の千代には労りが薄く、罵声を浴せ、争いが絶えない。幼い鮎子もあわれである。谷崎の心は千代の妹のせい子に向いているのだ。こんな実情を見るうちに佐藤春夫の心は千代に向かい、恋心が生ずる。

「俺に千代さんを譲ってくれ」

「いいよ」

端的に言えば、そんな会話が交わされたにちがいない。谷崎は千代と離婚して、千代は佐藤と結婚すると……。これについて、三人三様、つまり谷崎と佐藤と千代がどう考えたか、日月の経過、事情の変化、簡単には語りえないし、関係者二人がともに物書きなのでそれぞれの作品の中に本当のこと、虚構化されたこと、いろいろ綴っているので、さまざまな解釈があるけれど、大ざっぱに見れば、谷崎は千代を愛しきれず、せい子と親しくなろうとし、そう思いながらも、

——いや、ちがう。俺とはべつな相手を探してせい子を幸福にしてやらなくちゃあ——

と考えたり（事実、美丈夫として人気を集めた男優・岡田時彦（一九〇三〜三四）との結婚を考えたり）自分の心の迷いを反省したり……結局、

——千代を佐藤に譲るのは、やめた——

親友同士の約束を（具体的に事態が進んでいるにもかかわらず）急にプッリと取りやめてしまったのだ。佐藤は悲しむ。怒る。親友としてのいつくしみは絶交へと変わり、佐藤は悲痛の中で著名な〈秋刀魚の歌〉を詠んで発表した。五節の詩の三節を紹介すれば、

あはれ
秋かぜよ
情(こころ)あらば伝へてよ
――男ありて
今日の夕餉(ゆうげ)に　ひとり
さんまを食らひて
思ひにふける　と。

さんま、さんま
そが上に青き蜜柑の酢をしたたらせて
さんまを食ふはその男がふる里(さと)のならひなり。
そのならひをあやしみなつかしみて　女は
いくたびか青き蜜柑をもぎて夕餉にむかひけむ。
あはれ、人に棄てられんとする人妻と
妻にそむかれたる男と食卓にむかへば、
愛うすき父を持ちし女の児は
小さき箸をあやつりなやみつつ
父ならぬ男にさんまの腸(わた)をくれむと言ふにあらずや。

さんま、さんま
さんま苦いか塩（しょ）っぱいか。
そが上に熱き涙をしたたらせて
さんまを食ふはいづこの里のならひぞや。
あはれ
げにそは問はまほしくをかし。

情感の溢れる佳詩である。

因みに言えば谷崎と佐藤の絶交は九年後（昭和五年）に円満に解消され、谷崎は千代と離婚、千代は佐藤と結ばれ、娘の鮎子もそのもとで養育されることとなった。このときの契約が文書で（関係者への連絡という書状で）示され、それが新聞だねとなって、たちまち広く喧伝（けんでん）された。手紙形式のままなる数行を示しておこう。漢文調だが、頑張って読めば読めないこともあるまい。

拝啓
炎暑之候尊堂益々御清栄奉慶賀候
陳者我等三人此度合議を以て千代は潤一郎と離別致し春夫と結婚致す事と相成潤一郎娘鮎子は母と同居致す可く素より双方交際の儀は従前の通に就き右御諒承の上一層の御厚誼を賜度何れ相当仲人を立て御披露に可及候へ共不取敢以寸楮御通知申上候
敬具
昭和五年八月　日

谷崎潤一郎
千代
佐藤　春夫

ここにたどりつくまで、いろいろ複雑な経緯があったが、それは省略。ただ次のことだけ特記しておこう。この事件、一見したところ、男性二人が勝手に女性をやりとりしたように映るが、千代に対して（鮎子に対しても）相当な配慮が尽されており、男尊女卑の時代のわりには、二人の文学者は独りよがりだけではなかった、と思う。千代の考えも尊重されていた。

私生活の混迷にもかかわらず奇才は次々に話題作を発表する。それについては、すでに本書で触れて来たが、大正十二年（一九二三）、箱根に滞在しているときに関東大震災に遭い、

――東京はこの先どうなるかわからん――

一家をあげて関西へ居を移した。災害のひどさにショックを受けたのは当然として、それまでに見聞してなじんでいた京都・大阪・神戸への憧れに加え、推移していく江戸・東京の文化に対する絶望のようなものを抱いていたのかもしれない。この先の人生はほとんど関西にあった。

谷崎潤一郎の文学を考えるとき関西居住はすこぶる重要な要素であり、本質と関わるものと言ってよいだろう。大震災がなくとも関西に住み替えしたような想像も充分に可能だが、とりあえずこの災害が、災害により拠点を移したことが、幸いであったことは疑いない。

話は変わるが、芥川龍之介との交友にも触れておこう。二人は古くからの知己であり、たがいにその文学を敬愛しあっていたことは疑いない。だが高く評価しながらも（それ故に、と言ってもよ

いが）しばしば論を交えている。芥川の自殺の直前に交わされ、世に〃筋のない小説〃論争と呼ばれて、谷崎の〈饒舌録〉や芥川の〈文芸的な、余りに文芸的な〉などに断片的に綴られているものがあって、これは相当にややこしい。

すなわち谷崎は小説における筋のおもしろさを重視し、それは物の組み立て方、構造のおもしろさ、建築的な美しさであり、この構造的美観をこそ肝要とした。これに対して芥川は、それをあからさまに否としたわけではないが、文学にとっては材料を生かすための詩的精神があるかどうか、詩的精神を燃え立たせるかどうかこそが大切、話らしい話のない小説がもっとも詩に近い純粋な小説とした。巷間には、

――小説は、やっぱりストーリーのおもしろいのがいいよなあ――

という意見が多いだろうが、芥川はあえて文学の本質に、存在理由にこだわったのだろう。しかし、これはまあ、奇才同士のジャブの応酬、この論争にわれら庶民が深く関わることもあるまい。

谷崎は芥川について追悼の意味をこめて、こんなことを書いている。一端をのみ記しておこう。

〃私はいつも故人（芥川）の批評眼の正確にして卓越していること、その趣味の広汎なこと、学問の幅の広いこと、古今東西の芸術はもとより人物評などでもかなり細かく、皮肉なところを見ていることにしみじみ感心したもので、ただの茶飲み話をしてさえ教えられることが多いのだから、せめてこの人がなにか纏まった評論でも書いてくれたら、どんなにか文壇を益するかしれないと思ったくらいだった。見識や批評眼のない者に勇気はいらない、が、人を傾聴せしむるに足る立派な意見を持ちながら、しかも勇気がないこと、これ実に悲しむべき芥川君の欠点であった〃

小説は必ずしも芥川に向いたジャンルではなかったのかもしれない。

芥川の死は昭和二年（一九二七）のこと、大震災のあとであり、関西に移った谷崎は旺盛な執筆を続けていたが、女性関係も微妙であった。義妹であり恋人であり、かわいがっていた女優（芸名・葉山三千子）は奔放な女(ひと)で、早くに谷崎のもとを離れ、谷崎は妻の千代とも不和が募り離婚となり、関西に移って生活に不都合を感じていた。知人を頼りに適切な結婚相手を探したりしている。新聞記者に、

「どんな相手ならいいんですか」

と問われ〝再婚七箇条〟を示している。すなわち、

1、関西の婦人であること。ただし純京都風の婦人は好まぬ
2、日本髪も似合う人であること
3、なるべくは素人であること
4、二十五歳以下でなるべく初婚であること（丙午(ひのえうま)も可）
5、美人でなくとも手足の奇麗であること
6、財産地位をのぞまない人
7、おとなしく家庭的の婦人であること

頷けるところもあるが、むしろ月並みで韜晦(とうかい)の気配さえある。その一方で古川丁未子(とみこ)なる二十三歳とめぐりあっていた。丁未子は鳥取の出身で大阪の女子専門学校英文科卒のインテリ、美女の誉れも高かった。女学生のころからグループで谷崎の仕事場に出入りし、やがて新聞記者となり文藝春秋社の記者となり、谷崎の心に止まったようだ。おおいに親しくなり、谷崎は彼女の親元へともども赴いて結婚の許しをえている。かくて昭和六年（一九三一）四月、内祝言(ないしゅうげん)（公的ではないが実質的に結婚に相当するもの）をあげている。二人はすぐに高野山に赴き、これは蜜月の旅であると

同時に谷崎の借金逃がれでもあったが、睦じい日々であった。と同時に谷崎はこのとき仏教について、あらためて深い知識を蓄えたようだ。

丁未子との結婚は、たとえば仲直りした佐藤春夫への手紙などで「貧乏はしているが、丁未子により本当の夫婦生活を知った」と綴り、周辺から見ておおむね良好のように見えたが、谷崎の本当の心中はどうだったのか。自分好みの女に育てようとしてままならないところもあったようだ。そして、そこには根津松子二十八歳なる運命の女が見え隠れしていた。

松子が谷崎と知り合ったのは四年ほど前、資産家・根津清太郎の妻で、文学好き、芥川が講演のため大阪に来たとき、ファンとして会いに行ったところ、そこに谷崎がいて二人の文学論などを敬聴する。そして翌日、ダンスに行ったりもしていた。根津は芸術家との交際が多く、松子は画家のモデルになったり、才能を生かして書画を描いたりしている。この時期に谷崎が上梓した名作〈盲目物語〉は、表紙に松子の揮毫(きごう)を張っているとか。その後も松子は谷崎のファンとして、また相談相手としてその周辺にあって、高野山から降りた谷崎に住まいの世話などもしている。つまりそこに親しい関係であった。やがて谷崎は松子の家の隣に住まいを持つ。松子は人妻であり子もあったが、夫には愛人があり、別居同然の生活を営んでいた。

この頃谷崎の作品はトーンを変え〈盲目物語〉から〈武州公秘話〉〈春琴抄〉など、ユニークな女性が登場し、それは丁未子の影ではなく松子への憧憬であった、と小説作法の微妙さを言う説も多くあるようだ。谷崎自身も「自分は崇拝する高貴な女がいなければ、創作ができない」と告白しているのだ。

男女の仲はわからない。一夜にして親しさが変貌するときがある。一瞬にして親しさの中身が変わるときがある。松子は谷崎の厚情をうすうす感じていただろうが、ある夜、隣の谷崎の家から誘いがかかり、そこで「お慕い申しております」と愛の告白を受けたのである。当然のことながら丁未子夫人は留守だったろう。

それからいくつかの曲折、トラブルがあったが、この愛はまっすぐに進んだ。松子も谷崎を敬愛し、谷崎の文学を敬愛していた。松子の夫の愛人というのが、松子の妹・信子であったということも、こんな歪な情況が、谷崎の告白を進めるためにプラスに作用したのではあるまいか。根津家の家計は前々から信子が握り、こちらの方が実質的な主婦であったらしい。

プラスと言えば、なによりも重要なポイントは丁未子が谷崎から一切を率直にうち明けられて、

「あなたの幸福のために別れましょう」

と決別を承諾してくれたことだろう。怒りも悲しみも妬みもすべてがあったにちがいない。

——こんなことって、本当にあるの——

丁未子には世界が崩れるような驚きがあったことは疑いない。谷崎に愛されていると信じていただろうから、いや、少しは疑いを抱いていたのかもしれない。いずれにせよこの言葉は丁未子の精いっぱいの矜持だったろう。

かっこうよく総括すれば、丁未子は谷崎の断行が男女の愛だけのものではなく、谷崎の命を賭けた文学のためのものであることを察知し、それを問われたら、

——松子さんにかなわない——

丁未子が谷崎文学の、その依って来たるものの理性的な理解者であり、卓越した文芸編集者であった、と想像すること、これ以上はなにを綴っても真実に近づけないような気がする。谷崎が生涯を通して丁未子に感謝を捧げたことをせめてもの安堵としようか。

かくて潤一郎と松子は昭和九年（一九三四）に同棲、同年丁未子との結婚届が出され（それまで

は内縁だった）翌十年（一九三五）に協議離婚、同年に（すでに根津家を離れていた）松子と結婚、というヘンテコな運びとなった。谷崎の文筆が内面的にもっとも冴えた時代でもあった。

良家に育った才女・松子は地唄舞など古典芸能に通じているばかりか文筆の才能にも恵まれていたようだ。多くのエッセイが〈倚松庵の夢〉なる一書に編まれているが、この倚松庵は谷崎とよき日々を過ごしたところ、過日、私がその記念館を訪ねた旧屋である。このエッセイを読むとタイトル通り松子が谷崎と送った濃密な思い出がよく見えてくる。

松子との生活は谷崎の毎日を充分に満足させるものであった。これからはずっと穏やかな日々が続いていく。もちろん時は昭和の初め、世情は戦時色を帯び、谷崎の執筆は（それまでにもあったことだが）官憲の干渉を受けたりしたが、その中にあって〈源氏物語〉の現代語訳に手を染め、また長編〈細雪〉を書き始める。〈細雪〉には、松子とともに親しくなった松子の妹たち、重子、信子の存在も反映されているようだ。この作品にはほかにもモデルとなった人たちがいるらしい。が、それについては省略して、とてつもない大仕事、〈源氏物語〉との関わりに触れておこう。

〈源氏物語〉が谷崎潤一郎の愛読書であったことは想像に難くない。が、それを現代の日本人がたやすく理解できる日本語文に直すことを勧められたのは、昭和八年（一九三三）ごろ、たまたま訪ねた中央公論社の社長・嶋中雄作より、

「やってみませんか」

このひとことであった。

谷崎は触手が動いたが、

――できるだろうか――

〈源氏物語〉は大長編である。その現代語訳は片手間にできる仕事ではない。ためらいはあったが社長の願いは執拗であり、協力についても「全力を尽す」と入念であった。何年かかるかわからない仕事に生活の保証を約し、谷崎が、

「やっぱり権威ある国文学者の手助けがなければ」

と言えば、

「わかりました」

と、この方面の泰斗・山田孝雄博士（一八七五〜一九五八）を挙げ、説得の労を持った。山田博士もこの仕事の意義を認め、快諾した、という経緯である。

このとき山田博士は〝帝を卑しめるところは訳さない〟ことを条件とし、谷崎はそれを了としたらしいが、今となってはこれはむしろほほえましい。〈源氏物語〉は、その根幹に〝帝の女御と密通して子をなし、その子が後に帝になる〟という不敬なストーリーを含んでいる。これを抜きにして訳すことなど不可能のはずだが、往時の世情を考えて、とりあえずこんなやりとりが成立したのだろう。

谷崎自身がこのあたりをどう考えていたか、絶筆となった〈にくまれ口〉なるエッセイにこう記されている。

〝「源氏物語」は勧善懲悪を目的にして書いたものではない、物のあわれということを主にして書いた読み物であるから、儒学者の言うような是非善悪の区別をもって臨むのは間違いである、物語の中の人物の善し悪しは自ら別で、儒者心をもって測ってはいけない、という本居翁（本居宣長）の説は卓見であるとは思う。しかし今挙げたような上手口を叩く男は今の世にも沢山いて、どうい

う物指をもって測っても、感心する訳には行かない。自分の父であり、一国の王者である人の恋人と密通しているということは、「物のあわれ」という眼から見れば同情できるでもあろう、まあそこまでは許せるとしても、そういうものがある一方で簡単に別の情婦をこしらえたり、その情婦に甘い言葉をかけたりするということは、どうも許せない気がする。私はフェミニストであるから、余計そういう気がするので、これらの男女の関係が逆であったら、それほどにも思わないのかも知れないが、「源氏」を読んで、いつも厭な気がするのはこの点である〃

さらに朧月夜の内侍とのやりとり、空蟬を口説き、ついでに軒端の荻にも手をつけたことなどなど、人間としての誠実さを疑い、それを妙に贔屓している紫式部にも首を傾げている。

――ごもっとも――

しかし、それでもなお〃あの物語を全体として見て、やはりその偉大さを認めない訳には行かない。昔からいろいろの物語があるけれども、あの物語に及ぶものはない、あの物語ばかりは読む度毎に新しい感じがして、読む度毎に感心するという本居翁の賛辞に私も全く同感である〃とし、

――でも森鷗外は嫌っただろうな――

鷗外の書き方は〃一語一語明確で、無駄がなく、ピシリピシリと象眼をはめ込むように書いて行く〃から〈源氏物語〉と正反対であったことまで綴っているのは、おもしろい。

谷崎自身はと言えば、女性関係に乱れたところがあるけれど、その対応において、これは松子が〈源氏余香〉に書いていることだが、〃私生活においても、いかに虚偽が癇癖に障るか、方便の嘘さえも這入りこませぬその正直さは生まれたままの天衣無縫、折々のほほえましい出来事を〃思い出す、なのだ。私としては略伝を綴りながら、

——でも、ときどき嘘があったでしょ——

と言いたくなるところもあるが、基本的には正直な人であり、

——もう少し嘘をついていたらトラブルにならなかったでしょうに——

という性向であったのは本当だろう。光源氏には釈然としないものを覚えながらも物語の文学的価値については揺ぎなく認め、深く深く敬愛していたことは疑いない。

かくて〈源氏物語〉の現代語訳の作業が山田博士のもとに通いながら始められ、発表されるが、結末を先に述べれば、これは三回にわたる膨大な挑戦であった。全巻が三たび訳され、上梓されているのである。すなわち、

旧訳——『潤一郎訳源氏物語』昭和十四年一月より同十六年七月まで　全二十六巻
新訳——『潤一郎新訳源氏物語』昭和二十六年五月より同二十九年十二月まで　全十二巻
新々訳——『谷崎潤一郎新々訳源氏物語』昭和三十九年十一月より同四十年十月まで　全十巻別巻一巻

である。谷崎自身がみずからの仕事に不足を覚えたからこそ「もう一度」「もう一度」と挑んだのであり、現在私たちが見聞するのは主として〝新々訳〟であろうが、この努力の歴史をせめて知識として知っておき、文豪の苦労を称え、偲びたいと思う。

三つの訳はどうちがうか。簡単に述べられることではない。その吟味は措くとして、そもそも谷崎はどんなことに留意してこの大事業を始めたのだろうか。方針は一貫していた。古典のすばらしさを生かしながら現代人にとって読みやすいものとする……つまり学術研究のためではなく、巷間の読書にたえるものとする、であった。これは二律背反であり、この解消は当然のことながらむつかしい。

現在では谷崎の現代語訳ばかりではなく、いくつかの同種の訳本が出版されているが、すべてにおいてこの困難をどう処理するか、そこに良し悪しがかかっている、と言ってよいだろう。登場人物の呼び名をどうするか。往時の習慣で名前はあからさまにされていない。役職や立場で言うから、これは曖昧で、しかも変化する。主語が示されていないケースも多く、用語にも現代の私たちには理解できないものが多い。そして、和歌だ。〈源氏物語〉には、七九五首の和歌がちりばめられ、それぞれの感情や風物が読み込まれて趣きが深い。しかし、私たちには馴染みが薄く、たやすく味わうことができない。谷崎は和歌をそのまま載せて欄外に解釈を入れる道を採った。注釈は学校の勉強みたいで興はそがれるが、これよりほかに（多少の工夫はあっても）適当な方法は見つけにくいだろう。〈源氏物語〉を英訳して世界に知らしめたアーサー・ウェイリー（一八八九～一九六六）のページでは和歌は形をなくし本文の中に意訳され綴られている。このあたりがどんな塩梅か、ほんの一端を（一端の一端の一端を）原文（少し手が入れてある）にそえ、谷崎の新々訳、評価の高い円地文子の訳、読みやすい瀬戸内寂聴の訳、ウェイリーの訳を日本語に戻して（佐復秀樹の訳）それぞれを並べて例示しておこう。第一帖の中から帝に愛された桐壺が諸般の事情から宮中を去る別れの場面である。冒頭は帝の台詞だ。示された歌は〈源氏物語〉の中の第一番、最初の五七五七七である。

（本文）

「限りあらむ道にも、後れ先立たじと、契らせたまひけるを。さりともうち棄てては、え行きやらじ」とのたまはするを、女もいといみじと見たてまつりて、

「かぎりとて別るる道の悲しきにいかまほしきは命なりけり

いとかく思ひたまへましかば」と息も絶えつつ、聞こえまほしげなることはありげなれど、いと苦しげにたゆげなれば、かくながら、ともかくもならむを御覧じはてむ

(谷崎)

「死出の旅路にももろともにという約束をしたものを、まさか人を打ち捨てて行くことはできないであろうに」とおっしゃいますので、女もたいそう悲しく存じ上げて、

「限りとて別るる道の悲しきに

　いかまほしきは命なりけり

こうなることと前から分っておりましたら」と、息も絶え絶えになりながら、まだ申し上げたいことがありそうにしているのですが、ひどく苦しげに、大儀そうな様子なので、いっそこのままここに置いて、始終を見とどけてやりたいものよと、お考えになっていらっしゃいます

(歌の解釈・頭注で――限りあることとして、お別れ申し上げて行く死出の道の悲しさを思うと、何とかして命を保って生きていたいものでございます。「いかまほしき」の「いく」は「生く」と「行く」とにかけてある)

(円地)

「死出の旅路さえも、一緒に手を携えて行こうと誓ったものを……私を捨てて、里へ一人で帰れるはずはあるまい」

などとおむずかりになる。女も無理を仰せられるのを聞くほど、離れがたない恋慕の情が病み疲れた現し身に沁みわたるようで、御胸に顔をもたせたまま、切なげに凝っと帝を見上げて、

「限りとて別るる道の悲しきに
　いかまほしきは命なりけり
と息もたえだえに言いさして、まだあとに言い残したいことはある様子であったが、言葉がつづかないのであった。ひどく苦しく力ない様子なので、どうなるにしてもこのままここに置いて成行きを見たいと帝は思召した
（歌の解釈・傍注で——今を限りとお別れしなければならない死出の道の悲しさ、何とかして生きていとうございます）

ああ、前からこんなふうになると分っておりましたなら……」

（瀬戸内）

「死出の旅路にも、必ずふたりで一緒にと、あれほど固い約束をしたのに、まさかわたしひとりをうち捨てては、去って行かれないでしょう」
と、泣きすがり仰せになる帝のお心が、更衣もこの上なくおいたわしく切なくて、

限りとて別るる道の悲しきに
　いかまほしきは命なりけり

今はもうこの世の限り
あなたと別れひとり往く
死出の旅路の淋しさに
もっと永らえ命の限り
生きていたいと思うのに

「こうなることと、前々からわかっておりましたなら」

息も絶え絶えにやっとそう口にした後、まだ何か言いたそうな様子でしたが、あまりの苦しさに力も萎え果てたと見え言葉がつづきません。

帝は分別も失われ、いっそこのままここに引き留め、後はどうなろうと、最後までしっかり見とどけてやりたいとお思いになるのでした。

（歌の解釈――本歌の下に編まれ、これは有効な方法だ）

（ウェイリー）

「私たちのあいだには、すべての人がついには行かなければならない道を、決して一人では行かないという誓いがある。どうしていま行かせることができるだろう？」と言った。愛人はこれを聞いて、「ついに！」と言う。「あの願っていたついにが来たのに、一人で行く身では、生きているほうがどんなにか嬉しいことでしょう！」

こう、かすかな声と、とぎれとぎれの息でささやいた。しかし、話す力は見いだせたものの、一語一語を発するのにたいへんな苦労と苦痛がともなった。天皇はどんなことが起ころうとも、最後までかたわらで見守っていたかっただろう

（歌は解釈されて本文の中へ）

いかがだろうか。

ずいぶんと長い引用となってしまったが、〈源氏物語〉の現代語訳のむつかしさと、それを現代に広めたい文人たちの努力がかいま見えるのではあるまいか。

〈源氏物語〉の現代語訳と長編小説〈細雪〉の執筆・発表を終え、大戦後の平和な時代を迎えるころ、谷崎は紛れもない文豪としての高い評価をえて、執筆も終焉へと傾いていく。古稀を迎え健康にも不安を覚えるようになった。それでもなおユニークな作品〈鍵〉や〈瘋癲老人日記〉などを発表、昭和四十年（一九六五）一月に大学病院へ入院、三月に退院、五月に京都に遊んだのち病状が悪化し七月三十日腎不全から心不全を併発して逝去、享年七十九であった。書斎の机上には断片的なメモが残されており、身辺雑記に交ってなにか新しい作品の構想のようなものもある。そんなイマジネーションの飛翔に谷崎潤一郎の長い作家魂の躍動を思わずにいられないが、それを綴るのは一通りではあるまい。

晩年の作品〈鍵〉〈瘋癲老人日記〉については次章で触れよう。

昭和三十二年、笹沼源之助の叙勲を祝い、自分も文化勲章（昭和二十四年受章）をつけて参じた潤一郎先生

13 若い人には薦めないが……

〈鍵〉〈瘋癲老人日記〉

谷崎潤一郎が七十歳の折に発表したユニークな小説〈鍵〉は、こんな文言で始まる。

〃一月一日。僕ハ今年カラ、今日マデ日記ニ記スコトヲ躊躇(ちゅうちょ)シテイタヨウナ事柄ヲモアエテ書キ留メルコトニシタ。僕ハ自分ノ性生活ニ関スルコト、自分ト妻トノ関係ニツイテハ、アマリ詳細ナコトハ書カナイヨウニシテ来タ。ソレハ妻ガコノ日記帳ヲ秘カニ読ンデ腹ヲ立テハシナイカトイウコトヲ恐レテイタカラデアッタガ、今年カラハソレヲ恐レヌコトニシタ。妻ハコノ日記帳ガ書斎ノドコノ引出ニ入ッテイルカヲ知ッテイルニ違イナイ。古風ナ京都ノ旧家ニ生レ封建的ナ空気ノ中ニ育ッタ彼女ハ、今日モナオ時代オクレナ旧道徳ヲ重ンズル一面ガアリ、アル場合ニハソレヲ誇リトスル傾向モアルノデ、マサカ夫ノ日記帳ヲ盗ミ読ムヨウナコトハシソウモナイケレドモ、シカシ必ズシモソウトハ限ラナイ理由モアル。今後従来ノ例ヲ破ッテ夫婦生活ニ関スル記載ガ頻繁ニ現ワレルヨウニナレバ、果シテ彼女ハ夫ノ秘密ヲ探ロウトスル誘惑ニ打チ勝チウルデアロウカ。彼女ハ生レツキ陰性デ、秘密ヲ好ム癖ガアルノダ。彼女ハ知ッテイルコトデモ知ラナイフウヲ装イ、心ニアルコトヲ容易ニ口ニ出サナイノガ常デアルガ、悪イコトニハソレヲ女ノ嗜(たしな)ミデアルトモ思ッテイル。僕ハ、日記帳ヲ入レテアル引出ノ鍵ハイツモ某所ニ隠シテアルノダガ、ソシテ時々ソノ隠シ場所ヲ変エテイルノダガ、詮索好キノ彼女ハ事ニヨルト過去ノアラユル隠シ場所ヲ知ッテシマッテイルカモシレナイ〃

つまり、夫婦の寝室の秘密を妻に読まれることをうすうす察しながら日記に綴っていこうという試みである。

そして作品は〝僕〟(夫)だけではなく〝私〟(妻)の日記も示され、それは(片仮名文ではなく、平仮名文で)

〝一月四日。今日私は珍しい事件に出あった。三カ日のあいだ書斎の掃除をしなかったので、今日の午後、夫が散歩に出かけた留守に掃除をしに入ったら、あの水仙の活けてある一輪ざしの載っている書棚の前に鍵が落ちていた。それは全くなんでもないことなのかもしれない。でも夫がなんの理由もなしに、ただ不用意にあの鍵をあんなふうに落しておいたとは考えられない。夫は実に用心深い人なのだから。そして長年のあいだ毎日日記をつけていながら、かつて一度もあの鍵を落したことなんかなかったのだから。私はもちろん夫が日記をつけていることも、その日記帳をあの小机の引出に入れて鍵をかけていることも、そしてその鍵を時としては書棚のいろいろな書物の間に、時としては床の絨毯(じゅうたん)の下に隠していることも、とうの昔から知っている。しかし私は知ってよいことと知ってはならないこととの区別は知っている。私が知っているのはあの日記帳の所在と、鍵の隠し場所だけである。けっして私は日記帳の中を開けて見たりなんかしたことはない。だのに心外なことには、生来疑い深い夫はわざわざあれに鍵をかけたりその鍵を隠したりしなければ、安心がならなかったのであるらしい。その夫が今日その鍵をあんなところに落して行ったのはなぜであろうか。なにか心境の変化が起って、私に日記を読ませる必要を生じたのであろうか。そして、正面から私に読めと言っても読もうとしないであろうことを察して、「読みたければ内証(ないしょ)で読め、ここに鍵がある」と言っているのではなかろうか〟

その通り。かくて作品は夫婦の内緒の交換日記のような形を採りながら、二人の閨房(けいぼう)の様子と心理をあからさまにしていく。

〝僕〟は五十六歳になる大学教授で（現在なら七十代後半くらいの感じ）肉体は弱り、セックスもままならない。〝私〟こと妻は四十五歳で（これもプラス十歳くらいの感じかな）二人は結婚して二十年以上になる。少なくともこれまでは、ありふれた、格別特異な性生活を送ってきたわけでもあるまいが、ここに至って夫の密かな趣味が実現され、綴られていく。若いころのなまなましいセックスが不可能となったとき、人はなにを喜びとするのだろうか。作品はこの隠微（いんび）な喜びを少しずつ膨らませながら、同時にそれをあからさまにされた妻の反応を覗くというさらに隠微な試みまで記していく。読者としては、

――ここまで書いていいの――

眉をひそめるところがないでもないが、おおよそは推測できるし、共感もできることだろう。いや、そうではない。余人がどうあれ、登場人物たちの、屈折はしているが、率直な性への欲望をこまごまと綴って、一般にはあまり語られないことの一般性を例示しようとしているのだ。やればできること、しかしなぜかやらないこと、その心理と行動に踏み込んでいるのだ。

主人公なる〝僕〟は妻を心から愛しているが、年齢のせいもあって妻を性的に充分に愛することができない。それがもどかしい。妻は本当のところこの欲望が強く、とても敏感なのだが、夫には「私をそんな淫らな女と思うのですか」と怒り、つねに貞淑にふるまっている。が、〝僕〟はその貞淑をはぎ取り、本来の淫らさをあえてあらわにしたいのだ。それによって日常を越えた喜びをえたいのだ。たとえば〝僕ハ僕ノ性欲点――僕ハ眼ヲツブッテ瞼（まぶた）ノ上ヲ接吻シテモラウ時ニ快感ヲ覚エル、――ヲ彼女ニ刺激シテモラウ。マタ反対ニ僕ガ彼女ノ性欲点――彼女ハ腋（わき）ノ下ヲ接吻シテモラウコトヲ好ムノデアル、――ヲ刺激シテ、ソレニヨッテ自分ヲ刺激シヨウトスル。シカルニ彼女ハソノ要求ニサエアマリ快クハ応ジテクレナイ。彼女ハソウイウ「不自然ナ遊戯」ニ耽（ふけ）ルコトヲ欲セ

ズ、アクマデモオーソドックスナ正攻法ヲ要求スル。正攻法ニ到達スル手段トシテノ遊戯デアルコトヲ説明シテモ、彼女ハココデモ「女ラシイ身嗜ミ」ヲ固守シテソレニ反スル行為ヲ嫌ウ。彼女ハマタ僕ガ足ノ fetishist デアルコトヲ知ッテイナガラ、カツ彼女ハ自分ガ異常ニ形ノ美シイ足（ソレハ四十五歳ノ女ノ足ノヨウニハ思エナイ）ノ所有者デアルコトヲ知ッテイナガラ、イヤ知ッテイルガユエニ、メッタニソノ足ヲ僕ニ見セヨウトシナイ。真夏ノ暑イ盛リデモ彼女ハタイガイ足袋ヲハイテイル。セメテソノ足ノ甲ニ接吻サセテクレト言ッテモ、マア汚イトカ、コンナトコロニ触ルモノデハアリマセントカ言ッテ、ナカナカ願イヲ聞イテクレナイ〟

なのである。こうした作品を部分的に引用することには問題があるけれど、お許しあれ、おのずと見えてくるものがある。文中にある“fetishist”は異性の肉体の一部（足・髪・耳など）や身につけている物（靴・ハンカチ・下着など）に異常な性的欲望を覚える人のことだ。こんなことを〝僕〟は日記に告白し、しかもそれを妻がそっと盗み見ることを予測し、それをも喜びとしているのである。

一方、妻の日記は〝この頃になって私がつくづく感じることは、私と彼とは間違って夫婦になったのではなかったか、ということである。私にはもっと適した相手があったであろうし、彼にもそうであったろうと思う。私と彼とは、性的嗜好が反発し合っている点が、あまりにも多い。私は父母の命ずるままに漫然とこの家に嫁ぎ、夫婦とはこういうものと思って過して来たけれども、今から考えると、私は自分に最も性（しょう）の合わない人を選んだらしい。これが定められた夫であると思うから仕方なくこらえているものの、私は時々彼に面と向って見て、なんという理由もなしに胸がムカムカして来ることがある。そう、そのムカムカする感じは、昨今に始まったことではなく、そもそも結婚の第一夜、彼と褥（しとね）を共にしたあの晩からそうであった。あの遠い昔の新婚旅行の晩、私は寝床に入って、彼が顔から近眼の眼鏡を外したのを見ると、途端にゾウッと身震いがしたことを、今も明瞭に思い出す。始終眼鏡をかけている人が外すと、だれでもちょっと妙な顔になるものだが、夫の顔は急に白ッちゃけた、死人の顔のように見えた。夫はその顔を近々とそばに寄せて、穴の開くほど私の顔を覗き込んだものだった。私も自然彼の顔をマジマジと見据える結果になったが、その肌理の細かい、アルミニュームのようにツルツルした皮膚を見ると、私はもう一度ゾウッとした。昼間はわからなかったけれども、鼻の下や唇の周りに髯がかすかに生えかかっているのが見えて、それがまた薄気味が悪かった。私はそんなに近いところで男性の顔を見るのは初めてだったので、そのせいもあったかもしれないが、以来私は、今日でも夫の顔を明るいところで長い間見つめていると、あのゾウッとする気持になるのである。だから私は彼の顔を見ないようにしようと思い、枕もとの電灯を消そうとするのだが、夫は反対に、あの時に限って部屋を明るくしようとする。そして私の体じゅうのここかしこを、あたう限りハッキリ見ようとする。私は夫以外の男を知らないけれども、総体に男性というものはみなあのようにしつこいのであろうか。あのアクドい、べたべたとまとわりついてさまざまな必要以外の遊戯をしたがる習性は、すべての男子に通有なのであろうか〃

こう訴えているが、性生活そのものについては、長い歳月を送った今、

〃私は夫を半分は激しく嫌い、半分は激しく愛している。私は夫とほんとうは性が合わないのだけれども、だからといって他の人を愛する気にはなれない。私には古い貞操観念がこびり着いているので、それに背くことは生れつき出来ない。私は夫のあの執拗な、あの変態的な愛撫の仕方にはホトホト当惑するけれども、そういっても彼が熱狂的に私を愛していてくれることは明らかなので、それに対してなんとか私も報いるところがなければすまないと思う。ああ、それにつけても、彼に

もう少し昔のような体力があってくれたらば。一体どうして彼はあんなにあの方面の精力が減退したのであろうか。彼に言わせると、それは私があまり淫蕩（いんとう）に過ぎるので、自分もそれにつり込まれて節度を失った結果である、女はその点不死身だけれども、男は頭を使うので、ああいうことがじきに体にこたえるのだと言う。そう言われると恥かしいが、しかし私の淫蕩は体質的のものなので、自分でもいかんともすることが出来ないことは、夫も察してくれるであろう。夫が真に私を愛しているのならば、やはりなんとかして私を喜ばしてくれなければいけない。ただくれぐれも知っておいてもらいたいのは、あの不必要な悪ふざけだけは我慢がならないということ、私にとってあんな遊びはなんの足しにもならないばかりか、かえって気分を損なうばかりだということ、私は本来は、どこまでも昔風に、暗い奥深い閨（ねや）の中に垂れ籠めて、分厚い褥に身を埋めて、夫の顔も自分の顔もわからないようにして、ひっそりと事を行いたいのだということ、である。夫婦の趣味がこの点でひどく食い違っているのはこの上もない不幸であるが、おたがいに何か妥協点を見出す工夫はないものだろうか〟

　と本音を語っている。けっしてセックスそのものは厭ではないのだ。

　夫婦の生活には表と裏がある。昼と夜とがある。世間に見せているものと、二人だけのものとがある。〈鍵〉はほとんどのページでこの後者を綴っているのだが、くわしくは本文を見ていただこう。ストーリーの進展としては、ここに木村というもう一人の男が登場してきて、これが悩ましい。木村は〝僕〟の後輩か教え子か、とにかく懇意の三十代くらい、娘の敏子（としこ）の婚約者なのだが、若い二人はよい仲には見えない。木村が繁く〝僕〟のところに訪ねて来ても敏子は会わなかったり席を外したり……。〝僕〟は、

　――木村はむしろ僕の妻のほうに気があるんじゃないのか――

と疑い、この嫉妬が〝僕〟の性欲を高ぶらせ、喜びにもなるのだが、当然のことながらこの心理は単純ではない。

妻をブランデーで酔わせ、風呂に浸ったままほとんど意識不覚の状態になると、それを寝室に運び、木村にも手伝わせ、医者に診せたのち独りになったところで、

——この時を待っていたのだ——

蛍光灯で室内を明るくして眠れる妻を全裸にしてすべてを隈（くま）なく凝視・観察する。結婚以来初めての喜びであった。これまでは、

〝僕ハタダ手デ触ッテミテソノ形状ヲ想像シ、相当スバラシイ肉体ノ持主デアロウト考エテイタノデアッテ、ソレユエニコソ白光ノ下ニ曝シテ見タイトイウ念願ヲ抱イタワケデアッタガ、サテソノ結果ハ僕ノ期待ヲ裏切ラナカッタノミナラズ、ムシロ遥カニソレ以上デアッタ。僕ハ結婚後初メテ、自分ノ妻ノ全裸体ヲ、ソノ全身像ノ姿ニオイテ見タノデアル。ナカンズクソノ下半身ヲホントウニ残ル隈ナク見ルコトヲエタノデアル〟

妻の肢体は……若くはないが〝僕〟を充分以上に満足させてくれる妖しさであり、とりわけ肌の美しさは一点のしみもなく〝臀肉ガ左右ニ盛リ上ッテイル中間ノ凹（くぼ）ミノトコロノ白サトイッタラナカッタ〟のである。〝僕〟は一時間以上も妻の裸形を見つめ、

——本当に眠っているのかな——

そのまま情交に入ったが、そのさなか妻は「木村さん」と、うわごとのように洩らしたのだ。翌日の日記によれば、

〝コレハホントウノ譫言（うわごと）ダッタノカ、譫言ノゴトク見セカケテ故意ニ僕ニ聞カセタノデアルカ、コノコトハ今モナオ疑問ダ。ソシテイロイロナ意味ニ取レル。彼女ハネボケテ、木村ト情交ヲ行ッテ

イルト夢見タノデアルカ、ソレトモソウ見セカケテ「アア木村サントコンナフウニナッタラナア」ト思ッテイル気持ヲ、僕ニワカラセヨウトシテイルノデアロウカ、ソレトモマタ「私ヲ酔ワセテ今夜ノヨウナ悪戯（いたずら）ヲスレバ、私ハイツモ木村サント一緒ニ寝ル夢ヲ見マスヨ、ダカラコンナ悪戯ハオ止メナサイ」トイウ意味デアロウカ。

夜八時過ギ木村カラ電話。「ソノ後奥サンハイカガデスカ、オ見舞イニウカガウハズナノデスガ」ト言ウノデ「アレカラマタ睡眠剤ヲ飲マシタノデマダ寝テイル、別ニ苦ルシンデハイナイラシイカラ心配ニ及バヌ」ト答エル〃

であり、同じ夜の妻の日記もそえられていて、

〃昨夜飲み過ぎて苦しくなり便所に行ったことまでは記憶にある。それから風呂場へ行って倒れたことも微（かす）かに思い出すことが出来る。それ以後のことはよくわからない。今朝明け方に眼が覚めてみたらだれかが運んでくれたのだと見えてベッドに寝ていた。今日は終日頭が重くて起き上る気力がない。覚めたかと思うとまたすぐ夢を見て一日じゅうウトウトしている。夕方少し心持が回復したので、かろうじて日記にこれだけ書きとめる。これからまたすぐ寝るつもり〃

とあり、さらにその翌日には、

〃あれはたしかに夢に違いないけれども、あんなに鮮かな、事実らしい夢というものがあるだろうか。私は最初、突然自分が肉体的な鋭い痛苦と悦楽との頂点に達していることに心づき、夫にしては珍しく力強い充実感を感じさせると不思議に思っていたのだったが、間もなく私の上にいるのは夫ではなくて木村さんであることがわかった。それでは私を介抱するために木村さんはここに泊っていたのだろうか。夫はどこへ行ったのだろうか。私はこんな道ならぬことをしてよいのだろうか。しかし、私にそんなことを考える余裕を許さないほどその快感はすばらしいものだった。夫は今ま

でにただの一度もこれほどの快感を与えてくれたことはなかった。夫婦生活を始めてから二十何年間、夫はなんとつまらない、およそこれとは似ても似つかない、なまぬるい、煮えきらない、後味の悪いものを私に味わわせていたことだろう。今にして思えばあんなものは真の性交ではなかったのだ。これがほんとのものだったのだ。木村さんが私にこれを教えてくれたのだ。私はそう思う一方、それがほんとうは一部分夢であることもわかっていた。私を抱擁している男は木村さんのように見えるけれども、それは夢の中でそう感じているので、実はこの男は夫なのだということ、夫に抱かれながら、それを木村さんと感じているのだということ、それも私にはわかっていた。たぶん夫は、一昨日私を風呂場からここへ運び込んで寝かしつけておいてから、私が意識を失っているのをよいことにして私の体をいろいろと弄（もてあそ）んだに違いない〃

と記され、作品は日常のそばに潜む隠微なものをどんどんあからさまにしていく。〃僕〃が妻の日記に心を躍らせて盗み見ていることも想像に難くない。

事態は少しずつ変わっていく。

まず娘の敏子が別居を申し出て実行する。理由は静かに勉強したいから……。行く先は彼女にフランス語を教えているフランスの老夫人のところ。好都合な環境だ。しかし、本心はなんだろう？

夫人の日記には、

〃二月十九日。敏子の心理状態が私には摑めない。彼女は母を愛しているようでもあり憎んでいるようでもある。だが少なくとも、彼女が父を憎んでいることは間違いない。彼女は父母の閨房関係を誤解し、生来淫蕩な体質の持主であるのは父であって、母ではないと思っているらしい。母は生れつき繊弱なたちで過度の房事には堪えられないのに、父が無理やりに言うことを聞かせ、常軌を逸した、よほど不思議な、アクドイ遊戯に耽るので、心にもなく母はそれに引きずられているのだと思っているらしい。(ほんとうを言うと、私が彼女にそう思わせるように仕向けたのである)昨日彼女は最後の荷物を取りに来て寝室へ挨拶に見えた時に、「ママはパパに殺されるわよ」とたった一言警告を発して行った。私同様沈黙主義の彼女にしては珍しいことだ。彼女は私の胸部疾患が、そんなことから悪化して本物になりはしないかを、ひそかに心配しているらしくもあるのだが、そうしてそれゆえに父を憎んでいるらしいのだが、でもその警告の言い方が妙に私には意地の悪い、毒と嘲り(あざけり)を含んだ語のように聞えた〟

とあって、いずれにせよ若い娘はこの家に居づらいだろう。この日記は、さらに夫が妻の日記を見ているらしいこと、それを確認するため妻は日記帳の隠しどころに巧みな細工を(見つけられるよう)ほどこしていることが記されているが(先に触れたように)夫はもちろんすべてを見知っている。おたがいに相手が盗み見していることを承知のうえで……妻は夫の日記のありかを知っているが、中まで読んでいないと綴っているが、それがどこまで本当か、夫は疑いながら、充分にあからさまに房事のあれこれが書いてあり……それを読者は全部読む、という構造になっているのだ。それがこの小説の、谷崎のオリジナリティなのだ。

敏子と木村の仲ははかばかしくないし、木村は夫人といっしょに映画を見に行ったりして、こちらはただのつきあいなのかもしれないが、相当によい仲だ。もちろん木村は〝僕〟にも好意を示し、(当時は入手しにくい)ポラロイド・カメラを都合してくれる。

——なんのために使うのか——

わざわざ記すこともあるまい。木村はそれも承知のうえで都合し、さらに撮った写真を密かに現像することも引き受ける。

――木村にまで妻の裸形を克明に写した写真を委ねてよいのか――

それを知って妻はどう思うか。〝僕〟は過剰な興奮を覚え、貧血を起こしたり、めまいに襲われたりして健康状態はけっしてよくない。ここにまた新しいドラマが生じていく。

夫人と敏子と木村と三人の関係がよくわからない。木村が現像した母の裸体写真を見て敏子は母に「あれはいったいどういう意味」と問いただしているし、この出来事自体が尋常ではない。敏子はフランス語の先生の家の離れ（一戸建てに近い）に暮らしているが、そこへ訪ねた母が裸のまま風呂場で倒れ、気を失い、そこにいた木村が介抱したらしい。〝僕〟が馳けつけカンフルの注射をして車で自宅へ運ぶ。

――夫人の健康、大丈夫なの――

と心配になるが、時折意識を失うのは夫人の体質らしく、〝僕〟はそれを楽しみにしている。木村はと言えば、

「先生、今夜のことは私をお信じになってください。お嬢さんがすべてご存じです」

と言うが、彼が相当にきわどい、見てはならないものを見たこと……夫人の裸体に触ったことは疑いない。夫人と木村の仲は本当のところどうなのか。〝僕〟はあれこれ考え、嫉妬し、それが閨房の喜びを増加させる。そんな興奮が〝僕〟の体によいはずもなく〝行為ノ後デ今暁モノスゴイ眩暈（めまい）ヲ感ジタ。彼女ノ顔、頸（くび）、肩、腕、スベテノ輪郭ガ二重ニナッテ見エ、彼女ノ胴体ノ上ニモウ一人ノ彼女ガ折リ重ナッテイルヨウニ見エタ〟

と、ただごとではない。喜びの増加と体調の悪化は比例して募っていく。二人の日記が進むにつれ、

――夫人も木村を好いているな――

と感じられ、最後の一線こそ越えないものの、そのあたりは紙一重……。それをよそながら……いや、時にはつぶさに見聞している敏子が、木村のまともな婚約者でいられるはずもなく、これも尋常ではない。かくて、

〝僕ハ妻ノコトヲ陰険ナ女ダト言ッタガ、ソウイウ僕モ彼女ニ劣ラヌ陰険ナ男デアル。陰険ナ男ト女ノ間ニ出来タノデアルカラ、敏子モ陰険ナ娘デアルコトニ不思議ハナイ。ダガソレ以上ニ陰険ナノガ木村デアル。ソロイモソロッテ陰険ナノガ四人マデモ集ッタトハアキレル外ハナイ。ソシテ世ニモ珍シイ廻リ合セト言ウベキハ、陰険ナ四人ガタガイニ欺キ合イナガラモ力ヲアワセテ一ツノ目的ニ向ッテ進ンデイルコトデアル。ツマリ、ソレゾレ違ッタ思ワクガアルラシイガ、妻ガ出来ルダケ堕落スルヨウニ意図シ、ソレニ向ッテ一生懸命ニナッテイル点デハ四人トモ一致シテイル〟

という按配。しばしばブランデーを飲み、しばしば情交に励み、しばしば意識を朦朧とさせ、しばしば怪しい治療を試み……結末はどうなるのか、ろくなことはあるまい。

夫人の日記は〝僕〟のものほどあからさまではないけれど、二つを対照させると見えてくるものがあり、さすがに文豪の巧妙な筆さばきであり、構成である。

夫人は夫の日記の存在を知っていながら、それを読んではいない、と綴り、

――これをどこまで信じてよいものか――

〝僕〟が疑うのは当然のことであり、読者も少し迷う。

が、小説は最終レベルに入り〝僕〟は頭も体もままならない病人となり、もう日記が書けない。作品は夫人の日記だけとなり、多くは夫の病状と手当ての記述となるが、そうなっても〝僕〟は妻の日記を読みたがり、敏子がその手助けをしたらしい。なによりも肝要なのは、夫人がみずからの

ための密会の宿のあることをほのめかし、

〝四月十七日。私は大阪のいつもの家に行って木村氏に逢い、いつものようにして楽しい日曜日の半日を暮らした。あるいはその楽しさは、過去の日曜日のうちでは今日が最たるものであったかもしれない。私と木村氏とはありとあらゆる秘戯の限りを尽して遊んだ。私は木村氏がこうして欲しいということはなんでもした。なんでも彼の注文通りに身を捻じ曲げた。夫が相手ではとても考えつかないような破天荒な姿勢、奇抜な位置に体を持って行って、アクロバットのような真似もした〟

木村とはすでに深い関係に陥っていたのである。そしてこの夜、夫は激しい情交のあと決定的な自失状態に陥り、医師の診察を受けながら死へと向かっていく。そのさなかにも欲望のイメージだけは心に描き続けていたらしい。

十数日が経過し、五月二日午前三時ごろ、夫の死……。死のあとで綴られているのは、

〝私は夫の生命を心配しないわけではなかったが、飽くことを知らぬ性的行為の満足の方がもっと切実な問題であった。私はなんとかして彼に死の恐怖を忘れさせ、「木村トイウ刺激剤」を利用して嫉妬を煽り立てることに懸命になっていた。が、私のこの気持は、四月に入ってから次第に変った。三月中、私はたびたび、自分がいまだに「最後の一線」を固守している旨を日記に書き、夫に私の貞節を信じさせるように努めたのであったが、「紙一重のところまで」接着していた私と木村の最後の壁がほんとうに除かれたのは、正直に言うと三月二十五日であった。翌二十六日の日記に、私と木村のそらぞらしい問答が記されているが、あれは夫を欺くためのこしらえ事であった。そして、私の心に重大な決意が出来上るようになったのは四月上旬、四日、五日、六日、あたりであったと思う。夫に誘導されて一歩一歩堕落の淵に沈みつつあった私であるが、まだそれまでは、夫の

要請黙(もだ)し難く苦痛を忍んで不倫を犯しているかのように、そうしてそれは旧式な道徳観から見ても、婦人の亀鑑(きかん)と仰がれてもよい模範的行為であるかのように、自分を欺いていたのであったが、その時あたりから、私は全く虚偽の仮面を投げ捨ててしまった。私はきっぱりと、自分の愛が木村の上にあって夫の上にはないことを、自ら認めるようになった。四月十日に、「体の具合が寒心すべき状態にあるのは夫ばかりでなく、実は私も同様である」と書いているのは、深い魂胆があってのことで、ありようは、私は病気でもなんでもなかった〟

と恐ろしい。

あらためて思案すると小説〈鍵〉は〝僕〟なる男の心理と欲望を示すことで始まり、それがテーマのように見えるが、その実、妻の日記で終わることによりテーマは女の心理と欲望をあらわにすることに変わっているのではないか。秘め事であるセックスの暴露と、同じく他人に見せないはずの日記を見られることを承知で綴り、それを読む楽しみ、夫婦の心理が微妙にからみ小説の構造としてとてもユニークなものとなっている。この方法で、

――ミステリーが書けないものか――

と思ってしまう。ともあれ作品の掉尾(とうび)を数行引用して示し、〈鍵〉の紹介を閉ざそう。

〝敏子のことや木村のことも、今のところ疑問の点がたくさんある。私が木村と会合の場所に使った大阪の宿は、「ドコカナイデショウカト木村サンガ言ウカラ」敏子が「オ友達ノアルアプレノ人」に聞いて教えてやったのだと言うけれども、ほんとうにそれだけが真実であろうか。敏子もあの宿をだれかと使ったことがあり、今も使っているのではないであろうか。

木村の計画では、今後適当な時期を見て彼が敏子と結婚した形式を取って、私と三人でこの家に住む。敏子は世間体を繕うために、甘んじて母のために犠牲になる、と、いうことになっているの

であるが〟

と、奇っ怪な、滅多にない家族が誕生するのだろうか。

〈鍵〉は紛れもない文豪が、老人の欲望と性を描いてあからさまであったから発表のときにはおおいに話題となり、批判を受け、顰蹙（ひんしゅく）を買った。

が、それから五年後、谷崎潤一郎・七十五歳は同じく老人の欲望と生活を描く〈瘋癲老人日記〉を公にした。作品の冒頭は、

〝十六日。夜、新宿ノ第一劇場夜ノ部ヲ見ニ行ク。出シ物ハ「恩讐（おんしゅう）の彼方（かなた）へ」「彦市ばなし」「助六（すけろく）曲輪菊（くるわのももよぐさ）」デアルガ他ノモノハ見ズ、助六ダケガ目的デアル。勘弥（かんや）ノ助六デハモノ足リナイガ、訥（とっ）升（しょう）ガ揚巻（あげまき）ヲスルトイウノデ、ソレガドンナニ美シイカト思イ、助六ヨリモ揚巻ノ方ニヒカレタノデアル。婆サント颯子（さっこ）ト同伴。浄吉（じょうきち）モ会社カラ直接駆ケツケル〟

タイトル通り日記であり、観劇の結果は、

〝勘弥ノ助六ハ初役デアロウガ、ヤハリドウモ感心デキナイ。勘弥ニ限ラズ、近頃ノ助六ハミナ脚ニタイツヲハク。時々タイツニ皺ガ寄ッタリシテイル。コレハハナハダ感興ヲソグ。アレハゼヒ素脚ニ白粉（おしろい）ヲ塗ッテモライタイ。

訥升ノ揚巻ハ十分満足シタ。コレダケデモ来タ甲斐ガアルト思ッタ。福助時代ノ昔ノ歌右衛門ハイザ知ラズ、近頃コンナ美シイ揚巻ヲ見タコトハナイ。イッタイ予ニハ Pederasty ノ趣味ハナイノダガ、最近不思議ニ歌舞伎俳優ノ若イ女形（おやま）ニ性的魅力ヲ感ズルヨウニナッタ。ソレモ素顔デハ駄目ダ。女装シタ舞台ノ上ノ姿デナケレバ駄目ダ。ソウソウ、ソレデ思イ出シタガ、予ニモ全然ペデラスティーノ趣味ガナイトハ言エナイカモシレナイ〟

であり、文中にある勘弥は十四世守田勘弥、訥升は五世沢村訥升、ともに名優であった。Pederasty は男色である。主人公が歌舞伎の熱心なファンであり、インテリであることがほの見えてくる。おいおいわかってくることだが、彼は卯木督助・七十七歳、〝婆さん〟とあるのが、その妻、颯子は息子・浄吉の嫁である。督助はこの若い颯子に関心を抱いている。

この小説の構造は平易で、老人の生活や好みが（谷崎自身を思わせるところがあるけれどももちろんフィクションだ）逐一記され、とりわけ健康の悪化、病気の進行、その手当てなどがこまごまと綴られている。食べ物についても充分に贅沢で、歌舞伎見物のあとには銀座の料理店・浜作にカウンター席を予約して、

〝予定通リ六時浜作着。浄吉ノ方ガ先ニ来テイル。婆サン、予、颯子、浄吉トイウ順ニ腰カケル。浄吉夫婦ハビール、予等ハ番茶ヲタムブラーニ入レテモラウ。突キ出シニ予等ハ滝川ドウフ、浄吉ハ枝豆、颯子ハモズク。予ハ滝川ドウフノ他ニ晒シ鯨ノ白味噌和エガホシクナッテ追加スル。刺身ハ鯛ノ薄ヅクリ二人前、鱧ノ梅肉二人前。鯛ハ婆サント浄吉、梅肉ハ予ト颯子デアル。焼キ物ハ予一人ダケガ鱧ノ附焼、他ノ三人ハ鮎ノ塩焼、吸物ハ四人トモ早松ノ土瓶蒸シ、外ニ茄子ノ鴫焼〟

と、名品ばかりでおいしそう。〝予〟は趣味人にして金持ちの老人なのだ。病気のほうも引用しておけば、劇場で芝居を見ていたときから神経痛が起き、翌日になっても左手が痛み、皮膚感覚が麻痺し、肘も痛む。三日後、

〝午後一時過ギ杉田氏来診。コレハ予ガアマリ痛ガルノデ、トモカクモト佐々木看護婦ガ心配シテ電話シタノデアル。東大梶浦内科ノ診断デハ、今日デハ脳中枢ノ病巣ハホトンドヨクナッテイル。ソレニ痛ミガアルトイウノハ脳ノ方ノ病気デハナイ。リュウマチ性モシクハ神経痛ノゴトキモノ

ニ変化シテイル証拠デアルト言ウ。杉田氏ノ意見デ、整形外科ノ方へ行ッテ見テモラッタラトイウノデ、先日虎ノ門病院デレントゲンヲ撮ッタノデアルガ、頸椎ノ辺ニ曇リガアルシ、手ノ痛ミガソンナニ激シイノナラ、事ニヨルト癌カモシレナイト脅カサレテ、頸椎ノ断層写真マデモ撮ラセタリシタ。幸イニシテ癌デハナカッタガ、頸骨ノ六番目ト七番目ガ変形シテイルト言ウ。腰椎モ変形シテイルガ、コノ方ハ頸ホドデナイト言ウ。手ガ痛ンダリ麻痺シタリスルノハソノセイデアルカラ、ソレヲ直スニハ滑リヤスイ板ヲ作ッテ下ニ滑車ヲ入レ、三十度クライノ傾斜面ニシ、最初ハ朝夕十五分間グライソノ上ニ寝、グリンソン氏式シュリンゲト称スルモノ（自分ノ首ノ寸法ニ合ワセテ特ニ医療器械屋ニ作ラセル一種ノ首吊リ器）ニ首ヲ入レ、体ノ重ミデ頸ガ引ッ張リ上ゲラレルヨウニスル。ソノ時間ト回数トヲダンダンニ増ヤスヨウニシテ二、三ヵ月モ続ケレバヨクナルダロウトノコト。コノ暑イノニ、予ハトテモソンナコトヲスル気ハナカッタガ、外ニコレトイウ治療法モナイカラ、マアヤッテゴランナサイト杉田氏ハススメル。スルカドウカワカラナイガ、大工ヲ呼ンデ滑リ台ト滑車ヲ作ラセ、医療器械屋ヲ招イテ首ノ寸法ヲ測ッテモラウコトニスル〟

健康状態はどんどんわるくなっていくのだが、目下の心境は、

〝五十代クライマデハ死ノ予感ガ何ニモ増シテ恐ロシカッタガ、今デハソンナコトハナイ。モハヤ人生ニ疲レタ、トデモ言ウノダロウカ、イツ死ンデモイイ気ガシテイル。先日虎ノ門病院デ断層写真ヲ撮ラレタ時、癌カモシレナイト言ワレテ附添ノ婆サンヤ看護婦ハ色ヲ失ッタヨウデアルガ、予ハマッタク平気ダッタ。コンナニモ平気デイラレルノガ意外ダッタ。長イ長イ人生モコレデイヨイヨ終ルノカナト、イクラカホットシタクライダッタ。ダカラ生ニ執着スル気ハ少シモナイガ、デモ生キテイル限リハ、異性ニ引カレズニハイラレナイ。コノ気持ハ死ノ瞬間マデ続クト

思ウ。九十ニナッテモ子ヲ産ンデミセルト言ウ久原房之助ノヨウナ精力ハナク、スデニ全ク無能力者デハアルガ、ダカラトイッテイロイロノ変形的間接的方法デ性ノ魅力ヲ感ジルコトガ出来ル。現在ノ予ハソウイウ性欲的楽シミト食欲ノ楽シミトデ生キテイルヨウナモノダ。ソウイウ予ノ心境ヲ、颯子ダケハオボロゲニ察知シテイルラシイ。コノ家ノ中デ、ソレヲ知ッテイルノハ颯子ダケダ。他ノ者ハ一人モ知ラナイ。颯子ハ少シズツ間接的方法デ試シテミ、ソノ反応ヲ見テイルラシイ。

予ガ我ナガラキタナラシイ皺クチャ爺デアルコトハ自分デモヨク知ッテイル。夜寝ル時ニ義歯ヲハズシテカラ鏡デ見ルト実ニ不思議ナ顔ヲシテイル。上顎ト下顎トニ自分ノ歯ハ一本モナイ。歯グキモナイ。口ヲ結ブト上唇ト下唇ガペチャンコニクッ着キ、ソノ上ニ鼻ガ垂レ下ッテ来テ頤ノ方マデ落チテ来ル。コレガ自分ノ顔ナノカトアキレザルヲエナイ。人間ハオロカ、猿ダッテコンナ醜悪ナ顔ハシテイナイ。コンナ顔デ女ニ好カレヨウナンテ馬鹿ナコトヲ思ウワケハナイ。ソノ代リ、全クソンナ資格ノナイ老人デアルコトヲ自分ミズカラモ認メテイルニ違イナイト、ソウ思ッテ世間ガ安心シテイルトコロガツケ目デアル。ツケ目ニ乗ジテドウスルトイウ資格モ実力モナイケレドモ、安心シテ美人ノソバニ寄ルコトハ出来ル。自分ニハ実力ガナイ代リニ、美女ヲ美男ニケシカケテ、家庭ニ紛紜ヲ起サセテ、ソレヲ楽シムコトハ出来ル〟

いっしょに暮らす颯子は小学生の子を持ち、夫婦仲はこのところあまり親密ではないようだ。〝予〟は颯子に高価なものを買い与え、颯子も適当に甘えている。

家族の構成をまとめておけば（一部はすでに触れたが）婆さんと呼ばれる妻、長男の浄吉とその嫁・颯子、子の経助、浄吉の下に長女・陸子（夫・鉾田）と次女・五子（夫・城山）といったところ。颯子のボーイ・フレンド春久や運転手の野村、看護婦の佐々木、女中のお静も繁く登場する。

颯子と春久は、いっしょに映画やボクシングを見に行ったりして、どれほどの仲なのか。彼女は美人で活発でチャーミング、とりわけ足が美しい。性格はちょい悪で、わざと〝予〟にシャワーを浴びているところを覗かせたり、首すじに唇を当てさせたり、それ以上を求めると、

「駄目駄目、図に乗っちゃ駄目」

と逃げながらも気を引くみたい。春久にシャワーを浴びさせる許可を求めるが、なにをするつもりなのか、それも年寄りを刺激する方便なのかもしれない。ネッキングを許すかわりに高価な猫眼石をプレゼントさせるなど、颯子のやりくちも次第に膨んでいく。家族内のトラブルも綴られているが、これは省略しよう。老人の患いと、その対策や治療についても入念だが、これも多くは触れずにおこう。

〝予〟にはかねてより墓所を京都にえようという願いがあり、ひどい病状が治まった折、決心をして数日の旅に出かける。同行は颯子と看護婦の佐々木。口実を設け颯子を連れ出すのも旅の目的の一つだった。宗派に関わりなく、あちこちの名刹の墓所を見て廻り、法然院が気に入った。

〝墓石ノ様式ニツイテハ、予ニサマザマノ案ガアルノデ、イマダニイズレニシテイイカ迷イ抜イテイル。死ンデカラ後ドンナ形ノ石ノ下ニ葬ムラレヨウト差シツカエナイヨウナモノダガ、予ハヤハリ気ニナル。ドンナ石ノ下デモイイトイウワケニ行カナイ。少クトモ今日一般ニ行ワレテイル長方形ノノッペラボウノ石ノ表面ニ戒名マタハ俗名ヲ記シ、ソノ下ニ台石ヲスエテ、ソノ前ニ線香立テノ穴ト手向ケノ水ヲ供エル穴トヲ穿ッテアルアノ形式、アレハイカニモ平凡デ、俗ッポクッテ、何事ニモ旋毛曲リノ予ニハ気ニ入ラナイ。父母ヤ祖父母ノ墓石ノ形式ニ反スルノハ申シ訳ナイガ、予ハドウシテモ五輪塔ニシタイ。ソレモソンナニ古イ形ノモノデナクテモイイ。鎌倉後期グライノ形デ満足スル〟

と御託を並べている。また菩薩像に思いを馳せ、写真を見ては、

〃フト思イツイタ。出来レバ颯子ノ容貌姿体ヲコノヨウナ菩薩像ニ刻マセテ密カニ観音カ勢至ニ擬シ、ソレヲ予ノ墓石ニスルワケニハイカナイモノカト。ドウセ予ハ神仏ヲ信ジナイ、宗旨ナドハナンデモイイ、予ニ神様カ仏様ガアルトスレバ颯子ヲオイテ他ニハナイ。颯子ノ立像ノ下ニ埋メラレレバ予ハ本望ダ〃

　ありていに言えば、この作品の主人公は〈鍵〉の主人公のように過度のエロチシズムはもう求められない。想像力の醸すエロチシズム……。思案のすえついには大好きな颯子の美しい足の、その足の裏を仏足石に彫らせ、自分の死後その石の下に自分の骨を埋めて楽しむことを企てる。そのためにはまず、颯子の足の裏に朱を塗り色紙を踏ませなければならない。この計画を颯子にうち明けたらどうなるか。

〃ソレヲ打チ明ケタラ彼女ガドンナ顔ツキヲシ、ドンナ心理状態ニ陥ルカ、ソノ反応ヲ見タイト思ッタ。次ニハ彼女ガ、ソレヲ知ッタ上デ、自分ノ朱色ノ足ノ裏ノ形ガ白唐紙ノ色紙ノ上ニ印セラレルノヲ見タ時ノ彼女ノ心持、ソレヲ知リタイト思ッタ。足ガ自慢ノ彼女ハ、自分ノ足ガ仏陀ノ足ニ比セラレテ朱印ヲ紙ノ上ニ落スノヲ見テ、必ズヤ心ニ喜悦ヲ禁ジエナイデアロウ。予ハソノ時ノ彼女ノ喜ブ顔ガ見タカッタ。「キチガイ沙汰ダワ」ト、口デハ言ウニ決ッテイルガ、心デハドンナニ喜ブデアロウカ。次ニ彼女ハ、遠カラズ予ガ死ンデシマッタ後モ、「アノ馬鹿ナ老人ハ私ノコノ美シイ足ノ下ニ眠ッテイル、私ハアノカワイソウナ老人ノ骨ヲ今モナオ地下デ踏ミツケテイル」ト思ウコトヲ禁ジエナイ。ソシテイクブンカハ痛快ニ感ジルデアロウガ、ムシロ気味悪ク感ジル方ガ強イデアロウ。ガ、気味ガ悪イカラ忘レヨウト思ッテモ、容易ニ、オソラクハ一生涯、ソノ記憶ヲ拭イ去ルコトハ出来ナイデアロウ。生前ノ予ハ彼女ヲ盲愛シテイタ、ダガモシ死後ニオイテ多少デモ

意趣返シヲシテヤル気ガアルトスレバ、コンナ方法ヨリホカニナイ。死ンデシマエバソンナコトヲ考エル意志ハナクナルデアロウカ。ドウモ予ニハソウ思エナイ。肉体ガナクナレバ意志モナクナル道理ダケレドモ、ソウトハ限ルマイ。タトエバ彼女ノ意志ノ中ニ予ノ意志ノ一部モ乗リ移ッテ生キ残ル。彼女ガ石ヲ踏ミツケテ、「アタシハ今アノ老ボレ爺ノ骨ヲコノ地面ノ下デ踏ンデイル」ト感ジル時、予ノ魂モドコカシラニ生キテイテ、彼女ノ全身ノ重ミヲ感ジ、痛サヲ感ジ、足ノ裏ノ肌理ノツルツルシタ滑ラカサヲ感ジル。死ンデモ予ハ感ジテミセル。感ジナイハズガナイ。同様ニ颯子モ、地下デ喜ンデ重ミニ堪エテイル予ノ魂ノ存在ヲ感ジル。アルイハ土中デ骨ト骨トガカタカタト鳴リ、絡ミアイ、笑イアイ、謡イアイ、軋ミアウ音サエモ聞ク。ナニモ彼女ガ実際ニ石ヲ踏ンデイル時トハ限ラナイ。自分ノ足ヲモデルニシタ仏足石ノ存在ヲ考エタダケデ、ソノ石ノ下ノ骨ガ泣クノヲ聞ク。泣キナガラ予ハ「痛イ、痛イ」ト叫ビ、「痛イケレド楽シイ、コノ上ナク楽シイ、生キテイタ時ヨリハルカニ楽シイ」ト叫ビ、「モット踏ンデクレ、モット踏ンデクレ」ト叫ブ〟

この作品の白眉……かもしれない。思いたったら、矢も盾もたまらず旅先で颯子を口説いて足裏を拓本にとる。やってみると、なかなかの大仕事。血圧が二三二まで上がった。このあとすぐ颯子は独りひっそりと東京へ帰り、なにか企みがあってのことだろうか。足への愛着は主人公の母の足、古風だが雅びな母の足への思慕でもあり、母への思慕でもあり、谷崎文学の一端でもある。

ともあれストーリーに返って〝予〟も体調不良のまま京都発のこだまに乗って帰京……。先に帰った颯子が〝予〟の様子があまりにも奇異なので夫に相談し、知合いの精神科医の意見を聞いて対策を講じよう、という次第。作品は〝予〟の日記を離れ、佐々木看護婦の記録の抜萃となる。その一部を引用すれば、

〝異常な興奮状態で書斎から寝室に現われる。何か言うらしいが私には理解出来ない。ベッドに運び入れて安臥させる。脈搏一三六、緊張していて不整も結滞もない。呼吸二三。心悸亢進を訴える。血圧一五八――九二。手まねで強い頭痛を訴える。顔の表情は恐怖で歪んでいる。杉田医師に電話で連絡するけれども、特別の指示がない。毎度のことだが、この医師は看護婦の観察を無視する癖がある。

午前一一時一五分、脈搏一四三、呼吸三八、血圧一七六――一〇〇。杉田医師に再度電話連絡するけれども指示がない。室温、採光、換気を点検。家族は老夫人のみ病室にいる。酸素吸入の必要を感じ虎ノ門病院に連絡、病状報告の上配慮を依頼する〟

とこうするうちに、

〝患者は突然高声を発し、意識不明となる。全身痙攣が激しく起り、チアノーゼが口唇や指先に著明となる。痙攣がやがておさまると、強い運動不安が起り、制止を排して跳ね起きようとする。大小便の失禁がある。全発作は約十二、三分、深い睡眠に入る。

午後一二時一五分、附添中の老夫人が急に眩暈を訴えたので、別室に運んで静かに寝かせる。一〇分ほどで恢復。老夫人の看護は五子夫人が引き受ける〟

老夫婦の様子が尋常ではなく、娘までが看病に当たることとなる。そのうちに老人は浅眠から完全に覚醒し、危険状態を脱したらしい。が、念には念を入れ、勝海東大教授の診察を受けることとなり、次は勝海医師の病床日記の抜萃となる。入院、治療、退院、くわしくは省略。カルテのような記述より看病に当たった娘・五子の手記のほうが小説にとっては大切だ。その抜萃の中のもっとも肝要なところは、

〝ある日、私が京都に帰っていた時、突然父から電話がかかった。何用かと思うと、先般颯子の足

の拓本（色紙）を竹翠軒に預けたままにしてあるから、あれを受け取って、この間の石屋に示し、あれを仏足石のように刻ませてくれ、と言うのである。大唐西域記によれば、お釈迦様の足跡が今も摩掲陀国に遺っているが、足の長さが一尺八寸、広さが六寸、両足に輪相があるとしてある。颯子の足の裏も、輪相は描かなくてもいいが、長さはあの形のままで一尺八寸にしてもらいたい。ぜひそのようにお前から注文してくれと言う。そんな馬鹿げた注文を、頼めるはずのものでもないから、私はいい加減に聞いていていったん電話を切り、
「石屋の主人は九州地方へ旅行中だそうで、後日返事をするそうです」
と、答えておいた。すると数日後、また父から電話があって、それなら拓本全部を東京へ送ってくれと言う。私は言われる通りにした〃
とあって執念は強い。そして同じく五子の記録として（これも〃予〃の注文で改築する家にプールを作るよう工事が始まっているのだが）
〃「こしらえたって無駄だわよ、どうせ夏になればお爺ちゃんは日中に戸外へなんぞ出られやしないわ、無駄な費用だから止めた方がいいわ」
と、颯子が言うと、浄吉が言った。
「約束通りプールの工事が始まっているのを、眺めるだけでも親父の頭にはいろいろな空想が浮ぶんだよ。子供達も楽しみにしているしね」〃
これで小説〈瘋癲老人日記〉は終っている。
小説の存在理由はなんだろう。大ざっぱに言えば、人間や社会の真実を興味深いフィクションとして綴ること……だろうか。その一つとして他の方法では訴えにくいこと、公序良俗に反するが、

個人としては訴えずにいられないこと、それを描くことも、たとえ醜く、身勝手で、あざとくとも肝要なのだ、と思う。谷崎潤一郎は楽しめる小説を数多く書いたが、小説のこの存在理由も熟知しており、ここでは老人のささやかな、だが根元的な反社会性を描いたのではないか、と、そんな気がしないでもない。本章の冒頭、タイトルには〝若い人には薦めないが……〟と書いたが、これは内容がエロチックだからではない。文学にエロスは不可欠だ。ただ充分に屈折した老人たちのセックスの煩悶は若い年齢にはわかりにくい、と老婆心が働いたからである。文豪の、文学的に仕かけた企みが見えにくい、と考えたからである。たとえば〈鍵〉では前半と末尾で作品の主人公が男性（僕）から女性（妻）へと変わる。これは性の主体が長い人生において男性から女性へと移って行く（俗説のような、深層心理のような）微妙な老人の実感をほのめかしているのかもしれない。このあたりまで考えると若い人はどう読むだろう、と私にもわからないのである。野心作であることは疑いない。最後に筆者なりの感想をつたない評価図で示しておこう。

A　ストーリーのよしあし。
B　含まれている思想・情緒の深さ。
C　含まれている知識の豊かさ。
D　文章のみごとさ。
E　現実性の有無。絵空事でも小説としての現実性は大切であり、むしろ谷崎的リアリティを考えるべきだろう。
F　読む人の好み。作者への敬愛・えこひいきも入る。

〈鍵〉の六角評価図

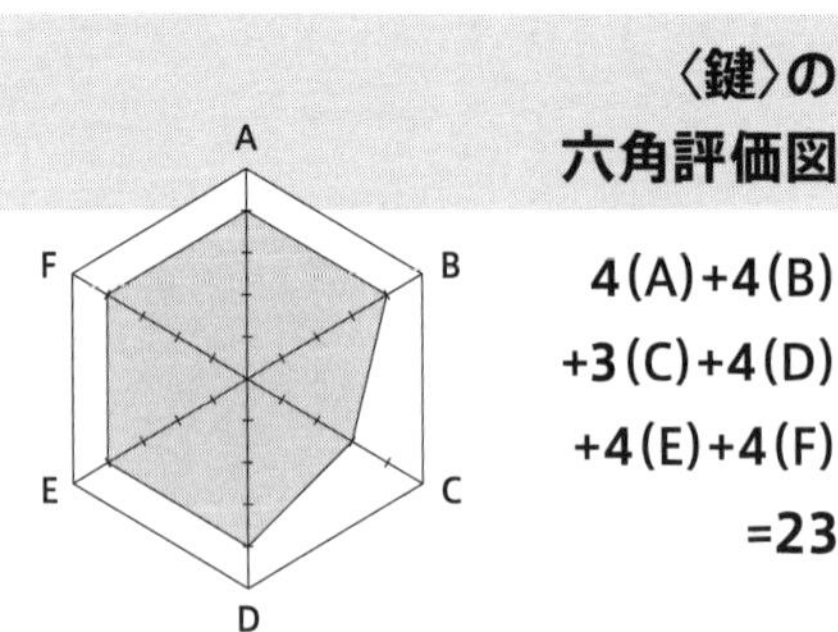

4(A)+4(B)
+3(C)+4(D)
+4(E)+4(F)
=23

〈瘋癲老人日記〉の六角評価図

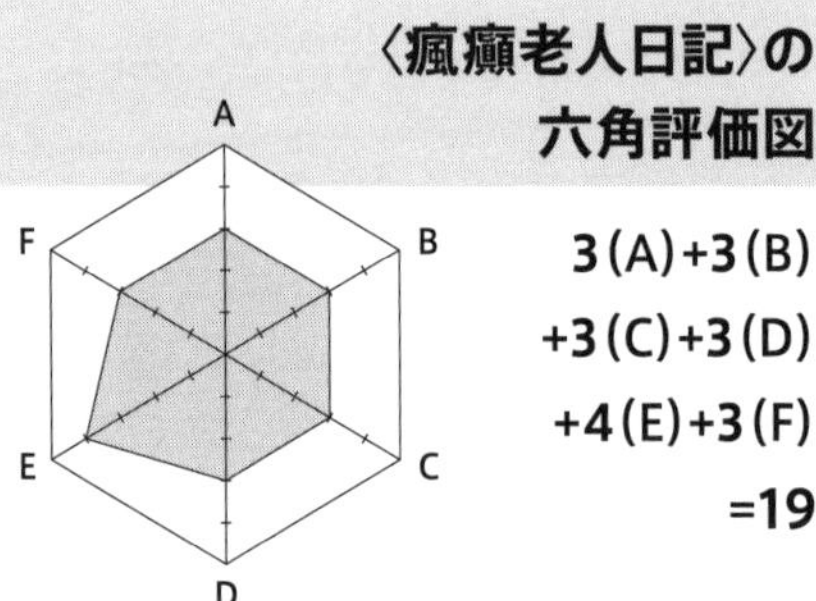

3(A)+3(B)
+3(C)+3(D)
+4(E)+3(F)
=19

あとがきに替えて

この『谷崎潤一郎を知っていますか』を『小説新潮』誌に連載しているさなか親しい読者から、

「谷崎はきらいなんですか」

と問われた。

「どうして？」

「ときどき辛口の評があるから」

「そうかなあ。それはちがう。モーゼンと好きです」

「よかった」

話し合って少しく感ずるところがあった。

が、ややこしい会話は抜きにして大ざっぱなところを述べれば、谷崎潤一郎は書きたいことを、書きたいままに、大胆に、気ままに綴った作家である、と私はそう思う。だからときに小説の常識を越えるものが描かれる。私にはなんとなく、

——小説とはこういうもの——

漠然と思案しているところがあって、谷崎の場合はそれが外れて、戸惑ってしまうときがないでもない。ゆっくり考えれば、

——それでこそ谷崎——

深い見識があってのことなのだが……そして、それゆえに私は谷崎が大好きなのだが、ときには余計なことを綴ったかもしれない。〝きらい〟と映ったかもしれない。浅慮であった。

まるで新派の舞台を見るような〈お艶殺し〉、新しい時代の女性の主張を屈折した形で示した〈痴人の愛〉、猛々しい戦国の世に伏在した真摯な恋を描く〈盲目物語〉、〈春琴抄〉や〈蘆刈〉のロマンチシズム、〈二人の稚児〉はみごとな寓話だ。〈猫と庄造と二人のおんな〉は関西を舞台になさけない男への愛惜、そして〈細雪〉は日本のよき時代を鮮やかに惜しんでいる。本当にどれもみんな味わい深い。そして、おもしろい。

翻って読書ほどすてきな営みはない。いつでも、どこでも、一人でできる。テーマは多彩に広がって、探せばどんなテーマも見つかる。奥深いもの、やさしいもの、いくつもある。これを身方にするかどうか、本当に一生の価値が、中身が変わってくる。谷崎潤一郎はつきあってみて充分に頼り甲斐のある奇才である。本書を入口にして、さらに深く、楽しく読了してほしいと願う。

本書で引用した原文は、新潮文庫版・全集版（中央公論新社刊）に拠りながら、著者が適宜、現代の仮名遣いに、ときには平易な表現に改めたものです。
また引用文中には現在の人権意識に照らして不適切と思われる表現が含まれますが、作品発表時の時代背景と文学的価値を鑑みてそのままとしました。

初出　「小説新潮」二〇一九年一月号〜二〇二〇年一月号

装画／挿画　矢吹申彦
装幀　新潮社装幀室

阿刀田高　あとうだ・たかし

1935年、東京生れ。早稲田大学文学部卒。国立国会図書館に司書として勤務しながら執筆活動を続け、1978年『冷蔵庫より愛をこめて』でデビュー。79年「来訪者」で日本推理作家協会賞、短編集『ナポレオン狂』で直木賞、95年『新トロイア物語』で吉川英治文学賞を受賞した。短編小説、古典教養入門書、エッセイの名手として知られ、他の著書に『花あらし』『こころ残り』『闇彦』『ローマへ行こう』『地下水路の夜』『怪しくて妖しくて』『ギリシア神話を知っていますか』『漱石を知っていますか』『シェイクスピアを楽しむために』『小説工房12カ月』『知的創造の作法』『老いてこそユーモア』など多数。2003年に紫綬褒章、09年に旭日中綬章を受章。18年には文化功労者に選出。文化審議会会長や日本ペンクラブ会長を務め、妻で朗読家の阿刀田慶子と結成した「朗読21の会」の公演を通じて短編小説の魅力を伝える活動も行っている。

谷崎潤一郎を知っていますか

――愛と美の巨人を読む

二〇二〇年十一月二十五日　発行

著　者・阿刀田高

発行者・佐藤隆信

発行所・株式会社新潮社

郵便番号１６２－８７１１

東京都新宿区矢来町７１

０３（３２６６）編集部５４１１　読者係５１１１

新潮社ホームページ　https://www.shinchosha.co.jp

印刷所・大日本印刷株式会社

製本所・大口製本印刷株式会社

乱丁・落丁本は、ご面倒ですが小社読者係宛お送り下さい。送料小社負担にてお取替えいたします。

価格はカバーに表示してあります。

ISBN978-4-10-334331-8　C0095